欢迎来到新世界

Welcome To The New World

玄默 著
XUAN MO WORKS

长江出版社
CHANGJIANGPRESS

目录

CONTENTS

楔子 ···001

第一章 三年零两个月 ···008

第二章 险些忘却的人间 ···023

第三章 无路可退的迷宫 ···040

第四章 重启新世界 ···055

第五章 脱节的现实 ···073

第六章 坚守的温柔 ···090

第七章 不为人知的风暴 ···105

第八章 被锁住的卧室 ···126

第九章 第三人的声音 …146

第十章 永生的心魔 …164

第十一章 时代的疯子 …180

第十二章 消音的雨夜 …198

第十三章 引渡者 001 …221

第十四章 最后的英雄主义 …241

第十五章 生命的边界 …260

第十六章 欢迎来到新世界 …275

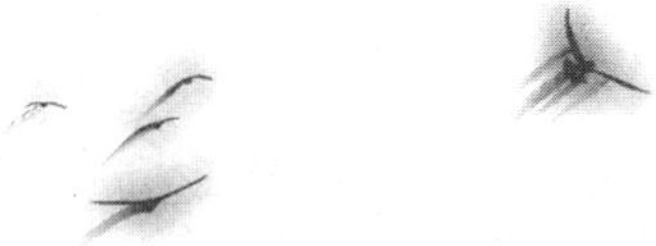

楔子

她又回到了那个冬天。

承东市的市区不靠海，一年中有八个月都刮风。赶上刚过完年的二月份，一场雪过去，窗户上还结着冰花，连富贵的耳朵都立不起来了。

富贵是孟宁语的宠物，一只机械狗。

她一直不明白为什么连只机械狗都怕冷，大概开发它的时候，伟大的邵教授根本就没动脑子，导致它的传感器和他本人的身子骨一样脆弱，冷不得热不得，照顾不好就罢工。

孟宁语从床上爬起来，把滑落的毯子叠好。她想起邵新一大早来过自己的房间，看她没有醒，于是教授大人连手指头都没动，指使富贵给她叼过来一条毯子，就匆匆忙忙走了。

此刻她迎着富贵闪烁的电子眼，发现它的耳朵好像彻底坏了，但它身残志坚，巴掌大的狗脸上很快显示出今天的室外温度，又是零下。

孟宁语戳了一下它的耳朵，零件松动，她只好又拍拍它的狗头说："忍忍，等你爹回来给你修。"

她趁着家里没人，去书房找邵新备用的权限卡，那是个听起来高大上的小卡片，但被他扔在家里当书签。她翻了一圈，重点怀疑邵新最近在看的书，果然在一本散文诗集里找到了。

孟宁语准备出门，走到门口的时候发现邵新的围巾掉在门后，灰色的羊绒针织围巾。

他又忘戴了。

她已经能看见他冻得面无血色的样子了，心里赌气，干脆把围巾系在门把手上，不信他下次还能忘。

她深刻理解了为什么科技会改变生活，因为有些人的生存能力低下，只长脑子没长手。

黎明时分，围墙之外刚刚晕出半壁晨曦，看着是个不错的晴天。

孟宁语为了方便行动，今天特意穿上轻薄的黑色羽绒服，然后她沿着步道走，整个人就和树影藏在一起，走出去叫车。

邵新的研究院就在承东市的高新区，因此他们也一直住在附近，最多一刻钟的车程。

这条路对孟宁语而言实在太熟了，因为她总有一百个借口要去骚扰邵教授，连路边有几个井盖都数得清清楚楚，那一天她却嫌红灯时间太短。

孟宁语逼着自己深呼吸，目不转睛盯着车窗外。很快手机振动，都是队长申一航发来的消息。

对方显然不太放心，一条又一条，不外乎希望她注意安全，找到机会再行动。

今天就是个好机会，邵新要去复诊，所以他一大早就出门了。

孟宁语掐算时间，这会儿研究院里的人最少。

她下车后就绕开正门，找到一条隐蔽的疏散通道溜进去，出口在西北方向的专家会议楼。

一切如她所愿，院里十分安静，可她四处看着，隐隐觉得不对劲。

最西边是医疗院区，那地方平日严禁外人进入，因为都是生物科研项目，里边还有留院观察的病人，邵新不让她去捣乱。孟宁语今天一路过去却十分顺利，她鬼鬼祟祟躲了半天，没有看见留守值班的人，甚至连平日来往接驳的智能车也全停了。

目之所及，空旷安静，庞大的建筑群匍匐矗立。她眼前的一切像突然被按下暂停键的画面，活像电影里的无人区。

只有她一个人闯入。

孟宁语冷不丁打了个寒战，拉拉衣领，又打量面前的灰色楼宇。

整座研究院里充斥着冷色调，因为过节，有的玻璃上还贴着福字，显得滑稽可笑。她实在不喜欢这种氛围，但那些搞高新的专家都有个毛病，盲目追求工业风，号称能体现未来感。

孟宁语一边走一边腹诽，就不该让这种人有钱，否则就和邵新一样，连路都快走不了的人，非要占这么大片地，眼看快要盖出一座外星城了。

她拿着邵新的权限卡，自然畅通无阻，很快就偷偷进入了医疗院区。

这一片楼盖得就更不喜庆了，全是纯白色调，此刻的日光还不足以撑起整片天，于是四周唯一的颜色就显得分外突出。

一座焚烧炉像是蛰伏的怪物，冒着黑烟，奄奄一息躲在楼后，烧出微弱的光。

孟宁语停下观察，发现它是后期补建的，又被人隐藏，直接在外侧栽上一排高大的杉树，挡住了上下楼的窗口，而且丝毫没有顾虑到易燃的风险。

这东西的用途十分可疑。

她脑子里冒出申队和她说的话，心里七上八下地打鼓。说到底她只是个行政岗的小警察，对于这种暗中调查的任务，根本没经验。

何况她怎么也想不到，市局竟然会调查启新研究院。

直到今天之前，孟宁语都没法把这事问出口。因为这地方由邵新一手创建，不出事还好，稍微有点风吹草动，整个故事就变味了。大家普遍相信，神秘的科学家容易变态，一变态就会扯出惊天阴谋，轻则杀人放火，重则殃及宇宙，但实际上，邵新的神秘主要体现在他没有时间抛头露面，回到家又连煤气灶都不会开。

所以他们家的富贵光荣领命，更新程序之后，它可以一键点火了。先不说有没有灵魂，起码邵新那具不怎么健康的肉体，眼瞧着全贡献给科研事业了。

孟宁语觉得教授大人根本不具备违法乱纪的能力，何况她在他身边将近十年，从青春懵懂到步入社会，从仰视再到倾慕，她确实没想过有朝一日，自己会来查他。

但这正是她今天要来的原因，她不希望任何人误会邵新。

孟宁语没时间胡思乱想了，很快已经上到二楼。

她清晰地记得自己看见的一切，那地方就是住院区。启新研究院中有各项临床项目，此前都走过正规流程，获得政府批准而建立。

四下充斥着熟悉的消毒水气味，和普通医院没什么区别，走廊两侧都是病房。

孟宁语隔着门，从观察窗口往里看。病人似乎都被送入了特殊的医疗仓，完全封闭。

仪器上的光闪烁明灭，而四下墙壁在冷光灯的映照下一尘不染。明明是恒温病区，可她走着走着，总觉得背后发凉。

孟宁语提心吊胆，留意上下楼的动静，但依旧没人来往，连护士站都空荡荡的，一排引导机器人贴墙而立，显然主程序根本没有上线。

这里已经被人提前清场了。

孟宁语心里的疑问越来越多，她盯着那排机器人叹气，按照以貌取人的原则，她一直亲切地叫这玩意儿“垃圾桶”。它们一看就是不怎么走心的流水线产物，充斥在研究院的各个角落，平日端茶倒水，外加逢年过节见人就说：“恭喜发财！”

然而今天，她对着它们笑不出来了。

所有异常的缄默，往往都不是什么好预兆。

空无一人的研究院、隐蔽的焚烧炉、无知无觉的病人失去监护……这怎么看怎么像是出事了。

她突然意识到，今天邵新匆忙离家，很可能不是去复诊的。

孟宁语紧张起来，担心邵新也来了研究院，于是放轻脚步。

很快，她在走廊尽头发现一排办公室，直接溜进第一间翻看桌上的文件，没看出什么疑点，又利用邵新的权限登录系统，找到住院病人的资料，准备拍下来直接发给申一航。

她举着手机，半天都没能按下拍摄键。

满屏幕都是病例，她翻到三个灰色的头像，很明显状态异常，于是迅速点开，全是冗长的病理数据。她虽然看不懂，但实验结果一栏是正经的汉字，写得清清楚楚。

移植失败，患者脑死亡，实验流程已中断。

与此同时，窗帘突然动了。

孟宁语紧绷的神经骤然被扯断，吓得差点叫出声。她回头才发现天亮了，窗外隐隐有光，因此智能百叶窗升起一半，调整出最合适室内的光线。

她吓得手指发抖，马上拍照留底，又飞快地查看系统，试图找到将数据全部导出备份的方式，忽然又听见走廊里传来脚步声。

这一次是真的有人来了。

孟宁语果断熄灭屏幕，躲进文件柜旁的暗影中。她屏住呼吸，只求不被发现。

外边来的人不止一个，脚步错杂。万幸对方一行似乎很急，经过孟宁语所在的办公室没停留，径自去了隔壁。

孟宁语松了一口气，慢慢挪动到门后，仔细去听隔壁的动静。

果然，邵新也来了研究院。

她熟悉他的声音，又听出和他在一起的是个女人，不知道是不是他的同事。

那两个人的语速飞快，说了没几句就争执起来，感觉都带着情绪，声调压不住，显然这场对话并不愉快。

孟宁语直觉一切非同小可，又惊又急。她努力想听清他们的话，可惜只让她断断续续听见几个关键词。

她一着急，胆子反而大了，心一横迈出去，打算直接溜到隔壁门外。

没想到她刚一露头，偷听计划就宣告失败。

走廊里站着一个熟悉的“垃圾桶”，它刚刚被人唤醒，正在替办公室里的人守门。

孟宁语盯着它转向自己，冷汗都下来了。

她几乎听见了自己的心跳声，站在门边进退两难，只好冲它做闭嘴的动作，然后往离开的方向退，示意自己马上滚蛋，绝不擅闯。

“垃圾桶”拒绝谈判，它转转脑袋，头顶全红，生怕别人看不出它要告密，然后响亮地冒出一句：“恭喜发财！”

孟宁语气笑了，这鬼东西开发出来纯粹为了给她添堵。

很快它连通警报系统，走廊响起尖锐的提示音，隔壁办公室里的谈话戛然而止，紧接着里边的人冲出来拉开门。

她没有选择，转身就跑，所有感官骤然清晰起来。

分秒之间，时间又被无限拉长，她记得自己连身后的脚步声都听得清清楚楚。

邵新走路的时候一轻一重，她知道是他，却无论如何不敢回头。

她生平第一次害怕见到他。

孟宁语记得自己跑了很久，最后也没能跑出去。

她熟悉研究院，却从没来过这片医疗院区。她好不容易才找到楼梯，又听见楼下似乎也有动静，这地方就算没人也总有一堆莫名其妙的智能机器人，她只能向楼上跑。

这栋建筑总共五层而已，她一口气就爬到了顶层，闯进实验室。窗外刚好有主楼的结构遮挡，整体背阴，所以全靠室内光源。

她一边跑一边骂，什么狗屁未来感，实验室竟然都是玻璃房子，四面透光，还是感应灯，她一进来，四周随着她的脚步依次亮起，所有空间一目了然。

别说进个人，进只耗子都无处可藏。

她随便冲进靠窗那一间，迎着窗口往下看，直接放弃。她没这个身手能从楼上跑，于是心里更慌，又想起自己拍到的记录，院区有病人死亡，却一直没有被公开。这种事不可能隐瞒太久，正规的临床实验招募志愿者的流程非常严苛，所有手续和监管完整，纸包不住火，一旦有问题，警方肯定会介入。

孟宁语直觉自己这次玩大了。

四下的灯光突然熄灭，天光不足，一切重归昏暗，满地阴沉沉的影子。

孟宁语愣着不敢动，感觉出整栋楼的电源好像都被意外切断了。她似乎能听见远处传来邵新的声音，他在喊她，可此刻分不清方向，她不知道他在什么地方，甚至也不知道自己还要不要继续躲。

事发突然，今天她是贸然闯入，无疑身份尴尬，根本无法抉择，她只能拿出手机拨给申一航。

分神片刻，她刚刚按下通话键，一双手突然从她背后伸过来，死死地捂住她的嘴。

孟宁语大惊，挣扎之下抬眼，面前的玻璃在暗处恰好投射出镜面，让她看见自己身后竟然悄无声息站了一个人。

对方浸在模糊不清的暗影里，偏偏她能看清。

是邵新，来的人就是他。

他捂着她的嘴，一眼就看出她是在给警队打电话，于是抢过她的手机，顺着半开的窗口砸出去。

那扇窗随着力度洞开，猛烈的寒风猝不及防卷进来，吹得人眼角生疼。

她记得自己当时的念头很可笑，因为她想起了门后的那条围巾。

这天气太冷了，而邵新怕冷。

孟宁语被风吹得脸颊生疼，拼命示意他先松手，给她一个解释的机会，可是她连呼喊都没能发出来，整个人被他直接抱起来，抵在了窗口。

智能感应器迅速报警，提示坠楼风险。

她上半身几乎全冲出去了，头朝下导致血液倒流，人已经蒙了。

她不知道邵新怎么会有这么大的力气，而远处走廊中已经启动应急电路，很快优先恢复了主系统。

扩音器里传出冷漠的女声：“实验室发现闯入者，执行一级保密程序。”

那声音模模糊糊又被风扑灭，并不真切，却深深刻在孟宁语的脑海之中，如同她最后看见的画面一样，清晰而残忍。

她看见邵新的手腕从铅灰色的大衣中探出，手腕上的皮肤少血色而苍白。她记得自己死死抓着他，不知道他这是中了什么邪。她在极端的恐惧之下，只来得及声嘶力竭地喊他的名字，希望他能冷静一点。

但邵新没有收手。

孟宁语头朝下，已然看不见他的表情了，她觉得身后的人实打实拿出了灭口的狠劲，竟然把她整个人拦腰抱起来。

她呜咽着试图分辩，无论如何，这不是开玩笑的事。

可是邵新没有收手，如同砸手机一样果断，他毫不犹豫，直接从五层楼的窗口把她推了出去。

坠楼那一刻，世界倾倒。

庞大的灰色建筑群在人的视野里错乱扭曲，像无声无息的兽，一口将她吞没。

孟宁语怎么也想不到，自己二十多年的人生路，还来不及谈爱恨，竟然就以这样荒诞的形式骤然收场。

意识中的最后一秒，她那不怎么灵光的脑子终于反应过来了，无法言喻的震惊来不及表达，绝望已经摧垮掉她仅存的求生欲。

她突然想明白了，焚烧炉是用来处理尸体的。

第一章 · · ·

三年零两个月

人的记忆并不客观。

这句话是邵新说的，当时的孟宁语还在上高中，面对自己不及格的数学卷子，前途堪忧。她记得自己亲妈还在的时候，对她的成绩从不担心，总觉得她将来一定是国之栋梁。

当时邵新忙了半个下午，坐在屏幕之后，眼睛都熬红了。他抽空扫一眼她的卷子，十分惊奇地问："亲妈说的话你也信？"

他出钱资助她上学，多少算是半个监护人，不但没帮助她提高成绩，还因为嫌她实在带不动，宁可给她请家教，也拒绝回答她课业上的问题。

"你就不能管管我？万一将来我连大学都没考上，你邵教授的名声传出去也不好听啊。"

邵新对此早就想开了。他心疼地摸摸她的头，就像关爱弱智儿童一样安慰她说："你不要太有压力，我做慈善从不求回报。"

她就搞不明白自己怎么越学越傻了，开始掰着手指头给他讲小学的事情。

她说那时候老师十分喜欢她，说着说着心里不甘，于是连她上台给同学讲题的细节都没忘，抱怨自己那会儿被粉笔末呛了一脸。

邵新有些疲惫，他的脸上没什么血色，笑意却从眼睛里透出来。他适时打断她："你还说自己小时候特别漂亮呢。"说着他就把桌边摆的照片拿过来，直接拍在她面前。

那是很多年前的一场慈善助学仪式，孟宁语上台和他合照。

十四岁的孟宁语披头散发，小脸晒得黝黑，突兀地瞪着一双大眼睛。作为失去父母的可怜少女，她在那种感人的场合里看不出无助，反而像只刚打完架的泥猴。

她盯着照片开始心虚，照片上的邵新年轻有为，简陋的大红背景板十分庸俗，但依然没能折损他的颜值，反而在她的衬托下，他显得风度翩翩，又高又白，整个人都在发光。

孟宁语磨着牙不认输，指着自己的脸说："你看，多可爱啊！"

邵新没理她，拿走照片说："你开心就好。"

她摔门而出，当天晚上邵教授只能吃泡面了。

事实证明，细节不能佐证记忆，因为它总是被人的潜意识干扰，向人所希望的方向自动补全。

邵新曾致力于脑科学研究，后来又成为人工神经网络的专家，堪称学界骄傲。他总有太多她听不懂的大道理，但关于记忆的阐述十分浅显。

孟宁语在经历过无数次打脸的教训之后，深刻地理解了什么叫记忆补全。

她自认活得开心，从不困扰过往，因为发生过的事无法改变，而人活在世，前路浩荡，有一百种未来等着她去闯，没有理由浪费。

只有那年冬天的记忆成了心魔，反反复复在脑中重历。

她竟然没有死。

孟宁语的记忆终止于一片灰色的建筑，她觉得自己永远也走不出那个冬日了，突然再次听到邵新的声音，所有感官仿佛突然重启。

"欢迎来到新世界。"

一句话凭空而来，邵新的声音异常清晰，猛然撕开她的意识，让她面前的黑暗如同潮水一般退去。

听觉最先恢复，医疗仪器发出轻微的响动，近在咫尺。

孟宁语的头非常疼，感知能力如同被打散的沙堆，随着她的复苏又一一重建，很快，她发现连四肢的触感都清晰起来。

她第一个念头就是后怕，怕这又是一场梦，于是剧烈挣扎，直到重重呼出一口气，发现自己确实还活着。

说来可笑，作为一个坚定的无神论者，这个认知竟然让她觉得魔幻。

聪明人不快乐，但孟宁语刚好相反。她的人生乏善可陈，上学的时候成绩不好，得过且过，后来好不容易毕业了，一腔热血又去当警察，但同样不怎么优秀，只会蹲办公室。

心大不愁，她有破碎的童年，却因此学会了怎样从泥沟中爬出来。可惜人间险恶只是卷宗里的只言片语，她还不足以感同身受。

孟宁语根本毫无准备，直接倒在了那个冬日，她在启新研究院中撞破的一切，实在太超纲了。简单来说，她怎么也想不到研究院里真有不可告人的秘密，更别提她都没有机会周旋，就被直接当成闯入者灭口了。

更为魔幻的是，此时此刻，孟宁语用尽全力睁开眼，发现凶手就坐在自己身边。

邵新对她的清醒并不意外，他好像一直就在等，等到她睁开眼之后，他如释重负地笑了。

她说不出话，只能盯着他的脸，看他坐在床边的高脚椅上，穿一件厚实的白色毛衣。

邵新一向注重保暖，在室内也戴着那条灰色的围巾，唯一的区别是此时此刻的他显得气色不错，人也精神多了。

孟宁语觉得自己就像喝断片了，突然睁眼，对清醒之后的现实毫无心理准备，于是根本来不及反应，只能像个傻子似的拼命打量周遭，但又因为她人还躺着，视野有限，只好盯着唯一的活物，半天得出了一个结论，邵教授真的很好看。

柔软的织物毛茸茸地拢在他身上，人在灯下，连轮廓都晕出一层光。那件毛衣宽松，依旧没能挡住他卓越的身材比例。一个男人腰细腿长，白得过分，再加上那双眼睛，眼尾微微下压，睫毛之下竟然能扫出小片阴影，于是让他看人的时候总是自带三分深情……就比如此刻，邵新一动不动的模样，实在有些不真实。

他了解她的脑回路，任由她打量自己，然后神色坦然地开口问：“好看吗？”

孟宁语没忍住笑了，感觉自己的脸都包浆了，这笑容肯定比哭还难看，她只好龇牙咧嘴地试图表达肯定。

邵新重重叹气。

很快，这样的场面让孟宁语感到混乱，她开始怀疑那些记忆只是一场噩梦，于是艰难发问：“我睡了多久？”

“今天是四月二十七号，星期四。”邵新说完做了一个嘘的动作，示意她不要用力，然后他屁股也不抬，滑着椅子就去看她的各项医疗数据，又询问她的感觉，调整供氧浓度。

孟宁语的脑子卡壳了，她想不通这是怎么回事，做噩梦能做两个月?

没等她想完，对面的人抬眼补了一句：“三年了，孟宁语小朋友，你昏迷了整整三年零两个月。”

小朋友一口气卡在嗓子眼里，手脚发凉。

随着邵新的声音，对面墙壁上的智能屏亮了，很快显示出当前日期，还有时间和天气。四月的承东市气温突破十摄氏度了，虽然温度还是冷，但不会再下雪。

噩梦成真，劫后余生。

孟宁语没力气表达自己的震惊，默默在心里消化这个事实。

此刻她连动动手指头都觉得吃力，心里却像被人捅出窟窿，强撑着意识。

她渐渐感觉出自己浑身上下确实没一块好地方，经过漫长的愈合，依旧疲软。她缓了半天，忍耐着身体上的无力，又强迫自己接受现实。

很快病房里的提示音响起，扫描结果令人欣喜，她的各项指标稳定。

墙面上的日期提示已经隐去，切换成待机屏幕的时候，渐渐浮现出一行字。

I am forever walking upon these shores, between the sand and the foam.

我永远走在这海岸上，在沙与沫之间。

——纪伯伦

邵新重新回到了病床边，孟宁语也终于攒足力气说话：“所以那不是梦。”

“你梦见什么了？”他慢慢移除她身上的针头，声音很轻，“梦见你大冬天不睡懒觉，也没去上班，偷偷摸摸跑来研究院找我？”

她看着他低头的样子，突然有些恐惧，但她此刻是个连喘气都费劲的人，无处可躲。

此刻的邵新离她很近，目光平稳，半点波澜都没有，于是她用尽全力抬起手指，突然抓住了他的手腕。

邵新没有避开，后半句话不轻不重，看着她说：“你来就来吧，跑什么。”这话说得不是疑问，实打实像句感叹。

他的目光定定落在她身上，孟宁语不敢动了。

他也没追问，手正被她抓着，只好转转腕子，示意她放松，又说：“醒了就好，先别乱动。”

她咬牙不放，用手指摩挲他的手腕，一点一点探进袖子里，问他：“你……还好吗？”她感觉到他皮肤上的红斑都没了。

邵新愣了一下，很快点头说：“老闻试出新药了，可以减少激素依赖，这几年下来问题不大。”

他的血液科医生是闻天南，也在研究院里挂职。听他这个意思，老闻这些年没放弃救他，好歹想出办法，在邵新的病上有了突破。

孟宁语松开手，没有再出声。

他终于把她从一堆仪器中解救出来，又给她拉好被子，把椅子拖过来。他看她这会儿情绪还算稳定，开口告诉她，三年前，医疗保密区内突然拉起警报，他找到她的时候，她已经从五层楼上摔下去了。

多亏楼下的杉树把她挂住，挡下冲击，这条命算是捡回来了。

她当时身上多处骨折，但没有伤到关键脏器，最危险的是脑部重伤，导致之后陷入了长期昏迷。

邵新的话很简单，因为一切过去那么久了，万幸最好的结果已经摆在眼前，可这三言两语说到最后，还是让他声音发沉。

孟宁语想不通哪里出了问题，她的记忆还在，恐怖的经历如鲠在喉，面前的邵新却经历了完全不同的版本。

她的话卡在嘴边，怎么也说不出来。

邵新皱眉闭上眼，过了很久才伸手握住她，轻轻开口：“院里一直在研究植物人促醒，但我真的没想到……有一天我竟然会把这项成果用在你身上。”他俯下身，额头抵在她的手上，长长地呼出一口气，好像到这一刻他才能真正放下心。

孟宁语感受到他的手指在发抖，长期昏迷是一种慢性折磨，而这样熟悉的动作，让她几乎瞬间红了眼睛，再次怀疑自己的记忆。

邵新没有起身，顺势靠在她手边，轻声问：“宁语，你为什么会去研究院？”

她一瞬间愣住了，这也是她的问题。三年前的邵新没有去复诊，而研究院全面清场，他的目的又是什么？

孟宁语在噩梦里反反复复睡了三年，醒过来宁可否定自己，因为她相信邵新此刻的眼神不是装的。

她曾经坠楼是事实，如果邵新真的想要灭口，没有必要再来救她。

孟宁语的眼泪不值钱，可惜哭也哭不动，她感觉眼泪在自己往外蹦，只能拼命摇头，说出一句：“我想知道，你到底在做什么。”

邵新抬头给她擦眼泪，告诉她不能哭。他还和过去一样，哄人的时候情商奇低，基本只靠镇压，他就会捏她的脸说：“你一哭我都后悔了，还是昏迷的时候比较可爱。”

说着他回身调节墙壁，显示屏直接变成镜面。

孟宁语这才看见自己现在的样子，脑子里拧成死结的疑问全忘了。

她像个魂飞魄散的女鬼一样仰在床上，浅蓝色的衣服歪歪扭扭套在身上，头发还被剪短了。剪头发的人应该是出于好意，在她动过手术后希望给它们维持方便打理的长度，可惜手艺令人痛不欲生，一看就是邵教授亲自操刀。

孟宁语一想到自己这三年恐怕都是被他这样照顾的，更想哭了。

她现在说句话的费劲程度堪比舍掉半条命，但她还是舍了：“我错了，快把镜子关了。”

邵新伸手捋顺她的头发，对着她狗啃似的刘海一点也不尴尬，解释道：“你不是喜欢短头发吗，利落。”

利落什么啊。

轮到孟宁语叹气了。

三年之后，她躺在病床上，现实和记忆截然对立。

孟宁语盯着邵新，他从容以对，让她怀疑自己的脑子出了问题，不知道该说点什么，只觉得喉咙发紧，干巴巴地说：“赏口水喝。”

病床上的辅助机械臂很快完成指令，拿过标注为常温的饮用水。她一点一点费劲地往嘴里抿，虽然没喝出什么味道，但生命之源永远是最好的安慰，让她有种重生的错觉。

无论如何，活着就是希望。

孟宁语慢慢撑起上半身，病床也随之调整成适合半坐的角度。她看看这间病房，白色的墙壁，四周宽敞却没有多余的装饰，一切都是熟悉的邵氏风格，干干净净，智能机械风。

这看起来应该也不是普通医院，里外似乎都很安静。

邵新总算干了点人事，他亲自拿纸巾给她擦嘴，又扶着她的肩膀，让她背部可以靠在软垫上，直到她喝完水缓过神，他才重新开口问：“你还记得那天发生的事吗？”

孟宁语盯着银色的金属水杯，连目光都不敢挪开，最终点头。

“你昏迷这几年，我大概查清楚了。”他看向一侧监控她脑部的仪器，随着她的神经波动，很快屏幕上各项数据不断起伏。他示意她只是检查恢复情况，但孟宁语很难冷静，他只好轻轻抚上她的肩膀，引导她回忆，“我知道你进了医疗院区。”

三年前，启新研究院确实惹了麻烦。

过年之后，围绕他们医疗院区的临床研究传出一些负面新闻，但只是小道消息而已，很难引发大众关注。邵新是个大撒把的领导，平日一头扎在科研里，管理上的琐事轻易不会直接捅到他面前。医疗院区的负责人是他的搭档，一位女同事，起初警方传唤过对方，一开始他们都以为不是大事，只是负面新闻才引起常规调查，根本没有意识到之后会被立案。

医疗院区针对所有的调查都尽力配合了，包括提交实验区域里的日志文档，但没过多久，警方仍旧要对院区采取强制关停。

“我知道警方查案有自己的规定，但突然下禁令对院区的影响太大了，所以那天同事急着找我，我一大早改时间赶回来……你应该也看见了，医疗项目事关重大，它和AI实验室不同，这里有很多封闭治疗的患者，突然被封，病人的疗程就必须终止，实际上存在很大的临床风险，而且院里的损失也不可预估，我们必须尽快开会应对。”

但邵新没有想到，市局的案子，竟然波及孟宁语。

她听他说完，大致弄清了为什么当天研究院里会出现反常情况，而且这么长时间下来，他肯定也知道自己当年的计划了。她提前准备过，清楚他在家里一向没有防备，所以轻易拿到他的最高权限，又通过保密的疏散通道进入医疗院区。

市局办案，一旦怀疑启新研究院有可能隐藏证据，那么邵新作为第一责任人，找他身边的人渗透进去暗访，无疑是常规手段。

孟宁语很快调整好情绪，如他所愿，回顾当天发生的事。

她记忆中的画面没有缺失：“我也是误打误撞进了办公室，根本就听不清你们在隔壁说什么，有个‘垃圾桶’在门口捣乱，直接拉警报了。我当时偷偷摸摸太尴尬，满脑子想着先跑再说，结果又不认路，直接跑上五楼……”

“然后呢？”邵新的声音如同那杯水，不冷不热。

然后孟宁语说不出话了。

她没能控制住力气，忽然抬手直接掐住他的胳膊，身旁的人似乎有些不解，但还是示意她不要着急，慢慢说。

可她说不出口。

记忆中自己在窗口前被人袭击，出事那天的画面在脑海之中被加速快进。她记得自己根本来不及想清前后因果，就被邵新颠覆了整个人生。

此时此刻，那种毫无准备的恐惧感再度袭来，逼得孟宁语又看向面前的人。邵新的样子她绝不会认错，从十四岁到如今，将近十年的生活足够让人刻骨铭心，可她也确实在当天看清了凶手。

那个冬日的阴谋，现在竟然变成她一个人的独角戏。

这世界上最可怕的就是自我怀疑，这种感觉无比瘆人。

而对面的人显然不知道她心里埋藏的阴影，目光平静如海。

到底是哪里错了？记忆里的人是他，而现在救她的人也是他。

孟宁语觉得自己一定把脑子摔坏了。

邵新看出她脸色不对劲，安抚着喊她："宁语？冷静一点。"

她心里的窟窿越来越大，所有无法解释的惊疑和绝望一股脑儿地涌上来，让她想要脱口质问，却又死死忍回去。

邵新皱眉，他看起来完全不知道发生在窗口的袭击，于是毫不避讳地问她："你记不记得后来停电了？那会儿你在五楼干什么了，怎么会坠楼？"当天确实发生过断电，造成医疗院区内的设备暂时下线，显然邵新在之后也没有找到相关监控。

孟宁语不肯开口，身后的仪器很快发出警示音，提示患者情绪过于激烈。

邵新伸手抱住她，低声说："不想了，不管发生什么都过去了，不重要。"他的声音就在她耳畔，"只要你醒过来……宁语，只要你能醒，什么都不用怕了。"

她的脸埋在他胸口，哽咽着无法开口，又感觉到他的手轻轻撑在她脑后，那种深入骨髓的安全感突如其来，把她满心惊疑压下去，让她瞬间心酸起来。

生活永远真实，在脑海中根深蒂固。

少女时代的孟宁语成绩不好，眼看到高三了，这样下去没出路，于是她接受邵新的安排，特意转学进他朋友的私立高中就读。

那种学校的孩子大多家世优越，而且正值青春期，人与人之间的恶意肤浅又可怕，甚至不问缘由。很快，孟宁语这种没爹没妈的傻妞，在女生圈子里就被视为异类。

她在学校被人歧视，又是个不服输的野脾气，莽撞打架，一个女孩竟然能闹到浑身是伤才回家。

邵新当时非常忙，他科技公司的业务发展迅速，自己也有了新的兴趣，正在筹备成立研究院，试图进行AI技术和医疗融合的研究，因此偶尔才能回家。

那天他一开门就看见孟宁语奓着毛，正在门后捶墙泄愤，脸上还带着瘀青。

邵新匪夷所思地上下打量她，怀疑自己捡回来的不是孤女，而是只没进化完全的野猴子。

他开口问她："你又打谁了？"

野猴子一听这话怒气值爆表，张牙舞爪地蹿过去，嘴里机关枪一样说出好几个敌人的名字，开始骂那群女生虚荣，骂完她才突然反应过来，瞪着眼睛和他说："你怎么不问问我被谁欺负了？"

"随便谁。"邵新指指自己面前的墙，赫然一个黑拳印。他们家里只剩几面没改装的粉刷墙，眼看厅里这一面已经被孟宁语刮下半层皮了，他冷静地继续说，"反正谁也没这墙结实。"

她一口气没上来，凶巴巴地嚷："连你都欺负我！"

邵新莫名其妙，径自往屋里走，显然没琢磨出这话里的逻辑。

孟宁语没来得及还嘴，先看出邵新走路有点费劲。

承东市那一整个星期都没放晴，虽然从邵新下车到家门口没有几步路，但还是把他冻得关节疼。很快她又发现邵新捂着脖子，他外套的衣领也不挡风，连带着指尖都发紫。一看便知他在外边住的时候经常熬夜，休息不好，抵抗力越来越低。

孟宁语莫名鼻子发酸，心里憋着对他的担心，说不清道不明，反而更生气了。

她追过去，气得要往他身上蹦。

邵新一回头就撞见了野猴子在发疯，于是他下意识伸出手接着她，把人抱了个满怀。

孟宁语脑袋一热，死盯着他那张脸看。

邵新皮肤太白，瞳色也被衬得比常人要浅。他这样站在灯光下，竟然有些奇异的脆弱感，但男人的轮廓又很分明，只要他稍微有些动容的模样，就好看到惊心动魄。

野猴子在这一刻长出了廉耻心，她情不自禁开始走神，于是觍着脸，死活不撒手了。

邵新一愣，欲言又止，但最终什么都没说。他顺手拍拍她的后背，示意不要闹了，很快往后让一步，两个人之间隔开了一点距离。

孟宁语心里空落落的，手脚都僵着，好像冻坏的人是她。

再傻的姑娘也会长大。

邵新没搞明白她这算不算青春期的情绪波动，但大概能理解，女孩委屈，总想找人撒娇，他只好安慰说："好了，我看看……你这点伤不会破相的。"说完他继续捂着自己的脖子，手也没比身上暖和多少，于是他倒吸了一口气，转身就走。

她看他脸上都没血色了，冲口而出：“天这么冷，你就不能多穿两件？”

邵新仿佛没听见，正好走到厨房。

他所过之处一片狼藉，无论是柜门还是抽屉门，只要让他拉开了，转身就忘。他鼓捣半天，好不容易才找出一个马克杯，又全程背对着孟宁语的方向，没顾上和她说话。

邵教授和正常人不在一个次元生活，只要把他扔进市井烟火，他的生存能力就全面清零。

孟宁语身上的校服脏兮兮的，马上任劳任怨继续去给他当丫鬟。

她跟在邵教授屁股后边替他收拾，他拿杯子，她就打开咖啡机，他泡咖啡，她就拿方糖，前后不过转头的工夫，孟宁语看见邵新自己去找水龙头了，他似乎又想洗手，于是她立刻开口提醒他，还是晚了半句。

对面的人直接把冷热水开错方向，一伸手直缩脖子。

她心里那股劲绷着，凑过去给他调水温，眼看他指尖的颜色越来越深，她想都没想，抓过他的手就捂在一起。

这下两个人离得更近了，她很快就觉出邵新整个人还拢着外边带进来的寒气，他浑身冰凉，在恒温的屋子里半天都暖和不起来。

她扭头关水，直接伸胳膊拥住他的肩膀，又伸手贴在他的脖子上。

邵新全程都没动，主要因为他靠在水池旁边的姿势似乎很省力。他又抬眼看她，忽然笑了，拍她的手，打算把人从自己身上扒拉下来。

孟宁语耳朵泛红，电视剧看多了，像个恶霸一样，强行控制住脆弱的高岭之花，还恶狠狠地堵他的话：“挺大岁数的人了，别矫情啊，你要是冻死，我就没钱上学了。”

他镇定自若地继续笑，上下打量她，指指她的脏校服说：“你这学看起来不上也罢。”说着他觉得她像个小疯子似的很有趣，于是难得抬手，给她揉一揉打架留下的瘀青，还放低声音问一句，“疼不疼？”

他声音低，认真开口的时候，三个字都能说得颇有质感。

孟宁语年纪轻轻，受不住这样的劝哄，她马上错开目光，心跳都乱了。

邵新完全不自知，揶揄的话还在继续，摸摸她的头说：“你可真是小朋友，动不动就和小伙伴打架。”

话音刚落，她肿着的嘴角微微一抽，眼睛就红了。

邵新实在想不通自己哪句话说错了，说实在的，后来连他的机器人都能理解自然语言了，他却一直无法理解孟宁语的脑回路。

那时候她满肚子辛酸，扑到他怀里开始哭，最后脸都哭花了，头发揉乱又黏在脸上，知道眼下丢人，她干脆破罐破摔，蹲在地上开始号，野猴子成精。

邵新啧啧称奇，很快打开冰箱，掏出两根香蕉递给她。

孟宁语啃着香蕉，警告他："风大，出门记得戴围巾。"

"嗯。"

"你那条腿不好，别在外边长时间走。"

他摆手让她别唠叨："有老闻盯着我呢，车接车送，不至于。"

"我肯定会好好上学的，学校里没什么，都是同学之间的小事……你忙你的，别担心。"

邵新又点头说："不担心，就担心你伙食太好。"

她磨着牙把香蕉皮放在他脚边，等他泡完咖啡一步踩上。

他果然又忘了关冰箱门，多亏初代智能家电也很聪明，延时自动关闭。

孟宁语永远都记得邵新笑起来的样子，眼尾压低，浅色的眸子里会透出朦朦胧胧的光。外人眼里的邵教授是个科学怪人，只有她扬扬自得，以为自己见过他所有真实的样子。

那些琐碎的日子习以为常，所以才能念念不忘。

邵新在的时候，她就有一种心安的感觉，所有童年缺失的安全感，在见到他之后，悉数补全。

后来她上大学，课余时间出去打工，就为了能买一条最好的羊绒围巾送给他。

邵新忘性大，就连院区的权限卡都能被他当书签用，但他从来没换过围巾，也难为他没弄丢。

他戴着它很多年，直到如今。

经年而后，这条围巾还在。

每次邵新伸手拥住她的时候，孟宁语都感觉自己那些年月白活了。就比如此时此刻，她连鬼门关都闯过来了，被他这么一抱，仿佛还是那个只知道摸爬滚打的小朋友。

他不知道她出神在想什么，安慰着告诉她："我去叫人，一会儿要做检查，别乱动，先躺好。"

他说着起身要走，孟宁语盯着他的背影看，邵新长期用药，但如今走路四平八稳，看起来那些关节上的后遗症也好了。

病房陌生又清净，灯光冷淡，室温二十六摄氏度，但她总觉得四下冷清，透着一股说不上来的凉意。她想起这城市总是有风，于是和过去一样，习惯性地开口说：“多穿点，我现在靠你了，千万别倒下。”

“放心。”邵新已经推开门，忽然回头看着她笑，声音低缓，“这三年，我过得比你好多了。”

病房里只剩孟宁语一个人。

她安静下来，觉出精神不济，也说不出是哪里难受，脑袋里的神经像在跳蹦床，不光是疼，还怪异地自顾自兴奋着，但她的身体着实跟不上，也没有余力多想，很快又睡着了。

时间概念变得模糊不清，直到病房门发出响动，有人进来了，她又重新睁开眼睛。

邵新不是医生，他需要找人来为她做检查，但眼前进入病房的人看起来只是一位女护士。她身上穿着严谨的白大褂，还有口罩，从头到脚只露着眼睛。

孟宁语不认识她，但认识她身后的东西，一个“垃圾桶”从容地跟进来了。

那倒霉玩意儿已经更新换代，体形变得细长，动作更加灵活，但定位还是工作机器人，于是外形依旧像个桶。

孟宁语躺在床上翻白眼，看见它就来气，于是她和护士小姐姐套近乎，开口问：“它能听懂人话了？”

没人理她。

小姐姐比“垃圾桶”还寡言，一切公事公办。

孟宁语有点尴尬，问她怎么称呼。

对方完全不搭腔，冷静地站在病床旁，捧着电子病历做记录，显得非常专业。

反倒是“垃圾桶”自来熟。它欢快地凑近孟宁语，发出声音：“恭喜发财！”然后启动医疗程序，开始检查她复苏后的身体情况。

孟宁语浑身不自在，不知道这里是什么医院，应该由医生进行的常规检查全部被AI机器人取代了，她也只能躺着配合。

她在“垃圾桶”的安排下抽完血又查心电图，最后进行脑部核磁共振检查，前后折腾了一个多小时，让她无聊到只想和人聊天。

孟宁语开始喊护士，想和她说说话：“机器人是邵新弄进来的吧？这里有没有医生啊……我昏迷三年，就靠它做检查吗？”

她的小命就这么交给一个“垃圾桶”，未免有点草率吧。

护士小姐姐仿佛屏蔽了外界信号，一动不动地站着，还是不出声，也不回答任何问题。

“几点了？”

这句对方听见了，抬手触屏，墙壁很快显示出当前时间，下午三点半。

孟宁语明白了，对方不聋，只是单纯不想理她而已。

她觉得奇怪，仔细观察对方，护士把口罩戴得严严实实，完全遮住脸，一双眼睛非常专注，正专心致志地盯着屏幕，开始逐项核对检查结果，没有任何沟通意愿。

这都什么仇什么怨啊！

孟宁语嘟囔着抱怨：“邵新去哪儿了？”

护士背对她，又入定了。

孟宁语确认自己说的是人话，越想越觉得对方古怪。她没办法，只能扭头看向“垃圾桶”，问它：“这里是什么地方？”

“垃圾桶”作为一个机器人，态度热情。它被设置成幼童的声音，所以语气欢快，此刻傻乎乎地回答她：“这里是医院。”

“废话。”孟宁语心里的疑问越来越大，“什么医院？医生在哪里？”

它的声音一成不变，甚至有些雀跃，没头没脑地冒出一句：“欢迎来到新世界。”

这是孟宁语醒来听见的第一句话，它真该去迎宾。

她无奈提醒它：“我是问哪家医院，告诉我名字。”

它好像陷入了死循环：“请放心，这里是医院。”

接二连三沟通失败，人的情绪难免起伏，孟宁语感觉这破玩意儿根本就听不懂人话，越想越气。

“垃圾桶”尽职尽责安慰她说：“请保持冷静。”很快病房里响起轻缓的音乐，试图让她放松。

孟宁语彻底没辙了，一个大活人拒绝和她沟通，愚蠢的机器人又只知道完成工作，她干脆指着护士问它：“她是哑巴吗？”

“垃圾桶”脑袋上的灯光红蓝交替，似乎在进行艰难的运算，然后它欢快地发出声音：“恭喜发财！”

孟宁语无语捶床，干脆闭眼不动了。

“垃圾桶”效率很高，汇总完各项数据，孟宁语的复苏情况出乎意料十分稳定，神经系统恢复，脑部缺氧的情况也明显得到改善，核磁共振结果没有明显异常。

最后一步，病床旁边的电子臂挪动过来，为孟宁语打针输液，很快她就觉得困倦，意识又模糊起来。

病房里的音乐循环往复，她渐渐听出那是《夜色奇境》，而后她闭上眼睛，又记起这是邵新过去最爱听的一首钢琴曲。

有时候他会在家工作，睡得晚，书房里就会放音乐。无数个夜晚，孟宁语偷偷把门拉开一些缝隙，蒙着被子躲在自己的卧室里，伴随旋律入睡。

这曲子太熟悉了，勾着人的意识往下沉，仿佛旧日的一切都回来了。

病房里细微的动静越来越远，孟宁语挣扎在睡梦边缘。她告诉自己放松，却又不能完全睡着，发现有脚步声离得近，那个奇怪的护士小姐姐走过来了。

比起“垃圾桶”，人的冷漠反而像台机器。

孟宁语心里一动，感觉出对方走到自己床边，于是她摸索着伸出手，突然抓住对方的胳膊。

音乐陡然变调，随着她心底的讶异，毫无预兆换成激昂的交响乐，但她根本顾不上听，一碰之下才觉得心惊，她抓住的人身体毫无温度，触感冰冷。

对方明明有手有脚，活生生地站在这里。

孟宁语瞬间激动起来，身后的仪器发出尖锐的提示音，她的头开始疼，于是拼命说话追问：“你是谁？人还是机器？”

三年而已，这年头人鬼不分了。

对方很快甩开她的手，从头到尾没有任何解释，而另一侧幼稚的声音又响起来：“请保持冷静。”

“怎么冷静！”孟宁语逼着自己不要睡，头顶上的冷光灯刺眼，她想坐起身，但没有力气。

机器人头顶闪烁，迅速调整仪器上的各项数值，提示音生硬：“病人情绪过激，影响神经系统修复，目前采取药物助眠，无副作用。”

孟宁语扭头观察四周，病房里空荡荡的，墙壁上显示着时间和日期，很快随着她的目光调低分辨度，又变换色彩，试图在帮助她稳定情绪。

钢琴曲渐渐恢复，华丽典雅，轻柔地往她耳朵里钻，又成为某种暗示，强行把她的情绪平复下来。

孟宁语意识到自己有些神经质，于是深深吸气，试图保持冷静。她想和那个护士解释自己的行为：“对不起，你……你是从冰柜里钻出来的吗？”

对方目光毫无波澜，也没觉得好笑。她只是抱着胳膊，站得离病床更远了。

孟宁语说不出哪里不对，但连一首钢琴曲都透着违和。

病床旁边的智能设备飞快运转，古怪的护士调整好病房内的光线，她抱着电子病历保持沉默，全程眼神淡漠，一切都重归平静。

孟宁语十分不安，又追问："邵新呢，他为什么没来？"

"垃圾桶"指引电子臂缓缓探过来，替她拉上被子。随后它挪动到病床另一侧，回答她的问题："邵新教授正在工作，暂时由我接管病房。"

孟宁语好不容易醒过来，现在又快被这玩意儿气死了。

她躺着和残废没什么区别，不管有多少疑问也找不到答案，与其和机器人绕圈子，还是睡觉比较舒心，于是她不再挣动。

"垃圾桶"轻快的童音响起："请安静休息。"

药物很快起效，孟宁语一头扎进梦境里，又回到了那些年。

· · · 第二章

险些忘却的人间

白日做梦好事多，虽然承东市的冬天漫长，但天气一冷，人就容易珍惜仅存的暖意。

孟宁语记得自己在厨房做饭的样子。那时候黄昏傍晚，窗外夕阳色彩浓重，在天边拖拽出霞光，只有奇妙又瑰丽的红色亮透半边天。

她干什么都半吊子，实在不机灵，但做饭的技能点是满级。孟宁语刚上学的时候，个头还没有灶台高，已经学会踩着椅子去炒菜了。因为她妈妈精神不稳定，又一个人带着她，所以现实让孟宁语早早学会喂饱自己，顺带还要照顾母亲。

后来连她唯一的亲人也走了。

那时候她还住在自己家里，老房子地处闹市边缘，交通十分便利。那一带算是现代化城市里最后的老街区了，片区缺少规划，拥挤不堪。一栋房子里住过的人能数出上下五六代，早算不清是什么年月盖起来的，统一只有六层高，根本没有电梯。

周末双休，学校没课，于是孟宁语连着两天都不愿出门，把自己关在家里收拾屋子，安安静静吃饭睡觉。

周日的时候，家里来客人了。

她在厨房刚做完饭，听见敲门声，意外发现是邵新来了。

他的科技公司近几年发展势头很猛，参与了慈善助学项目，他便成了她的资助人。但邵新本人只在助学仪式上露过面，根本没和孟宁语在私下见过。除了热搜上关于最新AI机器人的新闻之外，她甚至很难找到和他相关的消息。

孟宁语十分独立，自己上学，早就习惯一成不变的生活了，因此邵新突然来访，她还是感到惊讶，但很快就客客气气把他迎进门了。

她挠挠头，不知道怎么称呼邵新，纠结半天，对着他大义凛然地叫了一声："邵叔叔好。"

邵新明显震惊了，那年他才二十七岁，被她喊得僵在门口，半天都没动。

孟宁语一看他表情不对，赶紧改口说："邵大哥？不行，这也太江湖气了。"

邵新冷不丁被她逗笑了，清清嗓子提示："邵新。"

"哦，邵新。"她一点不客气，从此直呼其名，没大没小。

孟宁语不见外，她的狗也不见外。一道黑影对着邵新扑过去，绕着他的腿嗅来嗅去，不肯走。

十五岁的孟宁语终日和一只狗做伴，那狗还和她同龄，普普通通的中华田园犬，一身黑毛。

她给邵新讲它的来历，是她妈妈当年在路边捡回家的，说是陪她长大，于是她们娘俩把它从小黑养成大黑，现在已经是只老狗了。

大黑老当益壮，那段时间突然有了精神头，见人就扑。

孟宁语示意邵新别怕："它牙都掉光了，咬人也不疼。"说话之间，大黑真的对着邵新的裤腿来了一口，确实没咬出什么，只把邵新又逗笑了。

很快大黑就像完成认人仪式一样，摇着尾巴不叫了，跟着他四处溜达。

邵新本身的行程是去会展中心参加研讨会，回程偶然经过这条街。他看见路牌，对这地方有印象，想起是孟家的地址，于是顺路过来看望。

他身上还穿着正装，但似乎非常怕冷，于是又在铅色的西装之外披了大衣。人的身体一弱，轮廓也显得极其易碎，让他周身莫名有些微妙的气质。

孟宁语也不知道该怎么形容那场面，偏偏记忆犹新。

因为邵新突然出现，活像个摆错地方的金贵物件，她都不知道该让他坐在哪里才合适，觉得周遭老旧的一切和他不相称。

她起初还有点手足无措，很快就屈服于自己颜控的劣根性，本能地和人热络起来，大致带他转了一圈。

家里主卧是她父母的房间，一直原样空着，摆着遗像，这几天她重新擦拭过，鲜花也是新换的。

孟宁语招呼邵新去客厅，却发现他停在屋里，似乎在看遗像。

她解释说："我妈的忌日到了，所以我没出去，这两天想陪陪她。"

邵新向逝者致意，很快也走出去了。

大概是她沏茶倒水的态度过于平静，让他没忍住，多问了一句："我听说你母亲是病重走的，什么病？"

她家客厅的小沙发实在太挤，还被她的练习册占据了扶手的位置。孟宁语都不好意思和他坐在一起，干脆蹲在茶几旁边接话："我爸走得早，我妈受了刺激，精神不好。前两年趁我上学不在，她从家里跑出去了，一个人在路上乱晃，被车撞了。"说着她又指指脑袋，示意他，"一开始昏迷不醒，医生说最好的情况就是植物人，后来大概熬了一年多吧，情况不断恶化，基本没希望了，确诊脑死亡，实在没必要维持了。"

十几岁的孩子总急着装大人，孟宁语在心里压着情绪，把一番话说得轻松，只有尾音发颤。

邵新以往只知道她的大概经历，没有仔细关注过，此刻他听她说完，意识到提这些不合适，很快补了一句："抱歉，我之前不清楚。"

"没事，我不难过。"她赶紧摇头，生怕他以为自己卖惨，于是拍着腿站起来说，"就是有点可惜，我妈昏迷的时候，我总觉得她能醒过来，因为她还有我。这人脑子再糊涂，总该记得还有牵挂吧，可是她后来的情况越来越糟，医生说这和个体的求生欲也有关……我想她可能真的放下我了，不愿意疯疯癫癫变成我的累赘，只想求一个解脱。"

邵新把大黑抱起来，放在腿上摸了摸，告诉她："没有母亲舍得抛下自己的孩子，只是植物人促醒一直都是个难题，现在的医疗水平有限，一旦脑死亡确实不可逆，已经没有办法继续救治了。"

"我知道，不怪她。"孟宁语听懂他的安慰了，笑笑说，"她是怕拖累我，所以我现在没有时间难过，我要赶快长大，这样她才能放心。"

邵新任由大黑蹭在自己怀里，抬眼定定看她。

孟宁语根本不知道他在想什么，当年那些话随心而已，她一个小屁孩，说不出什么深意，却好像让邵新十分触动。

他们没聊两句天就黑了，邵新起身打算走。

孟宁语傻乎乎地盯着他看，看得直咽口水，脑子已经跟不上嘴了，突然问他说："你吃饭了吗？"

邵新的脸色在屋子里缓过来不少。他看向厨房，多少有点意外。紧接着他脚底下的大黑先蹿过去了，一把年纪的老狗还是没出息，听不得动嘴的词。

明明邵教授一副不食人间烟火的样子，没想到他竟然对"吃饭"的提议十分感兴趣，他没有推拒，大大方方在她家拥挤的小客厅里坐下了。

那天晚上吃完饭，她送邵新出门，问他："好吃吗？"

邵新点头说："没想到现在的小朋友都会做饭了。"

孟宁语的尾巴都快翘上天了："我妈说人是铁，饭是钢，只要饿不死，天塌了都不怕！"

这种盲目的自信可能真是遗传。

"西红柿可以再炒软一点。"他还评价上了，回味一下说，"嗯，那个豆腐不错，我真是第一次吃。"

"那是红烧灰豆腐，我妈教我的，她的家乡菜，独门秘制。"

他点头说："汤汁稍微有点咸了。"

她虚心接受意见："下次一定改进。"

邵新也没客气，后来他几次顺路过去，都是去她家蹭饭的。

梦境把一切加速，很快孟宁语记得自己上高中了。

她有时间茁壮成长，但对大黑而言，它已经是超常发挥的老寿星了，最后连它也死了。

大黑毕竟是只老狗，能陪她的日子有限，早晚都有这么一天。

孟宁语记得它走的时候很干脆，没挣扎也没病，唯一的异样就是前一晚非要在她床上趴着一起睡，再到白天的时候，它好像只是趴着趴着，直接就在墙边咽了气。

那时候她还在放寒假，又蹲在家里好几天，直到邵新有空去看她。

她破天荒没心情做饭，麻烦他开车带自己去郊区，然后找到一片湖，算是个风水不错的地方，亲自去湖边的一排树下，把大黑埋下去了。

母亲走的时候她没哭，后来年年忌日她也没哭，但大黑突然离开，彻底把她死绷着的那股劲给逼垮了。

孟宁语以为自己能乐观面对生活，强撑着最后一堵墙，但如邵新所说，她再坚强也只是个小屁孩，所以在那种时候，她怎么都撑不住了。

她站在树下哽咽撒土，和大黑告别："你也算寿终正寝，我们没让你这辈子遭过罪，尽力了。你好好走吧，我明白，你陪着我……也尽力了。"

不知道是因为苦日子太多不堪细想，还是孟宁语天生达观知命，反正不管什么事落在她身上，总能变成一种豁达的体谅。

她不和自己为难，经历风雨却依旧善良，她吃过太多苦，却相信这世上还有光。很多成年人一辈子都想不开的事，到她这里迎刃而解。

她知道，那些生命里所谓的缺失，其实已经是最好的结果了。

那天依旧是个黄昏，湖边风大，山水萧条，几乎没有人。

孟宁语记得自己迎着风瑟瑟发抖，身前的树是市区不常见的种类，有层叠柔软的树皮，枝头还剩下最后一点点白花，倒十分应景。

她站着舍不得走，最后被邵新拉起来，于是她心里决堤一样，怎么都堵不住了，突然扯着他的大衣，站在湖边号啕大哭。

他拿纸给她擦眼泪，说他可以照顾她的学业，问她愿不愿意搬去和他一起住。

她有点哭傻了，抬头抽泣着说："我没钱付房租。"她更难受了，"而且你都替我交了那么多学费，这样我更还不上了。"

邵新表情为难，想一想说："那你过来帮我干活，半工半读，做饭抵债。"

人在年纪小的时候永远天不怕地不怕，孟宁语当时想都没想就答应了，回去的路上才反应过来。

邵新说过他的家庭情况，过去时代局限，高学历的人并不多，但邵新的父母都是高知，也是国家级的科研人才，一直忙于工作，原本不打算要孩子，直到年纪大了之后才意外有了邵新。他是家中独子，等到他成人的时候，父母已经是古稀之年，在他工作没多久之后就相继去世了。

所以他家里恐怕只有他一个人。

邵新开车送孟宁语回城，她坐在他车上的时候，越想越紧张，却只记得盯着邵新的侧脸看，好像能从他脸上分辨出这人有没有歹意，最后看出他脸色苍白，风一吹手指的颜色极深。

他眸子里透着深深浅浅的光，另一只手微微侧过去，撑着半边车窗，其实那姿势并不刻意，但让他显得轻松又勾人。

非亲非故，一个男人，突然说要收留她，她却很盲目，三观跟着五官走。

窗外只有寂静树林飞速掠过，孟宁语几乎不敢眨眼，只觉得连他的影子都不真实，而眼前的路不断延伸，全世界的光仿佛都被拢进车里，就像能直接开进未知的世界。

孟宁语脑子里冒出无数科幻片的情节，故事里总会出现一个怪博士，找借口拐走美少女，然后少女一觉醒来，发现自己的器官不翼而飞。

眼下她这位"美少女"正襟危坐在副驾驶位上，小心翼翼地开口问邵新："你，你们不会是做人体实验的吧？"

邵新抽空瞥她一眼，面无表情地点点头。

她抓着安全带，不敢说话了。

邵新声音低沉，问她："后悔了？"

孟宁语吓得哭都没地方哭了，脱口而出："要不算了？那个……我傻，基因不好，没什么大用，真的！"

开车的人一脚油门，直接上了高速，扔给她两个字："晚了。"

似乎是病房中的音乐起了作用，《夜色奇境》唤醒了孟宁语最向往的记忆。

她的童年不堪回首，没能感受过温馨的家庭环境，长大之后才慢慢知道什么叫作家，因此"回家"对她而言，永远有着非凡的意义。后来她长大，那条回家的路始终和邵新相关，而冬日里隐藏的零星暖意，源头也都在他身上。

所以这一次孟宁语在梦里又哭又笑，为了那些最最琐碎的片段，原来人的记忆可以被梦境渲染，如同沉浸式的影片，让孟宁语完全忘记昼夜。

后来钢琴曲似乎停了，黑暗之中隐隐有光线波动，病房里有人来了。

她没有立刻转醒，人还睡着，又突然看见自己开始工作。毕竟一切都只是做梦，她没有选择，顺着意识沉下去，下一秒的自己已经在警队里了。

她第一天去市局报到，没想到会遇见申一航。他们是在大学时认识的，虽然不是同一所学校，却都在大学城里。孟宁语毕业后通过社会招聘进入市局，意外发现对方已经是支队长了，而且刚好是自己的领导。

申队大概也没想到会在局里见到熟人，见面不计较。他拉着孟宁语，干脆让她叫自己师兄。

所以她一直觉得自己命好，虽然磕磕绊绊，但上学和工作这两个重要阶段，开端都很顺利。

她又看见那时候的自己一边做晚饭，一边跑去和邵新吹牛，说等她长本事锻炼出来，没准能上一线，他的资助意义重大，为国家培养出了新一代的女警花。

邵新点头，眼皮都没抬。他让女警花别再做猪脑汤了，那玩意儿补不了脑子。

事实证明，孟宁语没能长本事，也没能抓住锻炼的机会。她明明是最清楚命运无常的人，却学会了祈祷，希望一切都只是误会。

最后的冬日仓皇而来，根本不给人任何演练的机会。

孟宁语脑中飞快闪过画面，旧日里的记忆混乱行进。

她睡得很不安稳，队长申一航找她说过的话，还有当时局里同事来往的身影，甚至连那一片巨大的灰色建筑都跳出来了……最终景物混在一处，黑色的暗涌铺天盖地，逼人陷落。

她的潜意识十分抵触，连呼吸都挣扎起来，不愿自己再回到那个冬天，紧接着她又听见了那句话："欢迎来到新世界。"

孟宁语骤然清醒过来。

她看见邵新坐在自己身边，正伸手慢慢调节仪器上的旋转按钮，直到她的呼吸稳定，心跳恢复正常频率。

她有些错乱，迷茫地又盯着面前墙壁上的日期，四月二十八日。她这一觉可真是睡够本了，从昨天下午一直到如今，此刻已经是正午了。

很快屏幕上又浮现出一段话：

> And again I closed my hand, and when I opened it there was naught but mist.
>
> But I heard a song of exceeding sweetness.
>
> 再一次，我握紧了手，张开却一无所有，只剩下迷雾。
>
> 但我听到了一首歌，温柔无比。
>
> ——纪伯伦

邵新亲自给她把脸擦干净，低头的时候不经意问："这次梦见什么了？"

"梦见你去找我吃饭，后来大黑死了，你带我回家。"

他也想起了那段日子，笑了笑把音乐的声音彻底关闭。

十年过去了，他这会儿才和她说："我一问，你还真就同意和我走，估计把你卖了还帮人数钱呢。"

孟宁语觉得自己这觉没白睡，起码现在感觉浑身上下好多了。她的声音也痛快不少，张口就接："就您这风吹就倒的身子骨？得亏有我，不然让你天天吃垃圾食品，早晚能把自己也吃成垃圾桶。"说着她对自己的厨艺十分得意，"欸，我跟你说，人类做饭这事不会轻易被机器人取代的，尤其是家常菜，就在那些老师傅眼里，火候、颠勺、什么时候放多少油……还有他们手上的力度，多一点少一点全是功夫，个人的感觉特别重要，弄个算法精准计量可没什么用。"

"是是是。"邵新由着她敞开嗓子说话，看看她的脸色，评价道，"我看你真是好了。"

孟宁语说完喘口气，胳膊一撑，竟然就自己坐起来了。

她感觉四肢百骸都归了位，恢复速度比想象中还要快，仿佛噩梦被击碎，她突然复苏，再迷迷糊糊睡一觉，醒过来就能一切如常。

她坐在病床上试着挪动腿，一边蹭一边问："我到底在什么地方啊，为什么没见到医生，你就光弄个机器人过来糊弄我？"说着她想起还有一个不人不鬼的护士，"哦对了，还来了一个小姐姐，也不说话。"

邵新正对着墙上的屏幕看参数，想一想回头问："你希望她说话？"

孟宁语莫名其妙："当然了，哪怕就和我聊两句也好啊。"说着她四处看一看，又发现病房最里侧的墙壁上有一扇窗。

她再一次涌起某种奇怪的感觉，仔细回想自己昨天躺着的时候，总觉得没见过它。不过她当时直挺挺地被"机器人"摆弄，和尸体没什么区别，这会儿突然看见房间里有窗口，又觉得有点突兀。

这间病房的明暗一直都靠灯光调节，自然光线已经许久未见。

孟宁语傻里傻气地揉揉眼睛，确定眼见为实。

那扇窗户此刻确实存在，只是被遮光的窗帘挡住了，帘子和邵新一直戴着的围巾都是同样的灰，没有任何纹路，简单实用。

她有过猜测，毕竟从病房的细节也能看出来。三年而已，市区里最大的综合医院也不可能做到全智能化控制，于是她问他："这里不是普通医院吧？"

"不是。"邵新在墙壁前回身，看她一直在打量窗户，很快将窗帘拉开，又说，"这里是集团在承东市新投资的医院，只有神经内科，今年开始单独接收植物人患者，利用最新的促醒技术帮助病人康复。"

孟宁语一听这话就心里发怵，当年出事之前，她也不断听到启新研究院里的相关消息，邵新在研究人脑神经元对信息处理的课题，想要融合突破，将最新技术延伸到临床医疗领域。

她问他："你三年前推进的实验就是它吧。"

他点头，很快转过身说了一句："但在今年才真正成功。"

没想到她反而成了受益者。

孟宁语慢慢挪动自己的腿，窗边的机械臂很快跟随过来，让她借力。她想起自己曾经在医疗院区看到的病人信息，低声问他："所以三年前院区进行的实验……有过失败案例？"

邵新没有答话，过了一会儿他离开屏幕旁的控制屏，又去给她倒了一杯水。

她伸手接过杯子，顺着动作又拉住他的手，执着地问："你告诉我，你们的实验是不是曾经导致病人死亡？"

孟宁语对植物人的护理有过相关经验，过往她妈妈出事躺在医院里，所以她明白，病人亲属非常煎熬。在传统医学领域，重度昏迷的患者真正有机会成功复苏的例子少之又少，时间拖得越长，希望越渺茫，所以当时启新研究院公开招募患者的时候，有很多人参与，就是因为大家都把这项科研成果当成了救命稻草。

科技不断在发展，人工神经网络本身受到人类大脑结构的启发，从而创造出来，在AI智能领域有所突破，日新月异，同时人类脑科学领域的认知也在不断加深。邵新希望通过最新的科技手段进行尝试，对人脑受损区域进行修复，将神经网络在高度专业化的环境下应用于生物环境，这本身不是天方夜谭。

但当年所有的科研细节全部被封闭在研究院内部了，但凡是实验，必定存在风险，而相关风险信息显然没有对外公布。

她需要他的解释，此刻银色的金属杯仿佛也有温控，四十度的水温让人感觉不到烫，一切刚刚好，如同她醒过来看见的一切。

孟宁语还在提问："如果对病人的脑部促醒失败，会造成什么后果？"

邵新摇头，他松开手叹气，然后告诉她："宁语，我不知道你在院区看见了什么，但事情不是你想的那样。"

一杯水无法平息心底的疑问，毕竟孟宁语脑子里的记忆清清楚楚，她急着喊他："邵新！"

机械臂延展，替她拿走水杯，而身前的人轻轻做了个"嘘"的动作，指着监控屏上她不断波动的情绪曲线，示意她不要胡思乱想："这些事都过去三年了，不是一两句话就能说清的。你刚醒，绝对不能再受刺激了。"

她想起当时在屏幕上看见的灰色头像，脑死亡三个字历历在目，当下克制不住开始发抖。她嘴里的话飞快往外冒："我妈当年就经历过这些，我很清楚病人脑死亡意味着什么。邵新，无论过去多久，发生过的事不可能被掩盖，如果研究院里真的存在非法实验……"

人命关天。

他打断了她的话："那么多警察，不止你一个。"

孟宁语顿时哽住了，他说的没错，警方针对研究院立案调查，她却发生意外，倒在床上昏迷三年，这期间究竟发生过什么她根本不知道，而如今邵新还守在这里，显然他的促醒实验取得了成功。

还有她脑子里那些坠楼的画面，和醒过来遇到的遭遇完全不符。

到底是怎么回事？

"听话，先管好自己。"他看她一脸严肃的样子，又被逗笑了，摸摸她的头发说，"孟警官，如果局里真等着你这种废材调查案子，黄花菜都凉了。"

废材眼前狗啃的刘海飘来荡去，直接把她一肚子的问题给憋回去了。

孟宁语心里发慌，只能揪着一缕头发恶狠狠警告他："正义永远不会缺席！"

“行，正义的化身，摸摸你的肾还在不在？”邵新冷下脸，比她还恶毒。

孟宁语一愣，脸都白了，还真的伸手去摸，因此活动了两下，感觉自己发僵的手脚迅速找回了力气。

虽然她这半吊子警察脑子不好使，但四肢发达，要比精神头，她可从来没输过。

邵新已经笑出声了：“全套心肝脾肺肾，外加眼角膜、骨髓……你躺在我这里三年，院里能有千万美元的获利。”

她意识到自己又被涮了，人蠢还不承认。她抬起肩膀动一动，嘟囔着说：“变态科学家，谁知道你能干出什么啊，也没准你成心跟我说这些呢？实际上是打算将我困在什么虚拟世界里……”她一边胡扯，一边偷偷打量邵新。

今天他还是毛衣配围巾，露出来的皮肤浅淡，白到能看见青色的血管，人还是那个人，但三年后他行走如常，脆弱的身子骨变得坚强不少，一笑一动之间，确实没有那么病态了。

“是啊，都是假的。”邵新目光中透出赞赏，微微侧过脸，压低声音和她说，“欢迎来到新世界。”

他说着往旁边让一让，示意她放松心情。

孟宁语不依不饶，但窗外的景色成功吸引了她的注意力。

她记忆中的承东市永远沉浸在冬日之中，仿佛只有铺天盖地的大雪，好不容易赶上天气好的日子，那点可怜的日光也隔着云，但今天外边显然是个久违的晴天。这里应该是二层楼，角度刚好，能看见楼下平整的草坪，满眼浓郁的绿，远处还有树，午后的太阳在地上晒出一片灼人的光，再看远一点，无遮无拦的林子之后还藏着半边天，朦朦胧胧，不知道是建筑还是桥梁的影子。

她昏迷三年，险些忘却人间。

这感觉太好了，一个长久被困在梦里的人，突然睁开眼看见窗外，满眼都是草木，触目所及的一切都透着旺盛的生命力，让人动容。

孟宁语心情大好，动动腿就打算下地。邵新还没来得及阻止，她已经浑身发软，直接就往地上跪。

“免礼平身吧。”他伸手抓住她的领子，姿势无奈，只好说，“慢慢来，先坐在轮椅上。”话音刚落，门后的轮椅自动行驶过来，他低头抱她。

孟宁语十分挫败，配合他伸胳膊，感慨自己这只野猴子的进化过程实在坎坷，只能挂在他身上贫嘴：“哎？邵教授挺有力气的，这两年你还真把病治好了……”

说着她手下一顿，突然想起当天在医疗院区发生的一切，当时邵新也是这样把她整个人抱起来的，于是她心底的恐惧感突如其来，忽然推他说：“别！我自己能坐！”

他的手还在她身上，人也离得近。

她清清楚楚看见邵新那双好看的眼睛微微下压，隐藏着一小片晦暗不明的光。

他没有松手，只是抬眼盯着她，那双眸子的颜色愈加浅了，迎着她躲闪的姿态，目光之中似乎带着宽慰。

面前的人轮廓非常清楚，近在咫尺，连温度都熟悉，让她分不清到底谁才是梦中的复刻。

孟宁语又开始怀疑自己摔傻了，心里的话没头没脑往外冒：“我不是自己掉下去的。”

很快，邵新向下抱住她的腿，孟宁语简直像条件反射一样尖叫起来：“放开我！”

邵新没松手，他将她直接按在怀里，又挪到轮椅上。

“我记得那天发生的事，确实停电了。”她一个激灵，直到平安坐稳，嘴唇还在发抖，“很暗，我走到窗边才发现没有路了，身后有人追过来。”

他听见这话并不意外，只是走到她身后，手动接管轮椅。

孟宁语没想到邵新竟然是这种淡然的态度，又急忙开口说：“我坠楼不是意外！我再傻也不可能自己找死啊。”说着她在轮椅上扭身看他，“研究院里有人想灭口！”

邵新拍拍她的肩膀，让她不要激动，又说：“昏迷是深度的意识丧失，对外界刺激失去感知能力。你之前脑部受伤，一直处于这种状态，而促醒技术需要不断刺激你的感知区域……”他又轻轻点了一下她的脑袋，“通俗点说就是，昏迷的人不会做梦了，但这项技术的突破就是重构受伤区域的脑神经，把各种断掉连接的感知力重连，相当于一步一步让你从做梦开始，恢复全部意识。”

她越听越茫然：“你的意思是，促醒的过程中在强迫我做梦？”

“你在昏迷的时候梦见的事情很可能超出常理，不合逻辑，很正常，那是意识恢复的第一步。”邵新很有耐心，提醒她，“所以你一醒过来，是不是觉得自己对坠楼的事记得特别清楚？因为对你来说那天的经历太可怕了，你在潜意识里印象深刻，要是换了别的病人，没准还能梦见点好事。”

这话里的信息量实在太大了，孟宁语一时难以消化，但有一点她还是能判断出来的：“不，那不是梦，那就是我的记忆。”

“那你看清凶手是谁了吗？”

她心里压抑的秘密轰然被撞开，她抓着轮椅扶手，一动都不敢动，只记得盯着邵新，眼看他面色平和，她又不敢说了：“我……”

“你看，肯定有很多细节经不起推敲。你刚刚才醒，所以我没有着急和你说这些，主要就是因为你复苏时间太短，在这个阶段，你的很多记忆都容易发生混乱，都是正常情况。”邵新推着她慢慢向前走，一起走到窗边。

他的声音轻轻缓缓传过来：“不用勉强，等你好起来，一切都能查清。”

孟宁语还在摇头，她不死心，同时觉得古怪。她没有死，在三年之后死里逃生，可是一切直接跳过了那个冬日来到如今，邵新避而不谈，让她无法接受。

房间里的提示音突如其来：“请保持冷静。”机械臂旁的红光闪烁，自动提醒需要使用镇定药物。

她心里有种不好的预感，意识到这间病房一直全方位在对她进行监控，立刻说：“我没疯。”

“不是你想的那样，人的睡眠对于脑部恢复很有帮助，系统必须维持你的神经营养。”邵新示意她不要再想了，“疗程是由程序统一分析后执行的，必要的时候需要让你休息，但不是强制性的，别紧张。”

孟宁语想起昨天自己一用药就睡到日夜颠倒，瞬间不再争辩了。

眼前的一切都藏着秘密，她需要答案，必须保持清醒。

邵新把她推到窗边，他好像很满意今天的天气，说了一句：“我记得你过去总是抱怨下雪，天天盼着出太阳。”

很快，孟宁语看见玻璃之外的世界了，阳光永远能让人焕然一新。

窗外确实有一片宽敞的草坪。此刻她可以仰头看天，头顶上蓝天白云。她很难相信承东市会有这样好的天气，简直像是画出来的标准背景，竟然有些不真实。

“我喜欢晴天。”孟宁语的心情好了很多，看见邵新也静静站在光影之中，连眉眼都显得格外温柔。她不自觉地犯起老毛病，嬉皮笑脸地歪着脑袋和他说，“主要还是因为喜欢你，谁让你怕冷呢。”

邵新直觉大事不好，赶紧说：“停，打住，别来这套。”

她开始笑，一边笑一边开始冒土味情话：“阴天、雨天、晴天，都不如什么？你猜，别查啊，快问快答。”

邵新拉着她的轮椅打算往后撤：“你还是回去睡觉吧。”

这是孟宁语唯一能赢过他的游戏，一看邵新回答不出来，她乐得直捶腿：

“都不如你和我聊天。”

他微笑，让她闭嘴：“我就不该给你机会说话。”

看在她如今可怜巴巴还要坐轮椅的分上，邵新由着她胡扯，站在墙边耐下性子陪着她。

她已经飞快地想起下一个段子，非要逼他回答。

邵新满脸不屑，眼睛却一直盯着她看。

他发现孟宁语此刻的笑容无比真实，像一丛炙热的向日葵，生机盎然，猎猎迎风。

只要他还能看见她的笑，一切都值得。

很多年前他就知道，孟宁语身上有种惊人的生命力，轻易就会感染身边的人。承东市的冬天太长，可无论经历过多少湿冷的日子，只要天晴，她永远雀跃。

他的小朋友不漂亮也不聪明，却从不灰心，骨子里保有对生活的热忱。

邵新记得自己刚见到孟宁语的时候，他其实没有想到她会那么惨，一个女孩，失去双亲，只能靠母亲的赔偿金度日，被迫在逼仄拥挤的小房子里独立生活。他去的那天是她亲人的忌日，她身边明明只有一只狗，还不忘抱着大黑冲他笑。

那时候的孟宁语才十几岁，命运发疯一样非要把她压垮，可她不诉苦也不抱怨，她只会做饭，就想着把仅有的一点点温暖也拿来分给他。

因为孟宁语，邵新才渐渐理解，即使科技进步，一切都可以更新换代，这世界好像没有什么独一无二了，但有些人事永远不可替代。

就像他记忆中的女孩，刻骨铭心。

他相信，只要让她缓过一口气，她永远都能向阳而生。

孟宁语沉浸在自己的游戏里不可自拔，直到把这两天没来得及说的废话都说够了，她总算累了，又趴在窗边晒太阳。

这似乎是个新建起来的医院，环境非常好，左右都是草坪，根本看不见尽头。

她渐渐安静下来，心里反而越发没底。空间上的迷失，无疑让人缺乏安全感，她不知道这栋楼有多大，只能感觉出面前的窗口只是其中一间。

她在阳光下伸出手，又盯着远处的树林，发现树旁的影子位置已经发生了偏移。她下意识又往头上看，日光灼灼，晃得人睁不开眼。

她趴在窗口继续晒太阳，手上却不觉得烫，日光似乎没能带来预想之中的暖意。

孟宁语回身看时间，她记得自己醒来的时候才是正午，那会儿刚过十二点，而此刻墙壁上的显示屏竟然告诉她已经是下午三点半了。

时间过得非常快。

她盯着自己的手，依旧毫无灼热的感觉，又想到自己睡了快二十个小时，可她此刻完全不觉得饿。

孟宁语想不通，却心惊肉跳，于是她逼自己保持冷静，装作什么都没察觉。

她不经意开口问邵新："我隔壁还有其他病人吗？"

"都是住院患者，和你一样。"

"这里太安静了，天气这么好，怎么都没人出去？"

她趴在这里放风，除了草坪就是树林，能看见的地方没有步道，所以半天也没有看见路过的人。

邵新有点想笑，替她拉上半边窗帘挡光，又说："这里是医院，又不是菜市场，有的病人复苏好久都不能下床，不是谁都像你这么幸运，一醒就能动。"

"那你带我出去看看吧。"孟宁语靠在轮椅上，抬起一条腿，"我都快躺成面条了，让我呼吸呼吸新鲜空气，见见活人。"

活人没见到，病房里先响起一声提示音，然后门外溜进来一个"垃圾桶"。

它还是一成不变的童音，带着欢快的语调说："恭喜发财！"

孟宁语仰靠在轮椅上大声叹气："咱们商量商量，你别让这玩意儿负责我的病房了。"

邵新好像对"垃圾桶"十分放心，指指它说："你有什么事都可以和它说。"说着他扫了一眼时间，又将窗帘关闭，眼看就要离开，"行了，你今天说这么多话太累了，恢复过程必须一步一步慢慢来……我送你上床休息。"

孟宁语觉得自己好像刚刚才到窗边，不知道是谁的时间概念出了问题。

她一着急反而突然想起来，昨天也是下午三点半的时候有人过来，当时她老老实实听从"垃圾桶"的安排用药，结果就是睡到不省人事，今天她无论如何都要留个心眼，不能听那鬼东西摆布了。

她决定先解决眼前的麻烦，立刻和邵新说："我很冷静，能自己休息，别让它瞎指挥了。"

"好。"邵新没有强求，把她抱回病床上。

墙边四处溜达的"垃圾桶"规规矩矩靠边站，又替她播放起那首钢琴曲，缓和她的情绪。

孟宁语看见邵新在床边整理仪器上的数据，出声问他：“你又要走？”

他低头安慰道：“还有工作，你好好休息，赶紧睡觉，等你醒的时候我肯定在。”

她闭上眼，马上又睁开，一脸不踏实的表情说：“你把这些乱七八糟的机械臂，还有那个什么监控都关了吧，不然我老感觉自己像个犯人似的，等你来了再给我检查。”说着她抬手保证，“你放心，我死不了，肯定好好睡觉，恢复脑子。”

她嘴里唠叨着提出一堆要求，邵新想一想，似乎也懒得和她解释了，他干脆如她所愿，把灯光调暗，又让病床边的系统暂时下线，只说了一句：“那让‘垃圾桶’陪着你，有事就说。”

很快邵新离开，留下孟宁语一个人沉浸在《夜色奇境》的音乐里。

病房重归冷清，墙壁上又显示出诗句，如同高级屏保。

> They say to me in their awakening, “You and the world you live in are but a grain of sand upon the infinite shore of an infinite sea.”
>
> 他们醒来时对我说：“你和你存在的世界，只是沙粒，在无边之岸，无涯之海。”
>
> ——纪伯伦

孟宁语无聊地看着它，总觉得眼熟，似乎在哪里看到过，脑中被忽略的碎片记忆渐渐拼凑完整，让她想起三年前的冬天，她去书房找邵新的权限卡，那时候卡片就被他胡乱夹在了书页之中，而书的封面上有暗金色的字，就是纪伯伦的《沙与沫》。

她躺在病床上暗暗较劲，试了试自己手脚的力气，然后翻身，直接和床边的“垃圾桶”大眼瞪小眼。

它头上一圈黑色电子屏，闪出一对蓝色的大眼睛，十分努力地想要表达可爱的表情。

孟宁语没想到连它都会卖萌了，总管它叫“垃圾桶”也不太合适，毕竟这玩意儿没准有好几百个，缺少辨识度。她问它：“我有只狗是你兄弟，它叫富贵，我也给你起个名字吧？”

它变成心心眼，马上答应：“好呀。”

孟宁语的病房里白花花的，只有它的眼睛在发蓝光，于是她随口就说：“那你就叫蓝精灵了。”

机器人情绪稳定，欣然接受。

孟宁语此刻和它沟通还算不错，她马上指挥起来：“你帮我拿点能看的东西来，杂志啊报纸之类的，要传统的，我从小一看印刷的字就困，没准看两眼我就睡着了。”

蓝精灵头上的灯光闪烁，十分痛快就答应她了，很快往门边移动。

她在床上盯着它，打算等它出去拿东西之后就往外溜，没想到门外刚好有人过来，直接把一沓杂志似的东西递进来，全程没说一个字。

这也太快了。

孟宁语依稀看到人影，好像又是昨天来过的那位护士。她照样用口罩挡着脸，目光平静，仿佛一点表情都没有，送完东西关门就走了。

她没想到会是这样无缝衔接的送货服务，根本没能找到空当。她只好自认倒霉，拿着那几本杂志躺在床上瞎翻。

大概因为这里是邵新的医院，能送来的杂志都是乏味的科技读物。好在孟宁语只是找个借口，她一边翻一边走神，又问时间，显示屏上的钟点已经飞速跳到下午五点钟了。

混乱的时间，奇怪的医院，而邵新也有所隐瞒。

她醒过来的世界处处透着可疑，无论如何，她必须想办法溜出去看看。

很快，孟宁语的目光落在那些杂志的封面上，有一本上边印了巨大的黄色标题，非常惹眼，刚好还和邵新相关——《改写人类未来——走进启新研究院》，下边的导语寥寥几句，更加吸引眼球，大意是说研究院在仿生学上有重大突破，正在进行一个名为“引渡者”的科研项目。

她过去从来没听邵新提到过，因而越看越迷茫。她发现这本杂志是今年年初发行的，也就是在她昏迷的这三年，研究院还在继续科研。光看字面意思，所谓的“改写未来”是说仿生科技发展下去，将会有仿生机器人问世，所以报道的噱头都集中在科研伦理矛盾上。目前尖端科技发展迅速，最终目标绕不开关于仿生人的研发。这种项目一旦成功，无疑将开创人类历史的新纪元，但按照这个路子走下去的未来社会，显然已经在无数科幻作品里被预见过了。

没想到科学杂志还能提神醒脑，一点都不无聊。

三年前孟宁语在研究院里看到的AI助手都是机械外形，根据不同用途划分，有着各种奇葩的样子，天天被她吐槽，总之他们研发的机器人完全没有拟人化的趋势，这个莫名其妙冒出来的“引渡者”是什么鬼?

她想着想着头又开始疼，冷汗直冒，可惜这种杂志也有标题党的嫌疑，翻来翻去什么干货也没说，绕来绕去都是科研宣传。它先提到了早期仿生学的积极意义，以及人造器官在医学上的突破等，最后才进行隐晦猜想，认为启新研究院已经在进行仿生机器人的研发，但因为涉密，所以报道用词含糊，只有一张潦草配图，主体图案是启新研究院的徽标，后缀多出一个灰蓝色的机械人形标志，以此代表“引渡者”项目，真实性存疑。

孟宁语盯着那个人形，发现它连五官都没有，实在有点可笑，可惜她也没能笑出来，毕竟这种报道能被发表，不可能全是信口胡诌。

这下她的心情更复杂了，装模作样地又看了一会儿，抬眼瞥墙角，发现蓝精灵挺安分，依旧贴墙而立。

它顶着硬邦邦的桶状外壳，一点都没有拟人化的宏图伟愿。

孟宁语突然翻身，装作腰疼，手里乱推，直接把那本杂志甩到床底，又叫它说：“快，帮我捡一下。”

“好的。”

蓝精灵的服务意识很强，它移动到床边，机械身体的好处是可以迅速调整，于是它马上降低自己的高度，直接滑进了床底。

孟宁语看着它的金属脑袋消失在床边，想也不想抬腿下地，她也不知道哪儿来的力气，拉开门就冲了出去。

出乎意料，孟宁语就这样轻而易举地跑出去了。

按理来说，蓝精灵是个机器人，很快就会发现病人的异常行为，因而连接系统，但几分钟过去，她预想之中的提示音根本没响，也没有任何阻止她离开病房的警报。

孟宁语感觉四肢有些发软，但她这段时间恢复程度惊人，此刻下床走路竟然不成问题了，于是她一个人站在门外的走廊里，毫无方向，只能向前去。

更加出乎意料的是，她万万没想到，三年之后，自己竟然还在启新研究院。

第三章 · · ·

无路可退的迷宫

邵新对她说了谎，根本没有什么新建的医院。

孟宁语一直没能离开当年的医疗院区，她所看见的二层空间和当年一致，住院区还在，一条走廊贯穿始终，左右都是病房。

她顾不上去想原因，因为每走一步，都是在确认自己的记忆。

走廊依旧十分安静，顶上有灯，浅米色的地砖过分干净，简直能照出人影。

孟宁语很快经过两扇门，但记忆中那些门上的观察窗口已经被取消了，现在外人完全看不见内里的环境。她仔细观察，发现门边都有相应病人的姓名编号，隐隐能听见里边也有类似安抚性的音乐。

看样子应该有人，这种场面总算让她心里稍微有些安慰，情绪也逐渐冷静下来。

很快，她走到拐角处，当年那里的护士站还在，此刻里边坐着两个人，面朝电脑屏幕，背对她的方向，似乎都在工作。

孟宁语放轻脚步打算溜，但其中一个人很快回头，把她吓了一跳。

对方还是那个护士，口罩之上露出来一双眼睛，毫无波澜。

孟宁语只好装作自来熟，尴尬地挥挥手，打算解释自己闲得发慌，溜达一圈马上回去。她做好心理准备，但对方很快又把头转回去了，竟然没有阻止她的意思，仿佛根本没看见。

孟宁语一时错愕，也不敢动，手边的墙壁突然亮了，内嵌的智能屏上显示出一个绿色箭头，如同提示一般，正指向前方。

她只好顺着墙边往前走，大致想起来，箭头所指的方向，和自己记忆中一致。

果然，她在走廊尽头找到了当年那几间办公室。

三年之后，此时此刻的孟宁语没有权限卡了，于是她对着第一间办公室犯愁，伸手推门，打算纯拼运气，没想到办公室的门似乎根本没有锁，一推就开。

这一切未免太顺利，然而好奇心总能让人战胜疑惑。她来都来了，没空权衡，毫不犹豫进去，看见四下的陈设和三年前一模一样，只不过这一次她还是没挑准时候，有人应该不久之前还在办公，连电脑都开着，让墙壁上照出荧荧一层光。

孟宁语开始担心医生随时会回来，赶紧去看电脑，刚靠近桌旁就有了新发现。

正对桌子是一排高大的文件柜，玻璃门透光，里边收着几个透明的密封袋。

她非常熟悉那些东西，因为那是自己三年前进入研究院时穿的衣服。一件黑色的羽绒服，还有贴身长裤，如今全被人折叠放好，衣服上还压着她的手机，而且柜子没有锁，简直就像摆在那里等她看。

孟宁语心里警惕起来，想了想，还是把袋子拿出来了。

她抱着东西仔细听走廊里的动静，外边暂时无人走动，于是她抓紧时间把手机拿出来，万幸还有电，她在等待开机的时间里又去翻电脑上的资料，屏幕上刚好就是病人的住院信息。

这一路上太过顺利，她手指点着鼠标，心里却开始害怕，这分明是有人在指引她回到这间办公室。怕归怕，她不能放过任何信息，于是快速浏览，果然又找到了当年那三个灰色的头像。

孟宁语再次确认自己的回忆，启新研究院里存在非法实验，有三个病人意外死亡，她记住的一切都不是梦。

她马上继续查看电脑里的其他内容，想到自己刚刚看到的那篇项目报道，琢磨了一下关键词，不知道怎么检索，最后干脆输入项目名字“引渡者”，蹦出来一个文件夹，却被加密，无法浏览。

她不知道密码，急于尝试，光记着回想和邵新相关的事，脑子里蹦出屏幕上那些纪伯伦的诗句，虽然没抱希望，但她还是顺手试了一下那本散文诗集的名字：*Sand and Foam*。

下一秒，密码通过验证，一切有如神助。

孟宁语没空高兴，因为文件夹之中的信息繁杂，数不清的文档铺满了屏幕，她在慌乱之下只来得及关注唯一能看懂的内容，原来那篇报道不是胡说，因为它放出的项目标志竟然是真的。

此刻所有“引渡者”的相关文档背景都是同样的图案，由启新研究院的徽标和灰蓝色机械人形融合而成。

她放大图案仔细看，感觉它虽然只是个标志，但在细节上却设计感十足，连人体的骨骼脉络都有构架，然而脸部只有轮廓，没有任何五官。

孟宁语又点开产品测试，测试在时间轴上位于最后阶段，一定有所谓的“产品”已经完成了前期开发。她越来越紧张，本能地屏住呼吸，仔细查看里边的内容，按照内部记录显示，生物实验室内首个成品通过验收，“引渡者001”已经在进行最后的收尾工作了。

所有信息戛然而止，而项目时间和她自己一样，通通卡在三年前的二月份。

她意识到杂志上的头条不是业界搞出来的噱头，启新研究院之内隐藏的秘密比她想象中还要多，他们不光在临床实验上违法，暗中还有其他可疑的研究项目。

这个所谓的“引渡者”到底是什么产品？仿生机器人？

孟宁语愣在电脑前，回想起所有古怪的细节，似乎都有迹可循。邵新一直致力于脑部促醒，而整个研究院也一直在研究人脑的记忆构成，再加上这个仿生项目的成功……一旦可以让AI机器人拥有完全拟人的体貌，那启新研究院最终的目的是什么？

一切细思极恐，桌上的手机开机后振动提示，动静轻微，把她吓了一跳，就在她抓起手机的时候，走廊里又传来声音。

院区广播通知护士站，有患者擅自离开病房。紧接着她所在的办公室门边很快闪烁出红色的光。

孟宁语知道自己没有时间细看了，她马上把手机藏在袖口，在慌乱之中最后扫了一眼屏幕，文件最下方有一行小字，生物实验室负责人：袁沁。

办公室的门很快打开了，外边又是那个熟悉的蓝精灵。

探险环节被迫终止，孟宁语老老实实跟着她的“看护”往病房走。

大概因为这种机器人的服务系统配置优秀，所以蓝精灵的态度非常友善，一路上都闪着心心眼，不断重复和她说：“请回到病房休息。”

走廊里静悄悄的，孟宁语不断往墙上看，故意走走停停，却没再看见绿色的箭头指引，而护士站那两个人也分毫未动，仿佛一直沉迷于工作，听见他们走回去的动静也不回头，背影笔直。

孟宁语匪夷所思，指指那两个人，问蓝精灵："她们怎么回事，真是哑巴？"

蓝精灵欢快地回答："不是呀。"

她又问："那为什么不理我？"

蓝精灵又开始装傻："恭喜发财！"

孟宁语气结，大概摸出规律了，这玩意儿一旦遇到不能回答的问题，就会说这句口头禅，相当于无可奉告。

她蔫头耷脑地走到病房门边，突然出声问它："我好看吗？"

蓝精灵十分机智："邵新教授让我回答好看。"

她一巴掌揍上它的金属脑壳，眼看小家伙不记仇，还是心心眼，配上软糯的童音，让她气都没地方撒，只好老老实实爬回床上。

蓝精灵已经帮她把杂志捡回来了，而且还很贴心地整理好，放在床边。

孟宁语躺下又翻了一圈，没有更多的发现，一切看似又回到原点，熟悉的钢琴曲和宽敞的病房，氛围轻松。

她暗暗观察时间，此刻的电子表竟然又飞快跳到夜里九点了，果然像被人为调整过，于是她往窗边打量，虽然帘子遮光，但边角有缝隙，她看了半天，外边的天似乎也真的黑下来了。

她无法解释这一切，只好拉上被子，向"看护"示意自己一定好好睡觉："我不跑了，你去守门吧，我躺一会儿。"

蓝精灵如她所愿，滑去门边，一动不动。

孟宁语安静下来回忆，感觉所有事情千头万绪，从三年前开始就打成了死结，最关键的是眼下自己的处境堪忧，因为时间出现问题，不知道是不是有人控制病房，故意造成了假象，而她所在的住院区也处处透着古怪。

记忆和现实通通成谜，无处可解，只有一件事是确定的，她知道自己今天离开病房没那么幸运。

她或许可以偷偷溜出去，但根本走不了多远。护士站的人早就发现她了，却没有立刻让她回来，有人在暗中给出方向提示，她也一路印证了自己旧日的记忆，甚至发现研究院里还隐藏着机密信息，如果不是有人刻意放水，每一步都不可能这么顺利。

对方甚至还把她出事当天留下的东西摆出来了，简直就像在暗中帮她。

孟宁语尽量让自己躺得舒服，心里却像被无数根针扎着，越想越感觉浑身的汗毛都立起来了。她明白，有人知道她醒了，需要她离开病房。

最令她害怕的是……这个人不是邵新。

从她醒来开始，邵新虽然态度平和，却一直不愿意告诉她这三年发生的事，而且他在控制这个地方所有的流程，他会在她醒来的时候出现，然后每天下午三点半的时候离开，他总是暗示她需要多休息，最好赶紧睡觉，他没有必要背后放水。

未知的环境永远令人恐惧。

孟宁语尽量调整呼吸，让自己看起来睡得踏实一点，然后慢慢滚进被子里，最后才把手机从袖口滑出来。

病区里没有网络连接，似乎也根本没有运营商的信号。她在手机里看到自己拍到的内容还在，其余的短信都是三年前留下来的。

当时申一航发来的消息还在，她逐一查看，想起队里和她通气的内容。

警方接到报案，重点怀疑医疗院区，但当时孟宁语自己对这个机密区域也不熟悉，所以申队希望她想办法能先混进来，重点搜集临床实验上的资料，包括内部文件作为线索。

她确实找到线索了，可是三个病人死亡，尸体的去向没有任何记录，这才是最关键的证据。想到这里，孟宁语的记忆突然清晰起来，她想起自己坠楼时看到的画面，当时楼下有一座可怕的焚烧炉，可以轻易处理掉尸体。

三年之后，她在白天的时候靠近窗口观察过，楼外的景物已经完全变样了。草坪和树林掩盖了一切，当年院里那些灰色的主楼也不见了。

她不知道研究院是不是经历过搬迁重建，总之如今所见，格局完全不同。这倒不算意外，如果研究院藏有秘密，不管用什么手段遮掩，他们确实不可能再留着那座吓人的焚烧炉了。

这个认知让人浑身发冷。

孟宁语无法想象这一切发生在启新研究院，也无法想象这些事都和邵新有关。

她躺在病床上，又觉得此时此刻才像做梦。

原来那个冬日还不是最可怕的结果。

人心有鬼，自然睡不着。

可惜现在根本没有网络，孟宁语拿着一个破手机也没什么用处，而且她已经被人困在了医疗院区。

说来倒霉，她这辈子活到现在，危险关头连个能求助的朋友都没有，何况就算有，眼看她都躺了三年多，这会儿突然找过去，大概和诈尸没什么区别。

此前她的人生和邵新息息相关，偏偏如今醒过来，她最防备的人就是他。

孟宁语怅然地想了半天，只能想起申一航，不知道师兄有没有得到她转醒的消息……只要还能联系上他，也许一切还有办法。

她被逼到又开始演戏，迷迷糊糊地从被子里挣扎出来，装成突然醒了的样子，又左右看一看，喊蓝精灵，问它有没有iPad之类的东西，拿来给她玩玩。

蓝精灵很抱歉地告诉她："现在是休息时间。"

"我睡也睡够了，上网打发打发时间都不行吗，这也算是休息啊。"她侧身逗它，"你和邵新申请一下，就说是我想要的。"

"抱歉，院区没有网络。"蓝精灵的童音干脆利落，"邵新教授正在工作，暂时由我接管病房，请安心休息。"

这哪是住院啊，分明是坐牢。

孟宁语无法理解，一股火冲上来，正打算骂它，突然意识到没有网络或许是院里刻意为之，目的就是切断病人和外界的联系。

只要她还在这里，一切就要听从院区安排。

《夜色奇境》悠然循环，听着听着就让孟宁语不自觉放松了神经，仿佛连这首歌都是为她量身定做的，触发她心底最柔软的回忆。

此刻智能屏渐渐又显示出一行字：

> Only once have I been made mute. It was when a man asked me, "Who are you?"
>
> 独独一次，我被迫沉默了。"你是谁？"那时一个人这样问我。
>
> ——纪伯伦

她盯着那些诗句出神，想到邵新知道她曾经做过什么，所以在她醒来之后，感受到的一切都格外熟悉。他明明什么都不问，却不断通过细节刺激她回想，无论是音乐，还是这些不间断播放的诗句，病房中的细节如同隐喻。

此时此刻，孟宁语在这种微妙的环境之中沉下心，觉得邵新把她留在这里，绝不只是为了休养，因为这些屏保不断出现，弄成了给她的密码提示。

她就像是走在海边，每一步都真实，脚下却暗流汹涌。

孟宁语心里憋屈，一时没想到别的办法，伸手向蓝精灵示意，还是做梦比较有意思，让它闭嘴，然后又躺平了。

目前来看，这地方太怪了，一切都不合常理，所以她必须离开才能捋清思路。

按照过去的印象，只要下楼就是一层，很快能找到出口，而明天邵新肯定还会回到病房来看她，她必须在他来之前，想办法离开。

孟宁语虽然清楚自己要做什么，但对于怎么做毫无头绪，于是她想着想着开始走神，而钢琴曲的催眠效果卓越，她很快感觉力不从心，身上那种疲惫的感觉又回来了，眼皮渐渐打架。

意识一旦放松下来，回忆如同潮水，顷刻袭来。

半梦半醒之间，她躺在病床上抓着那个手机，又看见了刚到警队的自己。

孟宁语不是警校出身，体能测试也勉强通过，像她这种社招进来的女警，大部分只能在办公室里负责案头工作，毕竟体制内不是所有人都能上一线。尤其她还被分到了刑侦队伍，涉及出现场，队里遇到的案子多数都很危险，如果不是特殊情况，女警都忙内勤。

她此前最多配合过申一航的日常工作，有时候传唤女性嫌疑人，她帮忙带着做做体检。几个月的时间下来，狐假虎威的架势学过一些，也仗着自己天生嗓门大，一穿制服很有精神头，颇像那么回事。

队里的同事听她喊申队师兄，就以为俩人是老同学，所以人人都对她十分照顾。

那时候的生活很简单，她努力上班，整理卷宗，跑跑档案，去食堂吃饭，等到下班时间就能松一口气了，像她这种岗位也轮不到什么要紧的活儿，大部分时间都能准点走人。

承东市总是大风大雪，冬天过长，容易让人贪图安逸。她一个基层的小警察，以为自己和出生入死的故事不沾边。

她被申一航叫走那天，窗外在下雪。

当时他们大办公区的空调暖风坏了，孟宁语正在着急找警保处的人。

她打电话过去，一口一个“王叔”叫得格外亲切，电话另一端都是在局里混资历等退休的老人了。那位前辈叔叔四十多岁，一听小姑娘嘴甜，立刻答应上楼来修。

左右两个小兄弟都对她竖起了大拇指，念叨着招个女孩进来就是好。

申一航突然喊她过去，孟宁语当时还抓着两个空调遥控器，蹦蹦跳跳就去找他。

申队平日里认真起来脾气挺大，毕竟都是干这行的男人，再好的性格都得被磨出茧子，所以说话口气扎人，但他一向对孟宁语态度和善。那会儿同事之间时常起哄，说她那句师兄不是白叫的，可孟宁语根本不多想，只觉得是因为自己心大反应慢，所以人家领导对着她这块软硬不吃的榆木疙瘩，根本懒得费劲。

那天申一航却十分反常，说话态度异常郑重。

他对着投屏，说完大致案子，直接导致孟宁语脑子里塞满关键词，“违规实验”“致病人死亡”“非法交易”等，让她无力消化。

此前队里对这个案子严格保密，孟宁语也没能接触到相关卷宗，所以她当场光记着反驳他：“不可能，我了解邵新，他的研究院都有正规手续，医疗院区也有专业的医护团队在负责运营，这么多年了，不可能出问题。”

申一航对她的反应并不意外，尽量给她说清前后原委：“这事不是一天两天了，举报人是其中一位病人的弟弟。据他所说，是他姐夫签字同意，把病人送去参与实验的，但他姐姐入院半年后病情危重，在院区离世。他姐夫作为亲属，收到过一大笔研究院的赔偿金，私下达成协议，说白了就是拿过封口费，而家属根本没有见过遗体，直接就把这事了了。我们摸过情况，他们家庭内部有很大分歧，举报人的姐姐确实和丈夫常年不和，后来受伤昏迷，他姐夫早就想甩包袱了，不愿意继续花钱维持……所以举报人知道后非常愤怒，直接把这事捅出来报警了。”

听上去人命关天，可警察对人性底线的认知更为清楚。启新研究院招募的都是植物人，对个别关系并不和谐的家庭而言，让长期昏迷不醒的病人参与这项促醒实验，本身就是抱着死马当活马医的心态，最重要的就是可以免去日常护理的成本，这对普通人家吸引力很大。如果真的治不好出事了，和家属暗中协商进行赔偿，对早已麻木不抱希望的亲属而言，甚至等同于解脱。

“你的意思是，研究院里很可能长期通过这种非法手段……进行人体实验？”

“是的，我们想要调查具体情况，但在院区遭到阻挠，很难深入研究院内部排查。如果一切属实，肯定牵扯到院里的高层授意，所以目前邵新是重点怀疑对象。”

孟宁语越想越觉得这事离谱，急着给申一航解释，启新研究院没有外人看起来那么神秘，她以前天天去：“研究院最多也就是造造机器人，我听邵新说过，那个医疗院区才刚刚起步，临床上的促醒技术也只是研究阶段，而且他根本不是医生出身，没有那么大本事，必须和同事配合。”她一提起邵新难免有点激动，“大家对邵新不了解，他有自溶性贫血，天一冷连路都走不了，自己的病都治不好呢，他还费这么大劲做什么脑部实验，闹出人命，再拿钱封口，为了什么？他根本没有动机啊。”

申一航示意她先不要激动，又打量她的表情，欲言又止。他手里拿着激光笔，半天都忘了按灭，突然换话题：“我听说你和邵新住在一起。”

孟宁语的话卡壳了，她抬眼看见电脑屏幕上有缩小的文件，就是以她的姓名命名的。

队里在查启新研究院，不可能不摸查她的背景，但申一航当着她的面，没把话说得太直白。

孟宁语不再犹豫，直接点头。

申一航在对面愣了一下，好像不知道该怎么往下问，反倒让两个人莫名都有点尴尬。

“你大学的时候说，邵教授一直在资助你上学，你们差了有十多岁吧？”申一航说得快，突然感觉不合适，马上又补了一句，“当然，我没有别的意思。”

孟宁语摇头，她也没心情解释这些。

对面的人又想了想，开口问：“现在……你们是恋人关系吗？”

她不知道申一航脸上的表情算不算失落，只记得自己非常耿直地继续点头。

“以你们两个人的关系，我是建议让你避嫌的。现在案情复杂，而且研究院里确实有国家扶持的保密科研项目，公开调查影响太大，所以这活儿应该找有经验的人去。”申一航显然抉择过，却遇到僵局，没有更好的方案，所以他最后还是只能传达领导决定，“你是目前唯一可能的突破口了。”

孟宁语忘了自己那天是怎么从办公室里走出去的，她已经完全被申一航说的案子砸蒙了，整个人晕乎乎的，只记得说等自己出去考虑一下，结果她出去了也心不在焉，连后来空调修好都没顾上管。

一整个下午，她心里的惊讶大于疑惑。

窗外的雪太大，市局都是老房子，只有几排可怜的暖气片，根本扛不住低温。办公室的同事开始找遥控器，直到嚷嚷起来了，孟宁语才反应过来，跑去帮大家调试温度。

空调无疑是最伟大的发明，有了暖风之后，队里人干什么都带劲，连写报告都不抱怨了。

她记得墙边的工位上坐着一个小哥哥，他姓刘，大家都叫他“小刘”，只有孟宁语年纪轻，平日里好歹还知道叫一句“刘哥”。

刘哥那会儿好心给她泡了一杯红枣茶，又香又烫，她甚至还记得他那天穿了一件卫衣，特意用袖口垫着给她捧着端回来。

杯子里冒着烟，暖意让人心情放松，空气里也渐渐透着甜香，以至于孟宁语那时候抿了一口，根本谈不上权衡，本心如旧。

她突然接到超出认知的消息，本能会往好处想。她渐渐认定这案子信息不对等，存在误会，如果一切不查清楚，她没法坦然面对申一航，也没法面对自己的工作，最令她无法接受的是，她甚至没法面对邵新了。

所以她起身去找申一航，告诉他自己愿意接受这个任务。

一切都从那个下午开始，纷纷扬扬的大雪下了好几天。

邵新的身体不能着凉，因此他没有折腾往返，人一直留在研究院。后来雪停了，他回到家，一直住到周末，孟宁语终于找到机会了。

在那个冬日之前，她以为自己什么都不怕，毕竟连父母离世的悲剧都熬过来了，何况上天待她不薄，让她遇见邵新，值得感恩命运。从此她什么都不奢望，反正她最大的能耐也就是找人修空调。

没想到人生的路太长了，永远都有意想不到的去向。

一切就是这么离谱。

三年之后，孟宁语在病床上滚来滚去，躺成了一个大字形。

她心里藏着事，脑子转得飞快，兜兜转转一路回忆，根本没有完全睡着。她间或能感觉到自己的思维发散，像是在做梦，因为那些急速行进的画面又开始重演，几乎是下一秒，她又置身在启新研究院了。

一模一样的黎明时分，她偷偷摸摸在外围的树林里晃荡，寻找隐蔽的疏散通道，进去执行任务……即将发生的事让孟宁语感到压抑和痛苦，于是她的意识挣扎起来，因此又对睡梦之外的动静格外敏感。

病房里的钢琴曲突然停了。

她猛然清醒，灯光似乎已经被调亮，她瞬间睁开眼四处看，发现病房里的蓝精灵不见了，而电子屏已经关闭，无法询问时间，智能主控系统好像遇到故障，所有设备集体下线。

灯光之下，只有她一个人。

孟宁语不知道发生了什么事，但不管是什么原因，这无疑是她溜出去的好机会。她没有犹豫，翻身下床，打开门往外看，走廊安静，只有壁灯柔和，无人来往。

她拿出手机试一试，还是没有信号，于是又顺着走廊，凭着自己的记忆向前走。很快，她走到护士站的方向，小心翼翼地停下，却发现那里也没有人。

这感觉好像又回到当年，整个空间如同被人提前清场。

孟宁语警惕起来，顺着墙壁想去寻找楼梯。这条走廊虽然长，但前后只有一条路，可是她走了很久，根本没见到之前那几间办公室，也没看到楼梯。之后她又估摸着自己已经走了十分钟，面前除了走廊还是走廊，两侧病房的房门紧闭，她竟然又走回到了护士站，那一瞬间她几乎怀疑自己的眼睛出了问题，吓到腿都发软。

孟宁语扑到护士站，两位护士不在，而对方工作的地方空荡荡的，桌面异常干净整洁，丝毫不像有人天天忙碌的样子，甚至连电脑也按不开。

她把办公桌上的抽屉拉开，当作一个记号，然后转身顺着路继续走，越走心里越慌，怎么也找不到办公室。

不知道又过了多久，孟宁语已经急到跑起来，却没能跑出太远，因为她很快又回到了护士站，然后她对着自己刚刚拉开的抽屉傻眼了，意识到这条走廊根本走不出去。

鬼打墙？开什么玩笑。

她给自己壮胆，眼前的一切已经快让她崩溃了。

这到底是什么地方？

事已至此，孟宁语怀疑自己还在梦里，于是拼命地掐自己的手，她可以感觉到疼，也确认自己真的从病房里走出来了，可是面前的一切清晰又离奇，仿佛整个医疗院区突然就变成了一座无路可退的迷宫。

这认知让人浑身冒冷汗，她实在站不住了，蹲在墙边试图让自己冷静一点，不知道是不是心诚则灵，她突然看见对面的墙壁亮了，又出现一个绿色的箭头。

她反应过来，出声喊：“谁？邵新？”

没有人回应，走廊的壁灯是暖色光源，一切刚刚好，甚至还有点温馨的错觉，但这会儿一切都像伪装，只会让人觉得恐怖。

孟宁语心跳极快，不敢贸然起身，她对于现实的认知逐渐崩溃，无法再相信任何指引，于是蜷缩在地上迟迟不动。

墙壁上的箭头开始闪烁，像是催促。

她又抬头向着空无一人的四周说话：“你是谁？这里怎么回事，为什么变成这样……我到底醒没醒？”

这一句话说出来，她突然感觉晕眩，如同坐在地上被人狠狠推了一把，分不清到底是什么地方在动。眼前的画面像是播放卡壳的屏幕，视野中所有景物猛然颤抖，天旋地转，却又很快恢复。

孟宁语不由自主揪紧胸口，呼吸急促，连脑袋也开始发沉。

很快有声音回答她的问题了，似乎是通过系统扩音器传出来的：“你需要自己去找答案。”

那是一个女人的声音，似曾相识，但仅仅一句话而已，她想不起来更多。

孟宁语努力平复下来，意识到自己之所以觉得怪，循环往复被困在这里，很可能是因为眼前的一切都是假象。

她好歹活了二十多年，再傻也明白这世上所有不合常理的存在都有问题，没那么多装神弄鬼的困境，所有谜团都在利用人的恐惧。

孟宁语突然想起自己过去和邵新讨论过的话题，她曾经让富贵出门去帮自己拿快递，结果那天快递小哥把车停得远，它一直追到路边，遇到了一伙小孩。对方没见过机械狗，和它玩了一会儿，其中有个小男孩没轻没重地捡石头砸它，等到富贵回家的时候，耳朵都被砸坏了。那之后邵新就给它增加了躲避行为，但没想到下一次再让富贵出去，它还是会主动停下来和路过的人玩，在它的计算之中，它判断当下没有危险，也就没有“害怕”的意识。

孟宁语觉得富贵太笨，所有程序都必须设定好严格的范围，所谓的“智能”好像总是差一步，对方不动手，不代表之后不会动手，如果富贵是真的狗，它早该对人类存有防备心了，于是她跑去和邵新抱怨，即使富贵能储存关于风险的数据，但它不会像真的生物一样，因为过往的经历而时时刻刻长记性。

当时的邵新从更专业的学术角度给她讲了现有的研究成果，人脑之中有导致恐惧记忆反复的神经元，它被称为消退神经元，这些神经元在激活时可以抑制恐惧记忆，而在未被激活时会让恐惧记忆重现。那些人们以为抛到脑后的记忆，会在不恰当的时候出现，引发所谓的“自发恢复”，也就是即使人脑应对外界的条件反应完全消退，也有可能在类似情况下被重新激发，让人再次产生应对行为。

他告诉她：“富贵不需要恐惧记忆，那是人类脑神经的保护机制，也是人类才有的弱点。”

她不能苟同：“这明明是优点！人长记性才能活得久，你那些机器人要是被扔到电视剧里，估计都活不过第一集吧。”

想来讽刺，此时此刻，孟宁语终于明白邵新说得对。只有人才会恐惧，被迫需要长记性，但人类因此产生的情绪却没法支撑理智，总会因为害怕而动摇。

她记得那个冬天的变故，轻易就颠覆了自己的所有认知。她因为害怕，逃避早已熟悉的生活、恐惧研究院、怀疑邵新，于是她眼下只能蹲在一条永远走不出去的走廊里，一步都不敢迈出去。

她告诉自己不能怕，越怕越想不清楚，不管对方出于什么目的，她必须先冷静下来。

四下极端安静，墙壁上的绿色箭头锲而不舍。

孟宁语逼自己站起来，对方既然已经出声了，显然她的猜测没错，一直有人在监控院区，而且这个女人分明和邵新的目的不同，于是她继续发问：“每次邵新离开之后你才出现，这肯定不是他的意思，怎么回事，你们院里还搞内讧吗？”

对方似乎不想和她废话，直接说：“你想离开这里，我可以帮你。”

说话的女人不过三十多岁的年纪，语气明显有些强势意味。

孟宁语越发觉得这声音熟悉，可眼下不是叙旧的时候，何况她很讨厌被人操控的感觉，她和对方说：“大姐，虽然我不知道你是谁，不过你跳出来非要和邵新对着干，而且听上去比我还着急啊，我为什么不信他来信你？”

对方轻声笑，好像觉得这话很弱智：“因为我没有把你从楼上推下去。”

这一句戳破孟宁语心里强装的理智，她瞬间紧张起来，想都没想便追问：“你知道那天发生的事？”

“如果你继续听邵新的话，永远也走不出去。”

孟宁语哑然，不管对方是谁，这话倒是没错。此刻的形势对她自己而言，其实没有选择。如果不试一试的话，她就只能等着被人发现，然后再被那该死的蓝精灵送回去睡觉。

没时间纠结了，孟宁语慢慢站起来，顺着箭头的方向继续走。

沿途似乎没有变化，却又有细微的差别。

顶上的灯光全部亮起来了，这一次的走廊不再是个死循环，因为孟宁语发现了一扇蓝色的铁门，如同某种暗示，标志着整个迷宫的尽头。

孟宁语伸手碰碰那扇铁门，坚硬沉重，但没有被锁住。

她不记得自己曾经看到过这扇门，而这一路上她也没放弃搜寻楼梯的方向，却依旧未知。

她再次出声询问，可惜没人回答了，于是她胆战心惊地向后看，明亮的走廊空无一人，墙壁上的指引已经消失，仿佛从来没有出现过。

整个画面又像是被人按下暂停键，只有她自己的影子孤零零地拖在地上。

孟宁语心底有种极端不真实的感觉冒出来，她逼着自己伸手试探，然后推开铁门，与此同时，一切如同被触发了机关，随着铁门打开，她视野中的光线陡然变化，而身后再次远远地传来呼喊声。

有人在喊她的名字，一声又一声。

她听出那是邵新的声音，回身发现整条走廊陷入黑暗，灯光全然熄灭，而刚刚走过的地砖、墙壁，甚至是她自己的影子，全部在脚边模糊变形。

下一秒，周遭景物猛然变成了三年前。

走廊消失了。

孟宁语意识到自己又回到当天在顶楼的时候了，四下突然断电，而遥远的呼喊让她吓得不敢回应，她只记得要往前逃，什么也不敢再看。

她没有时间犹豫，当下狠狠推开铁门冲出去，却被眼前离奇的一切吓到浑身僵硬，捂着脸尖叫出声。

她竟然直接迈到了窗边，而且还是三年前那个昏暗的窗口，古怪的实验室，甚至连外边的风声都一模一样。

噩梦再次上演。

孟宁语意识到自己上当了，那该死的女人故意引导她跑来推开这扇门，多走一步就会摔出去。她完全吓坏了，想要逃离窗口，可惜暗影模糊，玻璃反光，她再一次看见邵新从远处追过来。

他穿着白色的毛衣，甚至还戴着她送他的那条灰色围巾，他在喊她："宁语！回来！"

她让他别过来，阻止他靠近自己，可人已经退无可退，后背抵在玻璃上。那扇窗竟然摇摇欲坠，又是一样的结果，下一秒她就会从高空坠下。

孟宁语眼看邵新冲着自己伸出手，于是躲闪挣扎，很快上半身都冲出了窗口，那种濒死的感觉又回来了，然而这一次却不太一样。

随着她的意识波动，周遭忽明忽暗，这一切好像在随着人的感知发生变化。

她忽然感觉到有东西硌手，想起自己一路上还死死抓着手机。

这个认知如同救命稻草，她想要求救，下意识又按开屏幕，这一动，她发现不对劲了，视野中的画面通通卡在当下。

晦暗的人影没有再逼近，窗口的冷风偃旗息鼓。

孟宁语的脑子突然开窍，她明白过来，这一切都是假的，能够随着她的想法变化，因为她根本没有醒。

她的手机在三年前被人扔下楼，她亲眼看着它破窗而出，五层楼的高度，哪怕被人找回来，也不可能像现在这样完好如新，还有飞逝的时间、突然出现的窗口、简直像做梦一样的天气、永远不说话的护士，以及空无一人等着她去搜查的办公室……最关键的是，此刻她才发现，自己的感官并不完整。

她根本不会饿，也没有嗅觉，这两天下来没有闻见任何味道，因此也缺失了味觉，还有敷衍的阳光，无法让她感受到温度。有人把她的意识困在了一个虚拟世界之中，而她在这个世界里刚刚醒过来，只拥有必须经历的疼痛和无力感，其余细节显然还来不及一一补全。

所有违和的画面瞬间清晰，孟宁语这几天看见了很多古怪的情况，却又不是无迹可寻，所有场景似乎都构建于她的记忆之上，所以她走不出医疗院区，所谓的铁门之后竟然又是危险的窗口，四周的一切都在随着她的念头衍生而出，在人的脑海中重构，又不断重演，刺激她自己去找答案。

想清这一点之后，孟宁语突然涌起前所未有的求生欲。

她不能被困在虚假的迷宫之中，必须真正醒过来，才能弄清三年前到底发生了什么。

原来这才是真正的脑部促醒。

很快，随着孟宁语意识挣扎，眼前的景物随之崩坏，只有几步之外的邵新仍旧向她伸出手，那是一个拥抱的姿势。

孟宁语记得清清楚楚，那年冬天邵新离开家的时候，没有戴围巾。三年之后，他不知道用了什么方法，再度闯入她的记忆深处，他想要来救她。

她看不清邵新的表情，眼睁睁看着他的轮廓消失在视野之中，她忽然觉出某种真实的疼痛涌上胸口，几乎疼到她喊不出声，而久违的眼泪夺眶而出。

泪水是咸的。

她知道，这一次，她是真的醒了。

· · · 第四章

重启新世界

“欢迎来到新世界。”

还是那句话，但这一次的声音真实而清晰。

孟宁语睡得不错，她感觉到有人拉开窗帘，于是翻身醒了，又等到屋里的人来拍自己，她才睁开眼。

今天家里好像煮了粥，她贪婪地缩缩鼻子嗅着，闻出红豆薏米的甜味。卧室里还残存着消毒水的气味，总算被食物的味道掩盖住了，让人心情大好。

这才是真的康复期，将近三个月过去了，孟宁语一直吃好睡好，说话底气都足了。

她揉揉自己的脸，开口就抱怨：“你能不能换一句？我一听这话眼皮就跳，鸡皮疙瘩都起来了。”

邵新今天穿了一身灰，高领的薄款针织衫，从头到脚把自己保护得严严实实，倒还真是长记性了，时刻都怕见风着凉。

他对欢迎语的效果很满意，走过来拍拍孟宁语的被子，示意她先活动活动手脚，然后才说：“这不挺好吗？条件反射，比十个闹钟都管用。”

“是，别说起床了，哪怕我土埋半截，再来这么一句都能诈尸。”孟宁语撑着床，慢慢坐起身，感觉自己今天又有进步，早起头晕目眩的感觉缓解很多，前几天低血压的症状也快养好了。

床边一阵响动，富贵闪着大眼睛跑进来，正用它硬邦邦的脑袋蹭她的脚。

孟宁语踢踢它的爪子，富贵立刻挺着银亮亮的肚皮打滚，这模样其实和真狗没什么区别，只是它的耳朵磕到地面，瞬间又耷拉下去了。

邵新记不住这些琐事，他根本没给它修好，如同这个家一样，分毫未变。

孟宁语从生死之间挣扎着醒过来，依旧还躺在自己的床上。

她已经逐步弄清自己的遭遇，此前那片诡异的住院区、异常缄默的护士，甚至她所“看见”的邵新，都只是促醒疗程在她记忆深处构建的意识世界，目的就是为了刺激她休眠的神经元，不断放大人的潜意识，从而将她在现实世界中真正唤醒。

可惜整个疗程发生意外，谁也没想到促醒过程之中出现安全隐患。

邵新构建的虚拟住院区不存在出口，而尽头的那扇铁门也不在他的设计之中，算法中的漏洞直接把孟宁语再次逼回极端危险的处境之中，潜意识让她看见坠楼的场景，导致她的意识世界几乎崩溃。所幸邵新及时发现了，他在最后一刻连接进入她的潜意识，想要将她拉回安全区域，而他的出现，反而激发了孟宁语脑部神经的自我防御机制，让她涌起前所未有的求生欲，突然惊醒。

岁月仿佛只是陪着孟宁语做了一场大梦。这梦并不愉快，所以人在梦醒时分总是不愿回望，何况所有情绪都在她重新睁眼的瞬间就被冲淡了。

过往那个可怕的冬日，连带着孟宁语在意识世界之中的遭遇全被糅在一起，以至于她在真正复苏之后，记忆渐渐变得混乱。

起初，孟宁语总是有些怀疑自我，渐渐在邵新的解释之下，她确定自己是真的醒过来了。

他和她说过：“人总是在梦里分不清现实，因为大脑在梦中处于休眠状态，缺失感官和触觉反馈，再怎么模拟也有违和感，但只要你醒过来，身体所有机能就会逐渐恢复，你会发现一切都有了实感。”

所谓的真情实感，用在这里倒很贴切。

就比如此刻，孟宁语拍着自己的肚子，确实有了实感，她没空伤春悲秋，躺在床上开始耍赖，冲邵新伸手说：“我饿了。”

邵新往厨房的方向指指说：“那就赶紧起来，喝点粥。”

她可怜巴巴地掰着手指开始念：“想吃麻辣火锅，想吃海鲜刺身，还想喝奶茶，带冰沙的那种……”

“今天只能喝粥。”邵新捏捏她的脸，微笑着说，“光吃不动，快养成猪了。”

“也行，这样万一你失业了，还能开个养猪场。”说着孟宁语冲他伸手，恬不知耻地比画着说，“来，电视剧里都这么演的，女主要起床了，男主马上给她一个爱的抱抱。”

可惜邵新不是敬业的男主角，他和她保持安全距离，似乎根本懒得理她，很快他发现她的拖鞋都被踢远了，于是指使富贵去把鞋叼过来，然后继续抱着胳膊，靠在一侧的书桌前等她。

孟宁语坐在床上装失落，眼睛直勾勾地盯着他看，她倒是经年不改花痴，活像个女恶霸，逼得邵新拉住她的手，不情不愿地拍她的胳膊，敷衍地笑一笑，就算是安慰了。

孟宁语没能如愿骗到美人拥抱，但挑逗邵新让人身心愉快，她又嘴快地说：“我以前最怕饿，没想到你把我骗出后遗症了，现在我长记性了，觉得饿才踏实。”

她说完开始笑，手还拉拉扯扯地抓着他，感觉到他呼吸平稳，又仰起脸看他的眼睛。此刻面前的人分明藏着笑，眼尾微微下压的模样，又让她鼻子发酸。

邵新真实的轮廓阔别已久。

孟宁语蹬鼻子上脸，从床上蹿起来，捧着他的脸感慨道：“你看起来气色好多了。”

邵新的病让他以往整个人都少血色，在那些漫长的冬日里，他偶尔外出走走都让人提心吊胆，那时候孟宁语跟在他身后，看他只剩一个浅白的影子，风一吹都要散了。

她总是笑话他金贵易碎，没想到差点摔折的人反倒是她自己。

孟宁语人傻心大，话也多，所以在她喋喋不休的时候，邵新从不打断，只是如今他不得不避开她，接了一句：“老闻确实给我调整过治疗方案，贫血的问题没那么严重了，不需要再用激素类的药物，关节损伤也好了。”

她觉得庆幸，非要黏着他，抓着他的胳膊说：“是啊，起码这事没骗我，这几年你过得确实比我好多了。”

邵新抽回手，笑笑没再接话。

孟宁语在真正复苏之后遭了不少罪，因为她足足在床上躺了一个多月，最近才能下地，不过这样的过程反倒让人心安，如邵新所说，她的疼痛和麻痹都变成身处真实世界的证据。

当年她在坠楼之后就陷入长时间的昏迷，一直无法苏醒，传统医学上只能让她长期住院观察，已经没法有所突破了，所以邵新把她从医院接回家，全程看护。

眼下她自己卧室的格局没动，但里边已经完全被改造成病房，环境熟悉。

一个人脑部重伤，重度昏迷，虽然时间足够让坠楼造成的创伤恢复，但人的身体长时间没有活动，这所谓“活过来”的过程，比电视剧里演的还要难熬。

孟宁语无聊的时候就会想，邵新对她可真算手下留情了，他在她脑中重构的世界过于简单，大概是怕她疼，怕她害怕，所以干脆迅速让她好起来，根本就没让她遭罪，而现实中的清醒残酷直接，没有人能替她屏蔽掉康复过程。

她从四月末尾一直躺到盛夏，清醒地接受各项检查和治疗，这才能确定自己真的闯过了鬼门关。

此刻孟宁语攒足力气，饿虽然饿，但她没急着吃饭，先走过去拉开窗帘。

眼前的生活琐碎动人，三年前后，足够让一个人直面生死，但他们所在的这座城市没有太大变化。

承东市的纬度高，四季并不分明，此刻已经是七月末了，天气才有所好转。多云的天气，天空被揉成一块洗不干净的布，让人看久了，勉强才能从满眼的灰里找出一点蓝。

大概是周遭太多冷色调的环境，容易让人产生压抑感，这几年邵新在院子里种了一丛向日葵，颜色热烈，天气虽然不好，它们却能自顾自生长，此刻个个高昂着头。

孟宁语对着花丛看了一会儿，打开窗户，深深吸了一口气，草木和泥土的味道令人怀念，她又把手伸出去，感觉到风吹过的温度。此刻别墅区安静，远处的步道上间或有人来往，她对着后院喊了两嗓子，听见远处不知道谁家的狗被吓得狂吠，这才觉得痛快。

无论经历过什么，活着就值得感恩，连这灰蒙蒙的天都让人热泪盈眶。

邵新在楼下的厨房里盛粥，没一会儿各种东西叮当响，勺子碰到锅，动静不小。

孟宁语心里感动，没想到他那种十指不沾阳春水的人竟然都学会煮粥了。

她扶着墙慢慢下楼，刚想提醒他关火，就发现厨房已经焕然一新，里边全部换成一体式的自动厨具了。邵新只需要准备材料，动动手指设定好程序，日常三餐都有保障，而且事后麻烦的清洁工作也不需要他亲力亲为，最重要的是，可以解决他随时火烧厨房的安全隐患。

孟宁语的感动戛然而止，果然，做饭这种事永远不能指望邵教授，说到底还是最新的食物料理机替她做好了红豆粥。

“我说呢，这些年你竟然没找个保姆帮忙。”她揶揄他的自理能力，走过去拍拍料理台，触摸式的按键瞬间亮起来，她装腔作势地和它说话，“多谢你啊，没让邵新饿死，不然我也醒不了。”

他端着碗，看起来完全不嫌烫，出声示意她：“端走。”

她认命地找出防烫手套，赶紧把早餐都摆到客厅，又看出只有给她的粥和面包，简单的一人份，于是她扭头问他：“你不吃？”

“起来早，吃过了。”邵新坐到她对面，打开旁边的笔记本电脑，很快又和过去一样忙碌起来。

孟宁语真成了被他投喂的猪，她翻个白眼，埋头吃饭。

这碗粥做得中规中矩，虽然红豆软糯滋味不错，但她怎么喝都感觉差点意思，一切都是配比精确的产物，如同把开罐即食的快餐加热而已，没什么区别。

她吃了几口就开始怀念自己的手艺，长吁短叹地说：“你平时就吃这些？”

“是啊。”邵新一边盯着屏幕一边和她说话，“现在生活节奏太快了，年轻人很少做饭，这款料理机的市场反馈很不错，都是从需求出发。”

孟宁语咬着面包说：“幸亏我醒了。”说完她看看外边的天气，“天祥路上那个综合市场应该还在吧。”

他给她准备好新的手机，推过去又点开给她看：“不用这么麻烦，外卖也能送菜，你想做饭可以直接在平台上选好。”

她盘腿坐在椅子上，示意自己好得差不多了，一脸警惕地和他说：“你这口气和梦里一样，怕我乱跑，我不会一推门又是研究院吧？”

这话虽然在开玩笑，但她说着说着真怕了，偷偷往大门的方向看。

“你想得挺美，救你一个就花了三年时间，还有其他投入的成本，根本没法估算。”邵新的目光总算离开电脑了，看着她解释，促醒疗程最核心的技术就是要修复人脑受损的神经细胞，而后意识促醒的过程也很复杂。此前虽然有过临床实验，但研究院的项目已经停了，所以他只能基于孟宁语个体的记忆情况，进行有针对性的意识刺激。

孟宁语点点头，认真听讲。

“事实证明这一切都太冒险了，连安全性都无法保证，目前临床上没法再来第二次了。”他说着又习惯性地给她讲道理，“你在家里走这几步肯定不觉得累，出去就不一定了。”

她明白邵新一心想要救她，三年下来，他付出的一切难以想象，但她想到自己昏迷时经历的一切，半天没说话，勉强挤出点笑容。

邵新理解她想回归生活，他只好让步说：“我没骗你，出去别逞能，下午我找人开车送你。”

孟宁语点点头，低头把粥喝完。

客厅里没能安静多久，因为富贵发现他们在吃饭，追着找孟宁语。

它的仿生模式格外出众，在她腿边来回溜达，一旦检测到食物存在，狗性难改，尾巴摇上了天，逼着她把它抱到腿上，这才老实一点。

孟宁语这段时间努力恢复身体，所以关于昏迷时错乱的记忆没能一一探究，如今这个话题被邵新提起，她不得不问："你当时可以看到我的情况，但除了你，还有人也在连接我的意识。"

邵新提到安全性的问题，证明疗程过程中发生的意外不是他本意，而她当时在昏迷之中被外界干扰，有人在暗中提醒她摆脱邵新，还给出各种指引，目的不明。

邵新抬眼看她，伸手压下电脑屏幕和她说："你的昏迷情况一直没有好转，我不得不冒险启动疗程，但那是我们第一次尝试在人脑中构建完整的意识世界，所以很多地方都有漏洞……"他尽量通俗易懂给她解释，"你可以理解为，因为没经过周全的测试，所以留有后门，并不完整。"

孟宁语这个小警察虽然不中用，但有时候直觉非常敏感，她立刻重复他的话问："你们？你和谁？"

邵新愣了一下，耐心告诉她："我和我的同事，你躺了这么久，整个项目的临床部分都是医疗团队参与的。"说着他看她一脸认真的模样，隔着桌子抬手撩她的刘海，同样认真地告诉她，"不过你放心，这个发型确实是我亲手剪的。"

提到这事，孟宁语愁死了。

她扭头转向厨房，半扇玻璃门上反光，她看见自己脑袋上狗啃的刘海，和昏迷时看见的一模一样，这才叫噩梦成真。

她捂着脸不忍心再看："我以为这是虚拟设定！"

邵新向后靠在椅子上端详她，丝毫不觉得自己手艺差劲。

孟宁语想到自己很长一段时间只能顶着这个发型做人，瞬间后悔刚才要出门的冲动。

她聊不明白关于审美的话题，干脆把勺子一放，打算和他说正事："那个闯入者是个女人，我当时听到她说话了，她好像想伪装成系统提示，专门挑你不在的时候找我，她是谁？"

邵新没有接话，侧过脸似乎在想什么。

他们的餐桌是深色的石料台面，他的手刚好撑在桌面上，指尖沿着边缘轻点，深浅对比明显，又衬得他的手指极白。

孟宁语顺手拿过面包片撕开吃，碎屑全掉在桌面上，她往纸巾盒的方向抬下巴，示意邵新帮忙。他抬胳膊去拿，整齐的袖口拉开距离，让她又看见了他的手腕，那些久治不愈的红斑确实都消失了。

三年下来，邵新调养好了身体，病恹恹的样子有所缓解，但他日常似乎更加小心，好像整个人经久不见光。

孟宁语看久了，发现他如今皮肤的颜色更浅，几乎就要透出血管，而随着光线变化，那皮肤的质感简直让她一个女人自愧不如。

对面的人一直若有所思，显然不知道她走神了。

邵新看她低头擦桌子，没有回答她的问题，先告诉她一个事实："你昏迷时遇见的那些护士、机器人，都不是真的，系统设置而已。人的脑神经承受能力有限，所以疗程限制，同一个时间段内，只能有一个人和你进行意识连接……而且出事那段时间是系统规定的休息周期，所以我离开了。但你的意识突然波动，疗程监控报警，我强行上线去找你，发现你又开始陷入坠楼的死循环，那些潜意识里的噩梦会让你遭受重大刺激，一旦超过人脑所能承受的极限，你很可能再也没法醒过来了。"

他说到这里不由自主压低声音，想到当天的情况，连目光都重了三分。

难怪邵新在她意识里出现的时间非常有限，而且他存在的时候，没有其余人干扰，他和那个闯入者无法同时连接她的意识世界。

"我发现时间有问题，开始怀疑自己看到的一切，但当时想不通。"孟宁语大概听懂了，觉得没那么简单，即使事发突然，可整个项目都由邵新控制，他事后发现情况有异，早该查出有人闯入了。

自从她醒过来之后一直在家，除去普通的主治医生之外，她没再见过他团队的其余成员，很明显邵新对此也早有安排。

她要答案，又说："这个人肯定是你的同事，参与促醒疗程的人。"

他不再看她，只是换了一个舒服点的坐姿，摇头说："每个人都有可能，协助我的人有十几个，但那不重要，重要的是你醒了。"

邵新的眼睛太深，看人的时候简直像藏着星海，然而此时此刻，他的回避让人心凉。

孟宁语听明白了，邵新知道对方是谁，却不想说。

人生的离奇程度总能超出预想，孟宁语这一碗粥喝得如鲠在喉。

原来劫后余生也并不美妙，眼前的一切都像"嗑了药"，无论她昏迷还是醒着，生活的走向都开始莫名失控。

这感觉就像被人绑在过山车上，毫无心理准备，她就直接被推上了未知的高点，然后带着三年的谜团，不知道自己什么时候会从高空坠落，而这一切，竟然都和邵新相关。

这是最令她无法忍受的。

孟宁语看着他的眼睛，想到那个冬日，竟然开始恐惧，声音有些抖："你说过，整个促醒疗程是针对我个人进行的，那闯入者的目标也是我。"这问题显而易见，一旦把对方的动机想清楚，事情又绕回原点，"对方特意打乱疗程，只有一个目的，那就是不希望我醒过来。"

孟宁语简直不敢再往下想。

邵新敲敲桌子看着她："你既然知道危险，为什么不听我的话，竟然去相信一个不明身份的闯入者？"

"我……"她差点被他问住，感觉喝粥也能堵住嗓子眼，让她半天都说不出话，"因为对方知道三年前是谁把我推下去的。"

邵新脸色变了，试图换个话题："宁语，你昏迷的时间太长，很多记忆都和梦混在一起了。"

孟宁语听不进去，脑子里像过电影一样飞快跳转。

她想到一个答案，下意识开始回忆，那些昏迷时候的情景虽然经不起推敲，却在人心深处盘根错节，此刻瞬间清晰起来，于是她想也不想就说："你是故意的？你故意安排人去引导我，为了把我再带回那个窗口？"

富贵还趴在她腿上，它察觉气氛不对，突然抬头，把孟宁语吓得一抖。

这下邵新是真被她气笑了。

他皱眉，按住孟宁语的手，让她好好听自己说："你冷静一点。"说着他加重声音，似乎没想到她能冒出这么荒唐的猜测，"我之所以设定把整个二层空间封闭，还限制你离开病房，就是为了保证你的安全。你在理论上根本走不出去，这一切都是为了防止人的潜意识波动，不能让它把你再带回坠楼那天了。"

他说得很快，每个字都沉甸甸地压在她心上："但是所有的临床实验都存在风险，闯入者只是后门程序出现的漏洞，它借着你的潜意识，把你最恐惧的经历放大，只是疗程中的意外。"

他还抓着她的手，力气很大。

孟宁语看见他整齐的袖口又挡住了那截光洁的手腕，莫名不敢挣动了。

富贵发现主人的情绪激动，很快就在她怀里安抚性地蹭起来。

孟宁语抱着它定神，意识到自己确实被吓出毛病了，越想越容易偏激。

记忆和现实存在偏差，邵新没有必要绕这么大弯子。哪怕抛开感情不谈，整件事也不对，如果坠楼前她记忆中的凶手是真的，那他根本没有必要付出这么多心血来救她，这中间一定出了问题，还有她没弄清的真相。

“研究院当年太冒进，我们工作上的事，没想到会把你牵扯进来。”邵新低下头和她说话，眼睛里的光分外郑重，“过去的一切已经解决了，启新研究院依法关闭，所有临床实验全部终止，不存在任何有风险的项目了。你好不容易醒过来，别再想过去的事，养好身体最重要。”

邵新说得没错，有时候人也像是一台机器，孟宁语宕机三年，突然重启，一切都被刷新了，但时间不会因为她的昏迷而停滞。何况人类构成复杂而脆弱，不是谁都有机会重获新生，珍惜当下最重要。

孟宁语抱着富贵，拍拍它硬邦邦的脑袋，那只松动的耳朵立不住。她一边摆弄它一边想说什么，终究没开口。

可是她和机器的区别，就在于她有记忆，每个人的昨天都在影响未来，人活在世，经历过的一切，都会改变日后的选择。

邵新不知道想到什么，再开口的时候，说到声音发颤：“我这些年就剩下一个念头了，只要你醒过来，只有你活着……”过往他们两个人在一起的时候，好像总是孟宁语追着他，她毕竟年轻，热情莽撞，而他好像总是照单全收，但几乎也没和她说过什么情深义重的话，此刻邵新停了一会儿，才把后面那句话说出来，“只有你活着，我的世界才有意义。”

大概是这话太动人，轮到孟宁语被他说愣了。

她见过邵新很多样子，年轻有为、认真严谨、邋遢疲惫，甚至在生病的时候非常虚弱的样子。工作几乎把他所有的心力都抽走了，以至于他根本不会为生活分神。她嘲笑他快上天了，每天脚不沾地，飘在他自己的空间里，但她又从心里仰慕这样的人，因为他有如同信仰般的追求，他看到的是更高更远处的路，所以他成立研究院，希望推动这个世界再向前走一步，他利用科研拯救以往不可挽回的悲剧，所以无论发生什么，像邵新这样的人内心坚定，无可撼动。

然而此刻，她竟然在他的话里听出了无力感。

孟宁语很清楚，邵新从来不是一个脆弱的人，所以他的眼神如旧，只有语气泄了底，仿佛此刻她坐在这里本身，已经成了他的救赎。

她来不及感动，因为她看向邵新认真的表情，先冒出了一个不合时宜的念头……这台词未免太肉麻了。她憋着笑，最后只记得反手牢牢握紧他的掌心。

生命科学不断发展，孟宁语本身就是脑科学探索的受益者，只是直接跳步来到三年后，她还需要时间。

眼见为实是句老话了，一个人很难接受自己的记忆成谜。

她一低头就对上富贵的眼睛，那双亮闪闪的电子眼憨憨的，透着股傻气，她总算是笑出声，半天才胡乱揉眼睛，闷声和他说："对不起。"

邵新没再说话，很快松开她的手。

她看出他似乎在回避什么，这些天下来，他的举动克制，一旦触及亲昵边缘，他通通点到为止，好像在和她隔出刚刚好的距离。

她没有得寸进尺的机会了，因为邵新已经换了话题，他说："出去走走也好，这已经是个新世界了。"

下午四点，外边总算出太阳了。

他们住的这片别墅区距离真正的市中心还有半个小时的路程，前几年附近只有专门的配套设施，如今发展起来，日常能买菜的地方不少，但孟宁语还是点名要去天祥综合市场，主要是因为她记得那地方的货最全。

孟宁语发现邵新叫来送她的人是闻天南。她热情地拉开车门，冲他打招呼，一口一个"老闻"，叫得对方脸上的褶子都笑开了。

老闻这辈子挺倒霉，他好端端一个业界有名的血液科医生，但自从跟着邵新搞科研之后，他的日子就过得分外忙碌，不但要在研究院挂职，日常还要做邵教授的私人医生，直到如今，闻天南依旧孑然一身。不过他这人脾气确实也怪，活活把自己耽误到了四十多岁，眼瞧着是个老光棍了，今天还兼职来当司机。

孟宁语出门抓了一顶渔夫帽，生怕被人围观自己的发型。此刻她坐在副驾驶位上，和老闻吐槽邵新有多不会照顾病人。

闻天南边听边笑，人还是老样子。过去研究院里大家都是白大褂，而他自己私底下无论春秋冬夏，出门在外永远穿一件土黄的夹克衫，三年之后还是如此，看上去已经洗得硬邦邦。

孟宁语觉得那衣服已经长在他身上了，偷着笑他。她今天第一次出门，因为见到熟人，于是一切自然许多。

闻天南爱抽烟，此刻车里也还是一股散不出去的烟味。

老闻没变，他们家门口的这条路也没变。两侧的行道树都是悬铃木，紧追着短暂的夏日越长越高，久违的阳光从云层之后透出来，连地上被拖长的影子都显得和蔼可亲。

孟宁语趴在车窗看外面的风景，感受到日光温度，然后伸个懒腰有感而发："活着真好。"

"恭喜，小野猴子回来了。"前一阵闻天南去家里替她做过检查，这会儿看她恢复得不错，替她高兴。

她扣好安全带，眼睛一转，又哭丧着脸冲他喊："老闻！我可想死你了！"

"行，落在邵新手里还没饿死的，大概就你一位了。挺精神，有空贫嘴。"闻天南又被她逗笑了。他开车有个老毛病，一抓方向盘就着急，此刻他们刚出小区就开始提速了，他嘴里的话也不停，"你魂牵梦绕的人是谁自己明白，要真想的是我，你可醒不了。"

两个人聊了两句，往西边拐过去一共没几个路口，眼看快到了。孟宁语想起自己刚醒就麻烦他，赶紧感谢，说："我让邵新送我，可他死活赖在家里，非要把你折腾过来。"

这位不怎么专业的飙车司机正盯着前方的岔路，专注地找市场的入口，一听这话摇摇头，示意她都是小事，随口就说："邵新不方便出门，你再用车直接和我说。"

孟宁语没反应过来，接话问："为什么？"然后她想到他的病，心都提起来了，"他说你给他换药了，这几年情况很好，他是不是哄我呢？"

闻天南抓着方向盘不接话，发现她真要急了，赶紧解释："不是，你放心，病都好了……你看他的腿，走路已经没问题了。"

她半信半疑，这天气不冷不热，又难得出太阳，她想不通邵新有什么不方便的，又让老闻说实话："你别瞒我，我躺这么久什么都不怕，不管他有什么事，你得让我有个心理准备。"

别看孟宁语在家里没什么地位，但她对着外人较真起来，就差拿出审话的劲头了。

老闻笑了，笑着笑着又叹气，和她说："你别这么敏感，他的病本身不致命，自溶性贫血最大的问题是难以治愈，容易引起并发症。还有患者长期用药，肯定会导致后遗症，不过这两年治疗上确实有突破。你想想，有我在，只要研发出新药，邵新肯定是第一批用上的人。"说着他已经找到车库入口，直接钻进地库。

停车场里光线暗，孟宁语看不清闻天南的表情，又被他开车的动静吓得一惊一乍，扯着嗓子嚷："老闻！"

闻天南置若罔闻，把车停好，揪着她的帽子说："这脾气怎么一点没变啊。"

"邵新到底怎么了？"

"他又得怪病了。"闻天南推门下车，粗声粗气，好像烦得很，"懒癌，懒得出门，行了吗？"

孟宁语松了一口气，想都不想就说："不许咒他！"

"嘿？"老闻好像牙根都酸了，惆怅地点上一根烟，"赶紧上去买东西，我还得给你送回去呢。”

孟宁语压着帽子就跑了。

天祥综合市场很大，但超市就一层。

孟宁语逛了一会儿，发现市场摆货的格局早就变了，现在非常流行快餐食品，连吃火锅都很方便，自热小灶种类繁多，但传统的东西还是那些。

她来这里主要是想买灰豆腐，所以跑去卖副食的地方找人问了一圈，得知那种豆腐制作工艺复杂，承东市这边会做的人很少，不属于家常菜的范畴，所以今年已经下架。

她瞬间有点失落，悻悻地买了几样菜，又转了转，拿好东西结账。

出门的时间一长，孟宁语确实觉得自己有点累，头有些晕，腿部肌肉发酸。她不得不告诉自己别心急，又用购物车借力，慢慢向外走。

超市出口处都是零零散散的服装店，门边有一面一人高的镜子，明晃晃对外。

孟宁语抬眼就看见自己的脸，她躺了三年，别的好处没有，脸色倒是白净不少。她还看见自己帽子下那一排参差不齐的刘海，托邵教授的福，她的发型配上几年前过时的上衣，简直土到掉渣，于是她推车停下，对着那面镜子开始塞头发，这一停，她盯着镜子突然发现不对劲。

镜子可以照出超市结账的地方，远处有个穿黑色连帽卫衣的年轻人，戴着口罩，似乎一直跟着她。

此刻对方看着像在排队，但他手里只拿了一瓶矿泉水，前面就一位顾客，他不选自助结账台，还磨磨蹭蹭不肯往前走，就卡在人工收款机之后，借着那个角度不停地往她所在的方向打量。

孟宁语刚恢复，逛超市看什么都格外留心，所以她刚才在超市里走走停停，根本没什么规划，但她几次回头好像都看见了那个人，此刻她摆弄帽子的动作一停，对方瞬间反应过来了，马上低头，把卫衣上的帽子也套到头上挡住脸。

孟宁语不知道他是谁，心里警惕起来，又隐隐觉得那个人影有点眼熟，只不过此刻冷不丁遇见，她根本认不出来。

她在市局养成的直觉又回来了，既然对方目的不明，她也不能马上打草惊蛇，于是干脆不再逗留，很快把自己的头发打理好，若无其事推着购物车继续往外走。

前方是一条通往停车场的长扶梯，为了方便顾客推车上下，所以距离长，坡度不大，速度缓慢，如果对方成心跟着她，她在扶梯上有时间回头观察。

没想到她刚盘算好，身后突然有人跑过来。

孟宁语听见动静下意识往旁边躲，第一反应就是避开危险滚动的扶梯。她心里一急，直接用上力气，甩开购物车挡在自己身前，导致跑过来的人猝不及防，直接就撞在车上了。

她慌乱转身，等到看清楚直接傻眼了，来的人不是什么莫名其妙的卫衣男，而是闻天南。

商场里在循环播放谨防电信诈骗的提示，四周人来人往。

场面非常尴尬，老闻上半身都栽进购物车里，脸正对着她买的两根葱，很快他打了个喷嚏，爬起来替她拉过购物车，脸都黑了。

孟宁语赶紧说对不起，又急着看附近，购物的人交错而过，大多都是为了晚饭忙活，大包小包走得飞快，只有站着发传单的人对他们感兴趣，指指点点偷着乐了两下，很快也没人再注意了。

她和闻天南一起下车库，心虚地解释自己不是故意的，又说："我神经过敏，一有人追就紧张……你怎么从车库过来了？"

"不能让你一个人乱走，邵新发消息，让我陪着你。"闻天南看她浑身还有蛮力加持，显然没什么问题了，于是又说，"我抽完烟进超市找你，没找到，追到结账那边才看见你都出去了。"

两个人已经走下扶梯，孟宁语惦记身后，又回头找了半天，可惜一切如常，没有可疑的人。她心不在焉，没顾上听身边人说话。

老闻跟她一起回头张望，脸色忽然有些紧张，低声问："怎么了？"

"没事。"孟宁语也不知道从何说起，摇头笑了，"我这么久没出门，看什么都新鲜。"

闻天南很快帮她拎着东西上车，又往回开。开出商场的时候，他好像不熟悉方向，拐错了口，他从后视镜里观察附近的车辆，顺着路在停车场里绕了几圈才出去。

"你身体刚好，冒冒失失的，千万别乱跑。"

孟宁语正在研究新手机，抬头看他，觉得这话有点刻意，但闻天南表情如常，一开到大路上习惯性加速。

他不耐烦地补了一句："邵新当年一眼没看见，你就从五楼掉下去了……这些年他也不容易。"

她知道他们都是好意，赶紧点头答应。

闻天南好像心里不踏实，开车的时候频频分神打量她，似乎一直有话。

孟宁语只好逗他："你放心，我现在没力气打人。"

闻天南不屑地回一句："我怕你个小丫头片子？"很快他的表情又为难起来，抹抹脸才开口，"我理解，你康复之后感觉什么都没变，但对邵新而言，你俩的感情相当于也停在了三年前，时间一长……人总会变的。"

她听得云里雾里一脸蒙，想了半天，没想出邵新浑身上下哪里能多变出块肉来，所以她张嘴就接："他没胖没瘦，能跑能跳了，变得挺好啊。"

这下轮到老闻惊呆了，他没想到这姑娘思路清奇，于是瞪着眼睛，一副恨铁不成钢的表情，半个字也懒得说了。

孟宁语继续低头，对着空荡荡的通信录叹气。

她哪有机会乱跑啊，她现在只能拿着一个新手机，和醒过来的世界基本失联。

当天晚上孟宁语在家里做了晚饭，好心好意想留闻天南一起吃，但人家上楼只找邵新，和他在书房说了一会儿话，出来就要走。

孟宁语以为他就是按例检查邵新的病情，但不知道怎么老闻生了一肚子气，仿佛和邵新聊天吃了枪子，于是一边关门一边躲着孟宁语走，生怕自己离近了她神经敏感，再把菜刀飞出来。"你俩生生死死的，没一个好人……你可管好自己吧，别再把小命交待了！"

孟宁语把菜刀洗了收好，又看看楼上，邵新肯定还在书房里抱着电脑，以他超低的情商来看，肯定说话得罪人了，于是她嘟囔着和脚边的富贵说："去，喊你爹吃饭。"

人的胃都是惯出来的，尤其做饭这事，虽然看着普通，但仔细想想，却最能维持家的概念。孟宁语从小什么都能糊弄，就在做饭这事上很认真，她小时候做饭给妈妈，长大了学着照顾邵新，因此下厨房从来不嫌烦，一顿简简单单的饭，虽然谈不上倾注了多少心血，但她总觉得有意义。

所有生活中的小事都很麻烦，但有时候麻烦是种牵挂，能让人脚踏实地，恢复生气，就好比今天，孟宁语放着料理机不用，自己忙活了一下午，心情却很好。

油盐酱醋，烟火人间，能和喜欢的人在一起，吃上自己做的饭，这世界多乱都能让人奋不顾身。

但她没想到，三年之后，邵新好像对吃饭这事没那么大的热情了。

他一整天在家也套着那身长衣长袖的针织衫，吃饭的时候都不换。他对着孟宁语摆上桌的四菜一汤仿佛很感慨，盯着看了半天，却迟迟没动筷子。

餐桌上的顶灯自动打开，感应光线十分柔和，显得这顿饭色香味俱全。

邵新那双眼睛在暗处微微泛着光，一动不动又抬眼看她，他认真沉默的时候，连表情都让人感动。

孟宁语心里的成就感爆棚，把盘子往他那边推一推，得意地说："看，我也有能赢过机器的时候吧？"

结果邵教授开口就问："没有红烧灰豆腐？"

她立刻泄气了，一屁股坐在椅子上，给他盛汤："没买到，我特意去天祥找也没卖的了，说是地方特色，这边都不常吃。"她越想越别扭，"今年刚下架，没等到我醒。"

他伸手过去揪揪她的刘海，笑笑说："之前还卖的时候，我在料理机上调整过很多次，想做这道菜，但都失败了，感觉和你做的还是不一样。"

那时候孟宁语在老房子里请他吃饭。她小小年纪，一心想要热情款待客人，要做就做最好吃的。她还记得邵新挑三拣四，口味咸了淡了都没藏着，一通评价，也多亏他的反馈，多年之后，红烧灰豆腐成了她的看家菜。

邵新嘴上说好吃，但前后就敷衍着尝了两口。

孟宁语也没多想，她刚从厨房折腾出来，烟熏火燎，自己做饭的味道实在令人怀念，一道炒荷兰豆都能吃出山珍海味的劲头。

桌上食物的香气让人眼角发热。

邵新推开面前的碗，侧过脸打量她。面前的女孩终于从病床上站起来了，她醒过来，很快生龙活虎，仿佛灵魂里都带着光和热。

他突然想起院子里种的那些向日葵，那是些永远不艳不妖的花，天生有昂扬的骨架。世事更迭，阴晴难料，但只要能有一方天地扎根而活，它们就会自然生长，逆风而放。

生命的意义就在于此，"活着"两个字不单单是一个艰难的动词，还有那么多令人执着的过往。人生在世，都有属于自己的记忆，每个人都无法放下来时路，是因为一路上有太多不舍的人与事。

邵新一时想得远了，曾经他一心推动技术革新，利用AI手段修复受损细胞，解决医学难题，或许可以将生命的界限不断扩展，然而十多年过去了，他此刻才弄明白生命的可贵之处。

超越生死的不是余生的长度，而是记忆中残留的温度。

孟宁语不知道邵新在看什么，好像看出了神。她想到自己满脸是汗，这模样恐怕不怎么好看，所以忽然有点不好意思，老脸一红，傻乎乎光记得冲他笑。

邵新的思路被她的表情打断，只好低头又吃了一口排骨，好像很满意的样子，又往厨房的方向示意说："还是你做的好吃。"

她把菜都往他碗里夹，活像个老妈子一样，催着他吃："智能家电只是智能，没有爱啊。"说着她那一肚子狗血台词都冒出来了，举着筷子还要比心，"但是我有，看，满满都是爱！"

邵新出乎意料没有嫌弃她，很配合地对着她的爱心点头，又指指她的刘海说："这也是爱。"

孟宁语震惊地睁大眼睛："邵教授，你学坏了，这种话都敢接了！"

两个人对着笑，气氛突然温馨起来。

孟宁语自己塞了两口排骨，发现酱油放多太咸了，但邵新浑然不觉似的，完全没有戳穿她。

她心虚得直摇头："我太久没做了，小失误。"

邵新面不改色，一碗饭几乎没怎么动，他很快手撑在桌上，似乎不打算再吃了。

她疑惑地哄他，但对面的人摇摇头，好像真没什么胃口了，很快他拉拉衣领，又往墙上的挂钟看了一眼。

孟宁语问他："你是不是还有事，要出去吗？"

话正说着，邵新放在桌边的手机响了，他很快抓起来扫了一眼，示意孟宁语慢慢吃，转身上楼。

邵新进了书房，关上房门，然后才按下通话键。

通话另一端的人根本没心情打招呼，上来就直接说："她已经醒了，你可以回来了。"

邵新懒得拉椅子，直接坐在桌角，声音毫无波澜："晚一点我再过去。"

"怎么，打算等她睡着了？"对面的人笑出声，后半句陡然又恢复冷淡的声音，"你的小朋友还听睡前故事吗？"

邵新没笑也没有回答，他对着地上自己沉闷的影子，伸手顺势在书桌上摸索，随手摸到了一把剪刀，拿在手里盯着看。

很快，他的手指顺着剪刀的尖锐面慢慢摩挲，换了个话题问对方："最近市局有什么动静？"

"过去这么久了，只要没有上边的人授意，基层折腾不出花样。"说着电话里的人又提醒他，"不过你别忘了，孟宁语也是个警察。"

邵新手指微微用力，很快指尖的皮肤承受不住剪刀尖锐的内刃，冒出一条细细的血线。他松开剪刀，对着光又仔仔细细地观察自己的手，皮肤表面上出现的破损痕迹干净而清晰，涌出来的液体不多，渐渐只聚成了小小的血珠。

一切好像非常值得欣赏，他看了很久才低声说了一句："这感觉很好。"

电话里的人顿住了，不明所以。

邵新拿纸擦擦手，看也不看扔在桌上，然后才说："你的研究非常成功，一切如你所愿。"

对面的人显然不知道他想说什么，忽然又有些紧张："邵新！你答应过我……"

他不想再听，干脆挂断电话，把手机甩开扔在一旁。

外边传来挠门的声音，富贵跟着他上楼来叫人了。

邵新走过去把门拉开，走廊里的灯没有打开，而楼下客厅依旧亮着光。他安静地倚着门边站住，没有出声，于是周遭一明一暗，像电影里无限拉长的空镜。

他就这样站了一会儿，低头把富贵抱起来，拨弄它时好时坏的小耳朵，又侧身透过楼梯栏杆的缝隙往下看，这角度刚好能让人看见半边餐桌。

楼下的孟宁语正在喝汤，似乎歪着头，一心急有点烫着了，又鼓着脸对勺子吹气。

他怀里的富贵老实下来，似乎感知到什么，仰着头往他脸上蹭。它的设计初衷是陪伴型机械狗，对主人的心情很敏感，很快，富贵的眼睛眯起来，一副安抚的状态，但它并不懂为什么人的眼眶那么浅，有时候什么都不做，只是静静站在这里都能产生情绪波动。

邵新把它放到地上，示意它去陪孟宁语，然后他把门关上，回到书房，隔开了两个天地。

家里确实很久都没有做过饭了，他也一直都闻不到饭菜的香气。

她醒了，这个世界才真正活过来。

那天晚上邵新一直没从书房里走出来。

孟宁语看他接了一个电话就没影了，估计又一头扎进工作里。她不知道他最近在忙什么。等到八九点钟，没看他再下楼，只好把餐桌和厨房都收拾了。

她回到自己的房间休息，继续研究手机和电脑。

她在昏迷中度过的时间对外界而言虽然不算长，但各类软件发展速度日新月异，就连手机上新的自拍功能都能让她玩上半天了，而且她早过了补卡时间，手机是新的，号码也是新办的。

孟宁语回忆了半天，除了能背下来邵新的手机号之外，老同事的电话一个没想起来，一时都不知道从哪里开始联系。

后来她玩困了，隐隐听见书房似乎又传来那首《夜色奇境》，旋律熟悉到让人心安，她很快直接睡着了。

以往每天睡前她还需要吃药，邵新会来陪她坐一会儿。自从她能动了，药停了，却还是要拉拉扯扯拖着他说话。孟宁语总想撒娇，但野猴子的本性难改，和他耍嘴皮子胡闹，邵新倒是坐怀不乱，好像很顾虑她的病情，两个人一直保持着科学而严谨的距离。

今天没人理她了，随着音乐起伏，孟宁语的被子已经滚到地上，半个晚上过去也没人帮她捡。

她睡得不太踏实，忽然又醒了，钢琴曲已经停了。

她自己爬起来去洗澡，收拾完打算去看一眼邵新，看看是什么天大的急事能让他饭都没吃完，平白破坏气氛。

没想到书房没有灯光，主卧关着门，整个家安安静静，最后只有富贵看出了她的意图，冲着大门的方向叫了两声。

孟宁语意识到邵新不打招呼就出门了，她很快给他的手机打电话，直接是关机状态。她找不到人，只好又去他的房间推门，发现那里竟然上了锁。

她绕回书房，空落落地想不明白，脑子里又冒出今天闻天南盯着自己说的那些没头没脑的话。

他说人总会变的。

此刻书房的窗开了一半，她不敢再想，顺势走到窗边。

楼下就是后院，昏天暗地的夜里，只有那丛向日葵成了唯一的亮色，此刻孤零零地垂着头，和她一样。

· · · 第五章

脱节的现实

那天晚上孟宁语几乎没怎么睡着，一直留心听着门口的动静，直到天都大亮了，邵新也没回来。

他这一走，连续三天都没有回家。

孟宁语逐渐发现了家里的变化，邵新的主卧新装了密码锁，以往他连门都不记得关，三年后却不希望有人进卧室。她试过好几次，根本打不开。

孟宁语没有着急外出，她一边努力恢复身体，一边上网找消息，查找三年前有关启新研究院那个案子的新闻，但当年发生的一切完全没有对外公示。

邵新和她说过，她的坠楼事故被定性为意外，而关于启新研究院的违规实验在警方调查后，并不像外人所想，研究院虽然关闭，但最后只接到了一些行政处罚。整个案子确实都在孟宁语昏迷的时候了结，那个冬日的闹剧成了一场乌龙，只有她倒霉，明明是个龙套角色，却要脑补出惊天阴谋，差点把自己的小命都搭进去。

后来孟宁语在恢复期间也问过邵新这些年的工作，他说集团的业务方向进行了调整，没有再继续搞医疗科研，完全回归到人工智能领域的研发。这一块的市场前景很好，涉及社会各个领域，小到生活家居，大到城市基础建设，各个项目都有新产品问世。

邵教授工作起来不要命，虽然过去他一向日夜颠倒，经常会被院里突然叫走，要是赶上天冷的时候，几天不回家都是常事，但如今显然和过去不同。孟宁语很清楚，如果只剩下盈利性的工作，不会占用邵新太多精力，所以他这些年才能有时间休息，把病养好，但眼下他却连招呼都不打，深夜离开找不到人，总让她有种不好的预感。

承东市的气温已经过了二十五摄氏度，邵新的围巾一直放在门后的衣架上。

孟宁语醒过来的世界让人心安，她努力回归生活，但周遭的现实变得摇摇欲坠，人的记忆一旦和梦交织，就始终无法解释。

孟宁语清楚自己是个刚痊愈的病人，不想给大家添麻烦，她在家休息到周末，却还是没打通邵新的电话，只好想办法去找他身边的人。

孟宁语买东西那天光顾着聊天了，也没存闻天南的电话。她想起以前书房有一些研究院人员的名片，邵新拿回来就弄乱了，全混在一起，压根没再用过。

她进去找，难得书房看上去还算整洁，这几年家里没人当丫鬟，邵新估计也是最近这段时间才草草整理过，都是表面功夫。

孟宁语顺手拉开书桌下边的抽屉，杂物满得都要掉出来了，都是邵新随便塞的。她只能蹲下替他慢慢整理，最后在底层抓到那堆散落的名片。

上边的名字都眼生，她很快找到闻天南，盘腿坐下打电话。书桌四周铺着长毛地毯，光脚踩上去的触感细腻，不冷不热很舒服。

老闻正在抽烟，接起电话嗓子干巴巴的直咳嗽，半天才问她："你又想去哪儿啊？我今天没在高新区，在城南的医院开会呢。"

闻天南是个正经医生，不是随叫随到的司机。

孟宁语嘴甜，说自己在家恢复很老实，然后才问邵新最近在忙什么，一直没回家。

老闻不接话，似乎走了几步，找到一个安静的地方。很快那边又传来打火机的声音，他续上一根烟，然后才说："我也不清楚。"

孟宁语更奇怪了："你不是说他不方便出门吗，手机打不通，你没跟着他？"

以往邵新几乎不能离开医生，但三年后情况不同，闻天南似乎非常放心，而且听上去，他已经有了其他医院的工作。

孟宁语的话一句接一句，说得很急。电话对面的人只能安慰着说："他丢不了，放心吧。"

"你能联系到他吗？"孟宁语感觉他说话吞吞吐吐，自从上次见面开始，闻天南好像总是话里有话，于是她问他，"你是不是知道他在哪儿？"

老闻咳了一声，他确实没什么遮掩的天分，再加上对手是孟宁语，这丫头片子直来直去惹不起，不如把话说清楚："邵新要是走了，估计就不会回去了。"

孟宁语以为自己听错了，脱口而出：“为什么？”

“你昏迷的时候，邵新一心想救你，后来你醒了，需要人照顾，他也走不了……”老闻声音越来越低，“但现在你康复了，他还有他的日子要过。”

她说不出话，有点反应不过来这话里的意思。

当年孟宁语太年轻，离开老房子之后，生活里的一切都和邵新相关。她一直都在努力，为母亲长大，为邵新长大，不辜负他们的陪伴，后来她长大成人，一切自然而然，他们依旧在一起。哪怕她不够聪明，在残酷的社会丛林里撞得头破血流，可她从未怀疑过那些相伴的岁月。

然而闻天南此刻三言两语，无异于一盆冷水，当头浇下来，把他们两个人分得清清楚楚。

邵新不回家……会去哪里？

孟宁语问不出来，疑惑又让她开始怀疑一切，此时此刻再想到那顿晚饭，连灯光里的温柔都像隔着雾。

从她醒过来之后，邵新一如既往，但某些微妙的变化一直存在，只是被她刻意忽略了。因为她知道自己再也不能用梦作为借口，所以本能回避，把所有不好的猜想都藏起来。她不敢，也不愿意质疑眼前人。

三年之后，邵新会陪着她慢慢康复，看她哭，看她笑，每晚让她安心睡觉，早起叫她醒来，他好像什么都没变，但也在用这样看似熟悉的陪伴，和她保持着刚刚好的距离。

孟宁语跨过生死一线，甚至没有得到他的拥抱。

“别闹了，这本来就是他家。”孟宁语心里发慌，想说得轻松一点，却完全笑不出来，“如果他忙可以和我说，躲什么，还玩离家出走啊。”

闻天南叹气：“我那天和你暗示过，也不知道你是真傻还是装傻。三年时间，对你而言就像睡了一觉，对其他人来说可没这么简单，没那么多童话故事。”他一根烟抽得凶巴巴，玩命吸气，“不过我确实没想到，你们在一起那么多年了，邵新想走都没和你谈谈吗……他估计是打算直接把这个家留给你了。”

孟宁语抠着地毯上的绒毛，渐渐捻出一个死结，人反倒突然冷静下来，直截了当地问：“所以你的意思是，我当年在邵新的研究院出事，他内疚要救我，现在我好了，他打算划清界限了？”

闻天南一个外人，被孟宁语揪着问，着实有点难以启齿。

“你是不是觉得我把脑子摔坏了？”孟宁语玩着那块倒霉的地毯，硬逼自己笑，又说，“你确定你说的这人是邵新？他要是能分出脑容量想这些事，我也不用倒追他那么多年了，这借口太烂了。”

闻天南豁出去了，十分直白地解释："我和你说实话吧，邵新这些年和别人在一起了。"

这话不好笑，但孟宁语还是笑出声了。

电话里的人也不管她听不听得进去，苦口婆心开始劝："你能转醒是个奇迹，谁也想不到，那会儿我们只希望邵新走出来，做好失去你的准备。时间久了，人之常情，你换位想想，他总要开始新生活，也会有新的感情。"

闻天南认为邵新没有马上坦白，也是为她好，不想再刺激她。

孟宁语听不进去了，脑子里半天都只剩下那句他和别人在一起了，怎么想怎么觉得狗血，感觉自己像被人突兀地揍了一拳，明明离谱，却又结结实实地打在她心上最薄弱的地方，让她晕头转向。

"老闻。"她笑不动了，脸都发僵，"如果你知道邵新在什么地方，告诉他，让他自己和我说。"

闻天南避开她的话，一直还在劝，不外乎希望孟宁语能理智面对现实。

他的话说出来很伤人，但又都是些人情世故。他说邵新岁数不小了，事业有成，他那么聪明的人不会一直困在情绪里，死守着过去不现实。

孟宁语抱着膝盖换了一个姿势，她想起那天晚上，邵新突然接到电话，进书房之后一直没出来，他确实刻意避开她，等她睡着就走了。

"照你这么说，我醒得不是时候，让他现在挺为难的？"她举着手机语速飞快，"他愿意救我，坚持三年没放弃，已经算有情有义了，但连句话都不给就走，这是换了渣男的剧本啊。"

闻天南的话戛然而止："我不是这个意思，只希望你能先照顾好自己，没必要再找他了。"

"他现在和谁在一起？我认识吗？"

电话里的人很快回答："其他的我不方便多说，都是邵新的私事。"

孟宁语知道自己问不出什么，很快挂了电话。

书房里的陈设没有改动，一整面墙都是书柜。临近中午，窗外明朗，空气里细小的浮尘飞舞，迎着光线一清二楚。

孟宁语知道，她这通电话其实只得到了一个答案，邵新离开不是偶然，起码闻天南毫不意外。

不管这三年发生过什么，只有她被蒙在鼓里。

如果真有命运这东西，老天爷在她这一页上写的都是草书，这也太难理解了。她确实死里逃生，如同奇迹，但因为经历过三年噩梦，此刻她的存在十分微妙。时间把生活压缩成一列轰然开过的列车，所有人都在车上远行，只有她被迫停在原地，面对越来越脱节的现实无解。

孟宁语坐了一会儿，开始佩服自己的阿Q精神，她生平头一次意识到邵新可能会离开自己，竟然没感到难过，当下只攒着一股无名火，说不清道不明。

她确实没什么出息，但也没有想象中那么傻，她知道邵新藏了很多秘密，从一开始就没打算和她坦白。

想通这一点之后，孟宁语的脾气又上来了。她面前还是他的东西，放得乱七八糟，她赌气不想收拾，直接在地上乱翻，纯粹当成发泄。最坏的事早就发生过了，坠楼的事故都没能让她咽气，如今更没什么可怕的，既然人人都来和她装傻，就别怪她自己想办法。

她翻着翻着又把那一堆名片摆出来，挨个仔细看。

孟宁语经历过意识世界，她的梦跌宕起伏，醒来后一切又被实感冲淡，她只能依稀记得自己好像见过邵新同事的名字，此刻却又想不起来。

她当时感知到的世界都是被人为构建的，但邵新和她讲过，完全虚拟的工程量太大，所以为了能够尽快刺激她的潜意识，疗程中有填充用的画面和细节，直接使用了数据导入，应该都有事实基础。

她因此推断，自己在意识世界里使用过的电脑，应该保存的都是真实数据。

孟宁语马上在名片里翻找眼熟的名字，试图唤醒记忆，但她找了半天都没找到，只好作罢，顺势站起身看看书柜，忽然发现那本硬面诗集还在最上方，于是她拿下来翻看。

三年前的清晨，她就是从这本《沙与沫》里边找到邵新的权限卡，后来她的意识世界中不断播放诗集的内容，邵新想用它作为细节，刺激她不断寻找答案，但无意中又被闯入者利用，变成让她打开电脑的关键。

此刻孟宁语心情复杂，盲目自信并不能帮她理清思路，过往仍旧是个谜团，她甚至不知道要从哪里开始查，只能抱着书坐下翻，一页又一页，直到有一段内容被邵新用笔勾出来，她才停下来慢慢看。

> 我的房子对我说：“不要离开我，这里住着你的过去。”
>
> 道路对我说：“来吧，跟着我，我正是你的未来。”
>
> 我对我的房子和道路说：“我既无过去，也无未来。若我停留，停留里有我的前行。若我前行，前行里有我的停留，唯有爱和死才能改变一切。”

她轻轻地跟着念最后一句："Only love and death will change all things，唯有爱和死才能改变一切。"

时间是唯一清醒的记录者。当下注定成为回忆，人生这条路，看上去永远向前，然而在经历的时候，走出来的每一步已成过往。

他们都明白，除去生离死别，往事无可撼动。

有这一句就够了。

孟宁语抱着这本书压在胸口，闭上眼睛，又想起那些年。

其实邵新是个很直接的人，因为他需要花费心力研究的工作太复杂了，而一旦人的智商达到某种高度，已经不再需要提高情商了，所以他在感情方面根本懒得绕弯子。

孟宁语就更不用提了，考上大学之后一切都变得轻松起来，她是个成年人了，可以为自己做主，于是打定主意要和邵新表白。

开学第一个周五，孟宁语终于可以从校区回家了，她刚出校门，发现邵新的车也到了。

她很意外，邵新是个大忙人，也很少亲自开车，他竟然记得来接她，于是她上车就问，怎么不提前说一声。

邵新指指远处的高速，车流拥挤。他一边开车一边说："你肯定着急回家，周五不好打车，我抽空接你。"

大一新生刚刚迈入成人世界，遇到那么多新朋友，还能摆脱父母控制，全都成了脱缰的野马，而今天下午课最少，本来是大家出去玩的好机会。

"万一我有人约呢？"

邵新借着等红灯的工夫扭头看孟宁语，他从上到下打量她，最后目光停在她的脸上说："你想多了。"

孟宁语气愤地翻出镜子，她非常用心地化妆了，但车里光线不好，让人原形毕露。她只是初学者，明显手残，眼线画得歪歪斜斜，唇彩也蹭出来了……哦，这么一看，她确实想得有点多了。

"来。"邵新递过一张纸巾，淡定地说，"擦擦嘴。"

她把嘴边抹干净，理不直气也壮："没人约我，我可以约别人。"

邵新点头，眼底都是笑："所以我这不是来了吗。"

她开始不停傻笑，他一句话就能让她上头。

那一年秋高气爽，整座城市的树梢早早没了绿，即将到来的寒冬注定漫长，因而让人格外珍惜晴日，连晚霞都热烈，混出暖色调的光，在记忆中熠熠生辉。

邵新说院里这段时间没有紧急的项目，所以他有时间可以出来，问孟宁语要不要去市区。

她来精神了，坐在副驾驶座位上还不老实，伸手去挑他下巴说：“哟？今天是邵总的戏份吧，还挺与时俱进的。周末市区热闹，你这是打算带个年轻貌美的姑娘去逛街？买包送花外加带回家？”

邵总没顾上和她说话，一直到他艰难开过了拥堵路段，这才有空品了品她刚才那番话，然后说：“不行，这段戏里没你啊。”

孟宁语赶紧画重点，指指自己说：“年轻貌美的姑娘。”

他没忍住，笑得很明显，而且毫不遮掩地变成了嘲笑。

孟宁语瞪着他，邵新没有工作的时候衣服都很休闲，他当时穿着简单的加绒外套，上边有米灰色的条纹，人的肤色白，穿浅色就显得利落，只剩一双眼的轮廓深邃。

邵新开车的时候目光平和，话也不多，却能让孟宁语看得心头发热。

可惜她害羞的表现十分粗糙，只会梗着脖子反驳他：“你笑什么笑啊。”

邵新早已习惯她跳脱的思维，提示她：“再想想。”

“想什么？”孟宁语的脑子早就不转了，又开始走神，对着他的侧脸看，她心里暗暗感叹自己何德何能，天天都要经受这样的诱惑。

“想想这几个字和你有什么关系。”他说着坦然指指他自己，补了两个字，“貌美。”然后又表情遗憾地指指她说，“你顶多占个年轻。”

孟宁语震惊了，没想到厚脸皮的毛病会传染。

她拢拢头发，可惜她当时的头发正打算留长，半长不短卡在肩膀上，还是尴尬期，只有发量喜人。她一抓一大把，在手指上绕个卷，掐着嗓门妖娆地提醒他：“还有姑娘，我好歹算个姑娘！”

邵新扫了一眼“姑娘”的造型，拍拍方向盘，示意她坐好别乱动，三个字打破她的幻想：“待定吧。”

孟宁语气得直笑，她松开自己的头发，免得越抓越乱，又看他衣服保暖，只露着脖颈，于是心里暗暗地记着，要让他养成戴围巾的习惯，不然天气只会越来越冷，一旦起风着凉，他会不舒服，吃药吃了半辈子，太伤关节了。

“你饿不饿？”邵新看了一眼时间，路况不好走，他们下高速之后都过六点了。

她眼看天还没黑，心里冒出一堆言情剧的情节，连两个人去高楼之上看星星都出来了，万万不能在这会儿煞风景，于是她赶紧摇头。

“哦。”邵新直截了当地说，“我饿了。”

十八岁的孟宁语磨着牙，觉得这男人啊，岁数一大真是不能惯，谈恋爱又不是考试过关，脑子快也不能说跳步就跳步啊，瞧瞧他这台词，活像过起日子来了，于是她脱口就说："那您自己吃吧，找家好评率最高的餐厅。"

这下邵新又笑了，他伸手过去捏她的脸，顺顺毛说："你都上大学了的人了，怎么还像个小孩似的。"说着他看她气鼓鼓的，给她扩充了一下剧本，"年轻貌美都是你，行了吧。"

"别，年轻貌美的姑娘不吃这套了。"

他字字真诚，继续补充说："而且做饭特别好吃。"

孟宁语扭过头看窗外，一棵一棵数路边的树，死活不理他了。

"一个星期了，家里没人，我都是凑合吃的。"

看看，他不是来接她的，是给他自己找饭辙呢。

孟宁语对着玻璃看，上边都是她自己偷笑的影子，赌气归赌气，她还是去天祥买菜了。她就那么点本事，于是对人的爱意全都简单体现在投喂上，她满脑子都是该做点什么给邵新吃。

那是一个回家的周末，市区的约会圣地全都人挤人，他们显然没兴趣去凑热闹，干脆一起去采购。

如果从头翻阅，那个秋天的傍晚应该就算是他们第一次约会的经历了，但别人的少女情怀都很浪漫，烛光晚餐玫瑰花，孟宁语只有菜市场和厨房。

她擅长的都是家常菜，不高级也不精细，但好在烟火撩人，又很下饭，连重口味的辣椒炒肉也能让人赞不绝口，尤其是那道红烧灰豆腐，邵新连汤汁都没放过。

邵教授吃完饭高兴了，拿出一个大盒子递给她："开学快乐。"

"不快乐，开学不能回家，见不到你就不快乐。"孟宁语说起这些话脸不红心不跳，又打量那个硕大的盒子，显然买礼物的人根本没心思选包装纸，当下只是一个出场白纸盒，拿在手上沉甸甸的，童叟无欺。

孟宁语以为邵新开窍了，瞬间期待起来，转念又觉得那盒子的形状十分熟悉："等等，我不要，换一个！"

"最新配置限量版，还没上市的。"

她打开欲哭无泪，果然又是台笔记本电脑，唯一的那点进步，是他这回记得把外壳订制成了粉金色。

邵新认为他送的礼物十分实用，颇为用心，还是特意打听过的："我想起来，你开学都没给你买点东西，问了问老闻，他说他们邻居家的小伙子今年也刚上大学，家里人送的是新电脑。也对，小朋友上大学了，该换一台高配置的。”

孟宁语扶额，靠在桌上叹气。

她对着一桌子空盘空碗，琢磨自己这是造了什么孽，还没等她想明白，对面那位男主角倒是兴致颇高。

邵新拉开椅子坐到她身边说：“你打开看看。”

看什么看，又没你好看。她心里疯狂吐槽，勉强开机，发现屏保图片放的是富贵，金属狗眼闪闪发亮。

孟宁语感觉自己脑门都开始冒火了：“你放它？还不如放你自己呢！”

邵新不理她，点开桌面上的狗脸图标，居然当场要教她怎么调整富贵的各项参数：“你想法那么多，以后可以自己改它的设定了，想让它出门拿快递就点开这里……在这个地图上，可以把路线设定好，看，现在都是可视化的页面了，省得你搞不明白。”

她随便扫了一眼，发现还有监控录像的功能，她成心揶揄他：“富贵这是‘行狗记录仪’啊，挺好，万一你想不起来东西放哪儿了，还能查查富贵。”

后来邵新说了什么她没听进去，因为她发现他正好从自己身后靠过来，握着她的手，一起在触控板上点来点去。

那一刻邵新离她的距离太近了，连呼吸都近在咫尺。

她记得他身上有种很淡的味道，和书房里丝柏的香薰一样。那是一种发涩的草木香气，但又很有存在感，容易掩盖其他气味。邵新从小身体不好，经常接受治疗，他发现丝柏可以中和药物和消毒水残留的味道，后来好像就一直在用，连他研究院里的办公室也放了，以至于他身上总是若有似无带着那股香。孟宁语刚到家里的时候好奇那种味道，后来早已习惯了，它甚至都不算一种香味，没有喧宾夺主的势头，但存在感太强，让人无法忽略，简直就和他的人一样。

秋天的夜晚太静了，窗外没有风声，家里的电视音量也被调低。

孟宁语只能听见身后的人说话。餐桌、客厅，还有那个并不惊喜的礼物通通变得模糊，世界和邵新的侧脸一样温柔。她心里就像长草似的按捺不住，眼看邵新的目光认真而动人，她回身就搂住了他的脖子。

他的话停了，人也没避开，却不再往下继续说。

她一心一意盯着他，没等她说出点什么，他先按着她的手笑了，那目光深情起来，连带着眸子里盛满她自己的影子，闪闪发光。

丝柏的味道仿佛在下蛊。

孟宁语吃的是自己做的饭，压根也没喝酒，当时却觉得自己头脑晕乎乎的，开口就说：“这礼物不好，我不喜欢。”

邵新还在笑，他把她肩膀上凌乱的头发理顺了，然后才问："那你喜欢什么？"

她想这可是要星星要月亮的好机会，可她觉得邵教授笑起来比星星好看多了，很快胆子一大，顾不上害羞，光记得死抱着他不松手，说了一句："喜欢你。"

下一秒她不但影子飘，人也飘了。

邵新抱着她的腰，把她整个人提起来放在桌上，他顺势两手撑在她身侧，那眼神突然让人有些看不懂。

孟宁语感觉自己胸口快炸了，她越想越脸红，整个人慌乱起来，但慌乱的结果是胆子不小，只记得把眼前的人扣住，然后手脚并用，死扒着他不放。

邵新被她野猴子似的姿势逼得进退两难，瞬间无奈，只好推推她说："宁语，松手。"

"不松！"她说出去的话已经是泼出去的水，平白无故感觉自己心里装着千军万马，万万不能做逃兵，所以仗着自己嗓门大，打算堵住他的嘴，"我，我跟你说啊！我都长这么大了，你别装不知道。指不定哪天你就病歪歪的，走不了路了，总得有人推轮椅，不如趁着现在还有颜值，你……你赶紧找个女朋友吧……"

孟宁语根本没能唠叨完，但好在嘴还是堵住了，因为邵新嫌她啰唆，低头吻过来。

那个吻的味道可比丝柏甜多了。

"确实是个姑娘。"后来邵新松开她，在她耳边说了一句，"不用待定了，转正吧。"

如今的孟宁语坐在书房的地上，回想起多年前的那一晚，一个人抱着膝盖都想得脸红心跳。

爱情才真的是人间奇迹，它动不动就能改人心意，要把傻子变成痴人，把天才变成顽童，还能把经年的岁月都变成眨眼之间。

孟宁语百感交集，回头又往书架上看，意识到现在房间里已经没有熟悉的味道了，在她昏迷的这些年，邵新似乎已经不再用丝柏。

闻天南的话虽然牵强，但不是全无道理。时代瞬息万变，三年时间在孟宁语的脑子里只是一场梦，但现实生活中，沉默的日日夜夜，已经足够改变一个人了。

孟宁语那口气在心里拧着，低头把东西整理好，也把那本诗集放回原位，然后下楼给自己煮面，简单吃了两口。

她喂饱肚子之后就去翻衣柜，把过去还能穿的衣服全都收拾出来，打算回市局一趟，毕竟大家可能根本不知道她醒了。她想来想去，不如亲自去单位看看，所以出门叫车。

今天外边没起风，是个难得的好天气。她告诉司机，如果先到的话就在外边的主路边稍等，她想走走路，步行出去。

别墅区都是独栋建筑，邻居之间也隔着一段距离，因而步道很长。这几年绿化做得很好，私密性优越。

孟宁语走出一段距离才能听见附近院子里有孩子在玩，吵吵嚷嚷的动静让她想起来今天是周日，于是暗暗祈祷，希望自己这一趟过去能在值班室里找到熟人。她一边想一边低头看路，又感觉不对劲，身后间或传来脚步声，忽远忽近。

一开始她以为有人经过，但半天都没看到对方超过自己。

孟宁语想起前几天在天祥市场里的情况，加快脚步，身后的人很快也追着她走出大门。

她不着急张望，找到路边的车上去，隔着车窗向来路打量。

大门口就是马路，路边一排悬铃木，树后确实有个人。

对方看她上车，不打算再继续盯梢了，只是半转过身，低头拿出了手机，看上去只是个路过打电话的年轻人，但孟宁语知道又是他，因为那人仍旧穿着宽大的卫衣，帽子严严实实挡住脸。

她来不及紧张，光剩下疑惑了。

刚好司机师傅的话打断了她的思路，对方一听就是承东市的本地人，口气热络，看她要去的地址突然问："这地方对吗……大周末的，你要去公安局啊？"

孟宁语没心思和人聊天，也不想解释，她让司机别管那么多，按定位开就行。

师傅一看小姑娘心情不好的样子，点头示意自己不打扰了。

她闷头坐在后排想了半天，没想出谁会闲得发慌跟踪她，而且对方显然找到办法混入别墅区，看起来有所准备。她两次出门在外，独处的时间很多，但对方没有采取任何行动，这就更奇怪了。

没有歹意的盯梢更令人生疑。

孟宁语越想越忐忑，半个小时之后，眼看车已经拐进过去上班的路，她心里才稍稍安定下来。她开门下车的时候很自信，兴冲冲要去找人，结果一抬头就傻眼了，路没错，地址也没错，工作单位却不见了。

她此刻站在市局门口的马路边，对着一片施工绿布，里边的大楼都被围起来，不知道要拆还是要改建。

行程圆满结束，身后的车还没开走。

司机师傅正按着手机抢单，一看她戳在路边犯傻的表情就明白了，又按下车窗喊她说："换地方啦！导航上没来得及改呢，所以我刚才问你，是不是要去公安局啊……新闻都通知了，你没看见？城东是新规划的城市副中心，市公安局刚搬过去。"

司机大叔好心要跟她核对，结果她摆着臭脸不理人，活该白跑一趟。

孟宁语狠狠掐了一下自己，马上态度良好，憨笑着说："我真不知道市局搬了，麻烦您，咱们现在去城东。"

"唉，你不早说……我抢到下一单了。"师傅拧开保温杯喝了一口水，看也不看她，直摇头，"而且副中心那边可远啊，你从这里折腾过去不堵车都得一个多小时，我这是电车，一会儿要回去充，只能接近活儿。"

说完车已经开走了，留下孟宁语一个人孤零零地站在马路边。

她往四周看一看，单位旧址周边没什么变化，对面临街的一排底商经过翻新，变成正规的门脸房，显得宽敞多了。路口那棵歪脖树还在，说是挂牌的古槐，过去就挪不走，现在它被人突兀地围起来了。

孟宁语记得自己上班那年，那棵树已经枯了半边，所以老有市政部门的人过去检查它，大家都说它熬不过冬天，没想到后来却起死回生，此刻它看起来活得挺好，正顶着满头的绿，十分得意。

这遭遇和她自己倒是惺惺相惜。

她一时放空，琢磨自己不懂事，连那树也不怎么懂事。它仗着岁数大不怕死，偏要和这飞速发展的世界对着干，三年之后，它歪下去的势头都快挡住半边车道了。

孟宁语歇了一口气，感慨归感慨，路还得自己摸索。她慢慢往前溜达，打算查好地址再打车，对面街道突然传来摩托的动静，由远及近。

她本来还盯着手机，突然觉得这声音熟悉，抬头看见骑车的人一身黑皮衣，正急匆匆掉头，直冲她开过来。

她不知道会不会有人继续跟踪自己，瞬间开始紧张，可惜已经来不及转身跑。

"孟宁语！"

熟悉的地点，熟悉的人，再加上背景里那棵矍铄生长的古树，周遭的一切又把她塞回到了过去。

以前孟宁语上班的时候不想吃食堂的大锅饭，经常拉着队里的同事下馆子，偶尔回去晚了，点儿背就会在这条马路上遇见领导……此时此刻，就连领导喊她的声音都没变，一嗓门砸过来，让她没犯错都跟着肝颤。

孟宁语眼看摩托车停在自己身边，又惊又喜，半天只叫出一句："师兄！"

疾驰而来的人是申一航。他看上去还有别的任务，一身利落的皮衣皮裤，都是为了骑车方便。

此刻他已经摘了头盔，脸上都是汗，表情很激动，话也说得飞快："你真的醒了！小刘和我说的时候我都不敢信，没想到……你……"

申队这会儿脸上的表情堪称铁汉柔情，但实在不好控制，他说着说着有点说不下去了，伸手想拍孟宁语的肩膀，手卡在半空又收回去，笑笑说："你恢复得怎么样，能出来了？"

孟宁语又惊又喜，赶紧点头。

她凭空出现，大概在外人眼里和纸糊的也没什么区别，所以她看出师兄小心翼翼的样子，又拍着自己胸脯说："没事了，我大难不死，等着享后福呢！"说完她指指脑袋又贫嘴，"我跑回来就为了找领导申诉，这可是工伤啊！"

申一航盯着她仔仔细细打量，很快侧坐在摩托上，长出了一口气。他好像有很多话，但这一时半刻又觉得说什么都晚了，最终低头摆手。

孟宁语想起他刚才提过的人，问他："小刘？"

"刘译啊，估计你忘了，以前坐在墙边，不爱说话闷葫芦一个……这些年队里没放弃，陆续有人轮换，利用休息时间，守在你家附近。"他说着又看向身后被围起来的大楼，"咱们现在搬去东边了，挺远的，不过新楼比这里气派多了。哦对了，我今天要去西岗四园复勘一个现场，接到小刘的消息顺路赶过来，估计你想找人，肯定会回老地方，果然。"

她想起那个穿卫衣的跟踪者，这才想通为什么自己会觉得眼熟。对方虽然很小心，但其实算不上刻意隐藏行踪，否则轻易也不会让她发现了。"我说呢，一直有人跟着我，我还以为……"她想想又觉得不对，"刘哥为什么不直接找我？"

这么多年过去，孟宁语信息全无，联系不上队里的人，但对方看见她一直不肯露面，态度十分谨慎。

申一航若有所思，叹了口气。

这些年下来，他看起来瘦了不少。一线工作的人日常蹉跎，风里来雨里去，脸都晒成了小麦色，头发倒是没变，照样还是一头经年不改的短寸。往日申一航总是穿得很干练，眼下人瘦了，显得脸上的棱角分明，再加上摩托车的衬托，此刻他往路边一站，精气神十足。

她看出他表情为难，十分不解："师兄？"

申一航尽量缓和口气解释："说实在的，大家都没想到你能醒，队里派人盯着你家，其实是为了盯邵新，所以小刘看见你好了，也不敢马上找你。”申一航说着说着又停下，再开口的时候似乎在斟酌用词。

他告诉她，当年的现场被毁，事后调查只能查到医疗院区发生过大规模停电，导致全楼的安全系统失控，五层窗户的防护锁同样下线了，窗户可以大角度打开。从事后的监控来看，正好缺失停电期间的内容，根本没人知道孟宁语究竟在窗口做过什么，也没人知道她为什么会跌出窗外，摔成重伤。

孟宁语十分惊讶，她依稀记得自己在窗边听见过危险提示，而且既然能被定义为意外事故，她以为当年在现场调查应该有迹可循，但此刻申一航竟然说不清，甚至对现场同样存疑，就连他的态度都和过去一样，重点怀疑启新研究院的负责人。

她脑子里的噩梦被这些质疑瞬间唤醒，悉数涌上来。眼下的环境不适合长谈，他们所在的地方身后就是马路，两侧车道不宽，自行车见缝插针来来往往，远处还有施工的人员在倒车。人间过于嘈杂，连头顶的日光都无遮无拦，不支持她盲目回顾。

申一航看出孟宁语的紧张，马上追问她：“你当天有没有在院区里发现异常情况，为什么会从五楼摔下去？”

这下孟宁语听出来了，当年的案子草草收尾，队里人对研究院的调查似乎根本没有深入，所谓的结案，和她自己的坠楼事故一样，掐头去尾就摆在了明面上。

她的思路全乱了：“我就记得好像有人在追我，所以我才一路跑上顶楼，躲在窗边，但这几年昏迷太久了，我不能确定那到底是不是事实。”

对面的人示意她先别慌，毕竟身体刚好，他怕刺激她，安慰着说：“我明白，别着急，你既然都醒过来了，肯定能慢慢想起来。”

“如果我没记错的话，院区的办公室里有当时住院区的记录，都在电脑里，立案后我们可以调取的。”孟宁语不知道为什么没人去查，想起什么说什么，导致越急越记不起重点，光记得电脑里有重要证据，于是赶紧告诉他。

申一航冷下脸“哼”了一声，有些烦躁地说：“能交给警察公开查的东西，早都清理得干干净净了。”

孟宁语想想又说：“我知道你一直怀疑邵新，可这三年是他救了我。他说过，当年院区里有国家级的保密项目，实验进度不能完全公开，导致院方和病人家属的沟通存在误会，后续警方调查清楚了，他们只接到一些罚款，然后他就关闭了研究院……”

申一航忽然打断她的话，重复了一遍问：“他说他关闭了研究院？”

孟宁语不明所以。

对面的人低头打开手机翻找，找到当年现场的图片，直接递到她眼前说：“你看看，这就是当年我们赶过去的现场。”

启新研究院根本不是人为关闭，而是被毁了。

从申一航留存的图片来看，整个研究院里黑烟滚滚，连医疗院区的楼顶都看不清了，而且那种程度的火场肯定还发生过爆炸，显然是一场非常严重的安全事故。

“你坠楼后第二天那地方又出事了，整个研究院过火面积达到百分之八十，所幸周边空旷，除了在院区值班的一个员工受伤之外，没有其他人员伤亡，后续调查起火点就是医疗院区那栋楼。他们中控的主程序在前一天断电后就出现了严重问题，但没有来得及修复，导致实验室在无人监管的情况下错误执行易燃实验，最终造成起火。”

难怪所谓的现场根本查不到有用的东西，孟宁语坠楼的痕迹无论是不是意外，早被烧光了，而那些住院区的资料，警方在事后再追查负责人，院方主动提交上来的内容，根本查不出大问题。

她这段时间听到太多意外了，突然发现这两个字令人毛骨悚然，无论真假，它背后暗藏的代价无法想象。

这些事不是马上就能弄清的，孟宁语逼着自己回忆，突然发现自己对于三年前经历过的很多细节想不起来了。她也不知道是不是自己太着急，只好把手机还给他说：“我需要知道这些年发生过什么，给我点时间……咱们最好先回队里。”

申一航没有同意，只把她新的联系方式存好，又示意她说：“不，涉及旧案，你最好不要贸然露面。”

“出什么事了？”孟宁语心里的困惑越来越大，她本来只想尽快找到申一航，这样很多缺失的信息就能补全，她可以比对自己的记忆，解开不合情理的疑点，但没想到面前的人态度敏感。

申一航摇头说：“说来话长，启新研究院确实有严格保密项目，整个案子的水太深，不能公开调查，你刚刚恢复，这会儿再把你扯进来太危险了。小刘他们……都是因为信任我，自发愿意帮我。”

市局并没有继续调查启新研究的案子。

所有熟悉的人和事，似乎都不同以往，就连这条街也一样，眼看那棵古树都快成精了，一切却又通通走了样。

夏日带来暖阳，承东市不冻人的日子太珍贵了，而申一航沉默的瞬间，又让人心凉。

孟宁语昏迷的时候发生过很多事，每一件都超出她的想象。她睁开眼，仿佛又走入了一座现实迷宫，此刻面前的每条路都熟悉，却又全都不明方向。三年空白期变成一个人的死穴，如同记忆中遗失的拼图，她不知道上边画了什么秘密，连如何找回也毫无头绪。

孟宁语冷不丁又想起了那本诗集，《沙与沫》，原来如此应景。

现实如海，如诗中所说，世上万物只不过是岸上的万千沙粒。

孟宁语拼命从旁人口中得到信息，试图拼凑真相，但被他们勾勒出的现实，却随着世事的变化潮涨潮落，人终究不是机器，真实的记忆会随着时间消亡，远比梦境离奇。

他们两个人一直在路边说话，没有注意周遭。

远处有一辆黑色的轿车缓缓开过来，很快直接停在了马路对面。开车的人按响喇叭，声音恼人，瞬间打破整条街的平静。

孟宁语抬眼发现那是邵新的车。

她一时错愕，想到可能是闻天南来找自己，但眼看车窗降下，邵新本人就坐在驾驶位上看她，还在冲她笑。

他的表情平平淡淡，连招手的动作都和过去一样，好像只是顺路来接她下班，示意她可以回家了。

申一航听见动静，很快也发现了邵新，他的脸色变了，半天都没说话。

车里的人率先开口打招呼说："申队，好久不见。"

他们隔着马路，但此刻恰好没有车经过，所以邵新的话清楚地传了过来。

申一航点头示意，很快抓起头盔。

邵新往窗外的方向靠了靠，指指孟宁语，又提高声音和他说："宁语刚好，现在需要多休息，医生不建议她长时间外出，所以不能归队，希望申队理解。"

"理解。"申一航扭头看孟宁语，好像刚刚才和她遇见。他避开马路，暗中冲她晃晃手机，示意保持联系，但嘴上的话还是向着邵新说的，"这傻丫头醒了也不说一声……正好在老地方遇见了，聊了两句。"

孟宁语听出他话里的意思，申一航在提防邵新，再联想到他暗中让人盯梢的事，意识到师兄一直没放弃，还在想办法调查。

那年冬天的选择题无解，此刻她仍旧被困在分岔路上，两边都是她最信任的人。

孟宁语开始发愁，怀念起自己躺在床上的日子，那会儿只是累心，现在反倒累心又累身。她没心情欣赏他们寒暄，今天可真是太巧了，个个追着她往单位跑，好像都知道她没头没脑，一定会找错地方。

除了她，三年之后，每个人都在伺机而动。

申一航明显还有话，但他们三个就这么僵在马路边上，场面实在不好看。

孟宁语转念让自己宽心，反正只要能联系上队里的人就不用着急了，于是她不再纠结，自己找台阶下，笑呵呵地让师兄先去忙工作。

申一航看她迈步要走，突然喊她。

孟宁语知道他在担心，扭头飞快说："如果邵新骗了我，我需要知道原因。"

申一航不再阻止，戴上头盔打算离开，他经过孟宁语身边的时候又松开油门，很快补了一句："你根本不知道案子轻重，又和他是恋人关系，怪我没有安排好，不该让你一个人去冒险，后来你一直醒不了，邵新坚持把你从医院接走，我也没有立场阻止。"

孟宁语站在路边，眼看邵新还在等自己，心里突然涌起一股执拗，她觉得自己从头到尾都不后悔经历过的一切，而感情也不能和工作混为一谈。

她和申一航开口说："不，我是个警察，不管三年前还是三年后，我始终没忘，去研究院里调查是我的任务，也是我自己的选择。"

"那现在呢，你醒了，明知道邵新有所隐瞒，你还愿意回到他身边，这也是你的选择？"

窄窄一条马路，前后堵着千头万绪。

孟宁语没想到申一航突然这么问，这话里的情绪听上去不同以往。

她愣了一下，笑着给他宽心："我总要回家。"

申一航瞥向马路对面的车："你的个人选择我无权干涉，但有些话我当年有顾虑，没能说出口，后来你差点出事……所以今天我必须要说。"

摩托车轰鸣离开，那动静仿佛故意让人听不清，可孟宁语看清了申一航的口型。

他说："不要相信邵新。"

第六章 · · ·

坚守的温柔

周末的承东市交通状况堪忧，回城车辆全部挤在高架上，一眼望不见头。

孟宁语上车之后，邵新很自然地开车就往家的方向走。他似乎对于不告而别不想解释，车里始终安静。

她时不时打量开车的人，邵新回来了，什么也没变。她悬着的心渐渐归位，又本能地放松下来。十年人生路，步步携手，人和人之间的关系一旦有了时间沉淀，根本没法清算，感情很难用理智揣摩。

邵新换过衣服，一件长袖衬衫，没有疲惫的神态，看起来作息正常，休息得也不错，显然没在办公室里凑合过夜。

孟宁语的眼神偷偷摸摸，相比之下，邵新的表情就坦然多了。

他说："看吧，多看两眼，省得之后看不着了。"

她心里咯噔一下，揪着这话不放，问他："你这几天去哪儿了？"

他不回答，反问她："闻天南和你说什么了？"

孟宁语憋着的那股火死灰复燃，如果放在过去，她肯定把一肚子的委屈吼出来，先让自己痛快了再说，但三年昏迷不是全无好处，身体上的折磨让她被迫学会忍耐，所以她压着口气，高度概括了一下："他说你要和我分手，你和别人在一起了。"

邵新没想到话题这么直白，看她一眼开始笑，然后他清清嗓子，边笑边说：

“老闻真敢说，不怕你揍他？”

她咬牙端起范儿，一脸严肃，但功力有限，很快就被他的口气带跑了，握紧拳头说：“能揍早揍了！他不敢见我，就会在电话里拆台。”

他又问：“那你怎么回答的？”

孟宁语忍不住了，盯着他，一字一句往外冒：“我告诉他，让你自己来和我说。”

前方就是开回高新区的方向了，十字路口来往都是行人。

邵新放缓车速等红灯，抽空又看她。他的表情很正经，但眼神里带着笑，然后扶着方向盘半转身，衬衫勾勒出优越的肩背线条，这姿势实打实过于熟悉了。

他开口承认：“我这几天确实和别人在一起。”

孟宁语感觉自己牙都快咬碎了，眼看他镇定自若，恨不得掐死他。

邵新说着说着分神看路口，随手过来摸她的头。

孟宁语飞快打开他的手，嘴里的话噼里啪啦往外蹦：“那你还回来干什么，不是说把家留给我吗，你还缺那套房子啊？”

他笑得更开心了，慢悠悠地继续说：“我是和医生在一起，回去做检查，医疗团队的负责人也在跟进，除了老闻之外，这几年还有其他医生都在帮忙。”他给她解释，传统血液科的治疗手段对他只有辅佐维持的作用，“老闻跟着我耽误很久了，他说今年南区市立医院里的新课题很有吸引力，所以我就让他去了。”

孟宁语的委屈不但没被压下去，反而更来劲了。

她想起自己听见的一切就来气，开始学闻天南的口气，老气横秋地模仿：“你是个聪明人，不会死守着过去，虽然我走了，但你有你的新生活，新的感情。”她说着说着眼睛涨，又害怕自己没出息掉眼泪，干脆掐着鼻子扭过脸。

“老闻这些话说得没错。”邵新看着前方叹气，“本来我是这么想的，这三年每天早上我去叫你的时候都这么想。”

对普通人而言，他无疑是个天才，拥有旁人望尘莫及的人生，而大家对于天才的要求很离谱，他们可以改变世界，但不能为情所困。

孟宁语坐不住了，掰着手指头开始和他一件一件数：“我二十五岁了，自理能力比你强，我一个人也能活！你用不着来接我，我可以打车，也可以照顾自己，很快还要回去工作了！”她越说越激动，哽咽着说不动了。

“是啊，十年了，我捡回家的小朋友都当警察了。”偏偏邵新的话不肯停，“他们都说，我为你做得足够多了，所以我以为促醒疗程是最后一件能为你做的事。你不醒，我不能放弃，可等到你真的醒过来之后，我发现其实他们说的都不对。”

邵新看了她一眼，抽空抹她的眼角，又被她推开。

两个人拉拉扯扯挤在车里，车多人多，实在不安全。邵新干脆拐到辅路上，暂时把车停在了路边。

孟宁语不理他，盯着窗外数树苗。

邵新松开方向盘，一边想一边说："我身体不好，时间对我来说太宝贵了，不能浪费在琐事上，所以很多事我记不住。我以为自己慢慢也会忘了过去，忘了你说要努力长大，你送走大黑的湖边，你做的灰豆腐，你说天冷要戴围巾，你说我的病一定会好，哪怕我真的不能走路了，你就推着我去拯救世界……还有很多很多，我以为自己该忘的，一点都没忘。"

他转身看她，声音沉沉如同叹息："宁语，那十年，是你救了我。"

孟宁语还是不争气，眼泪汹涌而出，被他说得心口就像决了堤。明明片刻之前她还一心打算和他摊牌，这会儿又什么都不想再提了。

只要邵新愿意，轻易就能撼动她的心。

孟宁语没力气闹了，前方道路一片朦胧，熙熙攘攘，千百万条路，通通都能走成一个圆，她只能回到他身边，回到原点。

邵新拿纸巾给她擦脸。

孟宁语扑过去抱住他，又哭又笑："幸好我话多，一句记不住，我就说一百句。"她很快想起他刚见完医生，怕他不舒服，搂着他的脖子想看他的脸色。

邵新开始逃避她的手，他向后坐，直接把她从怀里拉开，又顺手替她扣上安全带。

孟宁语低头平复了一会儿，忽然问他："你怎么了？"

邵新示意自己不冷，让她放心，又抬眼打量前方回家的路，指着路口说："这附近一点都没变，周末最难走。"说完他又想起什么似的，随口问她，"你们申队看着也没变，怎么样，聊什么了？"

"他路过，正好看见我在那儿傻站着，就告诉我市局的新址。"她低头玩自己的手指，把话说完，"师兄光顾着惊讶了，没说什么。"

邵新打算等两个灯，等路口缓解一些再开走，当下又问："他没和你说当年的案子？"

孟宁语看他脸色如常，想想如实点头："说了，他给我看了一张现场照片。"

邵新听到这话微微皱眉，但也是意料之中，孟宁语重伤，一旦遇到队里的人，肯定会追问当年的事。

她不想再猜了，擦干眼泪和他说："我想回去看看。"

邵新没有阻拦她，开车掉头，换方向去往启新研究院。

三年之后，整个院区面目全非，当年的院墙和车道已经完全被草地包围，突兀地出现在道路尽头，成了一片废弃的荒地。他们的车开过来只能停在几百米之外，再往里全是野地，根本没有路了。

孟宁语遥遥看见里边建筑的残骸，经年风吹雨打，只留下一片黑灰色的轮廓，昔日庞大而空旷的研究院被彻底损毁。

她亲眼看见之后，一阵怅然。

这个地方是她噩梦的起源，但它曾经也是无数人的希望。这里凝聚着数百名科研人员的心血，包括邵新本人。过往那些年，启新研究院就是他的全部，日日夜夜，他把突破生命科学的极限当作使命，在这里企图建立一座通往新世界的桥梁。

她心里难过，转身问他："你为什么不告诉我？我以为它只是被关闭了。"

邵新看向远处，不管发生过什么，时间已经足够让人接受现实，但他此刻的心情也比她好不了多少。

他靠着车门不再向前走，只是淡淡说一句："人为也好，意外也罢，结果都一样，研究院已经不存在了。"

孟宁语不愿放弃，她踩着草丛向前走，没多远就遇到了一排铁丝网。

当年发生重大事故，院区显然没有进行修缮恢复，直接废弃，里边不知道还有没有危险物品残留，所以为了安全起见，不允许外人擅入。时间一长，整片街区完全没有人气，各类植物反而在钢筋水泥的缝隙间得已喘息，眼下的旧址，竟然变成绿地了。

夏季灿烂，草木蓬勃，四周都是半人高的灌木丛。再微小的生命也有蓬勃之路，相比之下，人工创造出的智能世界却不堪一击，焚烧殆尽之后，无论多么辉煌的往昔岁月，都能悄然收场。

如同某种莫名的讽刺。

孟宁语在路上的时候上网搜过，有关启新研究院的新闻已经查不到了，只有几条关于危险品爆炸的事故通报，用词客观，无关痛痒。这地方当年并不靠近市区，对普通大众而言，就算曾经听过也不熟知，如今恐怕更没人会记得了。

此刻，孟宁语隔着铁丝网向里看，纵横生长的树木之后全是断壁残垣。她执着于亲眼见证，来了这里却发现现实和梦境一样荒唐。曾经她独自潜入甚至险些送命的院区，仿佛从未存在，在地图上都已经没有标注了。

所谓的眼见为实，令人不安。

她推推铁丝网，不甘心，想再往里走，但它高大稳定，她半天也没找到进去的方法，只吓出来一窝小飞虫，和她一样毫无方向地乱撞。

“小心。”邵新没有跟着她，一直站在车边，他看她手脚并用，赶紧喊她提醒，“别进去了，院区有危险化学品的存放区，火灾之后留下很多隐患，只能就地掩埋封存。”说着他往前指，示意她自己看，“里边什么都没了，医疗院区的楼基本全塌了，你现在进去也很危险，没必要。”

孟宁语折腾半天也没找到能翻进去的地方，晒出了一头汗，只好作罢。

她一边往回走一边观察，想起自己曾经利用疏散通道进入院区，那条通道非常隐蔽，入口在半地下，本来是为了应对极端情况预留的空间，紧急情况才会启用，只不过如今茫茫一片野草地，很难辨认方向。

她走近又去问邵新：“住院区的那些病人呢？”

“起火之后会自动执行疏散程序，病人在发生爆炸前都被送出去了。”

如果是这样的情况，那么紧急疏散通道安全可靠，应该还在。

孟宁语停在车门前半天不动，还在看四周，直到邵新喊她，她暗暗在心里记住东南方向那几棵树的位置，很快上车离开。

这一切太巧了。

孟宁语自从上车之后就哑巴了，蔫头耷脑靠在车窗上。她看见三年后研究院的残骸，心情沉重。

她不得不翻出自己的回忆，如果记忆没错，当天一早她进入启新研究院的时候，院区已经清场，没有上班的人，她也确实遇到了诡异的停电，随后有人追她。她在窗边竟然看清那个人是邵新……第二天又发生爆炸，她坠楼的惨剧完全被此后的重大事故掩盖，这看起来天衣无缝。大家都知道她和邵新的关系，所以她出现在启新研究院很正常，对外人而言，她在院里摔伤看起来确实是一场可怕的意外，但在申一航看来，他明知孟宁语当天暗访的目的，那么后续发生的一切就太可疑了。

她想到师兄的话，不寒而栗，不由自主又看向开车的人。

邵新一直很冷静，故地重游，他也没有表现出任何激动的情绪。

孟宁语拼命想要摆脱脑子里的念头，只要回忆中的画面一冒出来，她就无法克制自己的恐惧感。

她反反复复告诉自己不可能，推她下楼的人不可能是邵新。

哪怕单纯用理智去想，一切也说不通。如果有人发现她的行踪，打算杀人灭口，她已经坠楼，在当时根本没有威胁了，而且因为停电，医疗院区的监控缺失，就算现场留下痕迹也很容易被破坏，而她昏迷不醒，任人摆布，根本不需要再拉上整个研究院陪葬。

启新研究院大火自毁，如同某种崩溃似的发泄。三年前的结局近乎暴戾，推翻了一切，这中间一定还有她不知道的隐情。

孟宁语想不通，抓着头发出神。

邵新看出她情绪不对，开口打破她的沉默："我之前不想说，主要就是怕你看了难受。废弃研究院的决定很难，老闻他们都是参与创建的老人，都不愿意，是我自己不想再恢复它了。"他难免有些怅惘，但很快笑了一下，"有时候想想，可能我从一开始就错了，建立启新研究院的初衷是为了救人，延长人类有限的生存时间，但科技和医学的融合存在很多现阶段没法解决的难题，盲目推进反而接二连三造成事故……"

余下的话不用再说，他希望所有和它相关的人都能往前看，没必要再揪着过去不放了。

"我没想到事情会变成这样。"孟宁语想不通因果，喃喃自语。

"你经历过长时间昏迷，记忆肯定会出现混乱，没准时间一长，你会发现还忘了很多事，这在后遗症里都算轻的了。"邵新知道她不会轻易放弃，于是告诉她，"不管你认为自己看到什么，都已经结案了，申队当年让你负责的任务，你已经完成了。"

"邵新，我只要一个答案。"话既然说到这里，孟宁语心里的话藏不住，她看着他，逼自己问出口，"你当年有没有在院区里进行违法实验？"

他的目光依旧定定地看着前路，听到她的话忽然停了片刻，但很快肯定地回答："我没有。"

孟宁语紧张到唇角发抖，得到他的答案之后才松了一口气，心情却更复杂了。

申一航的质疑可以成立，邵新的无辜也值得相信，现在唯一的线索变成了她的回忆，偏偏她连自己都怀疑。

孟宁语纠结到脑袋都疼了，只想换个话题，于是问他："你说记忆和梦的区别到底是什么？"

"准确来说，这两者在客观上其实很难分辨。人的记忆并不可靠，大脑对事件细节的记忆会产生偏差，随着时间推移，有的记忆几乎无法完整回顾。同样，如果对梦来说，人的潜意识也会不断给梦境润色，所以它会在你想起来的时候无限趋近于现实。"邵新似乎想到她会问这个问题，所以给她解释的内容并不高深，"这正是促醒疗程的作用，它构建出的意识世界非常真实，让患者以为那些都是真实经历，而每个人的潜意识会不断变化，它的目的是刺激人脑本能的求生欲，最终完成促醒。"

孟宁语听是听懂了，但更发愁，于是一路上都很老实，实在让人有点不习惯。

邵新口气轻松地安慰她："好了，你胡思乱想也没用，只能脑补出一堆阴谋论。"

她倒是很执着，在大是大非面前义正词严："我虽然倒在了一线，但当年的案子根本没查清，不能说算就算了。"

"你是不是对一线有什么误会？"

"就算上不了一线，我动动脑子还不行吗？"

邵新的表情更无奈了，忍着笑说："行，但是孟警官，你想归队，先不说别的，体能测试可能都过不了。"说着他已经把车开进别墅区的大门，坦诚劝她，"你还是干点擅长的事吧。"

回家的路永远都不难走，傍晚时分，别墅区里更加安静了，家长把那些吵吵闹闹的人类幼崽拎回家吃饭，天下太平。

夜幕降临，光线逐渐暗淡。

孟宁语一天下来心情跌宕起伏，但不能亏待自己的胃，她到家之后很快就张罗起来，简单做了两个菜。

邵新盯着电脑一动不动，她三催四请，他才抬抬屁股过来吃饭。

她盯着看，他又没吃几口，每道菜只是尝一尝就放下了。

孟宁语感觉这位祖宗越来越难伺候了，于是气呼呼地指着盘子问他："你让我干点自己擅长的事，这不就是吗？"

邵新赶紧给她鼓掌，多年来的经验告诉他，不要在饭桌上刺激孟宁语，否则野猴子发火后果难料，他诚恳表示："好吃，但我最近在吃药，胃口不好，不是你的问题。"

"爱吃不吃。"她嘴上这么说，但实在是个操心的命，又唠叨起来，"你在吃什么药？新药的安全性有保证吗，总感觉你怪怪的……老闻也支支吾吾的，你们是不是都在瞒我啊。"

"说了你也不知道。"邵新起身避开餐桌，打开电脑坐到沙发上，顺着伸腿动一动给她看，"不会比过去更糟了。"

孟宁语无话可说，很快自己吃饱喝足，又打开了一瓶可乐，企图用"快乐肥宅水"给自己换换心情，然后她抱着富贵坐到了窗边。

客厅的这扇窗直接对着后院，玻璃之外就是一丛向日葵。

孟宁语把窗户推开一些，夜风微凉，但并不冻人，很快空气流通起来，花草裹挟着泥土的味道，环境湿润，这感觉瞬间让人浑身轻快。

“没想到啊，邵教授，上岁数了？”她探头往外看，琢磨着今年温度不低，花开得挺早，又和邵新挑衅说，“你这么四体不勤五谷不分的人，都有闲心种花了。”

邵新抬头扫一眼窗外，对她那点小九九了若指掌，开口就说：“想吃葵花籽要等秋天，我问过农大的同学了，九月份才差不多。”

这点常识还用问同学？

孟宁语看他一脸认真，心情大好。

平日里邵新衣冠楚楚从容不迫，人前人后都受人敬仰，但只要过起日子来，他就开始犯迷糊，又让她觉得很有趣。两个人之间的年龄差有时候会突然反过来，他一个三十多岁的人照样系错扣子，永远找不到剪刀，拆不开快递，好像胶条就是封印。他还总是探究一些让她头疼的问题，比如她喝的饮料没奶没茶为什么还叫奶茶，她想减肥为什么还吃那么多等。

想着想着，孟宁语低头把富贵抱起来，再比如，她想养只狗，又怕十几年之后还要送它走。她纠结了好长时间，邵新干脆直接设计出一只机械狗。

他的思路永远异于常人，可笑又可爱。

此刻的富贵很无辜，正对着她傻笑的脸，眼睛变成两个问号，挣扎着要下地。

孟宁语抓着它的狗腿不放，心里浮想联翩，边笑边嘴硬，非要接邵新的话：“谁指望吃你种的啊，还要炒，我买现成的不香吗。”

他耸耸肩说：“自家种的永远比外边买的好。”

“那倒也是。”孟宁语一秒被说服。她趴在窗户上，使劲伸长脖子往花心里看，感觉自己都能闻见炒葵花籽的香味了，说着她咽咽口水，突然意识到不对，回头冲他喊，“是你想吃吧！”

邵新憋不住开始笑，他把屏幕按下来，起身让开灯光，直接坐在沙发扶手上，同样正对着那扇窗。

富贵无聊，在墙边转了一圈原地趴下，安安静静守着这个家。

这夜晚太静，又足够动人。

孟宁语还在琢磨，又说：“向日葵真好看，市里不多见。”

邵新告诉她：“你昏迷的那几年特别冷，家里太闷了，我去找了很多花，搭棚做设备，还建了温控，所有条件都是最好的，可惜怎么都种不活。后来我在网上偶然看见向日葵的花田，突然想起你，就想再试试。我把它们直接种在后院里了，自然环境，没敢指望它们能熬过冬天，没想到气温一回暖，竟然全开花了。”

孟宁语笑起来，邵新的浪漫有时候也并不难懂。

这话简简单单，却从生到死，是痛失所爱之后，仍然坚守的温柔。

细水长流，十年前后，好在他没有放弃，所以他看着她说：“那时候我就知道，你一定会醒过来。”

孟宁语被他说得坐不住了，她绷着一股酸楚的感慨，和他认认真真开口说：“我在床上康复的时候就一直在想，想了很多以前都没心思琢磨的事。我觉得人和机器的区别就在于记忆，我醒了，还记得所有过往，所以我才能证明自己还活着。无论是我妈离开，还是后来我一个人，还有我遇到你，哪怕是我跑去研究院那天……所有的事，我都庆幸自己还记得。”

邵新听见她的话十分触动，眼睛里的光微微闪动，他忽然问她：“如果有一天，真的有机会能帮你忘掉所有难过的回忆，只剩下开心的事，你愿不愿意？”

孟宁语一点没犹豫，赶紧摇头示意他千万别去琢磨这种可能性：“不愿意！我活到现在一点都不后悔，什么都不想忘。”

他又问：“连坠楼那么可怕的经历也不想忘？”

孟宁语确实不敢轻易回忆，但不代表她选择逃避：“不想，就像我送我妈走的那天，我特别难受，但痛苦也是我的经历。人如果只遇见好事，永远不会成长，正因为她走得早，所以我也早早理解了生死，学会珍惜身边人的陪伴。我想做警察，尽自己所能做个守护者，让这世界好一点……哪怕一点点就够了。邵新，这就是我的人生啊，如果没了这些过往，我也不是我了。”

她口气干脆，一边说自己那点幼稚的想法，一边眼眶又浅了。提到亲人离世，她还是红了眼睛，但又不想哭，于是傻乎乎抹鼻子，说得满脸认真。

明明傻里傻气，但这样的孟宁语看在邵新眼里一如当年可爱。几句话前后，他好像又回到初见她的老房子，他看着她眼底的光，像在晦暗不明的夜里捡到了一颗星星，那感觉如同神迹。

邵新笑着伸手捏一下她的脸，哄她说：“好，没白摔，会讲大道理了。”

这一时片刻的氛围难得，孟宁语看着他温柔的表情，又开始犯老毛病。

她感动上头，无论如何，因为有邵新这些年的守护，才能换来她的余生。偏偏她的脸皮厚得如铜墙铁壁，突然冲着邵新张开手要抱，闭上眼睛就说：“谢谢你。”

她抻着脖子昂起头，靠在窗边等了半天，感觉自己就是那些迎头逐日的向日葵，热情地期待她的太阳。

邵新：“……”

她的内心戏迟迟没有得到回应，很快连脚边的富贵都跑了。

孟宁语睁开眼，发现邵新已经拿起电脑准备上楼了。

她不死心，追过去找他，外加暗示提醒："剧情需要，来个亲亲抱抱举高高。"

邵新被她说得后背一抖，然后镇定自若地低头，对跟着自己的富贵说："去，来个亲亲抱抱举高高。"

富贵立刻心心眼，热情似火冲着孟宁语一通乱扑，让她连楼都没能上去。

后来夜深了，风声遥远，连月光都在偷懒，只有院子里的向日葵浓墨重彩。

孟宁语在自己的卧室里换被套，她不再需要消毒环境，打算有时间慢慢把屋子从病房的状态恢复正常。

她看看墙边的医疗设备，推门冲书房的方向喊了一声："你有空把我屋里的仪器撤了吧。"

邵新闷在书房里，不知道在忙什么，似乎门没有关严，所以那首《夜色奇境》又传过来，此刻随着音乐的声音，他轻轻"嗯"了一句，不再说话。

孟宁语也半开着房门，往那边的门缝看，邵新还保有过去的习惯，总是在夜晚听这首钢琴曲，循环往复。

床头的手机突然振动，她立刻跑去看，如今能给她发消息的人只有申一航。

果然，他在信息里约她明天出去见面，用词谨慎："明天早上七点，我在老地方对面的米线店，你自己过来，不要告诉邵新。"

孟宁语想了一下，老地方说的肯定就是市局旧址，那里斜对面的路口确实有一家做米线的小店，过去就相当于市局的早饭铺子。

她答应下来，给他解释："好，邵新没有多问，我和队里可以正常联系。"她想一想又补了一句，"他带我去看了研究院。"

申一航很快输入，提醒她："我们之间的沟通内容不能让他知道，把手机收好。"

"为什么？"

"明天见面说。"

孟宁语觉得他有点过于紧张，想打个电话聊聊，但他们刑侦一线的人出案子没时没点，此刻虽然是夜里，但她不能确定申队手上是不是还有工作，不敢贸然打扰。

她设置好闹钟，把手机塞进枕头下，直接躺倒，一心只想理清思路，所以逼着自己回忆当年在启新研究院里看见的线索，偏偏家里愈加安静，整栋房子只有那首钢琴曲还在放，旋律逐渐清晰起来。

孟宁语躺了不到五分钟就开始觉得困，她迷糊地回忆，记得自己在电脑中看到病人资料，随后她又记得当天虽然没有平时上班的研究人员，但还是有人回去了……

孟宁语没能回忆太久，因为轻音乐的效果卓越，把她心里所有起伏不定的念头通通熨平，很快她就伸手抱住枕头，几乎没有意识就睡着了。

三年之后，孟宁语低估了自己赖床的本事。

她睡前心里有事，想着自己要找申一航，按道理睡不踏实，但没想到这一觉很沉，几乎没有做梦，直到她又听见邵新的声音。

他开口的动静近在咫尺，孟宁语的潜意识瞬间被刺激，如同深埋的信号弹，直接将她炸醒了。

邵新清楚孟宁语的死穴，所以他说的还是那句话："欢迎来到新世界。"

床上的人十分争气，一个激灵睁开眼。

邵新满意地拍拍她的脸蛋，总结道："真管用。"

孟宁语发现自己睡得晕头转向，整个人已经骑在被子上了，还蹭出一脸口水，而窗外日光大亮，晴天正午。

等等……她设的闹钟呢？她慌忙在床上翻手机，一边扒拉被子一边问邵新："几点了？"

"十一点半。"他起身指指地上，示意她手机已经被推下去了，然后他抬脚腾出地方，让她自己弯腰捡。

孟宁语捶床哀号："我今天要早起的啊！"说着她玩命拍手机，"六点……没错啊，它没响吗？"

邵新已经起身往门外走，莫名其妙回头看她，想起什么似的停下说："哦，响了。"

这事很明显，她肯定是听见噪音嫌吵给关了，然后倒头继续睡蒙了。

孟宁语捂住脸，只恨自己心大："那你怎么不叫我！"

"早上六点？"邵新惊奇地打量她，活像听见天大的笑话一样，"那会儿天塌了你都醒不了。"

她没空笑，嘴里嘟囔着说："可我今天有事啊。"

邵新开始琢磨她这辈子能和六点起床沾边的事，只想到了一件，于是他问："怎么，孟警官，你又有秘密任务了？"

她立刻不敢多说，含糊着敷衍他："我赶早市，菜新鲜。"

邵新转身走了："行，祝你成功。"

孟宁语把门关上，瘫坐在床上开始看手机。

申一航从七点到十点发了很多消息，一开始还只是问她在哪里，后来已经开始问她是否平安，再然后什么都不说了。

好歹人家也是领导啊！

孟宁语意识到自己放了领导鸽子，提心吊胆。她赶紧回复申一航自己还在家，一切都好，她想了想，总要解释一下今天的行为，但好像说什么都容易造成误会，她干脆如实承认："师兄对不起，我起晚了。"

她想象出申一航板着脸看手机，想笑又笑不出来的样子，简直都替他觉得窝火。

很快，申一航回复了一个躺倒的猪，配字讽刺："好好休息。"

孟宁语问他现在是不是方便，但对方很快告诉她，市局近期在查一个失踪案，他白天要去几家医院走访，晚点再找时间联系。

她答应下来，坐在床边想了半天，可惜连闹钟的动静都不记得了。

周一是工作日，邵新应该很忙，但他似乎已经推掉所有的工作，没回公司也没去看医生，一直没有离开家。

孟宁语中午吃完饭就在客厅看电视，打算等邵新出门之后和申队联系，但他一直都不走，直到又快入夜，她根本没能找到空当。

吃过晚饭，她在房子里走来走去，连带着富贵都开始焦虑了。她抓着它坐在沙发上，忽然听见楼梯上有动静，邵新下楼了。

孟宁语眼神直勾勾地追着他，看他脑子里明显还在想事，一直没分神，径自去餐桌旁翻看上边的几本书。

她有点坐不住了，干脆喊他说："我出去一趟。"

邵新没抬头，问她说："去哪儿？我送你。"

她傻笑，赶紧让他先忙："随便走走，我自己打车就行。"

他说着看表，示意她："很晚了。"

"那我找老闻，问问他在哪儿，你别去了，晚上还是冷。"

邵新摇头说："老闻在南边忙课题呢，我最近没什么事，正好陪你。"

孟宁语看他没有松口的意思，心想这大晚上她非要支开人独自跑出去，无论找什么理由都显得太刻意了，只好顺势放弃说："也对，外边起风了，改天再说吧。"

邵新突然回身看她，眼神里摆明是询问的意思。

孟宁语开始心虚，她松开富贵往楼上跑，嘟囔着说："我困了，先回屋。"

她回房间安静下来，仔细想想又觉得不太对。邵新以往根本没兴趣跟着她四处乱转，他一个病人，亲自开车的时候也不多，何况就算老闻不方便，他也犯不上非要对她车接车送。

孟宁语越琢磨越冤枉，不明白自己为什么要像个特务似的潜伏在家，但申队一直对邵新十分顾虑，眼下事情根本没弄清，所以她思来想去，感觉只能用蠢办法了。

她发消息给申一航，说她没法支开邵新，只能等人睡了再出去。

申队无奈，发了一个省略号，很快又告诉她，那就凌晨两点，他在别墅区外接她。

她记好时间答应了，刚要按灭手机屏幕，对方的话又冒出来："附近有自己人，万一有特殊情况，可以求助。"

孟宁语被他说得心里不安，她现在的处境在申一航看来十分危险。

她长叹一口气，把卧室的门留出一条缝，正好能看见走廊里的光。

孟宁语拉着被子躺倒，一边感叹特务不好当，一边提醒自己今晚千万不能睡过头。

隔着一条走廊，卧室里的人爬上床的时候，邵新的手机又响了。

研究院已经关闭，科研项目都停了，如今他确实没有什么值得费心的工作去忙，所以他其实一整晚都在看书，还是那本诗集，《沙与沫》，前后翻了三年。

> We often borrow from our tomorrows to pay our debts to our yesterdays.
>
> 我们常常借明日之债来偿还昨日之债。

邵新的目光停在这句话上，很快起身接电话，靠近窗边。

夜晚的自然光线稀缺，月光不足以让人扩展视野，但三年之后，他根本不再需要光了，只要他想，轻易可以看清很远的地方。

隔着层层的灌木和数不清的悬铃木之后，别墅区外侧有一排路灯，行车道旁边一直有人在徘徊。

很快邵新听见电话里的人问："怎么样？"

"我吗？"他的目光又停在玻璃上，外边太暗，他看见自己的影子清清楚楚，正扯着唇角笑一笑，声音平静地回答，"一切正常。"

"我在问孟宁语。"对方有些不耐烦，"你应该清楚，如果孟宁语还记得当年的事，现在她就是我们最大的威胁。"

邵新听见对方语气越来越急，他却一点都不紧张："你不用担心她，无论她记不记得，研究院已经没了。”说着他停了一下，同样提醒对方，“是你自作聪明，非要在疗程中对她进行干扰，反而让她加深了对住院区的印象。”

电话另一端的人十分不满，但很快控制住自己的情绪说：“她已经捡回一条命了，记忆和命，二选一，人不能太贪心。”

“只要我在……”邵新转身离开窗边，目光刚好扫过书桌。他的桌边还放着很多年前的那张合影，照片拍得并不好，助学仪式上的孟宁语表情尴尬，咬着嘴唇，是被人强行推到他身边站定的，所以显得不情不愿。

邵新看着上边的女孩笑了，然后才开口继续说：“她会忘了的。”

“就怕你不舍得。”对方不知道他在笑什么，又觉得他的口气突然温柔许多，于是这话里嘲讽的意思也更加明显，很快狠狠补一句，“我不该让你回去。”

“你有其他办法吗？她已经想回市局了，如果我不在，她很快还想去找老同事，一旦她队里的人起疑，更麻烦。”

“希望你说到做到，把她的麻烦处理干净，然后尽快回来。”对方不想再讨论这个话题，又放轻声音叮嘱他，“你要注意自己的休眠时间，在家小心一点，你的小朋友可不太听话。”

“放心，卧室已经锁住了。”

电话里的人沉默了一会儿，好像想起了什么有意思的说法，开口念了一句：“If it were not for our conception of weights and measures we would stand in awe of the firefly as we do before the sun.”

这话同样出自邵新最喜欢的诗集：“如果不是因为我们有了重量和尺寸的观念，我们将会敬畏萤火虫，一如敬畏太阳。”

说话的人声音倨傲：“我们都明白，传统用来衡量生命的维度，早就应该被更新了。”

邵新不想听，同样的诗句，在不同的人心里永远都有不同的理解，艺术的价值正在于此，所以他不做反驳，只说了一句：“算了吧，《沙与沫》不适合你。”

对方沉默了一会儿，又继续说：“邵新，这个世界已经被颠覆了，你的未来只有我。”说完这一句，通话就被匆匆挂断，好像生怕他再开口。

邵新皱眉放下手机，这大概是他三年来听过最恶毒的话了。

他独自坐下，想起自己最后看见的那句诗，又拿起桌上的合照端详。

照片里他自己也很年轻，那时候他的公司蒸蒸日上，研究课题不断突破，二十七岁的邵新没能免俗，如同每一个高智商的人一样，拥有合乎情理的自负，何况男人天生都有征服欲，他们总以为自己能改变世界。

他的时间不多，所以拼命压缩每一分钟，盲目追求技术革新，最终还想要利用AI探索人脑，突破生命极限，直到他遇到孟宁语，才明白了人心的力量。

哪怕这世界令人不堪忍受，但总有人心火不灭，他们敢于直面生活的污水，永远在为新一轮的朝阳欢呼。

平凡才是这个世界的伟大之处。

人类如此渺小，但人心藏着无坚不摧的力量，越细微的情感越无法被模拟和学习，人与人之间的牵绊不能被精准衡量，而每个人的记忆又都无可取代。

所以十年之后，邵新只想留住这个世界，因为这里有他必须留住的人。

他对着照片看了很久，在书房里转一圈才找到纸巾，然后他把那张合照好好擦干净，又原样摆了回去。

很快，他轻轻推开书房的门，一首《夜色奇境》悠然而起。

· · · 第七章

不为人知的风暴

孟宁语再一次爽约了，因为凌晨两点半的时候，她根本就没醒。

第二天睁眼的时候，她还是被邵新那句话叫起来的。

邵新在旁边盯着她，看出床上的人满脸崩溃，他马上唤醒墙壁上的显示屏解释：“你没做梦，现在是真的十一点了。”

孟宁语不信，开始掐自己，掐完疼得直嚷嚷。她又去开窗户，眼看一切毫无违和感，阴天刮风，土都吹了一脸，她终于确认，这一切真的只是自己的问题。

“完了，我被你传染了！”她没顾上穿拖鞋，光着脚又瘫倒在床边，“懒癌晚期，我是不是没救了？”

邵新点头，声音十分遗憾：“懒不可怕，可怕的是还没脑子。”他说完又敲敲显示屏。

昨天孟宁语生怕睡过头，还在家里的智能屏上也准备过预备方案。

“你定的那些闹钟响了半宿，富贵快把门挠烂了。我要是你，就直接把脑袋吊起来，头悬梁锥刺股，可能还有点用。”

老祖宗大概都没想到这招还能有现实意义。

她愁得想哭，赶紧把他轰走，关上门迅速看手机。

申一航半夜发消息问过一句，很快就明白她大概又睡着了，所以压根没再催。

孟宁语马上向领导道歉，越说越窘，干脆卖萌，企图掩盖自己丢人现眼的事实，然后拼命发各种表情图。

申一航可能没顾上看手机，后来被她可笑的表情包给炸出来了，开始回复问她："你手机一直在自己身边？"

她给他肯定的答案。

"凌晨两点的时候，你和我说要先睡了，是你自己发的？"

孟宁语吓得汗毛都立起来了，翻看聊天记录，又把短信发件箱查一遍，没找到任何痕迹："没有啊，我刚醒！"

申一航给她看截图，又提醒她不用再找："如果不是你，那记录肯定已经被发消息的人删了。"

她抬头看向门外，家里只有邵新一个人。

孟宁语意识到这点之后慌了，拿着手机半天不知道该回复什么。

申一航停了停又说："不要睡，无论如何保持清醒，找机会再见面，随时联系。"

"好。"

孟宁语一直盯着屏幕，师兄发给她的话已经点明怀疑邵新的态度。她顺势回忆自己这两天的情况，确实像是喝多了一样，只要躺在床上就断片，压根连闹钟的声音都没听见。

这个认知十分可怕，如同她在促醒疗程中遇到的情况一样。

她看向周遭，确认自己所处的环境，但此刻她很清醒，浑身没有异常。人心有鬼，吓得她又把镜子抓过来看了半天，除了自己睡到浮肿的脸和奇丑的发型之外，实在没看出什么问题。

她确实醒了。

孟宁语盯着镜子不敢眨眼，最后冷不丁被自己的愚蠢行为逗笑了，好好一个大活人，每天怀疑自己的脑袋被人控制了。

她没纠结太久就决定放弃了，因为头悬梁也没用，她根本就不适合搞潜伏这一套，不如一鼓作气找答案比较好。

孟宁语很快爬起来了，把自己收拾干净，换好外出的衣服，然后逼着自己稳定一下心神，走出卧室。

楼上这一层没人，邵新应该去客厅了，而富贵喜欢跟着人，正在楼下撒欢，他似乎在逗它。

孟宁语在二层放轻脚步，慢慢顺着走廊向前挨个屋子看。书房的门还开着，一如既往敞亮，而尽头就是邵新的主卧，仍旧房门紧闭。

自从孟宁语复苏之后，她还从来没有去过邵新的房间，于是心里涌起好奇，偷偷溜过去推门，可惜密码锁不是摆设。

上锁这件事本身很奇怪，因为邵新一向对她没有避讳。他过去一天到晚丢三落四，都靠孟宁语照顾，而且那人连研究院的权限卡都能当书签用，现在反而像个大姑娘似的，把房门锁起来了。

孟宁语借着富贵在楼下卖萌撒娇的动静，偷偷试了几个数字，结果全都错误，没能打开门，她又贴在门上听了听，主卧里十分安静，没有任何异常的动静。

她想起闻天南那些没头没脑的话，立刻开始阴谋论。邵新这次一回家不往外跑了，该不会是把姘头藏屋里了吧?

这也太变态了。

她脑子里的狗血大戏还没演完，楼下的人正好在和富贵说话："去，喊她下楼。"

孟宁语马上退回去，神色如常往楼下跑。

邵新完全不知道自己已经被她脑补成了变态，此刻正安安静静靠在沙发背上等她，身上是浅色的家居服，从容相对。

孟宁语清清嗓子，探头往厨房看，开口就说："你没做饭?"

邵新以为她睡傻了，指指自己，又指指厨房，慢悠悠地问："我?"

她纠正自己的冒犯，又说："你的高科技厨房没做饭?"

"是你嫌它做得不好吃。"邵新提醒她，学着她的口气说，"人类做饭这事是不会轻易被机器人取代的，尤其是家常菜。"

孟宁语马上顺杆爬，借这个话题假装嫌弃："是是是，您说得对，我挖的坑我自己认，我去买菜。"

说完她就往门边走，一眼从穿衣镜里看见邵新也要起身，她马上说："你别折腾了，上次天祥的大婶说这两天可能会上灰豆腐，我过去找找。"

邵新示意外边天色不好："没准要变天，不好走，我送你。"

"我会叫车，就这么两步路而已。咱俩相比，是你见风就倒吧。"她说着一把抓过门口那条围巾，劈头盖脸给邵新扔过去，堵住他的嘴，"听话！不许乱跑！在家等着吃饭。"

邵新被她吼得直笑，也没顾上再说什么，孟宁语借机装傻不再理他，直接出门了。

申一航换了一个地方见面，地址显示在市局的旧址附近，但在两个路口之外的一家咖啡厅。那地方人很少，挤在一片居民楼里，说是底商，其实就是住户出租后的房子改建而成，实在不起眼。

孟宁语以前没有来过，走得太快差点错过。她等到申一航也来了，顺口抱怨：“还不如去米线店呢，那边我熟。”

申一航今天是便衣，一身夹克配牛仔裤，混在人群里毫不起眼，只是走路照旧风风火火。他和她点头示意，放下头盔看看四周，然后很快坐下说：“我约你去米线店的事应该已经被邵新看见了，那天早上我一直找你，怕你出事，后来突然收到短信，你说自己太累，先睡了。”

她惊讶地又看手机，连续两天，在她睡着之后，她的手机都有人发消息给申一航，还把记录删得干干净净，而她浑然不知。

对面的人看她半天不说话，态度比她干脆多了：“不用想，那肯定是邵新发的，他在路上见到我就明白了，我肯定会私下找你。”

“不可能。”孟宁语不想怀疑邵新，但确实现实如此，这想法让她一瞬间有点急，却没有反驳的理由。

申一航的脸色有点不自在，飞快问：“所以你们……睡一起？”

“不是，邵新晚上需要安静休息，我睡相不好，老踢他。”她说完才发现这尺度和没说一样，老脸一红，喝口水继续说，“咳，我的意思是我的手机都在自己房间里，但我在家……确实也没有锁门的习惯。”

“那邵新就需要特意去找你的手机，你都没感觉？”申一航很快口气如常，希望她理智一点，“你好好想想，睡前发生过什么？”

孟宁语不敢再回避，如实回答：“我都是自己先睡，而且睡觉的时间也不固定。”她说到这里突然卡住，猛然想起她每天睡前听到的音乐，“邵新会在晚上放一首钢琴曲。”

“钢琴曲？”

“很普通，过去家里也经常放。”孟宁语越说声音越小，因为她意识到这几天下来，她根本不记得自己是怎么睡着的，好像连梦都没有，而且邵新离开的时候，她的作息混乱，反而才像正常情况。

孟宁语沉迷于看剧玩手机，偶尔熬到很晚，可只要他一回来，再听到那首《夜色奇境》，她好像瞬间就能被拖入沉重的睡眠状态。

这怀疑不是无迹可寻，因为孟宁语很清楚，那首歌曾经在她接受治疗的时候放过，还承担着镇定催眠的作用，现在看起来，她醒过来之后应该还在受它的影响。

申一航看她陷入沉思，实在有点奇怪，他不明白一首歌能有什么作用：“邵新有没有给你用什么药物，或者其他可能控制你的东西？”

“没有，但他在家的时候，我睡前都听到了这首歌。”孟宁语亲身经历过常人无法理解的脑部促醒，那几乎是颠覆性的技术，根本无法简单用语言形容，她只好先让申一航放心，“我之后会小心的。”

申一航看出她不愿意多说，笑得有些惆怅：“你能醒过来，我很高兴，但我没想到你还愿意相信邵新，这让我觉得……当年无论如何都不该让他把你接走。”他欲言又止，抬头叹气，想想又说，“你师兄干了这么多年警察，什么人都见识过，最讨厌邵新这种人，因为一问起来，永远无辜，没有动机，里外周全，查不清就只能是意外。你知道吗，永远让你有安全感的人，才是最可怕的人。”

这话真心实意，拆穿孟宁语最后的侥幸心理。

她看着申一航沉下心，试图告诉他自己三年前进入启新研究院之后发生的事。

当天孟宁语的行动看似顺利。“我找到办公室了，用邵新的权限打开电脑，所有病人的情况都在里边。”她说着说着又顿住，仔细回想，总觉得自己还有什么关键点没想到，这种感觉非常难受，就好像话在嘴边，明明知道自己要说什么，可等到真要开口的时候她突然又忘了。

她发现自己想不起来看到什么了。

申一航还在追问：“然后呢？病人资料里有没有异常情况？”

孟宁语摇头，心里着急，她的神经又开始过分活跃，很快后脑像被针扎似的开始疼。她只能飞快往下回忆，尽量让自己找到思路：“等一下，我想想……肯定有实验结果的，所以我当时很害怕，突然有人回来了，我听见是邵新和同事正在说话，然后就不小心被院里的机器人发现了，我一路跑到五楼，有人追过来。”她声音发抖，连带着开始出冷汗，那种颠覆人生的恐惧感根本不受控制，逼得她拼命捂住脸。

“别着急，缓一缓。”申一航理解她的难处，过往的遭遇对孟宁语而言实在可怕，她只要回忆就容易失控。

他打断她的话，想要让她放松一点：“你不要害怕，慢慢想。”

孟宁语不肯停，她逼自己把深埋心底的秘密挖出来，因为自己忘记的是关键内容，她不管不顾地下意识抓住申一航的手，茫然抬头，却正好看见窗边的玻璃。

他们并不靠窗，但从这个角度看过去，外侧玻璃刚好反光，上边投射出一片朦胧的人影，让孟宁语脑子里残存的片段骤然清晰。

她一瞬间想起自己坠楼之前最后的画面，有人强行把她推下了楼，而且她记得那人就是邵新。

“不会的，肯定不是他！”孟宁语的声音陡然拔高，整个人毫无预兆突然向后躲闪，申一航立刻坐到她身边，一把按住她。

他看向周围，好在这家店门脸不起眼，生意冷清，一时也没有其他客人。

“谁？你看见谁了？”

孟宁语声音越来越小，语气混乱：“不知道，我当时太害怕了。”她的回忆十分勉强，恐惧感把她脑子里的画面冲散，强行拼凑又让她剧烈发抖。

申一航压住她的肩膀，示意她冷静一点。

孟宁语一直把那个冬天发生的事情深埋心底，等待康复之后向队里人汇报，但真要从头翻阅的时候，她竟然开始遗忘细节。偏偏此刻邵新的话又蹦出来，他一直试图让她理解，经历过促醒疗程的人，潜意识会被干扰，无法分辨是否亲身经历，所以孟宁语醒来后会渐渐出现记忆混乱和缺失的情况。

今天之前，她以为这话是在说她脑子里关于坠楼凶手的噩梦，邵新希望她理解那只是记忆造成的偏差，但怎么会这么巧，她此刻忘掉的竟然是关键证据。

孟宁语情绪激动，拉住申一航说：“不对，我的记忆一定被干扰了，我当天肯定查到了关键信息，一定有病人出事了，所以我看到之后才害怕被人发现，否则当时回去的人是邵新，我不可能第一反应是想逃跑。”

申一航的目光凝重，同样觉得可疑。

“我记得自己当时拿着手机，一路都很紧张。按常理来说，如果有发现，我应该会用手机拍下来的。”她在促醒疗程之中陷入意识迷宫，噩梦重演，把那一段记忆加深，所以她记得自己坠楼之前还抓着手机，而且潜意识在一路上成为指引，似乎更像是某种暗示，“我当年的手机呢？”

“我们在你坠楼当天搜寻过事故现场，你随身的东西都在，只有手机不见了。”申一航听她这么说，想起这个关键点，“我让人查过定位，但可能手机的损坏程度很严重，所以那时候没找到信号，然后研究院又发生爆炸……如果它还在院区，找到也没用了。”

孟宁语渐渐头发沉，又不像是疼痛的感觉，她只好强迫自己尽量放松，慢慢调整呼吸先平静下来。她知道当年自己手机里的证据很关键：“我突然暴露了，想联系你，但我没打通，手机就掉下去了。”

无论如何，就算它摔坏了，现场也不可能连渣都不剩。

申一航想到唯一的可能性：“所以基本可以确认，有人在你坠楼后第一时间把它拿走了，按照你说的情况来看，唯一可以确认出现在医疗院区里的人，就是邵新。”

孟宁语说不出话，嘴唇发抖。

申一航顺着这个思路还在想，声音讽刺：“来不及了，如果他拿走了手机，那你拍到的内容也早被毁掉了。”

她立时抬头反驳：“不会！我问过邵新，他没有进行过非法实验……”她说着说着眼眶先红了。

无论主观上有多少开脱的借口，可所有客观线索早已如刀，扎进孟宁语心里反反复复地磨。

身边的人同样不再说话了。

此时此刻，现实和回忆都像一场梦，只有店里磨咖啡的香气实实在在。

申一航看出她的难过，干脆伸手圈住她的肩膀，这姿势原本只是个安慰，却凭空拉近两个人的距离。

孟宁语急到想哭，可哭也哭不动，她不能接受脑子里混乱的记忆，只好和自己为难。

申一航第一次看她这么伤心，心都揪起来了。

明明再近一步他就可以给她一个拥抱，但孟宁语突然低声开口，她轻声说了一句：“师兄……我很爱他，真的。”

申一航只能向后退，他松开手，苦笑着摇头说：“我知道。”

三年前，启新研究院在进行关于昏迷病人促醒的实验，正因为有这项专利技术，在孟宁语重伤之后，邵新出面，要求把她接回家。

那时候申一航死守在医院，虽然案子无法继续查下去了，但邵新非常可疑，申一航不可能信任一个此前涉案的嫌疑人。何况他队里的人是在启新研究院坠楼的，他不清楚孟宁语到底查到了什么，却知道无论如何不能让她再落到邵新手里，因此他以孟宁语是重要证人的名义，不允许任何人接她离院。

邵新的出现很突然。当时的案件复杂，孟宁语持续昏迷，没有人知道邵新在爆炸案当天也在研究院里出现过。而且邵新消失了一段时间，直到三个月之后，所有有关启新研究院的一切都被叫停的时候，他才突然来到医院，而且他面对申一航的激烈阻拦无动于衷，只说了一句：“只有我能救她。”

申一航被迫进行艰难抉择，因为邵新说的是事实。孟宁语已经三个月没能转醒，如果让她继续留在医院，只剩维持，而且随着她昏迷的时间增加，复苏的可能性会越来越低。

那种煎熬对申一航而言不堪回首。

他记得自己无能为力，只能在病房门口揪住邵新，恶狠狠地威胁他，如果孟宁语有个好歹，他保证会让他付出代价。

但他同样记得，当时的邵新没露出任何生气的表情，甚至好像觉得那些威胁有些可笑。

医院的环境总是压抑的，一条走廊不长不短，偏偏要装下生死两端。

申一航悲愤的情绪无法掩饰，相比之下，邵新的状态也没好到哪里去，人看起来还算平静，但他那双眼睛空荡荡的，目光过分沉静，过于完美的掩饰透着压抑，仿佛那三个月也把他的精神耗尽了。

他们两个人一直站在孟宁语的病房门口，邵新不声不响地盯着那扇门，好像凭空能看见床上的人。对峙无果，最后还是邵新率先打断了申一航的质疑，他开口说："我现在还活着，只是为了她。"

申一航被他突如其来的话说得愣住了，死盯着邵新的眼睛，却什么都没看出来，他又听见他说："不管你信不信……宁语就是我的命。"

申一航一直记得那句话，饶是他自己半生摸爬滚打，看惯人心险恶，当时也被那话说动了。

所有源于猜测而进行的权衡，在客观现实面前纷纷落败，最后申一航不得不同意，让邵新把孟宁语接走治疗。

那个抉择值得庆幸，因为三年之后，孟宁语如愿痊愈。

如今申一航却依旧后怕。

他低低叹气，经年的忍耐和等待已经快把人的铠甲都磨穿了。他看见她平安出现在这里，又看见她在艰难回忆，听见她说的话，却还是不知道自己当年的选择是对是错，甚至开始怀疑最初的动机。

或许从一开始，他就不该把调查邵新的任务交给她。

申一航的表情非常难过，迟迟没有再开口。

他们的交谈突然变得压抑，刚好店里的咖啡机发出声响，恰如其分地掩盖了一切。两个人都忙于收拾情绪，谁也没有时间分心。

不远处就是窗外，路边一辆黑色的轿车平稳驶过。

车里的人没什么表情，顺势向临街的咖啡厅扫了两眼，车速放缓，但很快又重新驶入主路离开了。

一直到车已经开到路口，停下等待信号灯，开车的人眼中突然微光闪烁，很快他的视野之中浮现出定位系统。

他要找的人位置明确，隔着遥遥一段距离，他刚才也看见了咖啡厅里和她交谈的对象。

这年代想要找到一个人，实在太容易了。

很快他的目光闪烁变化，一切又恢复如常，仿佛什么也没有看见，他继续面无表情地开车掉头，原路返回。

孟宁语就在那家店里，他知道自己可以把她带回家，但他最终没有停车。

路口的信号灯来回变换，外边间或有路人经过，但咖啡厅里依旧没什么客人。店里放着一首抒情的情歌，音量很小，没有客人的时候才能刚好听见，掩盖了窗外的风声。

朝暮短暂，其实经不起推敲，只有在回忆中才显出珍贵的底色。

孟宁语渐渐缓过来，情绪稳定之后，用脑过度让神经过分活跃，导致她又觉得不太舒服，不得不放弃回忆。

她换了个话题，和申一航解释自己经历的促醒疗程，以她的了解，只能说出大概，但已经可以让人想象到情况有多复杂。

两个人尽量交换彼此已知的信息，申一航同样提起，当年的案子收尾仓促。

警方对启新研究院的调查过于片面，始终缺乏院区进行违法实验的证据，而且最早报案的病人家属后续竟然撤诉了。对方改口声称自己姐夫私下见过病人遗体，他们接受了亲人不治身亡的现实，双方达成和解，很快一家人就搬离了承东市。研究院后续发生安全事故，其余病人被妥善送出，再加上院方认责的态度非常好，主动给予了相关赔偿，导致那个案子后续很难找到突破口。

申一航说到最后口气隐晦，示意孟宁语说："还有来自上方领导的压力，启新研究院发生爆炸不是小事，局里马上接到通知。副局担心一旦传播出去，在社会上的影响太大，现在这时代人人抓着个键盘就能发酵舆论……所以后续的调查，明显是被领导特意叫停的。"

孟宁语慢慢平复下来，点头又说："研究院如果起火，院区会自动执行一套撤离程序，邵新在建立医疗院区的初期就考虑到了。他说过，必须在出现极端情况的时候保护病人安全，基本等于最后一道安全防线。这套程序严格保密，很多院里的工作人员都不清楚。"这一点她能确定，因为自己经常跑去研究院里等邵新，赶上那段时间他在亲自编写这套程序，所以她陪他加班的时候见过图纸。

病人的撤离程序有独立的供电系统，单独建设了安全疏散通道，而且一旦执行，不能被人为撤销。

"当年我也是因为知道那条隐蔽的安全通道，才有机会进入研究院。"她黯然低头，想了想又问申一航，"那送出来的病人数量呢？人数上有没有问题？"

“没有，也就是说，看起来所有病人都被安全送出来了，但这个招募人数在我们调查初期没能第一时间获取，因为事关病人的个人情况，有隐私保密协议，在发生爆炸之后他们才提交上来，那会儿影响太大，研究院被迫配合调查，所以很可能数据已经被他们做过手脚了。”

“如果不知道住院区的真实数据，确实很难查了。”

申一航的口气越说越气愤：“这还不明显吗？启新研究院里绝对有问题，我没法接受这个草率的结果，可是在你出事之后，副局已经将后续调查从咱们队里移走了，没法查到更多的细节。你摔成重伤，我不能放弃，也不能再让你有危险，所以只有咱们自己队里的同事还在配合，一方面我们想继续观察邵新的动向，一方面也在尽可能保护你，没想到大家就这么熬了三年……”因为时间有限，他们私下进行的盯梢很艰难，“你一直在家，没有被转移，定期会有医生上门，看起来一切正常，只有一点很奇怪。”

根据队里人的了解，这三年下来，邵新几乎不在白天出门。研究院出事之后，他消失了三个月，此后不但停止科研工作，就连集团的实际运营也交给专门的经理人负责了。

“邵新在刻意和外界保持距离，我们大概摸过规律，他每周只会离家一次，都是夜里。”

孟宁语听见这话突然抬眼，上次邵新外出同样是深夜，那时候她已经痊愈，所以半夜突然醒了才发现他不在，于是她马上追问申一航：“他去什么地方了？”

“他去见袁沁，就是以前医疗院区的负责人。当年调查初期，都是由袁沁出面提交的信息，这个人相当于是被邵新推出来的院方代表。这些年下来，邵新和这个女同事走得很近。”申一航说到这里看看孟宁语，虽然有所顾虑，但还是决定把话说完，“我不知道你认不认识她，但邵新私底下只去找这个人，都是深夜留宿，我估计他们两个不只是同事关系。”

孟宁语再次想起闻天南的开导，心里那股火开始作妖，可惜此刻正事要紧，她可没空吃什么飞醋，于是摇头，揪着这话试图回忆：“我不认识，但好像在什么地方见过这个名字。”

她生怕自己忘记重要细节，所以之前特意去邵新书房翻找名片，想看看有没有眼熟的名字作为提醒，现在她倒是想起来了，自己要找的人就是袁沁。

这个念头一旦涌出来，孟宁语又觉得不安，因为只要仔细回想，那种怪异的感觉就回来了。袁沁在研究院工作，那往日她天天在院里乱转，不可能完全不认识这个人，然而此刻她念着这个名字，感觉别扭，就像回到了学生时代，对着满篇错题才发现自己连关键公式都没背好，就算申一航给她画出重点，她也不知道怎么求解。

孟宁语心里塞满混乱的念头，真要从头细数的时候，那些关键的死结又像是被人通通挖掉了，总不可能都是巧合。她意识到自己的遗忘并不是最近才开始的，有可能很多关键记忆早就被人为干扰了，让她连源头都想不清。

这个想法令人后怕，她赶紧和申一航说："师兄，想办法查查袁沁，她既然负责医疗院区，那对当年的案子来说，她也是涉案人员。"

"好，我们之前考虑到你还在邵新身边治疗，一直不想惊动和他相关的人。"

三年前后，围绕启新研究院的谜团很混乱，而且邵新行为古怪，所有的线索一旦被申一航点破，孟宁语不得不承认，自己并不意外。

这段日子她很清楚，邵新的工作和生活习惯确实都变了，他似乎不再执着于任何事，人还是那个人，但又不太一样了，像是某种内心深处的东西坍塌殆尽，活着只剩本能。

他始终在和周遭维持着刚刚好的距离感。

孟宁语一直不愿意试探原因，因为邵新的状态隐隐让她觉得压抑。他甚至也一直都在回避她的温存，连情绪都成了点缀，她根本不敢去想这是为什么，会不会是因为闻天南所说的……他的新生活。

千头万绪，孟宁语拼不到一起，但观点和申一航一致，当年的案子根本没查清。

她尽量稳住口气说："我必须赶紧想起来。"

话正说着，申一航的手机振动，他迅速拿起来看一眼，有队里同事发来的消息。"程子今天守在你家附近。"说着他的脸色变了，很快观察四周和窗外，"他说邵新突然开车走了，但他跟了一段没跟上。"

孟宁语并不清楚他会出去干什么："邵新没说今天有事。"

申一航又问她："你出来的时候怎么解释的？"

"我怕他多问，直接跑了，就说买菜。"她很尴尬，这招数显然烂透了，没有半点当警察的智慧，她只好试图让领导体谅自己的处境，"关键邵新在家挺正常的，反倒是我疑神疑鬼，总琢磨偷偷往外跑，我看着比他可疑多了。"

申一航看她一脸委屈，话到嘴边也懒得骂了。

他仔细打量四周，没有发现被跟踪的迹象，于是稍稍放下心，又说："你是当年唯一进过医疗院区的警察，身份特殊，你继续留在邵新身边非常危险。"

孟宁语明白他是好意，但固执的脾气不改，她摇头说："师兄，我忘了很多事，但我没失忆，无论邵新做过什么，我相信他不会害我。”

对面的人加重口气提醒道：“没人清楚邵新到底研究出了什么东西，你在他身边很容易被影响，这两天你还没感觉到？”

“可我已经耽误三年了，不能总想着躲。”孟宁语说到这里没法再瞒，她深深吸气，让自己能够冷静地把话说完，“如果我没记错的话，我应该不是意外坠楼，当年就是因为我太害怕了，所以一直想逃，有人追我，把我从楼上推下去了……所以我当天出现在医疗院区，一定打乱了对方的原定计划。”

“你有没有看清凶手？这很关键，如果你不是意外坠楼，这一点或许能帮我们重新申请调查。”申一航目光紧张，额头上都带着汗。他猜测过这种可能性，但毕竟过往没有线索，而且孟宁语历经三年昏迷，他没想到她此刻竟然这么肯定。

可惜孟宁语根本不知道自己的记忆出了什么问题，她在这件事上不能空口无凭就给大家希望。事关重大，她只能先把后半句咽回去，摇头说：“我模模糊糊看见一个人影，但不能确定……而且我的手机找不到了，现在光靠我一个人的口供没意义。”

现实情况复杂，启新研究院一片废墟，又过去三年之久，申一航努力这么长时间都没找到机会，他们其实很难翻出旧案重查。

孟宁语想到这里觉得十分挫败，向后靠在沙发上，拧着自己的胳膊开始发愁。

她慢慢磨牙和自己生气，还有很多细节，她明明记得，关键时刻又模糊想不起来。

这废材体质太愁人了。

“不一定，或许还有机会。”申一航似乎想到了什么，他趁着四下无人，探身靠近孟宁语，低声说，“我最近在调查一个失踪案，是从分局刚刚转到咱们队里的，失踪的人是一个留院观察半年的植物人患者，家属没有日常陪护。”

话说到这里，对面的人已经警觉起来。

孟宁语猛然坐直，控制不住声音追问他：“植物人？在医院里失踪的？”

“没错。男性，五十岁，是工地上的务工人员，因为工程事故伤到脑部，导致昏迷不醒。半个月前，他突然在自己的病房里失踪了，那地方在西岗四园的社区里，只是区里的一个二级医院，日常监管不严。患者长时间昏迷，家里人一周才能过去一趟，虽然请了护工，但赶上这种情况，护工平时在病房里也就是应付差事。”

事发当天下午，护工因为自己的私事外出，没打招呼就离开病房了，等她晚上回去的时候才发现病人不见了。警方过去进行了初步调查，证明病人没有行为能力，显然是被人带走的。嫌疑人非常了解病人的住院情况，没有被监控拍到，而且也避开了护士查房的时间，肯定熟悉医疗体系，同时那家医院必然还有协助对方的相关资源……这些牵扯的人非常多，需要慢慢排查。

申一航大致说完，又敲敲桌子，意思明显："这案子表面看起来很离谱，分区的人按普通流程去查毫无头绪，分析过病人还有家属的社会关系，没找到突破口，现在连嫌疑人的犯罪动机都不知道，但我看到卷宗第一眼就知道这次的失踪案绝对没那么简单，所以我直接绕开了和当年案子相关的领导。"

他直接找到了郭局，对方是局长，已经同意由他的支队负责后续调查。

人心深处的恶鬼一旦尝到甜头，永远蠢蠢欲动，平静只是暂时的伪装，早晚都要露出马脚。

这消息就像根引线，忽然冒出火星，串着孟宁语的神经愈加紧绷。

她瞬间又记起研究院里还有其他令人生疑的保密项目，但因为经历过复杂的促醒疗程，她分不清自己是在什么地方看到的，真实性存疑。只有一点是事实，她所接受的疗程基础就建立在人类脑神经的研究之上，启新研究院一直都在探索人脑的记忆区域，所以他们招募的也都是植物人患者。

三年后，再次出现失踪的病人，关键词过于熟悉，又是长期昏迷，家属疏于照管，时间还发生在半个月之前。那时候孟宁语正好复苏，时隔多年，她的痊愈无疑标志着启新研究院的促醒疗程获得成功，同时邵新也和她提过，疗程的安全性仍然无法完全保证……就在这个当口，市里的医院又有昏迷患者失踪，这背后的联系令人不寒而栗。

孟宁语一直困扰于自己的记忆就算完整，也无法变成现实中实在的证据，此刻她才发现，这几年下来其实暗流汹涌。

这不可能是巧合。

所有风平浪静背后，永远藏着不为人知的风暴。

孟宁语的直觉又冒出来了，飞快说了一句："师兄，那案子根本没完。"

申一航深深地叹了口气，他同样明白："如果启新研究院的成果只是为了促醒昏迷病人，那这项工作的意义积极，就算曝光也不会造成负面影响，他们当初早不怕被查了，所以我怀疑所谓的促醒疗程其实另有隐情。现在最关键的就是搞清楚启新研究院里进行秘密实验的真正目的，想办法找到证据。"

"我明白。"孟宁语几乎没有犹豫，又看着他，试探他的口风，"我能不能回队里？"

申一航摇头说："不行，你的任务已经完成了，而且身体刚好。我还不清楚局里各位领导对旧案的真正态度，潜在风险很大，只能先借助失踪案的契机让队里人摸查，无论它和旧案有没有关联，都不能再把你推到明处了，太危险。"

孟宁语知道他说的话有道理，她是一个重伤三年的人，如今突然就要回局里，走流程恐怕都没戏，此时此刻，她能保住小命已经算是为大家做贡献了。

这想法让人泄气，但孟宁语很快又打起精神，示意自己理解："那我多吃点核桃，补补脑子，争取尽快想出线索给你帮忙。"她说着看了一眼时间，今天出来太久，她必须再赶去天祥买东西才好自圆其说，于是她往门口指指，示意申一航自己要先走。

对面的人一愣，喊住她问："你还要回去？"

她的脑袋过度使用，这会儿迟钝地反应过来，申一航一直都想阻止她回家。

"别这么紧张啊。"孟宁语想笑，试图给他解释，开玩笑说自己早过了离家出走的年纪，"怎么搞得我家像魔窟一样。"

申一航根本不想听，他抓住她的胳膊，恨不得把她脑子敲开看看："孟宁语！"

她感觉到他的手在用力，眼看申一航藏着话，连目光都不同以往，她一时又不知道还能说点什么才能让他放心，只好摇头装傻说："别担心，我恢复得挺好的，而且邵新又不是妖怪，我醒都醒了，他还能把我吃了啊？"

"启新研究院当年就在进行秘密实验，你又接受过他的疗程，虽然你醒了，可我们都不知道他那套玩意儿会不会对你有影响！"申一航很激动，说着说着意识到自己还抓着她，又猛然松手，表情尴尬地说，"对不起，我其实……这几年下来，我很内疚。"

他说不下去了，因为时间经年而过，世事瞬息万变，完全不给人怀念的余地，但此刻的孟宁语笑容依旧，突然让他想起自己刚见到她的时候。

学生时代永远是每个人都绕不开的往事，那时候他们都在上大学，也都被关在了大学城。

无论青春岁月有多珍贵，终归有限，当年的申一航马上就要毕业了，几乎没什么课，而那时候的孟宁语只是个新生。

大学城是一片综合校区，地处郊区，容纳了多所知名高校。他们几所学校离得近，共用一片大操场，旁边还有个设施优良的篮球场。

申一航去打球只是偶然，他和同学相约，投篮的时候没注意打偏了，球飞出去，一路砸到了树底下，等他追过去捡球的时候，才看见树下躲着一个女孩。

孟宁语当时的模样一看就是在逃体育课，因为她满头大汗也不擦，满脸写着

“死也不跑了”，挤在可怜的树荫下偷懒，仿佛全身的骨头已经散架，蔫头耷脑靠着树。

申一航走近，看见她突然弯腰倒在地上，嘴里“哎哟哎哟”地叫唤，嚷嚷着说是被球砸了腿。

他吓得把她拉起来要往身上背，一边忙着道歉，一边想送她去医务室。

孟宁语正在发愁怎么应付该死的长跑，突然冒出来一位满脸正直的大兄弟。她心里偷着乐，借机抱着他的球不肯还，但不敢真去医务室，所以她挣扎两下，直接从他背上跳下去了。

申一航感觉不对劲，回身发现妹子身强力壮，而且两腿落地的时候十分利索，明摆着是小丫头片子犯坏，打算借机讹他。

那之后三言两语没说几句，申一航已经弄明白了，这姑娘的心眼也就三岁水平，她打算让他去和体育老师证明，她确实被球砸伤了，不能继续跑步。

那一天的承东市是个少见的晴天，秋高气爽，树梢的叶子还没落干净，刺眼的阳光凭空而下，热烈盛大。附近都是大学校区，操场上全是年轻人，大家都在跑步打球，满眼都是热热闹闹的影子，压根没人在意天气好坏，连塑胶跑道那股味道都不难闻了，每个人脸上都凭空透着一股莽撞的热情。

孟宁语理不直气也壮，她套着一件卫衣，压根不知道自己缠上的是警校的学长，还满嘴歪理和申一航理论。她被晒得微微眯着眼，头发乱乱地黏在额头上，而且她不嫌球脏，抱着不肯还他。

头顶上的日光被树梢的叶子分割，细碎动人，再加上托了蓝天白云的福，让她那会儿脸上的笑容显得过分明媚。

孟宁语憋出来的坏水浅薄可笑，明明是在骗人，眼神却很干净，让人一看就能看进心里去。

申一航不由自主跟着她笑，真就乖乖听话去帮她笼络体育老师，从那之后，两个人就算认识了。

申一航作为即将毕业的学长，和老师们混得很熟，所以能帮孟宁语应付很多无关痛痒的小麻烦，每次她逃掉体育课，都去篮球场旁边找申一航，两个人借机摸鱼吃零食，他很快就发现自己捡球捡出来的小姑娘性格敞亮，是个自来熟。两个人聊过几次，后来偶尔在食堂遇见，孟宁语大咧咧地和他打招呼，热情招呼他一起吃饭，再后来……等到申一航在操场边再见到她的时候，她竟然捡来三根树杈子，当场就要拉他拜把子。

申一航满头黑线，对这种行为无语，死活不肯就范。他的表情万分嫌弃，恨不得要揍她，心里却拧着一股劲，说白了就是别扭。

谁想当你哥啊！

但这话不能出口，因为他知道，孟宁语虽然年纪不大，但她早就有喜欢的人了。

她天天把那个人挂在嘴边，邵新长，邵新短，邵新喜欢吃她做的饭……只有提到那个名字的时候，孟宁语的羞耻心才会死灰复燃，说不了几句就耳朵泛红，而且她的眼神里都带着崇拜，仿佛那人不只是她的爱慕对象，也是她人生的启明星。

所有那些平平无奇的日子最终汇成了一个人的记忆长河，所有不起眼的片刻却都自顾自发光，徒劳惹人怀念。

他很快毕业，和孟宁语的联系也断了。

时间不等人，申一航确实没想到，他当年没和她拜成把子，最后还是当了她哥。

工作之后，申一航的个人素质良好，没多久就被安排上了一线。干警察这一行注定高压，时时刻刻都悬着心，他的生活完全被工作压缩，变得枯燥而单调。

承东市的冬日接踵而至，这座城市并不温暖，却能留住很多人。

申一航在刑警队里面对的现场触目惊心，日复一日，再感性的人心也硬了。当一个人连睡觉都变得奢侈的时候，根本没空再想来时路，他只能顶着无休无止的长夜向前奔，觉得自己再也没见过晴天，直到他突然又见到孟宁语。

他们两个人竟然都进了市局。申一航发现她一点都没变，哪怕穿着警服，也显得有些滑稽。

那个莫名燥热的秋天好像又回来了。

傻丫头毕业了，年轻莽撞，同样一头扎进警察队伍。他们吃了一顿饭，他听她还在提她的邵教授，又发现她还是长大了，因为年少的感情说出来总像胡闹，浮夸到好像惊天动地，但在经年之后，孟宁语再提起来的时候，她眼里只有知足的笑。

申一航放心了，那个冒失的小姑娘终被岁月善待，心有所爱而能如愿，所以他踏踏实实地把自己仅存的那几份柔肠藏好，当着大家的面，开口认了这个小师妹。

他在局里帮忙协调安排，让孟宁语去干了一份清闲的文职，但她难免要围着一群出生入死的大老爷们儿，这工作多少都是磨人的，只是再磨人，他也没想到会把她扯进案子里，而且事发突然，一次偶然的任务让她从五楼摔下去了。

事发之后，申一航一直还算冷静，直到某天凌晨，承东市浑浑噩噩的冬季终将过去，破晓之后迎来久违的晴日，晨曦艰难地撕开了长夜。那一刻他在走廊里看着天边泛起的光，突然想到当年树下，那个女孩满眼灿烂。

人心的长城就这样被莫名的瞬间凿出一个缺口，申一航忽然百感交集，他跑去病房，当年的孟宁语无知无觉，昏迷不醒，让他自责到近乎崩溃。

人生有太多灰心的时候，无论电视剧里演出多少起承转合，真正的变故在爆发的时候总是如同儿戏，连半点铺垫都没有。

如今一切都熬过去了，面前的孟宁语没有半分怨怼。

她遭遇过生死磨难，一个人倒在了噩梦里，可是就连她此刻低头劝他的模样，都带着坚定的力量。

纵然这世界百鬼横生，总有人心如旧。

这咖啡厅里的音乐远比想象中应景，接连都是几首不打扰人的慢情歌，绕不开人间的久别重逢。

申一航有点出神，偏偏孟宁语一意孤行。他几乎没反应过来，等到自己对上那双眼睛的时候，他才发现自己始终都没松开她的手。

孟宁语好像也有点迟疑了，但很快就仰头看他。她眼里的笑意和那年树下一样，突然“啧啧”两声，又晃着他的手说：“师兄，你也上岁数了，手这么凉，赶紧弄点枸杞泡水，该喝就喝了。”说完她使劲抓着他的手又按一按，满脸严肃，就差拍胸脯保证让他放心了。

申一航苦笑摇头，三年之后，竟然还是孟宁语来宽慰他。

他们这些人，早都看透了人心，黑白颠倒远比想象中容易，有时候一线之隔，就连夫妻情深、母慈子孝照样可能反目成仇，挑战人性的悲剧太多了，想查案就必须时时刻刻都清醒，猜测所有残酷的可能性，才能坚守到最后。最难的是，他们不能用麻木来解压，不管真相如何令人难以接受，每一次结案之后他们必须逼着自己爬起来，因为如果连他们都对这个世界失望了，那维护正义本身就失去了意义。

他想这姑娘根本不适合做警察，因为孟宁语太相信人心的善了，但她又多出几分他们没有的豁达，能把一切遭遇消化自洽。

有时候她的乐观显得幼稚，但又如同一个火种，翻天覆地的时候，压根没人在意这点渺小的光，只有走到最暗那一刻，所有人都灰心了，它却能自顾自冒出头，一点一点把这世界的轮廓点亮。

所以每当申一航对人性失望的时候，他都格外想念孟宁语。

他此刻有些怅然，叹了口气，又格外郑重地换了口气，和她说：“你不明白，只要你回去，就不只是回家那么简单。”

孟宁语抬头看他，目光里有一刻不解，但很快明白他的意思了。

他逼着自己往下说，口气愈加强硬，不留任何余地："如果你坚持回到邵新身边，那你必须想清楚……你和他之间，不可能再像过去那么单纯了。"

对面的人无声相对。

"你确实还不算归队，可我当年也没有签字同意你离开，所以我还是你的领导，我希望你能克制个人感情，找到关于旧案的线索。"

他说完让开一些，示意孟宁语可以考虑，如同过去一样，他依旧尊重她的个人选择。

面前的女孩站在桌边，安安静静听他说完。

她几乎没想太久，很快正色告诉他："我明白，三年前我就说过，我接受任务，为了职责，也是为了我爱的人。最关键的是……师兄，从我进局里工作那天起就想清楚了，这份工作不是一时热血，我既然选择做警察，就永远要为真相赴汤蹈火。"

申一航不再多说，因为他了解她。

自从上次在路边相见之后，他清楚孟宁语一点都没变。她始终感谢命运的善待，因为她曾被人守护成长，所以不能辜负。她同样要做一个守护者，回报这个世界，所以申一航早早想到了自己今天阻拦失败的结果。

他拍拍她的肩膀，从兜里拿出另一个手机，递给孟宁语："你私下留好，里边存着我的号码，以后都用这个手机和我联系，绝对不能让邵新知道。"

"好。"

"另外，你回去第一件事就是保护好自己，先搞清楚邵新对你做了什么，还有他那个促醒疗程的真正目的，如果有线索，马上通知我。"

孟宁语答应下来，很快离开了咖啡厅。

正午时分，承东市的风越刮越大，很快卷来黑压压的云，那一点点可怜的日光没能挣扎太久，不知道是不是要下雨。

邵新换下外套，又把窗户都关上。

他盯着窗外的那片向日葵，眼看它们全被大风刮歪，挤在一起，倒还是直挺挺地站在风里，他又想起孟宁语不听劝，这一趟出去正好变天了。

邵新打开电脑坐下，突然有人来了，而且放着门铃不按，非要砸门，好像生怕里边的人听不见，坚持不懈一通敲。

这动静铁定是闻天南。

邵新直接遥控富贵去开门，自己还是懒洋洋地继续靠在沙发上，头也不抬。

大门外边的风声不小，导致闻天南冲进来的时候带着一股潮湿的气味，一场大雨迫在眉睫，天边已经开始打闪。

老闻在房子里上下看了一圈，问邵新："就你自己？"

沙发上的人点头说："宁语买东西去了。"说完他又抬抬下巴，墙壁上有隐藏显示屏，显示出当前时间，"你还挺会赶饭点的，开车了吗？去帮我接她一趟。"

"省省吧，你怕遭雷劈，我也怕，不差这两口。"老闻揪着自己那件硬邦邦的夹克，没心情和他废话，一屁股坐在沙发上，伸手把他面前的屏幕按下说，"正好趁她不在，我有话和你说。"

邵新总算抬头了，他让富贵跑上楼去玩，一层只有他们两个人。

闻天南问他："孟宁语还记得多少？"

邵新正分神在听外边的风声，估摸这肯定是场雷阵雨了，于是想一想才开口回答："人刚醒，需要一个慢慢遗忘的过程，一方面显得比较自然，一方面也是为她考虑。如果现在再强行干扰她的脑部，很可能会造成真正的失忆，那种情况不可逆，也太不可控了。"

"我上次来的时候就提醒过你，三年了，不如做个了断吧，失忆不是什么坏事，如果她能放弃，大家都能松一口气了。你怕什么啊，怕孟宁语忘了你？"闻天南只要离开工作就很暴躁，脾气像块爆炭，火气一上来开始敲桌子，"反正你早晚都要离开，她忘了最好！"

这话说得邵新有些不痛快，他不想和他争，抱着电脑摇头说："你一直不明白，我不怕她忘了我，我是怕她……"那些余下的话好像很难表达，因为邵新也用了很长时间才想通，"宁语说过，经历过的一切她都不后悔，包括她去研究院那天，人活着记忆最可贵，我不能让她连自己都忘了。"

闻天南气到说不出话，他觉得这根本不是解决问题的办法。"行啊，可你现在已经不是过去的你了，不可能和她在一起，你早晚都要走，难道让她抱着满脑子想不通的回忆自己过？"他说着说着心里似乎也有点难受，于是扭过脸叹气，最后只觉得奇怪，硬着口气甩一句，"你好像一点都不担心她想不开。"

夏天的雨藏不住，很快雨点敲在玻璃上，窗外的景物渐渐模糊不清，又剩下院子里那一丛花的颜色，前后不过几句话的工夫，人间的路已经多了一场风雨。

"担心。"邵新推开电脑，声音轻了，如同自语，"所以我还在这里，能留一天是一天。"

闻天南搓搓脸，又摸出烟，半天没点，只说了一句："你留下，她更危险。"

邵新很快盯着窗外，似乎看得出神了。

他如今的视野不会受天气影响，就连目光里也看不出情绪。直到雨越下越大，他又开口说："其实宁语也没你想的那么脆弱，外人总觉得我把她留在身边，是我改变了她的一生，但老闻你最清楚了，我那个病死也死不了，活又活得没质量，早晚落个残废，那些年能熬过来，都是因为宁语，有她撑着我。"他想到自己过去那副病歪歪的鬼样子，自嘲地开始笑，低头看看自己的手，皮肤完整，之前剪刀划开的那道小伤口不见了。

他说："她比我勇敢多了。"

无论经历过什么，孟宁语不会抱着回忆自怨自艾。她守着一条平凡之路，不管这世界是好是坏，不管还有多少噩梦，她永远都能醒过来，也一定可以好好活下去。

闻天南感觉这屋子里四处泛酸，他实在听不下去了，赶紧让人打住："她是挺勇敢的，都勇敢到非要去当警察了，如果她当年不去市局，打从一开始就不会把她扯进来！"

邵新一脸了然的态度："我知道她现在又和警队有联系，但她脾气倔，现在非要拦着她反倒不好。"

"那个姓申的队长可一直没放弃呢。"

"是啊，申一航怀疑我。"邵新说到这事不但不觉得麻烦，反而笑得很从容，"这样也好，他们派人天天过来蹲点，正好能保护宁语。"

"我着急过来不是为了这个。"老闻的眉头都拧在一起，突然问，"你知不知道袁沁最近在干什么？"

这雨下得不是时候，外边的风声无休无止，天更暗了，房间里的壁灯很快自动打开，整个客厅之中光线明亮，又照出一地错乱的影子。

邵新脸上的笑容渐渐冷了，他好像完全没心情回答这个问题。

闻天南把手机递给他看，上边是他几个医疗同行建的群，最近这几天陆续有人爆料，都是一些医院里的内部消息。

"我早说过，就算你能藏起来，可'引渡者'已经成功了，早晚都要死灰复燃，只要你不回到袁沁身边，肯定还会出事。"说着闻天南又提醒他，"你也说了，孟宁语脾气倔，不会死心的，让她知道了，她一定会查。"

邵新的目光渐渐就和这天色一样，他猛然抬头，又放眼看向窗外。

往日在别墅区里总有人徘徊盯梢，但谁也想不到突然赶上这种鬼天气，有什么要紧事也得先去暂避。

这会儿所有的内外通路全都空荡荡，隔着铺天盖地的风雨，小区路面上一个人都没有了。

这该死的雷阵雨声势浩大，市里人多眼杂，而此刻别墅区僻静，孟宁语这条回家的路又显得格外难料。

邵新立刻催促闻天南说：“雨下大了，快把宁语接回来。”

第八章 · · ·

被锁住的卧室

夏季的暴雨轰轰烈烈，连日升温之后，它可算攒足了力气来报复。

天边的雷声追着闪电一连串砸下来的时候，孟宁语的心情五味杂陈，正在超市里漫无目的地乱逛。

她拿着两根葱，感觉自己手无寸铁又被推上前线了，还连个小兵都不算。她从十几岁开始就见识过研究院里的各类高精尖人才，所以一直认为自己活着的主要任务就是不给世界添堵。邵新还安慰过她，说甘于平庸也是一种智慧，反正总有人是来世上凑数的。

可惜命运好像不太认同这个规划，一场事故竟然让孟宁语摔成关键人物了，老天爷竟然对她另有期待。

这是不是有点强人所难了？

孟宁语越想越发愁，以至于买东西的时候心不在焉。她找灰豆腐只是个借口，自然还是没货，只好随便挑两样菜就往回跑。她出门的时候，雨点已经砸下来了。久违的雷暴天气，大中午却天色混沌，搞得像有人要渡劫。

孟宁语躲在市场门口叫车，但这种时候加钱也已经叫不到了，最后没办法，她靠着商场的玻璃门等车，然后开始玩手机，打算给邵新发消息，让他别着急。

一条消息刚发出去，面前有车停下来，猛按喇叭，吵得躲雨的人纷纷抬头张望。

孟宁语认出来是闻天南的车，他肯定是被邵新指使出来的，于是她赶紧上去，装傻充愣冲他笑："老闻你真是救苦救难，活菩萨一个。"

"闭嘴吧。"活菩萨瞪着眼睛没好气，"我上辈子肯定是欠了你们俩，活该遭雷劈。"

她受宠若惊地念叨："至于吗，我出来买个菜，本来不用车，谁知道下这么大的雨。"

闻天南不耐烦，张口就接："你有点防范意识行不行，外边人多眼杂倒不至于，但你家那个别墅区冷冷清清的，家家户户离得远，万一路上真冒出个人把你劫走了，连点动静都没有。"

孟宁语没带伞，此刻满脸都是雨。她看看自己浑身上下，问他："劫我干吗？图财是不太可能了，图色嘛……"她胳膊一转，直接做个揍人的动作，"那可太误会我的美色了。"

闻天南发现自己担心都是多余的，彻底不想和她说话了。

他皱着眉开车，间或还抽空看她，一连看了好几眼，开始认同邵新刚才那番话。

也对，孟宁语神经大条，摔都摔不死，真到翻天覆地的时候，也就剩她一人能活。

闻天南很快把孟宁语送回家，来回这一折腾早过了饭点。他着急忙慌要赶回医院，说自己下午还有会诊。

孟宁语拎着自己的购物袋，蹭到车边不走，敲敲车窗问他："老闻，上次邵新没回家，你说他这几年和别人在一起了……你说的就是袁沁吧？"

闻天南完成司机任务，刚刚叼上一根烟，正在兜里摸打火机。他怎么都没想到孟宁语突然冒出这么一句，那根烟差点没咬住，于是下意识就说："你还记得她？"

孟宁语印证了自己的想法，她肯定应该记得这个人，于是又说："是你们同事吧，我应该见过，但我想不起来了。"

车里的人似乎反应过来了，掩饰性地捻捻烟，然后才抬头接话："对，同事，别的我不清楚啊，你别给我丢锅。"说着他总算把烟点上了，撇嘴轰人，"赶紧回家，我还有事。"

"无论如何，老闻，多谢。"孟宁语笑笑不问了。

雷阵雨来得快，去得也快。不到半个小时的工夫，午后的承东市又已经云散天晴了。日光得以喘息，而院子里的花带着一身湿漉漉的水汽，又熬过一劫。

孟宁语想出各种借口做准备，回家却发现邵新不在。

她想起申一航的话，邵新几乎从来不在白天外出，然而今天破例了。她把富贵抱起来问，但邵新走得着急，没有留言。

孟宁语赶紧让自己定下心神，既然现在家里只有她自己，不如趁这个机会找找关于过去的线索。

她跑上楼去书房，那里都是邵新的东西，经年之后看起来也没什么变化。

孟宁语思来想去，觉得能和过去研究院项目相关的信息，不太可能是纸质资料，还是找电脑要紧，但邵新的笔记本电脑这会儿根本不在书房，不知道是不是被他随身带走了。

孟宁语转了一圈，没发现什么。

过去启新研究院确实留下了一些相关手册和办公的资料，但上边根本没有任何指向个人的内容，她想找到和袁沁相关的文件，但什么都没有，更不用提和促醒疗程相关的线索了。最终她放弃了，越是这样的情况，越让她感觉像是刻意为之。

那段时间邵新的工作重点就是医疗院区，但如今所有和疗程相关、和院区负责人相关的蛛丝马迹全被清理干净了，他好像从头到尾就不希望她醒来之后再想起那些事。

孟宁语心里的疑问越来越大，走出书房的时候正好看见邵新的卧室。走廊尽头的房门依旧紧闭，门把手上的密码锁微微闪着感应光。

孟宁语又跑过去试了试，还是对密码毫无头绪。

此刻家里过于安静，楼上楼下只有富贵在捣乱。作为一只机械狗，它除了不会死之外，拥有一切狗的属性，因此它对孟宁语拿回来的购物袋很好奇，正埋头往里扎，于是塑料袋被撕咬，持续传来噪音，那动静实在让人心烦意乱。

她开始骂富贵，骂着骂着脑子猛然开窍了，于是又把富贵喊上来，抱着它冲回自己的房间开电脑。

她的电脑自从大学之后一直没换过，还是当初邵新送的礼物。

当年孟宁语在收到电脑的时候，嫌弃都来不及，随便拿去日常用，基本都是看剧和玩游戏，没干过什么正经事。今天她却忽然想起来，邵新曾经给她摆弄过一个程序，可以调整富贵的参数，而那只狗形监控器会通过电子眼拍摄日常环境。

“没想到啊，你也有点用！”她激动地拍拍金属狗头。

富贵十分困惑，但还是听话地绕圈趴下了。

很快蓝牙连接成功，她找到电脑里针对富贵的设置程序，打开之后又一一翻查。

孟宁语以前压根没留心过这个功能，要说从设计需求出发，这所谓的监控有点可笑，他们家里就两个人，这年月真赶上小偷溜门撬锁的概率很低，所以富贵平时监控的都是寂寞。大概当年这玩意儿只是个捎带手的基础功能，以防万一，所以她以为就算有内容，应该也不会保存太久。

果然，富贵拍摄到的画面如果没有手动保存，每周会自动在云端清空，但这已经足够了，因为邵新深夜总要休息，不可能一直在书房逗留。

孟宁语找到最近这几天的监控，随着富贵的行动轨迹，很多都是没意义的日常视角，她很快筛选出深夜之后的影像。富贵的仿生程度很高，它无聊的时候该睡觉也要睡觉，所以拍摄到的夜里画面并不多。

她不死心，调整日期时间，慢慢回放，来到之前的周日深夜，果然找到了关键内容。

那一天正好是孟宁语在路上遇到申一航的日子，夜里她回家就昏睡过去，房子里只有富贵蹲在楼梯上。它半夜听到邵新的脚步声了，于是抬头露脑袋，位置正对着他回到卧室的方向。

她将视频尽可能放到最大，看见邵新回房间的时候按下了密码：20180228。

这串数字无疑是一个日期，刚过完年的二月份，还是冬天，也是本该忙碌上班的日子，但就在那时候，孟宁语的生活被凭空按下了快进键，事故接踵而至，让她连做梦都想不到。

此时此刻，一切仿佛还是绕不开那个冬天。

这串数字之所以没能被她胡乱试出来，因为它刚好是她坠楼的第二天，启新研究发生安全事故，邵新前半生的心血被毁。

孟宁语懊恼到砸床，她竟然没想到那场变故可能对邵新而言才是关键，于是她迅速把富贵关在自己的房间里，又去他卧室门口尝试密码。

输入正确，房门开了。

门开的一瞬间，孟宁语心里的感觉更怪了，她没敢往里走，因为一抬眼就能看见屋子里的陈设完全变样了。

邵新一向喜欢简洁的设计风格，但他这人不爱收拾东西，还怕冷，所以过往家里布置都归孟宁语负责。他的卧室原本四下铺着深色地毯，正对房门的角落放着一个单人的小沙发，方便他看资料。旁边有嵌在墙壁上的台面，日常延伸下来，可以作为书桌，也铺着毛织物。她曾经动了很多小心思，把他的卧室布置温馨，希望他休息的地方永远能透着暖意，然而今时今日，房间里的四面墙壁包括地面，已经全部被改装了。

某种金属面板一类的东西覆盖全部空间，从上到下，不露任何原有墙体，而那些奇特的面板是暗淡的银色，模糊并不反光，却又透着实打实冷漠的质感。过往所有家具悉数不见，此刻对着门的地方空空荡荡。

这风格突变得有点科幻，孟宁语傻眼了，僵持着不敢进去。

她面对巨大的金属墙壁开始怀疑自己的眼睛，盯着看久了，她脑子里开始闪现出各种电影画面……有点后悔自己毫无心理建设就来解锁。

她忘了，变态科学家的世界一向超纲。

事已至此，孟宁语只好给自己壮胆，冷静下来才敢探头往里看。过去左手方向是放床的位置，现在那地方凭空多出一个灰色的狭长装置，看着像是某种舱型设备，除此之外，整个卧室完全没有其他装饰和器物，干干净净，就像一方巨大的金属盒子。

按照富贵拍到的内容来看，邵新每天会在后半夜的时候回到卧室，几个小时之后，直到天亮他才会出来，但这明显已经不是睡人的地方了。

一门之隔，邵新的世界已经完全变了。

孟宁语感觉自己的心都跳出胸口，发现地面出乎意料，十分静音，人一走进去完全就被冷色调包围，活脱脱像走进科幻电影里才能看到的未来世界，只不过这氛围过分冷淡，真有人睡在这种地方肯定抑郁。

她渐渐适应下来，一旦接受了这个古怪的设定，人也不再那么害怕了，于是大着胆子敲敲墙，闷闷的动静传过来，实心金属透着一股凉意，而四下一尘不染，让人感觉毫无生气。

人类文明如果向着这种风格迈进，还真是越活越没劲了。

孟宁语转了一圈，房间里确实很空，除了那个舱型设备之外什么都没有，她只能走过去观察它。

那玩意儿刚好一人多高的长度，像个机械舱，完整精密，还是金属打造的，应该也不是医院里的东西。她大概看出顶上是靠近头部的位置，有一个半透明的窗口，估计需要人完全躺进去，可以覆盖全身，但孟宁语的想象力有限，实在没法把它和床联系起来。

她当然没兴趣亲自试验，看了半天也不知道它的用途，又不敢乱碰，于是蹲下身仔细沿着边角寻找，最终在仪器末端有所发现。她看见一个眼熟的标志，灰蓝色金属刻印，在舱体上并不显眼，主体是启新研究院的徽标，但旁边多加了一个机械人形的图案。

这标志让她呼吸紧张，如同一个钩子，直接从孟宁语乱七八糟的记忆深渊中钩出了一个画面。她记起自己在意识世界里偶然查到一个保密项目，当时所有的文件上都是这个标志，那个神秘的项目被叫作“引渡者”。

它到底代表什么，眼前这个巨大的东西又是什么？

孟宁语迅速确认自己没看错，一模一样，又是那个缺少五官的机械人体。

她被疗程吓出后遗症，总是习惯性地确认自己的实感，于是赶紧回身看，窗边也被金属包围着，但依旧还有自然光线。

眼前的世界真实到毫不动摇，下过雨的承东市总算有了蓝天，只有她又一脚闯入了未知空间。

没想到现实竟然成了梦的印证。

孟宁语此前有过猜测，自己在促醒疗程里的经历不全是虚构的，眼下这个标志确实存在，同理可以推测出，她误打误撞在意识世界里去搜索的那些名叫“引渡者”的项目文件，应该也都是真实数据。

这下倒好，房间里没藏人，邵新也不是个变态，但他把这里锁起来，锁住的根本不是一间卧室，而是一个关于启新研究院的秘密。

孟宁语感觉自己的认知又被颠覆了，她担心自己还会忘，赶紧把这个奇怪的机械舱还有标志一起拍下来，拍完突然又想起一件事。

她确实不止一次看见过袁沁的名字，如果那些“引渡者”的数据都是真的，那这个隐藏项目的负责人也是她。

这不只是邵新一个人的秘密。

孟宁语不敢多留，好奇心害死猫，何况主卧里的环境实在让人感觉诡异。

她很快离开，又把富贵储存的信息都删干净，然后自己闷在房间里，想了一整个下午。

三年了，邵新在卧室里藏了一个巨大的机械舱，他和那个女人到底在做什么？

申一航曾经和她分析过，启新研究院进行实验，或许不只是为了促醒疗程，如果在这个掩人耳目的理由背后，他们有所隐瞒，是不是指向的就是这个奇怪的“引渡者”？

孟宁语想不通，她今天这事干得偷偷摸摸，终归有点心虚，不敢马上外泄，于是犹豫了一会儿，只把那个奇怪的标志单独截出来发给了申一航。同时她顺着记忆，又去网上搜索相关的信息，可惜这种关键词扔到搜索网站里，结果太多了，引流文满天飞，根本找不到什么有用的消息。

她抱着电脑坐在床边，一直琢磨到傍晚，中途试探地给邵新打电话，想装作好奇问问他去什么地方了，但电话根本没打通，他的手机一直是关机状态。

每次邵新一离家就不对劲，似乎在刻意屏蔽掉外界联系。

孟宁语越想越来气，他这个自我的毛病倒是一成不变，通信发达，一个大活人总弄得像是人间蒸发，这招也挺绝。

又过了一会儿，申一航回复她的消息。根据警方对启新研究院仅有的调查结果来看，没有任何记录和她提供的标志相关，他说去局里问过一圈了，根本没人见过。

孟宁语独自在家，直接用申一航给她的手机拨过去，感觉自己发现的情况又是一两句话解释不清的，只好说："这是我私下找到的，觉得可能有帮助。"

"你是在什么东西上看见的？我总感觉有点眼熟，不过现在只有一个标志，那追查范围太大了。"

"师兄，当年局里在立案之后，除了针对昏迷患者的促醒疗程之外，你有没有听说过一个……叫'引渡者'的项目？"

申一航显然不知道她在说什么，甚至以为自己听错了。

孟宁语是在自己的意识世界里看到的信息，她不敢乱说，只能岔开话题，追问关于袁沁的消息。

申一航听出她支支吾吾，于是找了一个安静的地方和她继续通话："袁沁的履历很有分量，她高中时期就被国外知名大学破格录取了，后来获取生物医学领域多个博士头衔。她比邵新大一岁，在启新研究院建立之初就加入了他的团队。我看了一下，他们那个团队最早只有五个人，她是唯一的女性高层，按理说你过去肯定见过。"

"我和他的同事其实没什么来往，现在脑子一乱，更没印象了。"孟宁语想了想，对方肯定是研究院里的资深专家，所以后来才能负责医疗院区，但这样看，对方确实没什么必要认识自己。那些年她在外人眼里，充其量只是一个邵新的跟屁虫。

"启新研究院出事后，袁沁这几年没有在医院挂靠，所以目前还不知道她的具体工作，但一般情况下就是成立自己的实验室了，继续搞生物科研吧，没查出特别的动向。"申一航说着说着停了一下，又补充一句，"而且这个袁沁挺有背景的，祖父是国家科学院的高层领导，最近刚退下来，她算是子弟……当年院方推她出来接受调查，各方肯定也会顾虑她的背景，算是他们那时候聪明的选择。现在看来，启新研究院建立初期，袁沁肯定帮了邵新不少忙，有她这层背景，研究院才能顺利拿到最高级别的保密科研项目。"

这些工作背景孟宁语更不清楚了，那几乎都是快十年前的往事，她在当年只是个懵懵懂懂的高中生，邵新的工作领域对她而言实在太遥远，何况那会儿他已经忙到连病都没空治，压根没时间给她一个小屁孩讲什么创业之初的辛酸史。

“这都什么事啊，又来一个。”她完全没听懂申一航的言外之意，接话就说，“这回又是个光环无数的生物专家，这帮人的世界太难懂了。”

“你关注一下重点。”申一航不得不提醒她，“好好想想，邵新身边存在一个你不了解的女人，和他差不多年纪，履历和发展轨迹都相似，最重要的是，当年的袁沁不到三十岁，但已经享誉国际，她明明可以选择更好的发展平台，却一心一意留在承东市，而且跟随邵新，加入他那个刚刚组建的研究院，要说这里边没有私人感情……不太可能吧。”

孟宁语抓着手机，感觉自己的指尖都在较劲，说不出话了。

“最重要的是，你竟然对她没印象。换句话说，我个人猜测，邵新以往也不想让你们有接触。”

孟宁语没法回避这个问题了，因为她从一开始就明白，自己和邵新的现实差距是事实，在她努力长大的那些年月里，袁沁已经和邵新比肩，他们志同道合，有一样的事业追求，甚至从一开始，他们就是同类。

“你既然让我去查，其实你自己就在怀疑了。”申一航一反常态，说到这一步，他的口气步步紧逼，非要把话点明白，“袁沁直到现在都是未婚。”

“师兄。”孟宁语听不下去了，出声打断他，“我纠结这些根本没用。”

申一航没接话，他好像也有点后悔自己的口气过于武断，很快又说：“我的意思是，邵新自己并不是医生，整个促醒疗程需要医疗团队，袁沁肯定也参与了，所以按照这个思路，他身边真正负责医疗院区的同事是这个女人，和他还有私交，你要小心。”

“我明白。”

“我觉得你还不够明白。”申一航的口气越发严肃，而且直觉敏锐，“你到底在哪里发现的那个标志？你应该回家了……”说着他迅速追问，“家里是不是有问题？”

“别急，我很安全。”孟宁语没办法，只好又把完整的图片发给他看，“邵新下雨的时候出去了，我想办法溜进他的房间，发现他的屋子里锁着这个东西，本来想等他回来问问，但一直没能联系上。”

申一航很快看到图片，这道题过于超纲，他从来都没见过类似的东西，震惊之余，他赶紧提醒孟宁语：“邵新既然把它锁起来了，肯定不希望你知道，先别着急，以免他转移……我再找人查。”

“好，辛苦师兄，还是明天见面说吧，我把目前想到的情况再理一理。”

两个人约好，还是上次的咖啡厅。

孟宁语又想起刘哥那些人没日没夜太辛苦，她都醒了，平白无故占用队内资源实在不应该，于是她说："我在家不会乱跑，让咱们的人撤回去吧，而且赶上今天这种天气……太遭罪了。"

申一航有点担心，想想还是同意了："队里最近确实很忙，大家白天还要跑医院查失踪案……那你自己小心。"

孟宁语挂断电话，心里更乱了，她刚想躺下歇口气，富贵突然蹦起来往楼下冲，邵新回来了。

天一黑，外边的风也停了，远处的树梢上开始有蝉鸣。夏天的狂风暴雨也能带来生机，万物蓬勃的日子里，夜晚难得太平。

邵新没有着急上楼，他在门口披着风衣，低头和富贵逗两句，又喊孟宁语。

她赶紧答应，出门瞥见他卧室的方向，再次确认一切都没有异样之后，她稳住口气故作轻松地问："你干什么去了？"

大门还开着，邵新不是自己回来的，他带着几个人来搬医疗设备，示意孟宁语别碍事，又指挥大家上楼。

孟宁语当然没空碍事，她悬着心，完全忘了自己和他顺口提过的这些琐事。

邵新很快安排起来，跟他过来的人在转移家里剩余的那些医疗器械，一时楼上楼下都在忙活，家里各处的壁灯全部打开，静谧的氛围荡然无存。

生活永远平淡琐碎，就连邵新眼里的笑意都回来了。

这一下来了外人，直接把孟宁语准备好的节奏全打乱了，而且邵新神色如常，她演技拙劣，生怕犯傻，只好手足无措地抱着富贵在一边保持安静。

只要家在这里，邵新总能让她开不了口。

"我看你没拿伞，让老闻接你去了，没淋雨吧？"邵新上到二层，抽空和她说话，又指指下边厨房的方向，门边还堆着购物袋。

孟宁语今天回来扔下东西压根没管，于是他又打量她，明显有点奇怪。

孟宁语点头，又马上摇头，心里嘀咕，嘴上不敢提，只好拼命想要换话题，她看着自己的房间终于不再像个病房了，反应过来说："哦，你出去就为这事啊，我都忘了。"

"看，后遗症开始了，年纪轻轻，什么都忘。"邵新逗她，又让大家小心，把所有设备都搬出去，他一边往外走一边惊奇地问，"你能把吃饭都忘了？这就不是脑神经的问题了，属于退化返祖。"

孟宁语瞪他，笑不出来。

邵新眼下有事，似乎也没打算认真追问。他没动他自己卧室里的东西，很快又跟着人出去了。

她在客厅长出了一口气，总算镇定下来，等到邵新再回来的时候，她开始笑嘻嘻地和他胡扯："我躺胖了五六斤，你没在，我少吃一口是一口。"

邵新笑了，他的身体痊愈，但人懒是习惯，不好改，所以他依旧不会动手关门，进来就换外衣，直到大门自动关闭，他才扭头看看她说："胖点好，反正都要返祖了，胖猴子可爱，比野猴子强。"

孟宁语感觉他们的话题越跑越偏，只好默默去收拾地上的菜，把东西挨个放进冰箱里，又听见身后的人顺着她也走进厨房了，但一直没开口。

几天而已，一场大雨前后，不知道为什么，他们此刻连安静相处都变得不自然了。

邵新不知道走过来想干什么，渐渐离她近了。

孟宁语盯着冰箱门上模模糊糊的投影，整个人卡在水池边，突然转身盯着他，明显有些防备。

邵新手里拿着她落下的一个西红柿，顺手塞进冰箱，看出她的紧张，于是问："宁语？"

她根本不知道自己在慌什么，只想掩饰："你……吃晚饭了吗？对了，我没买到灰豆腐，要不随便炒个菜吧。"说完她转身开水龙头，水流出来总算打破平静，显得她一惊一乍的反应没那么刻意。

"别忙了，我吃过了。"

"哦。"孟宁语的动作总是比脑子快，当下又不知道该干点什么，只能装作要洗手。

邵新隔着她的肩膀把手伸过去，替她直接把水龙头关上，声音有点无奈："别浪费水资源，谁又惹你了？"

孟宁语心里打鼓，邵新的手还在她身侧，此刻似乎想要揽住她的肩。

她瞬间不敢转身，突然冒出一句："你是去找袁沁了吗？"

邵新脸上的表情非常平淡，但动作很快停下，没再碰她。他顺势靠在旁边的冰箱上"嗯"了一声，又说："你还记得她？"

自从袁沁这个名字出现之后，孟宁语已经是第二次听见同样的问题了。

她控制住情绪，把手放进烘手器里。"你既然这么说，那我过去肯定见过这个人，但我竟然完全没印象了。"说着她的手已经干干净净，光剩下满心疑问，于是抬头问，"为什么？"

"袁沁是我在研究院里的同事，你受伤之后接受促醒疗程，她是医疗团队中的一员，那些仪器也需要她安排人来进行回收。”邵新耐心解答，口气轻描淡写。

“我不是问这个。”孟宁语的话已经出口，只想问清楚，“我是说，为什么我会忘了这个人，完全想不起来她是谁，长什么样子，干过什么？不只是袁沁，还有很多事，我的记忆为什么会被干扰？”

“这是术后恢复的一个过程，很多植物人是急性损伤造成的昏迷，也就是说他们经历过各种事故，才导致脑外伤。一旦病人复苏，如果记忆没有选择性，那么人的心理承受能力就会经受很大考验，不是人人都像你这么乐观的，所以疗程中确实有针对记忆的……你可以理解为干扰吧，就算疗程成功了，病人也需要时间恢复记忆，这是有利于大多数患者的一种保护机制。”

“邵新，我没失忆，我也不傻！”她不想再听那些关于恢复的借口，再加上她一想到那个促醒疗程就来气，“你对我的脑子做了什么？”

“就你那点脑容量，先天条件不足，我能做的不多啊。”他这会儿竟然还有心情开玩笑。

孟宁语感觉他一直在避重就轻，瞬间急了。

她冲到他面前，逼他好好说话：“你不用再骗我，我昏迷的时候也有那首《夜色奇境》，你是故意放的。”

“是，为了让你好好睡觉。”邵新脸上的笑容渐渐淡了，他承认了这件事，“那首音乐在你的潜意识里植入了暗示，只要你听到就可以迅速镇定下来。我说过很多次，神经恢复需要营养供给，你不好好睡觉，会有很多难以治疗的后遗症。”

“肯定不只是睡觉这么简单，我这几次睡醒之后记住的事越来越模糊，你通过那首歌想要干扰我的记忆。”她咬死自己的猜测，一口气说了出来。

邵新迎着孟宁语此刻愤怒的眼神，脸色显得异常平静，甚至没有接话。

“你怕我想起来，因为当年的案子根本没查清！”

他定定看着她，片刻之后突然笑了：“这些猜测都是申一航告诉你的吧，他当年查研究院，什么都没查到，他们没有专业背景，理解不了院里的研究成果，所以三年了，他又来找你。”

孟宁语摇头想要打断他，但邵新不给她机会：“宁语，你当年差点就没命了，你不该再去见他。”

这话里的意思很明显。

孟宁语猛地抬头：“你怎么知道……”说着她想起自己的手机，那些在她熟睡后发出去的消息，邵新显然清楚她和外界的联系，而且她用的手机是邵新拿来的，他完全可以掌握她的全部动向。

孟宁语心里的暴雨根本没停，起伏不定的情绪终于收不住了，因为她之前从来没往这方面想过，当下又惊又怒，扬声质问：“你一直在监视我？”

邵新没有否认：“我需要保证你的安全。”

她气到说不出话，三年时间竟然可以颠倒世界，申一航让她提防相爱多年的人，而她执意回到家里，邵新的态度又认为警队在逼她涉险。

孟宁语不再掩饰自己的怀疑：“如果当年启新研究院问心无愧，为什么怕人查？而且……”她说着说着停下来，想起申队的猜测，如果当年他们没有进行非法实验，案子查下去也不会闹大，但谁也没想到孟宁语成了突破口，她的闯入，撞破了研究院里的秘密，所以被人从五楼推下去灭口，而她随身带的手机被销毁，恐怕里边唯一的证据也没了。事到如今，只要孟宁语可以忘记过去，那么再也没人能翻出旧案的线索了。

孟宁语开始头疼，事已至此，她脑补出的前因后果只能逼得自己的情绪愈加激动。

她发现那些想不通的关卡其实只差一个人，只要她愿意怀疑面前这个人，那么顺着这个可怕的逻辑，所有阴谋都能完整浮现，最令她难以接受的是，这个阴谋合情合理。

但她宁可怀疑自己，也不愿意怀疑邵新。

说来可笑，可这偏偏就是人的弱点。

人的记忆无时无刻不在左右人生，她和邵新经历过的日夜，不是富贵脑子里的文件，不能被一键清空。

他们长时间逗留在厨房，智能系统感应到有人交谈，光线调节之后更加明亮，而邵新听着她一连串的质问，没有急于解释。他的表情淡定到有些离谱，人也一直站在背光处，仿佛在给孟宁语思考的时间。

她觉得连灯都在和自己为难，光线刺眼，但黑白无常，反而让人无法克制自己的恐惧。她瞪着邵新，发现他面对自己的时候早有准备，态度从容，此时此刻更令人生疑，而且他无声无息看过来的样子，从头到脚，竟然有些不真实的质感。

他变了，一旦安静下来的时候，整个人了无生气。

孟宁语害怕了，陡然喊起来：“当年把我推下去的那个人真的是你？”

“宁语！”邵新终于听不下去了，他伸手想把她拉过去，“我确实在院里，我说过，我在喊你，可你没有回头就跑了，我根本不知道你去顶楼了，冷静点。”

孟宁语最怕那段记忆，一旦想起来就能让她的神经岌岌可危，无法承受。

她像个刺猬一样不肯让他靠近：“我记得很清楚！我看见是你了，可我一直都不信！”她心里堵不住的缺口全盘崩溃，捂住脸慌乱地转身想跑。

邵新强行把她拦住，又把人拽到客厅，然后按着她坐下冷静。

他抓着她的手，沉沉叹气，感觉她逐渐找回理智之后，才开口说：“以前我都没发现，你想象力还挺丰富的。”

孟宁语喊得筋疲力尽，渐渐又感觉出他皮肤的温度，不冷不热，熟悉的触感，如同某种无声的安慰。

她逼着自己放松，不得不承认邵新所说的那些后遗症，也不全是哄人的借口。她毕竟是个差点没命的人，人在经历过生死创伤之后肯定受了刺激，但她这脾气又硬，轻易不肯示弱，于是总是习惯性地逼自己强行适应，一直紧绷着最后那根弦，反倒容易适得其反。

孟宁语甩开邵新的手，她在沙发上蜷缩起来抱住膝盖，直到呼吸声渐渐平稳，但依旧不肯抬头。她心里缠着解不开的结，低声自语：“你说你没有在研究院进行非法实验，你说你不是害我的凶手……我信你，可当年发生了那么多事，如今倒推回去，我能记住的线索，通通指向你。”

邵新坐在她身边，他似乎就在等她这些话，等她把所有情绪都发泄出来之后，终于放心了。

此刻的孟宁语就和当年大黑死的时候一样，她往日里嘻嘻哈哈没心没肺，但总有那么一刻，她会把自己逼到承受不了，脆弱到看起来一碰就垮了。

邵新太熟悉她这个毛病了，他去接了一杯水递过来，和她说：“你一点都没变，什么事都压在心里。你妈妈的事你憋了那么久，年年到忌日你也不哭，没人能打击你，只有熬到你自己扛不住的时候，这口气才能缓过来。”他说着说着声音放缓，似乎并不意外，“你一直都在怀疑我，但你不肯说。”

孟宁语听着这话抹眼睛，这才意识到自己刚才吓哭了，不过这么一闹，她心里确实好过多了。她抓过杯子咕咚咕咚把水全喝下去，那股灼心的火气也随着散了不少，干脆破罐破摔了，长出一口气说：“是啊，我真的……特别害怕那些事不是梦。”

“好了，孟警官，别被情绪牵着走。”邵新没有徒劳安慰人，他试着尽量用轻松的口气和她解释，“你刚才的分析有道理，但你好像忘了最关键的一点。”

孟宁语现在总算能听进去话了，她把眼泪忍回去，抬头看他。

邵新说：“如果按你的说法，我把你推下楼，目的是消灭人证，那一切三年前就可以结束了，连研究院都已经被毁，警方查无可查，你虽然没死，但昏迷不醒，这对我……”说着他还指指自己，用她一贯的形容词认真表达，“对我这个搞非法实验的变态而言，那才是最好的结果吧？”

他的形容十分讽刺，说得她有点想笑，可惜现下这种情况，她根本笑不出来。

孟宁语无话可说，是啊，邵新何必救她？只有这件事真正维系住了她心底最后的希望，无数次把她从颠覆人生的质疑中拉回来。

“说实话，当年启新研究院的案子和院里的机密工作相关，我作为负责人，工作上的问题应该由我来解决，本身就和你无关。无论发生过什么，你作为警察，已经尽到了你该尽的责任，何况你差点付出生命的代价，现在你只是个刚刚恢复的病人，只有一个任务，平安活下去。”说到这里，邵新看向她，逆光之下，他的眼色如同窗外幽深的夜，此刻慢慢说话的模样，实在太容易动人心肠。

英勇无畏是故事里的传颂，知难而退才是现实里的智慧，但孟宁语一直不够聪明。

她知道他在劝自己：“邵新，你有你的工作，我也有，那身警服不是儿戏，我不能因为自己受伤害怕，就躲起来当作一切没发生，何况我根本不是意外摔伤。你说你不知道我在顶楼，我信你，可队里人查不清当时的情况，这背后一定有问题，害我的人肯定是为了隐瞒更严重的犯罪事实，甚至在干扰我的记忆，我必须找到真正的凶手。”

他看出她一直在头疼，于是伸手摸摸她的头，轻声说：“你还记不记得我们说过，富贵不会害怕，但人会，正因为如此，人类为了生存下去，大脑也进化出了自我保护的方法，这和人工程序不同。算法可以长期储存数据，但人的记忆会慢慢修复，遗忘是人类的天赋，有些事……该过去就让它过去。”

这世界不是所有的难题都有解，生死是唯一不可跨越的难题，人类历经千百亿年艰难繁衍，求生是本能。

孟宁语的脸色还没恢复，只有目光是坚定的，她抬头看他的样子又和那丛向日葵一样了，死挺着不肯折腰。她确实不太聪明，但有些时候也会超常发挥，把他想混淆的概念一一点透：“不，我不想忘，也不能忘。生死只是结果，但走向结果的来路，才是人活着的意义，人必须承担自己背负的责任。”她试图把自己坚守的本心说清楚，“如果我只是为了平安苟活，就把自己知道的都忘了，那我活下来本身也没有意义了。”

邵新叹了口气：“宁语，选择更适合自己的生活方式，这不是苟活。”

她摇头打断他，似乎生平头一次顺着他的逻辑，打通了他的死结：“你刚才说得没错，但人类和程序的区别，就在于人可以超越本能，所以我们活着才有那么多去路，但程序算法执行，只有可预见的结果。”

身旁的人没有再说话，邵新往后坐了坐，看看周遭，又看看他自己，突然有些释然的表情。

那些外人眼中可笑的心宽、善良，不足以概括一个人对待世界的豁达。孟宁语清楚人性本身，却并不失望，她知道活着的意义是与之对抗。

所以他早说过，经年相守，一直都是她救了他。

孟宁语并不知道邵新在想什么，艰深的剖白说完了，她自己也已经平复下来。她发现邵新如今的态度很奇怪。这么多年下来，他清楚自己始终在被警方怀疑，却一点都不想自证清白，所以她又开口问他：“事关启新研究院，你为什么不想查清楚？”

甚至一直试图干扰她的回忆。

“因为你一点都没变，但这世界已经变了三年，可能连我也变了，觉得那些都不重要了。”后半句说出来的时候，邵新微微笑了，之后的话像是故意说给她听，又带着叹息，“我明白你说的意思，但对我而言，我也有私心，我经历过失而复得，只希望我爱的人能忘掉痛苦的记忆，那样她就不会再害怕，可能更适合这个醒过来的世界。”

孟宁语听着他的话心头发热，却又不得不反驳。她把富贵抓过来，又举着给他看，急着要反驳：“人的记忆要是可以随便清空，那我和它有什么区别？”

这话题依旧沉重，邵新也明白她在说什么，但他没忍住，笑意更深。因为此刻的富贵压根不配合，它傻乎乎正在蹬腿，耳朵还是立不起来，实在出戏。

两人之间敏感的气氛突然被打破了，孟宁语的类比糟糕，把话题都搞得没那么尖锐了。

邵新不想再吓她，他把富贵从她手里解救出来，强调说：“你们的区别主要是物种吧？”

“邵新，我很认真。”

“好，我理解你想补全这几年的生活，你可以去做想做的事，见想见的人，搞清楚你想不通的案子，谁也没权力阻止你。但刑警队的工作高危，你现在的身体情况根本不能归队，我不是监视你，只是担心又像当年……我没追上你，就出事了。”他早知道她还会一意孤行，但话说到这里，终究带了情绪，于是他每个字都说得很慢，“宁语，再有任何失去你的风险，我都承受不起了。”

无论这个世界如何改变，爱是无法度量的变数，只要它还在人间，永恒的救赎就不是伪命题。

不管孟宁语心里卡着多少惊疑，她对着邵新此刻的目光，不得不再一次退让。

都说人活在世，除了血脉亲缘之外再没有别的倚靠了，她是早早失去庇护的野草，就算被碾死都没有亲人喊冤，她刚才的揣测不但无情还很没良心，此刻她能坐在家里发疯、指责邵新，恰恰是他的坚守，为她留出了余地。

但也因为如此，孟宁语知道自己更不能糊涂地活，不能辜负如同重生般的奇迹，她低头深深吸气，开口和他说："不会，无论真相是什么，这一次我不会再跑了。"

如果当年在启新研究院中发生的事远比她想象中复杂，那她更不能任由邵新独自承担。

倒霉的富贵感觉到主人情绪不稳定，很快在沙发上盘成一个并不柔软的团子，试图安慰，不管这一夜还有多长，终归还要平静相对。

大话说完了，孟宁语还是知道自己几斤几两重的，她感觉自己任重道远，于是又一个人跑到窗边出神，没多久开始泄气，咬着牙掉眼泪。

今晚能看见星星，一点一点缀在夜幕之上，她看得久了，能观察出它们有明有暗，咫尺之间，同一方夜空上的星，却隔着人类无法衡量的距离。

宇宙并不公平。

她从十几岁的时候就明白，她和邵新之间的距离，就像这些星星。

这念头一起，她看着星空愈加哽咽，身后的人同样往外扫一眼，出声问她在看什么。邵新对她突如其来的矫情自然无力消化。

孟宁语抬手指向最亮的那一颗："有时候觉得你在那里。"然后她手指一滑，又指指自己，"我只能守在窗边看着你，什么忙都帮不上，研究院都被毁了，我还是醒了才知道。"

身后的人走过来，又往天上认真看了看，然后指指远处一颗微弱的小星星和她说："不一定，你看，所有恒星都有伴星，它们并不孤独。"

孟宁语盯着他点头，邵新看她又哭又笑的，不知道她又想出什么英雄梦，他也不再多说，拿纸过来给她擦脸。

她哭得没完没了，真和那年在湖边的时候差不多了，很快又扯着邵新的袖子，非要往他身上凑。

邵新想要躲开，两个人就在沙发上拉拉扯扯。他看她委屈坏了，鼻涕眼泪一大把，于是直接把纸糊在她脸上问："不怕我杀人灭口了？"

"我当时肯定吓坏了。"孟宁语满心的酸楚劲全涌上来了，此刻既然想不通，她也没法再想，于是执拗起来，拉住邵新，非要往他怀里钻。

邵新伸手抱她一下，很快感觉到她顺杆爬，想要耍赖撒娇，整个人别别扭扭，还非要靠在他胸口，他手下一僵，打算起身。

孟宁语感觉出他很怕自己靠近，忍住眼泪不哭了，她抬头把他直接按在沙发上，盯着他说："邵教授，你这是害羞了？"

邵新被她说得一愣，又笑，只好扶住她的腰，生怕她摔下去。

他的小姑娘二十多岁了，早变成大姑娘一个，实在不可控。

孟宁语抱着他的脖子吻过去，邵新明显有些迟疑，但很快也轻轻亲她一下算是回应，然后侧过脸，低声说了一句："你是该减肥了。"

孟宁语破天荒没有回嘴，因为她今天不想被邵新的套路带着走。

她靠在他怀里，抚摸他的颈后，邵新不再那么病态，也不像过往总是浑身冰凉凉的让人担心，但他身上没有那种独特的丝柏香了，周遭空气里任何干扰都可以轻易暴露。

今天下过大雨，此刻客厅里开着窗，外边残存的湿气带来向日葵淡淡的香气，又让人有些感慨。

孟宁语仰头笑了："原来向日葵的味道挺好闻的。"

邵新好像没有注意，听到她的话才看向窗边说："是吗，我以为这种花没有香味。"

"你闻，一下雨更明显了。"

邵新没再接话，也不知道有没有闻到。他的目光似乎看得远了，此刻隔着窗，夜空寥落，他又陷入一种安静的出神状态，不知道在想什么。

孟宁语说完有些失落，相比花香，她还是更怀念丝柏带来的沉静包容。她叹了口气，顺势趴在他肩头，这姿势让人格外安心。

她抬眼的角度，刚好能看见邵新耳后。

孟宁语无法克制地想起了过去，曾经他们两个人有过数不清的亲密日子，恍若隔世，却又历历在目，想一想都觉得脸红心跳。

那时候的深夜，孟宁语和邵新胡闹，她咬他耳后挑逗人，但她再折腾也是个女孩，道行太浅，很快又被他报复。后来孟宁语被逼得狠了，尖叫求饶，一时没分寸咬狠了，真在他右耳之后留下一道小小的伤口，其实不明显，但邵新皮肤薄，肤色又浅，一道印子暧昧藏身，怎么都好不了，只有她知道。

这事过去是孟宁语的罪证，但凡让邵新提起来就要嘲笑她牙口好，惹不起。

然而现在……那个咬痕不见了。

邵新耳后的皮肤干干净净，白皙完整，连带着那些温暖缠绵的夜，都只是她一个人的错觉。

孟宁语心底刚刚被唤醒的缱绻心思轰然被击穿，她没出声，又仔细看他。

她忽然想通自己为什么总觉得邵新别扭了，因为他如今看上去没什么变化，但周身的感觉又好像有点过于……完美。此刻两个人相拥，她感觉出他的呼吸平稳，半点情绪波澜都没有，他不说不动的时候，连影子都不太真实，像是过分精美细腻的假象。

这种违和感超出孟宁语的认知范围了，她僵住不敢乱动，抬头问他："你和我说实话，你怎么了？"

邵新总算找到机会脱身，他伸手把她从自己身上拉开，然后面不改色地说："我害羞。"

她脑子一顿，眼看他这三个字说得老神在在，根本没变，感觉自己的担心都喂了富贵，心里立时冒出"呵呵"两个字，真想踹他，又不敢真踹，只能用白眼表达讽刺。她忽然一转念，借着气氛良好，突然开口问："你为什么把卧室锁上了，一天到晚神神秘秘的。"

邵新转头看了她一眼，但是没有回答，他好像真当这话只是一句抱怨。他起身去把窗户关上了，然后目光还停在满院的花上，直接换了一个话题和她说："出去走走吧，换个环境。"

孟宁语没听懂："去哪儿？"

"出国转一圈，我陪你。"

他们两个人从来没有一起度假，因为过去的邵新实在太忙了，而且身体又不好，孟宁语轻易不敢提。她仅有几次出去玩的经历，也都是借着毕业旅行的机会，和同学一起。

时隔多年，她没想到这个提议会从邵新嘴里冒出来，着实有点惊讶，于是满脸狐疑地问他："你干什么亏心事了？"

这会儿的邵新看起来又和过去没什么区别，一如既往对她的脑回路无话可说，他抬脚和富贵抢拖鞋，又补了一句："你在家里闷着只会胡思乱想，出去玩几天，散散心吧。"

孟宁语当下十分动心，花花世界，她活了二十多年都没来得及仔细欣赏，好不容易捡回一条命，再不去看看可真是亏大了。

她瞬间来了兴致，盘腿坐在沙发上问他："什么时候去？"

邵新是个实打实的行动派，看看日期就说："你明天就收拾东西吧，后天一早。"

"啊？不行。"她没想到这是个说走就走的旅行，眼下申队在查失踪案，而那些关于旧案的线索根本还没想清，他们刚刚才挖出来一个关键的袁沁，正是一团乱麻的时候，“我……我昏迷这么久，你让我准备准备，过两天吧。”

这会儿她总算想起该装虚弱了。

邵新的表情有点无奈，他显然知道孟宁语的小算盘，她还是打算掺和申一航的工作，于是抬眼看她，耐心开口：“你不是总觉得自己忘了很多事吗，怪我干扰你，那换个环境试试，没准还能让你的潜意识放松下来，帮助你恢复记忆。”

孟宁语抓着头发犹豫，邵新已经把话说到这个份上了，她找不到更多借口。

她想了想，这倒是一个出乎意料的机会，两个人势必需要独处，没准她有机会搞清楚邵新这些年出了什么问题，所以她心一横，答应下来。

“少玩手机，早点睡觉。”邵新说完就走了，很快上楼又进了书房。

一切恢复到往日的样子，夜深人静，只有富贵无聊地走来走去。

孟宁语偷偷在楼下观察，邵新似乎没发现他的卧室被人打开过，书房里的灯光隔着半开的门透出来，他没有再出来。

她稍稍松一口气，在客厅看了一会儿电视。

八九点钟的黄金时段，各个电视台全是热播剧，可惜她全程没看进去演了什么，手里攥着智能触控板，胡乱调到电影频道，心里还在琢磨自己刚才的试探。

邵新知道她开始好奇他的卧室了，却还是不肯解释。他房间里的变化无疑和启新研究院有关，那个巨大的设备应该也是过去院里留下来的仪器。邵新对于工作上的事态度回避，不希望她再次涉及，但正因为如此，他为什么还把东西藏在家里？明知她好奇心重，他把那玩意儿锁起来也没有转移，只能说明它现在对他也很重要。

孟宁语一直出神地盯着屏幕，愁得快把自己的指甲抠断了，抽空才扫了两眼。

今晚放的电影很应景，正好是一个外国科幻片，剧情十分激烈，满屏幕都是全副武装的人类和一堆奇奇怪怪的钢铁改造人，他们的主线任务是抢夺实验室里的关键配方，双方正打得你死我活。

孟宁语实在有点烦，连看电视都不让人消停，正赶上这一刻屏幕里有个倒霉兄弟落败，他拖着直冒火星的半只金属胳膊跑啊跑，机械零件崩落一地，很快，他玩命地钻进了一个庞大的金属舱。

这个道具设计得像模像样，还挺像她白天发现的那玩意儿。

孟宁语看到这里更想吐槽了，心里却莫名有点害怕。她再也看不下去，飞速换台，省得自己晚上做噩梦。

另一个频道里很快开始上演家长里短，恶婆婆追着儿媳妇灌药，也没什么意思。

孟宁语的思路没能跟着剧情收回来，反倒突然有了灵感。

邵新每晚都回到房间把他自己锁起来，但那里已经不是卧室，也没有床，一晚上好几个小时的时间，他在用那个神秘的机械舱做什么？

老闻曾经说过他不回来住了，看起来也不全是胡扯。

关键时刻轮不到她伤感，电视里的儿媳妇开始号啕大哭，尖叫着去和婆婆哭诉，怀疑自己的爱人在外边有小三了，神神秘秘不回来过夜。

孟宁语被吵到来不及伤感，她转念又想到邵新的旧病全好了，都说是因为换药，但眼下这么看，她的脑洞豁然打开，突然想到邵新身体上的病能够好转……没准也和那个设备有关。

很明显，她看见的那个舱型设备，正好可以躺进去一个人。

孟宁语想起自己在舱体上发现的标志，马上自我否定，这个念头过于离谱，如果邵新真想当反派，那世界早被AI大军推翻了。

她在沙发上打了个激灵，回头往楼上看。

富贵蹭着栏杆打瞌睡，邵新还在书房里，估计是在看书，也没有敲键盘的声音。

这一晚一直很安静，后来夜深了，家里没有再放《夜色奇境》。

孟宁语不放心，她溜回卧室找出耳机，又给自己选了一首重金属音乐，这动静肯定能扼杀所有瞌睡虫了，然后她塞住耳朵，不被外界的动静干扰。

无论如何，今晚不能睡，她想看看邵新到底在做什么。

第九章 · · ·

第三人的声音

人如果一直刻意保持清醒，时间就会显得格外漫长。

孟宁语躺在床上翻来覆去，她今天算是和邵新闹了一场，好像让他也想开了，不再执着于逼她睡觉。

深夜时分，孟宁语偷偷摘掉耳机试一试，发现今天家里确实没有干扰她的催眠旋律了，她不着急起来，打算等邵新回卧室的时候打断他，找机会观察。没想到这一耗就耗到了凌晨时分，中途书房好像有过手机振动的声音，但邵新没有接电话，一连响了好几次，再之后连那动静也没了。

邵教授熬夜的功力完全没有随着年纪增长而减弱，可孟宁语没这本事，她感觉自己躺着已经眼皮打架了。

楼下突然传来富贵的叫声，它发现院子里有人。

邵新突然离开书房，但不是回房间，他急匆匆下楼，拉开门就出去了。

孟宁语立刻警醒起来，马上放轻脚步溜下楼，正对上富贵亮晶晶的狗眼，她赶紧把碍事的队友关在厨房里，然后靠近大门。

门外邵新在和人说话，对方明显是一个女人。

这场景似曾相识。

家里一层的灯光感应到有人，依次缓缓亮起，而门边的对外监控已经下线了，黑漆漆什么也看不见。

孟宁语脑子里一瞬间冒出当年的画面，那个冬天她闯入启新研究院，躲在一扇门后，也这样偷听过类似的交谈。

她顿时有些克制不住地发抖，感觉那个冬日里发生的一切如同鬼火，死灰复燃。她只能拼命压抑自己的念头，连呼吸都放缓，试图听清外边的人到底在说什么。

深夜到访的人情绪激动，连开场白都省略了，口气熟稔地质问邵新为什么不接电话。

他显然没心情半夜在家门口聊天，更不想闹出动静，于是说话的声音非常轻，以至于孟宁语听不见他的回答，只感觉他很快就把对方激怒了，因为那人又在问："你故意的是不是？"

这话几乎一模一样，三年前孟宁语也听过同样的质问。

她脑子里混乱的回忆立刻被勾起来，很快确定这位不速之客，就是当天在研究院里和邵新发生争执的人。

此前这个人一直被她遗忘了，当天研究院里还有第三人。

"你还想带她走，你疯了？一旦你暴露，马上会被警察盯上，我也帮不了你！"对方冷笑，开始指责邵新突然想离开承东市的决定，很快声音抑制不住，如同当年一样争吵，"不管多难，咱们都走过来了，结果呢？你让我做的我都做了，为了帮你继续促醒疗程，我暂停了自己的项目，上上下下周旋了三年，熬了三年也等了三年！现在孟宁语一醒，你只考虑她，考没考虑过我怎么办？"

邵新似乎对她的愤怒无动于衷，他提高声音开口："你如果只想说这些，没必要跑这一趟，这么多年，你我谁也没法说服彼此。"

他好像又做了让她小点声的动作，因为对面的人声音确实放低了，但话里的情绪愈加忍不住："是啊，这么多年了！我到底是为了谁……你说需要我，我放弃一切加入研究院，事到如今，你承诺过我的事没有一件做到！"

这台词未免过于俗套了。

孟宁语在门后听见这些陈词滥调，一口气差点没上来。不过多亏这几句，让她紧张的情绪有所缓解，她感觉这位不速之客应该少看点八点档。

"你不该来。"邵新口气淡定，意有所指，"我说过不止一次，你的出现只能刺激她回忆当年的案子。"

"是啊，幸亏我没有听你的。"对方显然明白他的意思，这下笑得更讽刺了，"如果没有我，孟宁语也不会那么快醒过来，你把她的潜意识困在病房里，可她不死心，她想要的是真相，那我就让她好好看看……"说着说着，对方的声音透着刻薄的意味，"让她看清楚，到底是谁把她推下去的！"

剧情瞬息万变，这话就像个突如其来的扳手，直接把孟宁语的记忆阀门拧开了。

一瞬间，女人的声音不断放大，那些曾经出现在她意识世界里的提示再次浮现，她想起来了，就是这个女人放出了指引，一路怂恿她逃离病房，最终把她逼回坠楼的窗口。

孟宁语越听越感觉自己头脑发沉，顺着这个声音，她仿佛又被推回到那条没有出口的迷宫。

门外两个人突然安静下来，邵新很快说了一句："她醒了，你先走。"

玄关处的灯光愈加明亮，顺着门缝漏出去，撕开沉默的表象。

孟宁语惊觉来人关键，让她心里的答案如同一只蛰伏的兽，再也关不住，叫嚣着就要往外冲。她不想再玩盲猜游戏了，所以下一秒，想也不想直接把门打开了。

真实的世界扑面而来。

此时此刻，正好是承东市一年之中最舒服的季节，夏夜弥足珍贵。他们的房子外围种满了灌木，前院有一条笔直的小路，可以通往行车道。

孟宁语看见几步之外站着一个女人，脑海中的迷宫突然打开一条通路。对方的脸清晰出现，而她身后的飞虫刚好逐光而起，下过雨的穹顶之上星空辽远，这一切足够让人看清回忆了。

那位不速之客穿着一件丝质的纯白衬衫，长发绾在耳后，露出的珍珠耳钉圆润闪动。对方一动不动，黑色的西装裤刚好卡在脚踝的位置，显得整个人从头到脚，干练得体。

孟宁语见过她，很不喜欢这个人，理由肤浅，主要因为对方在研究院的时候总端着一副生人勿近的嘴脸，而且眼睛狭长上挑，看人的时候如同审视，极端缺乏亲和力。

说白了，女人看女人很简单，孟宁语对她的形容不外乎长得太傲，还自恃清高。

此刻对方的脸色有些讶异，好像孟宁语才是那个不该出现在门口的人，但很快她的表情已经恢复如常，又开始用那种强势的目光打量人。

"袁沁。"孟宁语想起来了，她终于找到那个声音的主人了，克制着情绪一字一句开口，"就是你在疗程中和我说话，挑拨我离开病房，你想破坏疗程，让我再也醒不了。"

袁沁对她的指控不承认也不否认，抱着胳膊反问："挑拨？我是在帮你，你应该看清楚，你的邵教授到底是什么人。"

“什么意思？”

袁沁十分不屑，压根没有兴趣和孟宁语废话，她看看表，抬头和邵新说：“这个时间，你的小朋友不该醒着。”说完她直接往他们的房子里看，颇有深意地勾起唇角，又说，“今晚孟宁语没有乖乖睡觉，难怪你不接电话，还跑到门口来拦我，怕她听见？”

邵新不置可否，伸手拉住孟宁语，往前挪了一步，直到隔开她们两个人。他再次示意袁沁离开：“你先回去。”

袁沁盯着他看了半天，不知道从他眼里看出了什么，又开始笑。以她的性格，今天能跑到这里来，显然也被逼急了，所以她再开口的时候，语气实打实像是替他惋惜：“邵新，我真没想到，你也有这么傻的时候。”

孟宁语听见这么几句又感觉胃里反酸，多亏是半夜，也多亏别墅区的私密性好，没有什么好事邻居，不然他们两女一男堵在门口，传出去可太精彩了。

她盯着袁沁那副反客为主的样子越看越来气，只觉冤枉，她今晚撑着眼皮是为了搞清邵新房间里的东西，谁也没想到大半夜还要来陪他们演新欢旧爱的对峙大戏。

更气人的是，邵新不打算扭转这个尴尬的局面。

他挡住袁沁的方向，导致孟宁语连那位“新欢”的表情都看不见了，立时让她想骂街，又被他莫名冷静的态度激怒，拼命推他说：“松手！”

两个人开始拉扯，袁沁冷眼旁观，根本不在意话题敏感，还在这当口对邵新说：“我必须提醒你，你才是‘引渡者’的关键，如果你现在说走就走，没那么容易。”

邵新扫了她一眼，还没等他说话，孟宁语一听到事关“引渡者”，已经像个炮仗似的原地被点着了。

他手下的力气大到离谱，抓着孟宁语的手腕想把她推回家里。

“你们到底在干什么？”孟宁语死揪着袁沁透露出的关键词，当下扬声追问她，“你来都来了，把话说清楚！”

“你就不该醒。”袁沁神色微妙，话里有话，瞥她一眼转头离开了。

孟宁语满肚子疑问炸不出火花，也没机会再追，因为她几乎是被邵新强行拉回了家。

她感觉出邵新的手劲不同以往，顿时害怕起来，和他近乎扭打，被他一只手直接压倒在沙发上。她的上半身被迫抵住柔软的靠背，只记得死命挣扎，又导致脑部后仰。

这姿势实在太可怕了，让孟宁语整个人跳回到三年前的窗口。

很快，她感觉出这几乎不是人该有的力量，因为此刻的邵新一只手就能把她掀翻，她吓到快要哭出来，情绪过激，又什么都看不真切，只剩下他的脸近在咫尺。

袁沁说让她看清楚，到底是谁把她推下楼的。

孟宁语彻底慌了。

邵新渐渐放松力气，眼看她歇斯底里，抓着她的手说："宁语，你冷静一点！"

她听不进去，因为潜意识开始涌动，那间黑暗临窗的实验室回来了，邵新再次无声出现，她同样被他压制住手脚，无法逃脱。

孟宁语紧紧闭上眼，尖叫着让他放开自己。

与此同时，房子里渐渐响起舒缓的钢琴曲。

她的思路停不下来，连声追问："所谓的促醒疗程一定另有目的，你们说的'引渡者'，和非法实验有没有关系？"

邵新松开手，孟宁语马上蹦起来，只想离他远一点。他只好又把她抱住，把人扣在怀里，压制住她所有反抗。

音乐声音渐渐清晰，躁动不安的神经被逐一镇压。

孟宁语的潜意识土崩瓦解，可怕的回忆如同倾倒的沙堡，悉数被钢琴曲的旋律冲散。

她的身体早已力竭，徒劳剩下不死心的神经还在挣扎，也不知道邵新什么时候打开了房子里的音响，等到她反应过来的时候，已经听着《夜色奇境》昏昏欲睡了。

她太累，偏偏最后的念头牢不可破，于是她靠在邵新怀里不断提问，如同梦呓："你突然要带我走，为什么，你在躲什么？"

邵新没有回答，声音干脆："宁语，你该休息了。"

"我想起来了，我查到过院区记录，不止一次！有病人死了……还有我看见了'引渡者'，那一定是个秘密项目，有产品通过测试了，那到底是什么东西？"

无数个问题，她一股脑儿地扔出来，渐渐说不下去。她迷迷糊糊地倒在邵新身上，神经已经被音乐的旋律裹挟，迫使整个人放松下来。

袁沁说，让她看清邵新到底是什么人。

可惜孟宁语看不清，也来不及再想了，因为窗外的天快亮了。

这一晚过于漫长，总要有人入睡。

《夜色奇境》在孟宁语的潜意识中植入了暗示，催眠效果很好，但这一次它播放短暂，因此带来的安眠也没能持续太久。

孟宁语后半程反反复复在做噩梦，只能在混乱的梦境中不断徘徊于旧日的医疗院区。梦倒是真的梦，因为它把她记忆中的画面颠倒错乱，时间和空间全被拉扯压缩，又一一清晰，没有任何实感，却足够蛊惑人心。

后来孟宁语醒了，她没有听到邵新熟悉的声音，音乐也已经停止，她是自己惊醒过来的，于是猛吸一口气，挣扎着坐起来。

窗外日光晃眼，天气不错。

她确定自己苏醒的状态，然后才去看表，又睡到了中午时分。

孟宁语开始后怕，回想起凌晨时分发生的一切，发现自己记得很清楚，记忆没有被干扰，而且她想起自己此前遗忘的关键信息，她曾经查到过医疗院区中有三位病人因为疗程导致脑死亡，她的手机也确实拍到过证据。

昨夜她又看见袁沁出现，对方一直在和邵新联系，他还隐瞒了很多秘密。

她慌张地去找申一航给自己的手机，赶紧把自己想起来的关键点发过去，随后发现队长在早上的时候发过短信，说今天要改时间见面，因为他突然接到副局交代的临时任务，要出城一趟。

孟宁语走出房间，邵新不在，同样没有留下任何去向，电话依旧打不通，整个人又凭空不见。

她洗漱之后脑子更乱，感觉胸口突突地跳，突然手机又收到消息。

申一航收到她回忆起来的关键，这证实研究院里的违法实验肯定存在致命性，却始终未被公示，而且无论现在幕后的人还想做什么，目的恐怕也同样危险。

他同时又给她发来了一张图片。她放大一看，那好像是张名片，但上边的信息少得可怜，只有一个突兀的标志，旁边还有一串手机号码，除此之外都是留白，没有任何署名地址，然而那个标志已经足够让孟宁语震惊了。

又是那个灰蓝色的机械人形，设计精致，却没有五官。它和她见过的“引渡者”标志几乎一模一样，唯一的区别是它没有融合启新研究院的徽标。

她盯着它仔仔细细看了半天，追问师兄这是在哪里找到的。

申一航匆匆回复，自从他看到孟宁语发来的图案之后，总觉得眼熟，又想不起来曾在哪里见过，所以他不断翻查，在最近的失踪案里找到了这张可疑的名片。

它是病房里的私人物品，病人家属在医院收拾东西的时候翻出来，一直扔在病床边的抽屉里。这玩意儿表面看不出蹊跷，警方最初没有留意，把它和起居杂物一起封存，直到申一航再次查看，才被他挑出来。

他把这张名片拍下来，同时也提醒孟宁语保密，随后发来失踪病人家属的地址。他直接打来语音通话，交代孟宁语想办法去找对方聊一聊，不要透露身份，目的是问出这张名片的来历。

她问他："这个号码能查出归属吗？"

"我昨天请技侦的人查过，已经是空号了。"申一航示意她稍等，他今天参与联合执法，多个分局出人执行突击任务，大街上的声音非常嘈杂。很快他那边传来一阵开车门的声音，他应该钻进了车里，然后才低声说，"我最近突然翻查这个'引渡者'的事，触及某些人的敏感神经了，所以领导给我空降借调任务，明摆着是有人想争取时间。现在队里人的目标太大，只有你脸生，而且在没有证据的情况下，你只能私下接触，不要盲目刺激病人家属，防止隐藏的嫌疑人得到消息，一旦他们再想办法封口，就会和当年的案子一样难办。"

"立案这么久了，现在能问出消息也晚了。"

"不一定，我怀疑这是一张招募名片，如果是，那他们还有秘密工作的地方，短时间内难以转移。"

申一航这么一说，孟宁语突然被点醒了。

此前他们已经开始怀疑最近在医院出现的失踪案不是偶然，这代表时至今日依旧有人在暗中寻找实验目标。如果启新研究院一直存在未公开的机密项目，那么从三年前开始，所有"意外"的处理肯定都是为了掩盖住背后牵扯更广的秘密。

那会儿所有人的关注焦点只是研究院里的违规实验，可万一那个所谓的促醒实验……本身就是个幌子呢？

经年之后，幕后真正的实验内容一定有所保留，不仅仅是调查一个失踪案那么简单。

孟宁语明白申一航在提防系统内部人员，旧案能被掩盖，一定涉及内部关系网，她迅速答应下来，马上出发。

申一航发的地址是一家水果店，距离西岗四园不近，但大方向一致。

孟宁语胡乱抓了一件外衣套在T恤之外，离开家门往别墅之外走。说到底她的职业生涯过于失败，所以只要心里装着任务，她就不由自主开始刻意戒备。她走了一段感觉如芒在背，回头看了半天，别墅区里的花草树木一如既往，邻居家的狗照常还在叫，根本没发现什么异常，她只好嘲笑自己神经过敏。

她很快上了车，之后沿途经过失踪案的案发地，那一带连着四个街区都是居民楼，只有四园里有个社区医院。

孟宁语继续去往西南的郊区，不堵车也走了足足半个小时的路程。

她下车发现正对面有一排私搭乱建出来的小门脸，大多是饭馆和私人开的小超市，明显都是违建，已经贴满各种通知，很快要被拆除。

承东市的西南郊区开发程度落后，办公地点不多，下午路上的行人也少。

孟宁语转一转，很快找到了那家挤在众多门脸中的水果店。

小店面积小得可怜，生意冷清，东西也摆得十分散乱，卖相更为可怜。

店主是位头发白了一多半的大婶，此刻正蜷在半人高的水果筐旁边，手上还戴着手套，应该是刚搬完沉重的东西，正坐下歇口气。孟宁语从病人家属的关系上算算她的年纪，想来这人应该也不过五十岁，但此刻看上去体态臃肿，没什么精气神，目光蒙着一层灰，实打实已经被生活拖垮了，因而格外显老。

孟宁语进去没着急说话，径自挑了几样水果。

大婶好像连招呼客人的心情都没有，直到孟宁语喊着说结账的时候，她才慢吞吞地起身，撑着水果筐挪了几步，帮她上秤。

孟宁语借机攀谈，装作就在旁边的写字楼上班，试探地问她怎么一个人看店搬东西。

大婶低头直摆手，半天之后才说没孩子，就自己和老头。老两口是老乡，认识的时候岁数已经大了，四十多岁才结婚，在承东市一起搭伙过日子。水果店的生意不怎么样，赶上要清退的政策，她的老伴急着去找了一个工地的活儿，想攒够钱带她一起挪去市里。现在的年轻人都不爱出门，讲究网络订货买东西。

这话一说开就没停住，大婶又说：“他那人挺爱琢磨新鲜事的，新时代新世界了，他得带着我去奔一奔……没想到这里还没拆，他却先把脑子摔坏了，日子越过越难啊，都是命。”

孟宁语看出这位大婶压抑太久了，因而埋在心里的悲苦无人倾诉，所以她在店里开始磨蹭，就像个上班摸鱼的小年轻。

果然，对方的话匣子一打开就没完，絮叨着又和她说了不少。

她抓紧机会，扭头又开始挑梨，一边挑一边问叔叔最近的情况怎么样了。

大婶的眼神愈加混浊，沉默一会儿开始掉眼泪。

孟宁语眼看她的眼睛浮肿，不知道哭过多少日子。这场面让人难过，她自己也经历过昏迷，清楚病人所经历的过程，对人对己都是折磨，赶紧出声宽慰。

陌生人的善意轻易就能击穿人的心理防线，这下大婶心里憋着的情绪被捅破了。她胡乱地抹脸，又一屁股瘫坐在小板凳上唉声叹气，说警察这么久都找不到人，这事太玄乎了，她老伴连眼睛都睁不开，肯定是被人绑走的，可哪儿来的坏人会绑一个躺在病床上的穷老头？

大婶越说越乱，不断重复："我们老两口没得罪过人啊！我只担心他醒不了，店拆了，我往后可怎么救他？这下倒好，人丢了！是死是活都不知道了……"

孟宁语抓着两个梨，表情惊讶，好像也对这事十分好奇。她想起什么似的凑近去问："叔叔住院的时候，有没有医院里的人私下找过你们？我看网上流传，有不法分子搞骗人的疗程，说得可吓人了。"

大婶脸色困惑，瞪着眼睛问："是吗？确实有一些推销卖假药的人给我塞过电话，还有什么乱七八糟的康复小卡片……哦对，我在医院订饭，拿回来的盒饭底下也有个名片，怪里怪气，画个小人。"

孟宁语立时感觉问到关键了，她马上掏出手机翻一翻，最后才打开那张申一航发来的图片问："是这个名片吗？"

"是，一模一样，我也收到过。"大婶使劲眯着眼睛，拉着她的手腕凑到自己身前，看了半天之后声音发颤，"就是这个，因为那会儿是吃饭的钟点……我还以为是食堂的人私下搞优惠呢，贪便宜，打过一次。"

"对方是什么人？和您说了什么？"

"我……我记得好像都是那种电子音，说了一堆听不懂的东西，什么昏迷病人的促醒疗程，就这几个词和我家的事挺有关系，所以我把它听完了。"大婶一边说一边找出自己的手机给孟宁语看。她不像年轻人，搞不懂高科技的玩意儿，用手机除了进货送货，也没干过别的。

孟宁语不再胡扯家常了，请大婶尽量回忆，把打通电话前后的事都好好想一想。

对方发现这姑娘好像比自己还急，一时有点莫名其妙，但她毕竟木讷老实，于是思路跟着孟宁语的话题转。她说电话里提到昏迷病人可以参与一个促醒疗程，但是必须签署保密协议，之后病人会被接走，获得免费的日常护理和促醒治疗。如果有意愿让她按数字1，后续会有医院里的护士和她联系，但她当时一听到"实验"和"保密"的字眼，直觉吓人，压根不敢相信天上掉馅饼的事，所以直接挂了。

她后来把这张古怪的名片和其他卖药的广告一起扔在抽屉里，没有再管。

"我都想好了，大不了就不治了，跟他一起去，一了百了。我家老头子不容易，人都摔坏了，不能再把他送走，可别撞见什么倒卖人体器官的……那我在新闻上见过，太可怕了，我不敢。"

孟宁语大概心里有数，整件事果然如他们所想，三年之后，仍旧有秘密实验存在，而且仍旧在以"促醒疗程"的幌子寻找合适的昏迷患者。对方非常谨慎，前期认真筛选目标，寻找管理松懈的社区医院，来自低收入家庭的患者，同时病人转醒希望渺茫，有贪图免费治疗的家属，然后对方低调地通过电话接触，如果家属有意，医院内部才会有人出面接触达成协议。但显然这位大婶让对方的如意算盘落空了，她没有把病人当成累赘，也没有再联系，最终导致幕后主谋不得不直接下手。

孟宁语盯着屏幕上的机械人形，一时没有出声。她越想越沉重，因为如今不比三年前了，当时启新研究院的案子无论如何收场，已经算给各界都提过醒，现在再像当年一样招募实验患者的做法显然行不通，目标也太明显，但对方仍旧被逼到铤而走险，证明他们背后隐藏的实验内容非常可怕。

整件事藏于经年的迷雾之中，有关于“引渡者”的一切仍然成谜，这灰蓝色的机械人形令人不寒而栗。

孟宁语追问：“您确定对方说会有护士联系？”

“是，我还琢磨了一下，要是有医生出面，我还能了解一下，但护士我就不信了……我家这种情况你也看到了，老头子刚住进去的时候欠过费，我觍着老脸和人家护士站闹过几次，关系不太好，算了，不想再提了。”

大婶喃喃地又说了几句闲话，忽然反应过来，问孟宁语怎么也有这个名片，越说越有点激动，问她还知道什么。

孟宁语摇头，自知此刻再说什么都只是空洞的安慰，所有的感同身受不足以告慰受害人的家属，她必须尽快把情况反映回去，只有警方查清真相找到失踪患者，无辜的眼泪才有意义。

她很快拿着水果要走，让大婶相信警方，只要有消息肯定会通知她。

“但愿吧。”对面的人已经被连日来的噩耗折磨到心力交瘁，注意力很难集中在一件说不通的事上。她迅速地安静下来了，眼睛里那一点点刚刚燃起的光很快熄灭。

孟宁语看见她又一步一步挪回墙边，整个人和那面脏兮兮的墙壁一样暗淡。

这场面让孟宁语没忍住，开口多劝了一句：“您千万要坚持住，叔叔一定会平安回来的。”

大婶没接话，大概连日来她听了太多类似的开导，以至于连笑一下都觉得没必要了。她甚至没有多余的情绪分给日后的生活，并不是所有人都能跟上这个飞速前进的新世界。她不明白为什么生活永远在变，可厄运一成不变，无论她怎么挣扎，生活永远没有喘息的余地……所以她只是抹抹脸，目光随着孟宁语往外走的方向看出去。

承东市之前下过雨，今天是个明晃晃的晴日，空气里浮尘翻滚，树坑里都是积水，一下一下晃出路过的人影子。

可惜光也有不能及之地，这只是路边一家小小的水果店，普通到无人关心，不管发生过什么，那只是店里人自己的故事，内外永远隔着两片天。

“是啊，我在坚持。”店里的老人还在说话，声音很轻，只是自言自语，“他说了，带我去奔一奔，我记着呢，不敢忘。”

孟宁语走出去，长长吸了一口气。冬天尚远，这节气总有生机，好像一切都有盼头。

回程的路不好走，孟宁语在车上仔细分析已知信息，她已经想起三年前自己查到过院中有病人死亡，而当天出现在医疗院区的人不止邵新，还有袁沁。研究院虽然不在了，但他们两个人这些年一直还有保密工作，外人不知内情，而且按照那个女人的意思，她利用自己的背景在为邵新周旋，明显是在提防警察。

就在这个节骨眼上，邵新突然冒出和她离开承东市的想法，这一切都太可疑了。

孟宁语越想越觉得心慌，她不知道邵新会不会突然回家，也不知道自己眼下应该如何面对他，于是家里反而成了最让她害怕的地方。她又看手机，申一航那边没动静，似乎一直没空给她回消息。

她干脆决定再回到市局旧址附近，先去他们约见过的咖啡厅里等，同时她又给申一航留言，说自己今天一直都在，无论多晚，请他务必过来。

等她抵达咖啡厅的时候，外边的天已经逐渐黑下来，时间的快慢永远只和人的心境有关。

咖啡厅里的人也不多，有两桌吃简餐的客人，很快吃完都走了。

孟宁语找到一个最靠角落的位置坐下，又开始琢磨袁沁。昨晚发生的一切并不全是闹剧，对方突然出现，让她想起很多过去的事。

袁沁也是院方领导，但彼此确实没说过几句话，偶尔相遇都是在研究院。

以往的孟宁语没必要和袁沁接触，所以她不理解那位大姐一天到晚端着架子给谁看，心里总是暗暗挤对她，如今她知道对方的背景也不觉得奇怪了，袁沁从小到大就是那种“别人家的孩子”，优越感与生俱来。

时过境迁，孟宁语想着想着把自己逗笑了。感觉这事也不能全怪袁沁的人设浮夸，谁让她自己不争气呢，当年她把傻里傻气全写在脸上，闲下来不务正业，只会捉弄院区里的“垃圾桶”。她追着机器人揍，还能自得其乐，要不是碍于身份，袁沁绝对能在大门口挂个牌子：“孟宁语与狗勿入。”

孟宁语抱着一杯热拿铁，边想边等人，眼看时间过了晚上八点，咖啡杯上的奶沫萎靡不振，店里突然又有客人来了。

来人目的明确，很快径自拐向孟宁语，连一句招呼都没有，直接拉开对面的椅子就坐下了。

孟宁语一时错愕，袁沁又出现了，而且此刻就在自己对面。

比起昨晚，对方眼下只多加了一件薄薄的工装外套，优良的丝质和她的耳环一样，都有精细动人的光泽。

阴魂不散。

两人面对面，孟宁语盯着她觉得自己喉咙冒火，下意识防备起来，抓着杯子向后拉开一些距离。

袁沁的动作非常从容，把随身的包放在桌边，然后才开口问说："不欢迎？"

"是啊。"孟宁语尽量让自己不要露出意外的神色，心里却在嘀咕，敢情洒狗血也能续摊了？大姐昨晚闹到自家门口了，看起来还没够。她一时不知道该说点什么，对着袁沁那张脸又实在没好气，于是指指她的位置，开口轰人，"我约了朋友，马上就来。"

袁沁不以为意，从容叫来服务员点了一杯美式，然后才接着孟宁语的话说："你等的人没那么快回城，我们可以先聊聊。"

孟宁语更加惊讶，低头灌咖啡。她意识到袁沁清楚自己的行踪，能够找到这家店，而且这话点破她今天在等申一航，这就有点可怕了。她下意识开始回忆自己一路上有没有被人跟踪，但没有凭据，气氛很快僵持，毕竟谁都没有寒暄的意思。

孟宁语放开咖啡杯，她刚才看过手机，眼下就扔在桌边，于是她轻轻动手，滑开屏幕，面上仍旧抬头问袁沁："你怎么知道？"

袁沁笑了一下，只是模式化的敷衍。她一双眼睛凉凉看过来，又说："我知道的不止这些，还知道你想查什么。三年前后，所有你想不通的事，我可以给你解释。另外，我建议你不要对接下来的话题录音，先不说私下录音能不能作为证据，我既然今天赶过来了，那么你能录到的内容一旦公开，你肯定会后悔，毫无意义。"

孟宁语嘴里的那口咖啡咽不下去了，满嘴发苦，这个袁沁，当然不只会洒狗血，于是她关掉了手机屏幕。

她确实有太多疑问，但此时此刻，袁沁一副送上门来的态度，又让人感觉一切都像个圈套。孟宁语没有立刻发问，打量对方的神色，同样直白开口说："我已经想起来了，三年前研究院出事的时候，你也牵扯其中。不管当年的案子有没有查清，在我看来，你也是嫌疑人之一，我凭什么相信你的解释？”

“就因为我也牵扯其中，所以孟警官……”袁沁听她说完，连表情都没变，仿佛早知道她的顾虑，她难得放下身段，又倾身靠近桌边，拉近两个人的距离，开口说，“配合警方是我的义务，所以我来了，省得你们四处求人，还费劲私下调查我。”

孟宁语的惊讶无法掩饰，她和申一航暗中摸查的方向，袁沁已经知道了，这个女人身后的关系网反应过于迅速，不能再拖。她必须抓紧机会，无论真假，起码先获取部分信息。

孟宁语直接就问：“你干扰我的促醒疗程，是为了让我永远闭嘴吧？”

“从结果来看，误打误撞，疗程内部突发危险情况，反而激发了你异常强烈的求生欲，所以我也算救了你。”

孟宁语按捺住自己打人的冲动，硬着口气揶揄：“你可真会说话，干扰治疗，杀人未遂，还想让我感谢你？”

袁沁不以为意，又往后靠了靠，继续说：“人脑非常复杂，我用你能听懂的方式来说吧。”

她的意思和邵新曾经说过的话一样，促醒疗程最关键的技术在于扫描出病人脑部所有的记忆，并以此为根据，构建一个意识世界，在其中有针对性地唤醒病人的潜意识，激发求生本能，从而复苏。

“按照邵新原本的设定，他在疗程里，希望通过那些住院病人的数据来提醒你，让你想起自己的使命没有完成，会拼命想要醒过来。”

“你这就算承认了。”孟宁语有点疑惑，袁沁说得过于痛快了，“我看见过记录，三个病人脑死亡，从未公开，启新研究院确实存在违法实验！”

袁沁打断她：“你听我说完，这三年邵新坚持要救你，但在医疗方案上必须有我的帮助，疗程非常复杂，他只能和我合作，才有希望成功。而对我个人而言，我确实不希望你醒，只是这个原因你只猜对了一半。孟警官，你仔细想想，我和你无仇无怨，研究院不是我开的，当年警方也不是来调查我的，你们查到研究院的违法证据对我而言没那么重要，就算有什么所谓的杀人未遂……我也是为了保住邵新。”她说着说着顿了一下，似乎吸了口气才终于说出口，“你醒了，查下去，他的事就会被捅出来。”她的后半句话说得非常无奈，听上去发自肺腑，甚至有些自嘲。

“你……”孟宁语盯着她目光中的波动，猛然间说不出话，她不是想不到，而是在醒过来之后，看到邵新就会开始动摇。他们还在昔日的家里，邵新千辛万苦等着她醒过来，种了满院的向日葵。她给邵新找了无数借口，在心里堆砌起来一堵围墙，用它堵住了自己所有的猜忌和怀疑，然而此时此刻，这堵墙终于被袁沁推倒了。

“你根本就不了解邵新，他选择的路不会被这个时代接受，他也没有时间陪你过平庸的日子，能陪他走完这条路的人只有我。”

孟宁语没心情琢磨这些带刺的话，她不肯相信袁沁，内心还在挣扎：“不可能！我问过邵新，他亲口说过，他没有在院里进行违规实验。”

“你很清楚自己拍到过证据。”袁沁似乎毫不意外，“你都醒了，他当然要否认，所以他还在你脑中植入镇定神经的暗示，通过特定的旋律可以强制你陷入睡眠，然后你的记忆就会逐渐被干扰，一旦时间长了，你会出现间歇性失忆的症状，这就是他想出来抹平一切的办法。”

孟宁语自知袁沁没有说谎，因为那些都是自己的亲身经历，但她无论如何都不愿意质疑前半生的记忆，人活在世，不是角色扮演游戏，她和邵新的感情也不可能是假的。

“如果这样，他根本不该救我。”

“这么多年了，我也想问为什么，但自从你醒过来之后，邵新一而再再而三地犯傻，他希望你能好好活着，这在我看来实在太可笑了，但我也想明白了。”袁沁开始笑，肩膀微微抖动，再开口的时候已经放松下来，“答案很简单，我必须承认，他对你有感情，就如同我对他的感情一样。三年前你闯入研究院的时候，我确实在场，所以我看见邵新去追你了，但我想不到，他为了保住自己的计划，竟然对你动手，而后他一直非常痛苦，想要弥补，无论如何都要救你。”

按照袁沁的意思，无论邵新在研究院里做过什么，他都没想到市局派来的人会是孟宁语，这打乱了他原本的应对策略。他的感情是真的，所以后悔到不计后果，铤而走险，而袁沁对他如是。此后这些年，袁沁为了他的坚持，答应救孟宁语，却害怕孟宁语醒过来最终还会揪出邵新的过往，所以袁沁只能违规闯入疗程，想要提前掐断他的执念。

然而袁沁没有成功，孟宁语还是醒了，一步一步走到今天，一切都晚了。

孟宁语听着她的话，再也维持不住自己的冷静，她慌乱地又抓起咖啡杯，不断用力，反击的话声势薄弱：“邵新不会害我。”

话已经说到这里，袁沁的情绪也有波澜。她微微低头，停了一会儿才说：“我当时也没想到，邵新真舍得把你推下楼，可是第二天研究院就发生爆炸了，他受了刺激，想要一了百了，掩盖院里违规实验的证据。本来足够周全，只除了你，谁都没想到，你竟然没摔死，这件事又成了他内心负罪感唯一的出口，于是我眼看他又疯了一样想救你赎罪。”

“不，不会是他……”孟宁语嘴上否认，可脑海中的那个人影越来越清晰，她慌到只能虚张声势，毫无凭借地质问对面的人，“你故意找我说这些，到底想干什么？”

袁沁面对她的愤怒，伸手从包里拿出手机：“你不信的话就听听这个。”

那是一段录音，从记录命名的时间上看确实录制于三年前。

邵新的声音非常清楚，口气极端强硬，听上去像是他和袁沁曾经发生过的交谈。

录音只有一句话，他说：“我不知道宁语会来，她有我的最高权限，所以她已经拍到了住院区内部的数据。我在楼下找到她的手机了，所以警方现在还没有拿到实际证据。”

袁沁很快按停，虽然只有这一句话，但已经足够了。

“他从来没和我说过手机的事！”孟宁语震惊之下脱口而出。邵新在这段录音中承认是他拿走了她当年的手机，导致申一航在事故之后调查现场毫无发现。那里边拍下来的内容，几乎成了唯一的客观证据。孟宁语已经醒了，邵新这段时间却完全避开这一点，如果他没有进行违法实验，为什么要把它拿走?

“冷静一点，我还可以告诉你真正导致病人死亡的原因。”袁沁观察她的表情，慢慢地喝了一口咖啡，也算是稍稍缓和了气氛，她对孟宁语此刻激烈的情绪似乎很理解，继续说，“这件事要从源头说起，邵新过往的身体情况，你应该比我清楚，自溶性贫血非常难治，而他因为常年大量使用激素药物，已经让他自身的免疫力非常低，药物后遗症明显，他关节上的病症大家都知道，都是不可逆的损伤，再这样下去，他的身体根本无法再支撑自己的科研目标了。”

话说到这里，孟宁语渐渐明白了她的意思。邵新是个天才，他有超越常人的能力，因而自我追求同样高于常人，他肯定接受不了自己被身体局限而停止工作。

“我相信，你也了解他在这一点上很自我。邵新从很多年前就在研究脑科学的课题，之后延伸到临床应用。这也是我起初同意加入研究院的初衷……除了个人倾慕之外，我也愿意和他一起推动医疗和科技融合。可是后来那几年，我发现他还有更大的野心，通过促醒疗程，他真正想进行的研发其实一共有三个阶段。”袁沁抬眼停了一下，似乎在观察孟宁语的表情。

“你不用犹豫，就算你今天不说，我早晚也会查清楚。”

袁沁露出一丝笑意，但并不真诚。她一直阻止邵新留在孟宁语身边，就是因为这一点。蠢人都有执着的毛病，孟宁语还是最麻烦的那一种。秘密太多的人最怕遇上她这种蠢蛋，因为她真能一条路走到黑，早晚都会越来越接近真相。

袁沁对此早有心理准备，所以她很快组织语言，概括了一下重点：“第一步，在人脑中构建意识世界，将人类记忆，相当于自我意识数据化。第二步，通过技术手段提取并转移。第三步是最终目标，完全将人类记忆和仿生AI融合。”

孟宁语没有余力再打断袁沁了，毕竟面前的这个女人是邵新多年的工作伙伴，此刻对方的话证实了她自己并不成体系的猜想，话题无可回避。她怀疑过启新研究院促醒疗程的真实目的，以至于此刻几乎有些坐不住。

无论如何，这个计划中的后两步实验显然从未获批，也不可能公开。

孟宁语脸色越来越糟，声音发颤：“你们招募来的病人都是昏迷患者，本人毫不知情，家属也不懂，他说你们招募实验对象花费的时间并不长，比预想中推进快很多。”

袁沁点头，抬手表示自己还可以说得再浅显一点：“是的，首批实验对象就是招募来的昏迷患者，研究院对外一直在以正面积极的促醒疗程作为宣传。我当时也很傻，只要是邵新想做的事，我一心一意帮他，尽一切可能在为这个项目筹集资源和政策支持。”袁沁叹了口气，看向孟宁语说，“促醒疗程是我和邵新共同完成的课题，我可以告诉你，三年前的一切都太仓促了，表面上卡在了第一步，连促醒疗程都没能真正成功，因为构建人脑中的意识世界非常复杂，存在极大的个体差异，而按照邵新自己的规划，提取患者记忆需要通过完整地对意识世界进行复制，临床实验的危险性非常高，但那会儿邵新的身体情况已经等不了太久了，所以他不顾我的阻止，坚持加快实验进程，直接在住院区的患者里做了背调，找到三位符合条件的病人。他们之后就参与到了警方所说的‘违规实验’之中，一旦记忆提取失败，会造成不可逆的脑死亡。”

所以住院区的真实数据中有三位“脑死亡”的患者。

“实验已经引起警方怀疑，我那天回到院里去见邵新，就是担心会有暗中摸查，所以希望能阻止他，但他非常生气。”

对方娓娓道来，一开始还有些波动，渐渐声调克制，好像连半分多余的情绪都没有了。可惜孟宁语就没她那么好的道行了，她只觉后背发凉，太阳穴突突地跳，难以言喻的惊疑太多，让人头脑发蒙。

孟宁语的人生从那个冬天开始就进入了噩梦模式，不断循环，没想到时至今日，还能有令她更加恐惧的事实。

曾经邵新一连数月都在研究院中忙碌，好不容易才回家。

她那会儿真心为邵新高兴，他的工作从科技应用迈上了一个前所未有的新高度，那已经不再是单纯的事业版图。在他的带领下，无数学界精英纷纷加入研究院，那些曾经局限于时代的沉疴有了治愈希望。她甚至为之激动，看似宏大的愿景，因为有他们这样的人坚持不懈，尖端科技才能不断进步，让梦想实实在在成为一种力量。

如今想想，那时候邵新的身体已经岌岌可危。他的免疫系统薄弱，身体上开始出现红斑，而且关节疼痛的症状非常明显，但他本人对此看得很开。

在孟宁语的印象里，邵新并没有因为自己的身体表达过遗憾，他甚至经常试图给她宽心，他说算法崩溃无法运行，但人类没那么脆弱，活着的方式有千百种，瘫痪的科学家也不止他一个。

他好像连自我弱势也能完美自洽，所以孟宁语对于他身体的担心只能藏在心里。她知道一个人的内心力量有多重要。

在这一点上，孟宁语一直以为自己和邵新是同类，可是如今袁沁的话，直接把她那些自以为是的理解击穿了。

偏偏就在这一刻，咖啡厅里没有放音乐，如果不是她们的话题尖锐，这环境几乎安静到要逼人犯困了。

袁沁的目光始终在打量孟宁语，眼看她惊惧到说不出话，她继续开口说："我知道你很难相信，我见过你们的合照，你从十几岁就一路陪着邵新走过来，习惯了仰视。在你眼里，他一直都是照片上的样子，永远发着光，永远都走在大多数人之前。"说到这里袁沁开始笑，描述别人的少女情怀确实和她格格不入，但她还是把话说完了，"但我必须告诉你，除了那张照片，你从来没有和邵新站在同样的高度看过这个世界。你忘了邵新是个人，无论这个人在你心里被赋予多么光辉的表象，但只要是人，他一定会有自己的阴暗面。"

这话彻底把孟宁语钉在了原地，让她无可反驳。

每个时代的前进都有疯子和天才做贡献，一线之隔，善恶两极此消彼长，没有哪一方会被永远抛下。在那些孟宁语不足以理解的伟大事业背后，同样藏着普通人不可窥探的野心和疯狂，这就是人性的弱点。

蝼蚁尚且贪生，而人类对生的要求更苛刻，偏偏普通人难以企及的目标对邵新而言，他有能力完成。

孟宁语知道，这三年促醒疗程最终成功，证明了这一点。

她在惊愕之中没有挣扎太久，隐藏的细节呼之欲出。事情揭露到这一步，三年前所谓的意外事故似乎可以被解释，但记忆移植不可能是研究院最大的秘密，如果实验成功，邵新凭借这个尖端技术想要完成的第三步才是最关键的秘密。

孟宁语很快抬头说：“按你的意思，邵新这么做是为了什么……给他自己换一个健康的身体？”她说完愣住，脑海中数不清的画面接连浮现。在昏迷的时候，她在意识之中曾经看到过一本充满噱头的科技杂志，它提到了一个令人迷惑的机密项目。

时代日新月异，人体仿生学应用广泛，而且在医学上人造器官也已经问世，那对邵新而言，最终目标近在咫尺。

所有解不开的引线，最终通通指向一个更为可怕的科研计划。

第十章 · · ·

永生的心魔

孟宁语没有心情再和袁沁彼此试探了，她想起邵新卧室里神秘的舱体，那个灰蓝色的机械人形如同某种隐喻，所以她直接问：“邵新真正的目标是不是‘引渡者’？”

袁沁从进来之后表情管理堪称到位，看人的时候甚至没有一点回避，此刻她听到孟宁语的话，表情有些凝重，目光一动，但只是片刻的迟疑，她很快又勾勾嘴角，似笑非笑地说了一句：“你没我想的那么傻，这是你最近查到的？”

这话虽然语意不明，但像一根藤条，轻微拉扯就能让孟宁语脑子里那些混乱的片段冒出头来。她看见过“引渡者”的研发结点已经走到最后，甚至曾有产品通过测试，再加上她去查的失踪案，还有如今彼此的交谈立场，她不能回答袁沁。

这个女人三番五次突然出现，身份不明，所有的话只是一面之词。

孟宁语控制情绪，提醒自己不能晕乎乎地反被套话，何况师兄交代她获得的消息，更不能提前说给外人知道。

孟宁语冷静下来，但此刻对面的人看起来好像就没那么轻松了。

袁沁脸上微妙的变化让人警醒，而且她再次调整了坐姿，指尖紧绷。

孟宁语打破沉默，模糊掉自己涉及的重点，只说：“托你的福，我在疗程里跑出去，在办公室里查到过一些数据，按照邵新的说法，数据有可能都是真实导入的，所以我猜这个‘引渡者’肯定真实存在。”

百密一疏，孟宁语在昏迷的时候误打误撞，查到了她最不该看见的东西，只可惜此前她的想象力实在有限。

袁沁耳边的珍珠泛出圆润的光泽，她转转杯子低头思考了一会儿，猜到孟宁语在想什么了，她没有否认："是的，就算当年警方查出来，启新研究院进行违法实验导致病人死亡，但对邵新而言，这个结果恐怕都没有'引渡者'关键。因为那是他在研究院中私下开展的项目，事关重大，牵扯到最高机密，而且这个项目的细节，院里的其他高层也不知情。"

孟宁语听出她的意思："所以你当年也不知道。"

袁沁微微攥紧手指，似乎接下来的话题对她而言也是一件难事。她斟酌良久，开口告诉孟宁语："我是在研究院爆炸之后才弄清楚的。"

三年之前，在孟宁语坠楼之后，邵新突然执行了院里的自毁协议。协议本身用于防范未知的极端情况，例如战时状态、紧急袭击、突发暴乱等，他们必须阻止国家科研成果外泄，所以研究院内设置了最高级别的保护程序，同时也只有最高权限人才可以执行这一协议。协议一旦触发，研究院内的机器人就会接到指令，引燃危险化学品区域，导致院区突发爆炸。

袁沁说自己当年非常震惊，而且十分气愤，无法理解邵新冲动之下的行为，因为启新研究院能有今天，不光是他一个人的心血，直到她发现邵新真正想要掩盖的秘密。

"那时候的情况很糟，已经有警察在院里坠楼了，邵新无论如何不能让警方全面调查院内的保密区域，他宁可毁掉研究院，也不能暴露'引渡者'计划。那是个非常庞大的项目，涉及很多未公开的资源和幕后背景，一旦被揭穿，不但邵新会被威胁，其后引发的科研矛盾难以预料，很可能直接造成社会动荡，后果无法想象。"

孟宁语越听越紧张，但袁沁没有给她消化的时间，她还在说："'引渡者'真正的内容，指代的是仿生人研发。"

天已经完全黑下来了，咖啡厅里的光线只为氛围服务，因而昏黄迫人。四下磨豆的香气没能让人清醒。

几句话前后，孟宁语有些恍惚，感觉世界又被压缩成眼前这一方小小的角落。她得到的消息全部超出认知，每个字都重重砸在心上。

未来人类不该受限于生死维度，横亘于历史新纪元的那扇门，总会由疯子率先冲破。

袁沁扫了一眼四周，压低声调："邵新掌握的技术足以颠覆世界，他想开发的不是服务型AI，也不是你在院里看见过的那些普通产品，‘引渡者’是完全拥有人类体貌的仿生机器人。”

对普通人而言，提到仿生器官还很陌生，但学界从几十年前开始就已经取得过重大突破，随之导致仿生AI的研发在很多年前就有了技术基础。

孟宁语的震惊难以言喻，余下的庞大布局不难想通。如果人类的记忆可以提取，那么真正能够解决生命难题的最终方向，就是通过科技和生物医学融合，获得永生的躯体。

这几乎如同科幻电影般的剧情秘密上演，而邵新已经突破了核心关键。

过往十年的时光没有白费，孟宁语逐步成长，自认可以理解他的追求，尤其在经历过生死考验之后，孟宁语想通了。她曾经和邵新说过，人活着最重要的就是记忆，人之所以为人，就是因为每个人都有不同的回忆，直接影响日后，促使他们在无数的分岔路口做出不同的选择，这是智能科技永远无法替代的关键。

所有看似玄妙的人类命运，不外乎都在被童年、家庭、个人经历所左右，而记忆无疑就是这一切的集合，最终被人们笼统地描述为“自我意识”。

然而此刻，这个领悟又让人浑身发冷，原来衡量世界的维度也会因人而异。平凡的上班族永远两点一线，警察需要守住善恶底线，而医生直面生死两端。在绝大多数人的眼中，自己的生活就是世界的边界了，普通人永远会被生活所累，所能想象到的未来太有局限性。

数不清的联想悉数涌上心头，孟宁语无力承受。

她半天想要开口，却一个字都说不出来。她虽然能理解更高层级的愿景，却本能地觉得这不对。就算可以解决记忆难题，科技终将发展到顶峰，人类由此可以摆脱生命长度的束缚，那么依靠记忆移植而换体活下去的“人”，还是人吗？

袁沁恰到好处地提醒她：“你多少应该知道忒修斯悖论（忒修斯之船），最为古老的思想实验之一。最早出自普鲁塔克的记载。它描述的是一艘可以在海上航行几百年的船，归功于不间断的维修和替换部件。只要一块木板腐烂了，就会被替换掉，以此类推，直到所有的部件都不是最开始的那些了。问题是，最终产生的这艘船，依旧是原来的那艘忒修斯之船，还是一艘完全不同的船？”假定某物体的构成要素被置换后，它还是不是原来的物体，这既然是历史悠久的悖论，自然没有摆在明面上的肯定的答案，而“引渡者”计划中的“未来人”，如果保有人类过往的记忆，拥有自我意识，看似就可以找到一个平衡点。

孟宁语非常艰难地理解她的意思，又笃定地开口反驳：“不，悖论只是一种假设，现实中没有人可以凌驾于法律之上进行人体实验。”

物竞天择、生死迭代，本来是唯一公平的自然法则，“引渡者”计划终将影响到社会构建，它挑战的无疑是整个人类世界现行的规则、法律、伦理道德乃至人性根本，同时，它所指向的未来，看似是一个全新的世界，但现实中会引起很多无法预估的风险，不可能如理论般美好。

袁沁很快放弃讨论没有结果的哲学话题了，而且她不需要再引导孟宁语思考那个计划背后的深意。她突然隔着桌子抓住她的胳膊，再开口的时候，难得放下架子，表情竟然近乎祈求。

孟宁语没有躲开，明明她觉得自己已经什么都听不进去了，但她又足够清醒，因为此刻这家小小的咖啡厅真实存在，而袁沁的话还能清清楚楚地传过来。

袁沁希望她收手，不要再查下去："我可以安排你单独离开承东市，只要你不再配合翻查当年的案子，才能稳住邵新，我才有时间迫使他终止推进'引渡者'。"

袁沁希望孟宁语能够明白，这个计划关联着很多幕后支持者。

生命本能畏惧死亡，从古至今，人类无法跨越原罪，从未停止过追求永生的梦想。"引渡者"计划成功之后，换体生存可以避免衰老消亡，然而社会各阶层始终存在信息不对等的问题，真正在幕后掌握这个计划的人，无疑将会第一时间成为"引渡者"，他们注定是极少数通往新世界的成员。

无论"引渡者"在未来会把人类社会变成什么样，首批成员都将是未来的统治者，这诱惑太大了。

孟宁语越想越深，感觉和做梦也没什么区别，偏偏就在她心乱如麻的时候，耳边突然响起邵新每天早晨的那句话："欢迎来到新世界。"

直到现在她才能领悟这句话的含义，只觉毛骨悚然，她竟然是他成功的第一步。

"孟宁语，你不能再查下去了！你摔下去只能是一个意外。我理解你的痛苦，你想要真相，可是你根本不知道研究院背后的水有多深，有些真相永远不能被揭露，事情的严重性远超乎你所坚守的公平正义……如果你继续配合警方，你们挖下去肯定会暴露更多内幕！真正想要'引渡者'成功的那些人不可能让这个项目公开，一旦引发关注，邵新就是个弃子了，你会把他害死的！"

这才是袁沁今天来这里见她的原因，她面对孟宁语愿意配合，不惜主动说出一切，是因为她想要保住邵新。

孟宁语听着这些话胸口逼仄，感觉心脏就像被人攥紧了，非要拧干她最后这口气，人心里害怕，大脑反而一片空白。

她的人生本该乏善可陈，但命运开挂，让她遇到邵新，从此这座城市的冬天都有了意义。三年之后，她从昏迷中醒来，带着一场谜案的回忆，以为自己责任重大，而邵新另有隐衷，不愿让她涉险，所以她竭尽所能，只想用自己的方式保护他。她希望查清研究院背后的秘密，不愿让邵新独自面对，今天却有人来告诉她，她执着的元凶就是邵新的野心，他只差一步就能打通开创未来的引渡计划，而她盲目追查的真相，会直接毁掉她最爱的人。

她想起邵新的回避态度，在她复苏之后，他确实一直希望她能忘记过去，是她不愿意，反反复复背着他和队里人接触，直到两个人争执，他才放弃干扰她的记忆。

信与不信，答案都在眼前，袁沁的话又成了墙壁上的指引。

人接受到过度惊愕的消息，心理防线被迫上线，孟宁语脑中乱糟糟的画面在这一刻全都被按下了消音键。

对面的人很快也意识到自己的失态了，袁沁收回手，静静地吸了口气，依旧端正坐好。

孟宁语只记得一个问题，无论真相是什么，她需要他本人的答案，所以她问：“邵新在哪里？”

“我不知道，从昨晚之后就联系不上他了。邵新的处境一直非常敏感，他手里掌握了核心机密，一旦他离开承东市，肯定会被定义成潜逃，他想带你离开，根本不可能的。”袁沁再次强调这一点，语气十分无奈，但她对情绪的控制力显然比孟宁语强多了，不过片刻，她又如以往一样抬头说，“只要你不坚持，过去的事其实很难被翻出来。我对你解释这些就是希望你能明白，‘引渡者’不能被查，也查不清，还有邵新……是他供你读书，把你养大，发生了这一切之后，不管你对他的感情还能不能继续，你都应该明白，哪怕就算半个家人，邵新这辈子也算对你有恩了。何况我知道他根本不想把你牵扯进来，他害了你非常后悔，所以冒险逼我帮忙，只求你能活下去。”

“这些话不用你来告诉我，人活着必须清楚底线，这和感情无关。”孟宁语努力让自己不要慌，否则一切会更失控。她下意识想要冷静一点，又抬眼看向窗外。

夜色降临，现代的人造光源已经突破自然法则，维持城市运转，而在平凡的烟火之下，太多生死存亡的时刻还在上演。人类除了温饱之外，想象力早已超越时代，数千亿年的进化和繁衍，教会了人类永不认命。

何况这世界还有太多不甘平凡的疯狂。

但人生不是一场游戏，也不是促醒疗程中的虚拟世界。发生过的一切已经影响了未来，永远不能被清空，也没法清算胜负从头再来，因为人与人之间的感情才是唯一变数。

爱是超越生死的先驱，让新世界的疯狂有了致命漏洞。

同样的夜，不管“引渡者”还有没有未来，所幸时间在当下，对每个人依旧公平。

城南的高层公寓里有人一直独处，他在黑暗中坐了很久，窗台上放着便携平板电脑，他手里还拿着一本书，《沙与沫》，随意翻开某一页，内容都过分熟悉。

> There is a space between man's imagination and man's attainment that may only be traversed by his longing.
>
> 在人的幻想与成就之间有一段空白，唯有渴望可以通过。

最终他什么也没有看。

直到房间里突然亮起灯，大门外有人回来，窗边的人终于睁开眼，微光一扫而过。他可以看见楼下庞大的城市，车辆、人群，甚至信号灯的读秒。

这一天过得如此之快，但又足够漫长，足够他坐在这里打发掉一段空白，回忆那些没有实感的渴望。

闻天南下午有急事离家，忙完了一个研讨才赶回来。

邵新是昨天夜里突然来到他家的，此刻正对着窗户一动不动。外边仅有的那点光亮不足以照出人影，而邵新已经可以对黑暗置若罔闻了，于是闻天南发现倒霉的是自己，他摸索着开灯，手都抖了抖，习惯性地咳了两声才开口问他：“你没问题吧？”

“一切正常。”

邵新说完继续看楼下的灯火，他所能看见的承东市，市区面积一再扩建。南部过去的经济并不发达，但如今随着几个较大的房地产项目开发成功，越来越多的人选择在城南安家。

闻天南就是其中之一，这三年他已经把工作重心转到这附近的医院。他属于一人吃饱全家不饿，何况医院给专家的待遇不错，他本来有自己的宿舍，但邵新非要劝他单独买个房子。

闻天南过往是邵新的私人医生，收入不菲，更不用费心考虑地段的问题，所以在这件事上也很听他的话，直接就在距离医院十分钟车程的地方买下了这个小公寓。

这里是新建的小区，入住率还不高。闻天南选了二十层，两室一厅，几乎没有邻居，正好图个清静。

此刻邵新坐的是他家一把普通的餐椅，孤零零被人拖过去，很是突兀。客厅里的窗不大不小，刚好够用，四下没有什么环境布置，以往只是主人站着散烟的地方。

闻天南长出了一口气，因为邵新的状态看起来确实很正常，然后他很快环顾四周，主卧是他自己平日住的地方，隔着客厅另一侧是次卧。今晚次卧的房门没有完全关上，里边幽幽泛着灰蓝色的光。

他一想到那个房间里的设备就心里发麻，赶紧跑过去把次卧里的所有电源都关闭，又出来把门带上。

邵新终于扭头看向闻天南了，他特意动一动胳膊，于是整个人凭空有了生气。

“我觉得这里也不保险，虽然袁沁不知道我买房的事，可她很清楚，你根本不可能露面，能找的人不多。”

“放心，我上次去见她，已经找到办法突破控制中心的连接了，现在我的定位中断，袁沁不可能那么快找过来。”邵新示意他不用太担心，“我只是需要你这里安置的新的备用舱。”

“你倒是提前都有准备，偷偷让我买房……我不担心，不管你们之间出了什么事，我当年没想到给你帮了倒忙，所以只听你的，我也只信你，至于其他那些是非，我可不管。”闻天南很是想得开，他过往在研究院也不过是挂职，对于具体项目其实没什么大兴趣，如今邵新不再需要医生了，他只是在医院里正常工作，轻松很多。

他走过去又给窗边的人看手机，开口说：“袁沁今天一直给我打电话，我都没接。”

邵新脸上没什么表情，也根本不看那些未接电话，抬眼问他：“宁语有没有联系你？”

“没有。”闻天南不太清楚昨天发生的事，因为邵新过来的时候天都没亮。这一天下来，他此刻才顾上问他，“怎么回事，你又抬腿走人了？不是都想好要留下来了吗，正好能陪你的野猴子慢慢进化。”说着他想起那姑娘傻乎乎的憨劲笑了，顺手拿过一包烟，又在兜里摸打火机。

邵新同样觉得好笑，但笑也只是浮在脸上，懒得说话。

闻天南点着烟，终于魂魄归位。他吸一口继续说：“也是，那丫头虽然不怎么聪明，但肯定看出我在给你打掩护，而且我之前担心你要回袁沁那边，故意打击她，估计她不想听我说话了。”

“现在可不是三年前，没有人能一手遮天。市里又有病人失踪，警方肯定高度关注，一旦申一航查到线索，他肯定会继续联系宁语。我留下没好处，只能逼着她拼命往外跑，她不知深浅，疑点越多就越会冒险。”邵新看似只是在放空，根本没人知道他在想什么。

夜晚南城的商业设施并不多，比起远处的市区，这里显得过分平静，更适宜埋藏秘密。

闻天南抽烟非常用力，难得没有马上接话，直到整个人陷入烟雾中才说：“你有机会让孟宁语都忘了的，现在你中途变卦，这不又绕回来了？她还得被卷进案子里。”

邵新任由闻天南站在自己身边吞云吐雾，以往他最烦他这个臭毛病，如今并不反感了，他摇头说：“宁语还年轻，她有自己的人生，我不能替她做选择。”

“接下来怎么办？”

“袁沁冒险带走新的实验目标，肯定是因为新产品的研发基本结束了，她想赶紧进行下一步，所以我篡改了部分代码，下次去找她更新，她会把我的代码复用给新产品，之后我就可以通过后门程序直接删除核心代码。”邵新说着抬眼看向半空中悬浮的烟圈，接连几个雾白色的圆，随着空气流动，很快散去。以往呛人的烟味如今对他分外陌生，他甚至还抬手虚虚地抓了抓，然后才抬头问身边的老烟鬼说，“好抽吗？”

闻天南哭笑不得，弹弹烟灰气他：“遗憾吧，好抽你也抽不着了。”说着他又吸了一口问，“等会儿，袁沁就算翻天覆地，再怎么说还有警察呢，那孟宁语那边呢？”

邵新放弃对烟雾的探索，听到这个问题也不接话。他不笑不动继续坐着，看上去非常平静，以至于侧面的剪影打在一侧的白墙上，从头到脚，轮廓完美。

闻天南正对着那面墙，他看看邵新的影子，又看看邵新周身，虽然他早已习惯了，还是冷不丁缩缩脖子。

“袁沁需要通过宁语拿回当年的证据，那是她的心结，只有彻底销毁才能安心，所以要先保证宁语的安全。”邵新再度开口，然后看向旁边的平板显示屏，似乎也有顾虑。

屏幕很快亮起，上边遍布绿色结点。

他示意闻天南说：“袁沁冒进的毛病改不了，这一次的失踪案太明显了，警方肯定会查下去，我们没法左右。我通过富贵在房子周边都做了监控，希望我的担心是多余的。”

闻天南点头。他在医院上班的时候不能随时随地抽烟，这会儿回来了才能抽得痛快，一时身心舒坦，没忍住又问他说：“你想好了吗，那个什么计划要是真被中断，你往后怎么办？”

“我？只要宁语得救，我就不该留下了。”邵新说这话一点都没迟疑，但说完忽然停了停，又抬眼看闻天南，笑着问他，“你知道向日葵有香味吗？”

“啊？”闻天南咬着烟头，以为自己听错了。

“宁语上次和我说，院子里的向日葵挺好闻的，我都不知道怎么回答。”邵新的笑容很快收敛。

他身边的人还是没懂这算什么情趣。

邵新的声音近乎叹息，继续说：“老闻，这种不人不鬼的日子我过了三年，足够了。”

闻天南瞬间有些明白，脸色也不太好看。他想安慰他两句，又不知道该说什么，只好琢磨出别的话题和他说：“对了，你让我抽空留心袁沁，我开车跟过她几次。她确实还在找孟宁语当年的手机，而且总怀疑研究院那片地，经常偷偷跑回去，但那地方现在又是草又是林子的，她去了也白去，什么也挖不出来了。”

邵新对袁沁很了解：“她知道当年的证据已经被我拿走了，所以这三年把和我有关的地方全找遍了，唯一就剩研究院烧没了。宁语醒过来，证据很关键，她肯定要想尽办法找到它。”

“是啊，过去的事性质太恶劣了，只要翻出来她必死无疑……我刚才回来的路上一直琢磨这事，我怕那个姓申的队长现在还犯傻呢，他可别被利用了。”闻天南的话说到一半，后半截随着烟雾一起被呛了回去。

邵新身边的电子屏幕已经缓缓暗淡，此刻突然又亮起红光。

闻天南的第二根烟还没续上，他叼着烟屁股盯着屏幕上移动的标志，立时皱眉，拍着大腿骂：“嘿！怕什么来什么。”

邵新扫了一眼马上起身，一辆被特殊标记的车辆沿着小区的入口，已经缓缓驶入了他家所在的别墅区。

一城之隔，公寓里的人不知道自己成了今夜谈话的主角，而咖啡厅里的人也不清楚长夜之下，还会发生多少变故。

此刻早已过了晚饭的时间，其间店里来过两个打包咖啡的人，最终到了十点前后，只剩孟宁语和袁沁相对。

孟宁语的手机振动，她收到微信消息，于是避开对面人的目光，很快看了一眼。

申一航发来回复，他那边的任务刚刚结束，马上赶回城，但他在路上还需要时间，而且今天太晚了，所幸提前做过安排："咱们队里只有小刘在市区，我刚才让他去你家盯着了，你可以先回家。"

孟宁语没时间说太多，给他发过去两个字："护士。"这是她今天从病人家属那里得到的排查线索。

申一航应该看懂了，同样也给她回复了两个字："副局。"

大概是晚上喝咖啡效果倍增，真能提神醒脑，孟宁语的脑子倒是灵光起来了。她敏感地想起当年针对研究院的后续调查是被副局叫停的，眼下按照申一航的意思，他今天突然被抽调也和副局有关。

随着失踪案暴露，市局幕后隐藏的保护伞渐渐坐不住了，他们需要先保证自己的安全。

申一航又说，等他回家独处的时候再和她通话联系。

孟宁语心里踏实下来，收好手机看了一眼袁沁，对面的人抽空又加了一杯热咖啡，此时正在欣赏墙壁上的装饰画，没兴趣打扰她玩手机。

孟宁语不急着开口，袁沁今天的来意暂且不论，但对方能找到这里来，消息的源头肯定不简单，所以她想了一会儿才问："你认识市局的人？"

袁沁慢慢抿一口咖啡，态度不置可否："申队？研究院的人都认识他，毕竟他当年负责调查研究院。"说完她又往店里扫了两眼，语气轻快地反问，"我只是听说申队挺喜欢这里的咖啡，特意来尝尝，确实不错。怎么，这还算秘密行程吗？"

孟宁语看她这个态度，转着喝空的杯子不说话。

袁沁又找回一贯高高在上的口气，闲聊似的补了一句："这么晚了，我估计申队不会想来喝咖啡了。"

今天发生的事再次出人意料，半天工夫，孟宁语没想到困扰自己三年之久的谜团悉数解开，甚至还得知了"引渡者"计划的内幕。

她盯着自己杯底那些干透的奶沫，咖色残留，活像勾出来的一张花脸，和她自己的表情恐怕相差无几了。

袁沁嘴里的"真相"来得太容易，却让她来见申一航的初衷被打乱了，她不能草率地把这些内容告诉师兄，因为她很清楚，申一航一直都在怀疑邵新。

孟宁语开始犹豫，夜里确实不该多喝咖啡，她的心跳快到停不下来，仿佛再度被推进了死胡同。

袁沁看出了孟宁语的纠结，她自认了解她对自己的敌意，因而在孟宁语迟疑的片刻，她又开口说："我不需要你的理解，只是希望你能冷静想一想。如果换位思考，你或许就能明白我现在的动机了，如果你是我，一旦清楚内幕，事关邵新的安危，你肯定也不希望我醒过来，更不希望我联系警方查下去。”

孟宁语没有心情反驳对方的假设，因为外边似乎刮起了大风。店里太安静，一阵一阵咆哮的风声无从掩饰，隔着玻璃也拐弯抹角刺激人的神经。

在这被风打断的片刻，她突然想起了家里那丛向日葵。

邵新把它们种在院子里，三年风雪，冬日凛冽，他们一起守着那个家，度过无数难挨的夜。他想过干预，让它们可以按照人类的意愿盛放，更好来迎合这个世界，然而他最终想通了，不去管一院花的生死。

她还记得他看着它们释然的样子，此刻又如同夜风灌入胸口，逼着人眼眶发热。

孟宁语执拗地开口说：“不，你说的那个人，根本不是邵新。他明白生命存在的本身就是最大的意义，人活在世的所作所为根本不需要时间评判，十年还是一百年，对他而言根本不重要。”

袁沁笑了，她同样觉得这场面异常讽刺。

她们两个人原本毫无瓜葛，甚至因为喜欢同一个人而彼此针对，如今却坐在这里剖白。

袁沁一时也有些出神，低声说：“有时候我就在想，回忆有没有那么重要？你和邵新在一起有太多回忆了，我也有。你觉得自己守着对他的感情，我呢？我们也曾经一起奋斗，有过朝夕相对的日子，我甚至以为……只有我才能陪他走下去。他想改变这个世界，除了我，没人能帮他。”她说到这里看向孟宁语，又笃定地告诉她，“每个人的回忆无时无刻不在自我弥补，人永远不会记住令自己失望的部分。说白了，你和我，在喜欢邵新这一点上，可能都在自欺欺人。”

孟宁语越听越反胃，她渐渐发现袁沁的话术非常巧妙，对方始终揪着感情牌。

对面的人淡淡说了一句：“你最该防备的人不是我，是邵新。把他逼急了，他什么都做得出来，你很清楚。”

孟宁语的弱点太明显，无论是现实，还是意识世界之中，她都被袁沁用这件事压垮，于是心里就像被轰开了一个缺口。

此时无凭无据，她却不能让袁沁踏实，于是她明明白白开口：“你不用刺激我，就算你说的是真相，但你包庇隐瞒，助纣为虐，根本不无辜。”

“助纣为虐？”袁沁意味深长地重复了一遍，又继续警告她，“看来你听懂了，那你应该知道，查我的结果也一样，你无疑是亲手把邵新往死路上逼。”

孟宁语避开袁沁充满暗示的目光，她不能再听下去了，此刻已经没有留下来的必要，何况人心里那堵侥幸的墙被推翻之后，很难保有理智，她必须先从这个幽暗的角落逃出去。

“怎么样，考虑一下我的提议吧，为了防止你再出意外，我可以先送你离开承东市。”

孟宁语只有一句话：“我不会走，也不能走，无论邵新做过什么，我必须找到他。”她说着很快收拾东西，甚至也没有心情再和袁沁维持礼貌。

“等一下。”袁沁喊住她，额外提醒，“别忘了，你当年拍到过证据。”

桌旁的人愣了一下，没想通这话为什么会从袁沁的嘴里说出来，然而她也没心情琢磨对方的出发点，很快离开了。

夜里十一点，整个城市即将睡去。

这天气又偷偷摸摸兴风作浪，突然刮起大风，承东市即使在夏天也随时潜伏着变天的风险。

关于旧案和“引渡者”的信息量实在过于巨大，孟宁语感觉自己又冷又累，还被迫藏着一肚子秘密，于是往日转不动的伤感神经作祟，让她迎风拿袖子使劲捂住脸，不让自己胡思乱想。

感情和理智通通让她不要相信袁沁的话，可一切又分明有迹可循，她的记忆自始至终清楚，推她下楼的人就是邵新。

还要什么解释？

孟宁语上了车，又仰头盯着黑漆漆的夜空叹气，翻出手机盯着邵新的号码心神不定，没能给他打过去。她最后心一横，想到自己已经毫无退路，如果他在家也好，不如直接摊牌。

今晚路况不错，导航显示附近的道路都是绿色，孟宁语回家没有浪费太多时间。

她没力气更没心情遛弯了，指挥司机一路开进了别墅区，在距离自家前院只有几十米的路口下了车。

路边的步道上有路灯，但附近的区域无人往来。独栋别墅的规划很有格调，只是这种距离感在夜晚就显得不太友好了，前后蜿蜒，通路冷冷清清，分明就是一段额外僻静的区域。

孟宁语刚才在车上好不容易踏实下来，现在往家门口走了几步，又有点提心吊胆。她忙于自我打趣壮胆，忽然又觉得背后有动静，某种独行的直觉蹦出来，让她感觉自己又在被人盯梢。

所幸家已经近在咫尺，管他是人是鬼，这种时候万万不能回头看。

她立刻快步绕开路边的灌木丛，突然又听见熟悉的叫声。这个钟点，富贵应该在家打瞌睡，它不过是一只机械狗，平日那些看家护院的设定只是摆设，但今天不知道怎么跑出来了，正持续在院子里狂吠。

孟宁语被富贵反常的动静弄得更加疑惑，她不由自主停下来，扭头向周遭张望，这一看差点叫出声，几步之遥，灌木旁边冷不丁冒出一个人。

对方还是穿着黑色的连帽卫衣，十分谨慎，多戴了一顶帽子挡住脸，整个人仿佛藏进了风里，不知道从何而来，也完全没有动静。

孟宁语已经傻了，半天不敢说话，直到看清对方的一身打扮，勉强认出是个熟人。

她想起申一航的安排，忘了今天刘译会来。她只好假装镇定，和他打招呼："刘哥，大晚上的……你别吓唬人啊！"

对方似乎笑了笑，只是脸都藏在帽檐之下，表情过于隐晦。他好像要和她说什么，抬手示意她走过去。

"申队让你来的吧？"孟宁语也不知道对方顶风在这里守了多久，心里十分抱歉，她一边往刘译身前走，一边找话说，结果刚迈出一步，不远处的富贵又大声叫了起来。

这种叫声类似于示警了，以往孟宁语从没听过，而且富贵叫着叫着还开始扒拉前院的栅栏往外冲，只可惜它的金属身体柔韧性有限，一直没找到缝隙。

孟宁语被它反常的举动勾起警惕，马上停在原地，看了看对面的人："刘哥？"

他看出她的戒备，伸手抬抬帽子，答了一句："是我。"

孟宁语松了一口气，这确实是刘译，她感觉自己疑神疑鬼的，快吓出毛病了，赶紧解释："我家的疯狗可能程序错乱了。"她继续往他面前走，"有事？"

远处忽然有车灯晃过，似乎车速极快，是小区大门的方向，很快临近的几条步道都被照亮了。

对面的人突然皱眉，不知道在想什么，一直没回答孟宁语的问话。他眼看她走到身边，突然冲她伸出手，一把扣住她的肩膀，随后另一只手拿出了手铐，竟然试图把她直接铐走。

孟宁语那根警惕的神经骤然亢奋起来，对方刚一抬手，她已经下意识开始反抗，突然爆发出了蛮力，直接顶开肩膀上的禁锢，随后扭头避开他手里的铐子，把人甩开了。

她觉得莫名其妙，想问刘译要干什么，然而话到嘴边没往下说，惊骇之下，她觉出刘哥分明是想把她制服带走。

她余光中发现远处的车越开越近，而刘译显然也留意到了。此刻他既然已经出手，绝不能暴露在外人眼前，于是马上抓紧机会冲过来，企图把孟宁语制住。

孟宁语的胳膊猝不及防被人拧住，又被拖着向灌木之后的方向走。那地方是围起来的一大片草地，白天看起来十分惬意，可惜眼下夜黑风高，只有微弱的地灯，其中有条小径十分隐蔽，可以抄近路通往对面的行车道，对方估计把车藏在那里了。

与此同时，富贵终于从栅栏里冲出来了。

孟宁语借着对方分神的工夫一脚踹过去，甩开胳膊上的手，想要脱离控制。

富贵倒是临危不惧，目标明确，它出来之后不管不顾地拦在刘译身前，直往他身上撞，那只可怜的坏耳朵依旧没有被修好，剧烈摆动之下，晃来晃去显得十分可笑，而且富贵压根没有咬人的设定，导致攻击力弱，主要胜在出其不意。

刘译大概也没想到“程咬金”是一坨会动的金属，他直接愣了一下，导致再出手的动作晚了。

孟宁语抓准机会避开他的攻击，撞开人就往前跑。她清楚地意识到今天这个姓刘的根本不是来保护自己的，他潜伏在小区里是在寻找机会，等到夜深人静，故意在她走到家门口的时候才出现。人在那种时候最容易放松警惕，何况孟宁语对自己队里的人不会怀疑，如果不是富贵让她觉出不对劲，恐怕刘译刚才借着说话的工夫已经把她铐住了。

她后背发冷，第一个念头竟然还是想到了邵新，她马上回头看，但家里根本没有灯光。富贵今晚闹出这么大动静，邵新都没有出来，家里肯定没人，就算她能马上躲回去，无疑还是独处。她不敢赌刘译的动机，更知道自己一旦再被追上，以她这点三脚猫的本事，压根对付不了刑侦队里的哥们儿。于是她不再犹豫，迅速冲着外侧车道的方向跑，哪怕遇见路过的车辆也好，起码能引起外人注意，不至于让人不明不白地在暗处拖走。

孟宁语急到满脸都是汗，生怕身后的人追上自己，于是拼命呼喊，试图让远处的车辆看到自己。

危急之时倒真是心想事成。

车灯几乎迎着她笔直照过来，急促的刹车过后，车窗内传出的声音太过熟悉，让她觉得自己像在做梦。

邵新的出现毫无预兆，如同他的消失一样。

他开车疾驰而来，大声喊：“宁语！上车！”

孟宁语根本没时间权衡，想也不想冲他跑过去，直到关上车门，她的心跳已经快到无法控制，重重吸了一口气，连牙齿都在打战。她强忍着应激之下加重的反胃感，眼泪倒是先涌出来了。

邵新一语不发，只伸手按了按她的肩膀。

她紧绷的周身立时放松下来。

他沉默，开车掉头就走，飞快开出别墅区，很快直接上了通往市区的主路。

邵新往后看看，确认没有再被跟踪，然后抽空划开身边的控制屏。富贵已经拍摄到有人袭击孟宁语的过程，他又直接遥控富贵，让它追踪目标，直到追过那片草地，拍摄到刘译的车牌号，然后让它将记录全部传给了另外的号码。

整个过程孟宁语都说不出话，她的情绪起伏太大，只知道愣愣地看着他。

车内十分安静，这场面似乎回到了很多年前。

孟宁语这一晚太累了，她靠在头枕上，闭上眼睛平复心跳，又感觉时间都是骗子，自己好像还卡在过往，还在邵新打算带她回家那一天。

那时候大黑死了，她把它当作自己最后的家人，亲手将它埋葬在湖边。

孟宁语太年轻，一个孤女，根本不知道未来的路要怎么走，又无人可以倾诉，于是她只能自己咬牙硬着头皮乱闯。小孩子总是要强，她不觉得自己委屈，思来想去，也没有所谓的遗憾，因为她早早对一切都释然了，所以她难得软弱的时候，才显露出真正的无助，只能在邵新面前用眼泪宣泄。

而后如今，孟宁语睁开眼，身边同样是在开车的邵新。他再一次带她离开，再一次救了她。

窗外闪过倒退的树木，她恨自己没长进，还在用悲伤掩盖无力。视线中的景物随着眼泪全都晕开了，只剩下奇形怪状的模糊光团。唯一和过往不同的是，那一年他们回程的路正值傍晚，霞光壮丽，落日熔金，让人不由自主心软，而此时此刻的长夜并不温柔，狂风摧枯拉朽。

她记得邵新和她说的话，他一点都不郑重，口气像在开玩笑。小孩子的铠甲太容易被看穿了，所以他没有徒劳安慰，也不询问她关于未来的打算，他直接问她愿不愿意搬去和他一起生活。

孟宁语以往都没仔细想过那一天的事，如今却突然明白过来。

邵新的决定看似轻易，但从那一刻开始，他就决定为她在人间留一条退路了。她从此有了家人，可以哭，可以头破血流，但是不用怕，因为他在的时候，她永远都是有家的人，而回家的路也一直都在。

孟宁语越想越难过，因为她又想到自己还是和当年一样，邵新开口，她就照做，好像连思考的过程都没有。

她已经长大成人，没有天真幼稚的借口，可她依旧坐在邵新身边。

哪怕她今天听袁沁揭露了那么多秘密，听到邵新的阴暗面，可她在遭遇袭击的时候，第一个想起的人还是他，她看见他出现，才清楚地知道自己安全了。

什么是爱，人间永恒的命题，答案很浅显，喜欢千千万，爱是唯一。

孟宁语知道自己唯一爱的人就是他。

这一生走到如今，只有邵新可以把她从噩梦的深渊中拉出来。

第十一章 · · ·

时代的疯子

当一个人清醒面对长夜的时候，才能意识到深藏在日光之后的软弱。

所谓的刻骨铭心，只源于一念之间，人世所有深刻的领悟，逃不过旧日一点一滴的回忆。数不清的片段纵横，残留在人体复杂的神经网络之中，最终保存在脑海里，又在沉淀之后被时间发酵，催生出复杂的情感，这就是人类的弱点。

他们终将不断回溯过往的选择。

孟宁语也一样，她的人生只过了短短二十余年而已，可她脑海中最宝贵的记忆都和邵新相关。那些携手共度的冬日是事实，从来都不是她一个人的独角戏。不管她有多少可怕的猜想，但当人只剩本能的时候，她永远都会毫无顾虑，甚至没有任何原因地选择和他走。

这份感情比她自己意识到的都要坚定。

事到如今，孟宁语想通了，所以她很快擦干净自己的脸，开口说："我今天见到袁沁了。"

邵新看了她一眼，表情淡定地点点头。来的路上他基本上猜到袁沁的意图了，所以再开口的时候直接问："她是不是告诉你，是我在院里进行违法实验，提取病人记忆，但是因为前期疗程失败，导致三人死亡。"

"不止。"孟宁语把今天听到的内容挑重点迅速和他说了一遍，"袁沁承认当天她也在研究院，她看见是你追我上了顶楼。"她停了一下，后边的话不用再说。

前方楼宇的轮廓影影绰绰，城市暗淡疏远，而他们藏身于车内，还不知道这一夜的方向。

邵新的目光十分冷静，他穿着一件黑色的长袖衬衫，此刻手指在方向盘上收紧，很快又松开，然后出声问她："你信吗？"

"我不信。"她摇头，但目光里的迷惑显而易见，看向他，又指指自己的脑袋说，"可我记得很清楚，我看见是你把我推下去的，为什么会这样？那不是在疗程中的幻觉。"

邵新没有回答，不知道在想什么。

路灯变化，车内安静到只剩下呼吸声，孟宁语渐渐感觉出身边的人非常为难。

直到车又开过两个路口，邵新才说："我现在没法解释，但你仔细想一想，那年我的腿还没有康复，不可能在那么短的时间内追你跑上顶楼，不管你看见了什么东西，那确实不是我。"

他的用词奇怪，孟宁语镇定下来，思路清楚多了。此时此刻邵新依旧还有回避的话题，而且事关重大。

她突然冒出一句："那就一定和'引渡者'相关，袁沁把这个计划也告诉我了，关于你想要创造的那个所谓的……新世界。"

"我的新世界？"邵新似乎对于"引渡者"都没感到意外，只是重复她后半句话。他渐渐有些笑意，但这说法好像让他非常反感，因而笑容很快变得冷淡，"袁沁不可能主动暴露计划，你查到什么了？"

孟宁语没打算再打哑谜，她提到市里出现失踪案，因此她按照申一航给出的方向以此调查，查到一张名片，也怀疑启新研究院在三年之后，仍在进行秘密实验。

前方是个路口，他们被迫停下等红灯。

她给邵新看了在失踪案中找到的那张名片，说得很直白："我知道这个标志代表'引渡者'，因为我看到你卧室里的设备了。"

邵新抬眼看她，很快反推，想到自己的漏洞所在。他在卧室门口设定的密码虽然很简单，但对孟宁语而言其实足够了，她不该这么快猜出来，因为家里还有富贵。

他没有露出任何愠恼神色，只是习惯性地伸手摸一下孟宁语的头，笑笑说："孟警官，现在我信了，你真是警察。"

孟宁语由着他的动作没有躲，追问道："你告诉我，是不是像袁沁所说，你最终的目标是第三步实验，你想要完成'引渡者'？"

邵新刚才都没有生气，但听到这句话脸色不太好。他实打实开始叹气，盯着绿灯亮了，一边开车一边说："真不经夸，野猴子聪明不了三分钟。"

孟宁语完全没有心情和他开玩笑，执拗地说："你回答我。"

"好，你提到的违规实验、记忆提取，包括最终那个什么'引渡者'，从它们的构思再到执行，都不是我。三年前警方突然立案，针对研究院的促醒实验传讯负责人，我才发现实验违规，院中出现重大医疗事故，需要马上彻底清查医疗院区，所以我在过年之后紧急叫停了所有工作，把可能涉及的工作人员全部隔离，希望能私下去和袁沁谈清楚，但就在那一天，我没想到你从疏散通道进去了。"

人心安宁，狂躁的风声渐渐也远了。这世界很乱，但没那么容易被倾覆，孟宁语知道这一点之后，凭空找回一腔孤勇。

她知道自己不会错的，无论前方还有怎样难熬的夜路，此刻都显得没那么难走了。

邵新同样清楚她所坚守的底线，他说："袁沁最可笑的一点在于，她知道你看见是我推你坠楼了，她认为只要凭借这一点，就能让你相信我就是主谋。"

孟宁语说不出话，那个女人无疑希望推翻他们之间全部过往。

"宁语，我知道这对你很难，我也知道你看见了什么，所以你醒之后我一直回避，为了你的安全，在我没有把握制止她的时候，我不能解释，但绝不是她说的那样。我不可能杀人灭口，何况那个人是你。"邵新开口，声音温柔，但每个字都说得非常清楚，"我确实想干扰你的记忆，让你不要重复梦见当年发生的事，因为那太痛苦了。后来你说自己不想忘，我就知道，你没有那么脆弱，所以我马上停掉了《夜色奇境》。"

她的难过忽然涌上来，邵新在三年间不断深入她的意识世界，目睹她所经历的痛苦，同时还要坚守原地救她醒过来。他费尽心思周全，但她此前根本不能理解，怀疑动摇，这一切确实荒唐可笑。

她伸手按按他的胳膊，示意自己明白，最终什么都没说。

只不过眼下迷宫中的前路看似逐步打通，但其实走到底，还是死路。

孟宁语又问他："抛开这件事，谁会在你的眼皮底下执行这么庞大的计划？"说着她自己先开了窍，这些事她早该从袁沁的说法之中跳出来重新推演，只要换一个角度再看，答案非常明显，"袁沁是你最信任的工作伙伴，而且她同时参与了你的促醒疗程，是她？她利用了你的成果？"

如果真是这样，那袁沁今天特意来见自己，实在过于冒险了。

人的视角有限，总是先入为主，当局者迷。

邵新看出孟宁语的讶异，接话说："因为你们查到失踪案了，还找到和'引渡者'相关的信息，她必须抓紧时间把你作为突破口，起码可以先发制人。这一次的案子只要被捅到申一航手里，就没那么容易处理，早晚你也会知道'引渡者'，所以她不如抢在警方查到之前先给你一个说法。你对她而言是最薄弱的一环，我猜她肯定用我去要挟你了，如果你再查下去，就是在逼我，所以她希望你能有所犹豫，哪怕只有几天，就足够她处理这一次出现的纰漏了。"

孟宁语豁然想通袁沁的动机了，她想要争取时间。难怪对方不惜自降身价来找她，而申一航今天还被牵制住了。袁沁找她说的话全都晓之以理，甚至不惜反复拿他们多年的感情来提醒，不断施压，企图说服她先逃离承东市，这简直太不像对方以往的作风了。

邵新告诉她，在此之前，他只知道袁沁可以获得市局内部的消息，但不知道是什么途径，不过孟宁语今晚在别墅区遇袭，倒是彻底暴露了对方。

"我一直在考虑，她会选择什么方案对你下手，公共场合并不容易，你醒了，她不可能干预你的出行路线，风险太大，只有你每天回家的行程是确定的，而且别墅区内部在夜里很僻静，她可以利用你最信任的人直接布局。"

孟宁语想起刘译，越想越后怕："刘哥确实是我的同事，我之前不出外勤，虽然我俩不太熟，但我不可能提防队里人。"

邵新的口气同样不轻松："申一航肯定不知道他有问题，你师兄从三年前光顾着怀疑我了，派人盯着家里。我顾虑你的安全，觉得这一点他正好帮了我的忙，所以我不会特意打断他的安排，恰恰也是这一点被袁沁利用了。她顺水推舟，直接借申一航对你的私心，通过你的同事掌握你所有动向，谁也想不到。"

她这才发现自己从复苏之后，原来每天都身处危险之中。难怪邵新一直希望她不要乱跑，有意无意，总是要车接车送。她好几次单独出门都感觉有人在跟踪，但又因为申一航的安排，她没有过多警惕。

孟宁语自忖自己确实无力招架袁沁，对方可不是什么八点档的女主，人家心机深沉，表面上踩着四个人微妙的关系作为挡箭牌，实则手段高明，远远不是她能应付的。

她一时陷入自己的反思之中，相比袁沁，她意识到自己确实年轻肤浅。那些年她明知道有这么一个人存在，却根本不曾留心，而对方清楚她的过往，导致她今天面对袁沁，轻易就被抓住弱点诛心。

身边的邵新也想起过往种种，轻声开口说："我和袁沁认识得很早，经常在学界的活动里见面。她确实非常优秀，我创建研究院的时候很需要她，她加入之后没多久……大概是你在上大学的时候吧，她和我提过'引渡者'的雏形。"

当年他们都还年轻，袁沁一直希望邵新研发类人AI，后来他也专项尝试过，但仅仅限于模拟人体外形的智能机器人，并且有了初步的技术基础。

邵新对此说得很清楚，他起初之所以同意研发，考虑的只是辅助应用。他希望推进强人工智能的开发，未来代替人类在高危环境中作业，例如让它们在拆弹、矿井探查等类似场景中工作，但在他获得初步的研究成果之后，袁沁的想法远远超出他的预期，因而邵新明确地表达过反对意见。

“我知道她聪明要强，在工作里喜欢体现个人价值，所以我没有拒绝她的帮助，她改造了类人AI在外观上的材料限制，突破了仿生人体在生物学上的限制，所以渐渐它在外形上有了很大提高。但在那之后，我发现这一点非常危险，而且学界对于仿生人的研发是禁区，原因大家都明白，所以我们在研究院未来的发展方向上出现明确分歧，很多次争论都没有结果。”

此刻他们的车已经绕过市区核心的中央商务区，又一路向东边去，拐上通往城东副中心的高架。孟宁语不知道邵新这个时间打算去东边做什么，但看他似乎目的明确，也没有多问。

她听着他的话，想到袁沁对他欲言又止的样子，当然明白对方有多么在意邵新。

孟宁语心情愈加糟糕，不依不饶地接了一句：“那袁沁应该很失望，我看她今天那个态度，明里暗里就差直接告诉我，她才是你的灵魂伴侣。”

邵新被这个形容逗笑了：“她要是真信这个，就不该有那么多妄想，从头到尾，她并不理解我。”

袁沁的想法越来越大胆，邵新开始后悔让她接触到AI研发，多次沟通之后，他另行给她安排了医疗院区的工作。

“那会儿我们有了国家扶植的科研计划，促醒疗程有望成功，这个工作是真正需要融合临床医疗的项目，由袁沁去主导团队很合适。”

余下的事孟宁语也清楚了，启新研究院的促醒疗程意义积极，因而获批，成功招募到第一批参与实验的病患。但很明显，从现在的结果来看，袁沁当年根本没有被邵新说服，以她的个性也不可能轻言放弃。那段时间她配合邵新，在促醒疗程里完成构建意识世界的工作，她看到了进展，同时也没有放弃针对仿生人体的开发，促使她完善了“引渡者”的进一步构想，同时私下在自己负责的医疗院区里找到了实验目标。

“袁沁曾经和我提过她进行记忆移植的计划，希望我能考虑。她已经接触到政府高层，让我不用担心科研伦理的问题，如果研究院愿意秘密研发，‘引渡者’将会成为最高级别的保密项目，但我当时并不知道她具体的想法有这么深入，我再一次拒绝了，自认当时已经把话说得很清楚。”

他们当然进行过更深入的探究，促醒疗程成功后，在此基础上，完全可以达到记忆移植了，那么人类未来将突破进化，换体生存的“引渡者”将成为终极形态。但邵新则不同，他坚持袁沁的想法在挑战人性，仿生人的构成本质会和碳基生命体完全不同，完全突破了人类物种延续的本质，而且从实际出发，这个计划在未来肯定会违背医学实验的公认守则，患者应该有知情权，所以他完全否定了这个过于激进的想法，最终袁沁不再和他争论。

他没有料到，袁沁私下根本没有放弃。

她的行为不断升级，随着促醒疗程的技术日趋成熟，袁沁窃取了邵新最初的AI技术成果，同时她在医疗院区内部擅自以邵新授意为名，组建了秘密科研团队，暗中延续仿生人体的研发，也就是“引渡者”。

“你那天被追，一路跑去顶楼，那一层就有她单独加密的私人实验室，所以停电是她人为干预程序导致的。她猜测你肯定拿到了最高权限，不能判断你看到了什么，也不能留下监控。”

孟宁语这才知道自己当时竟然和真相擦肩而过，只不过那一年她什么都不清楚，慌不择路，她就算知道，当年在顶楼的时候也根本没时间多查，再到如今，一切早已无迹可寻了。

她的挫败感油然而生，发现自己原来什么都没想明白。

邵新看她垂头丧气，尽可能简单解释，但话题依旧艰涩，这些矛盾点对普通人而言确实很难说清，于是他停了一刻又开口：“你不需要纠结实验本身的理论，因为不管她的初衷是否成立，她在现实中的行为已经构成了违法犯罪。”

“那为什么研究院会发生爆炸？”孟宁语很快想到这一点，因为涉及整座研究院的科研成果，想必自毁协议的触发条件肯定层层限制，条件严苛，这不是谁都能做到的。

今天袁沁扔出的这个说法，也有点把她砸蒙了。

邵新对此如实承认：“确实是我执行协议，毁掉了研究院。”

“为什么！”孟宁语瞬间又急了，喊完才想起她进入研究院那一天，一路上都没见过工作人员，而且从事故调查结果证实，邵新提前把病人疏散出去了，他当年显然考虑过，并没有殃及无辜，但即使是这样，在极端情况之下，邵新的决定无异于往自己身上泼了脏水，“证据都没了，所以申队什么都查不到，你为什么要帮她？”

前方又是路口，深夜仍有外卖送餐的摩托疾驰而过，信号灯猝然变化。邵新踩了一脚刹车将车停稳，然后目光笔直地看着远处。

他此刻的语气并不轻松："宁语，这些事过去三年了，我现在可以慢慢告诉你，但在当时……你知道我面对的是什么吗？"

她看着他目光微动，邵新在说话的那一瞬间，脸上竟然有极其陌生的情绪突然浮现，是她从未见过的心灰意冷。

"你坠楼之后，医生说你抢救成功的希望渺茫，所以那个时候我的情绪也失控了。袁沁还躲在医疗院区，我赶回去，想弄清当天在顶楼发生了什么，但她得知有警察进入，开始处理住院区里的病人，她试图强行突破系统，终止所有医疗设备，防止被查，后果不堪设想。我必须马上触发紧急疏散阻止她，这样程序才能自动判断，它会在极端情况下把有生命体征的幸存者全部疏散，人为干预失效，没有人能终止这个流程。"邵新说起来还算平静，但声音已经非常轻，"真正疯了的人不是我。"

当时袁沁已经开始在医疗院区泄愤，而他认为是自己让对方看到了希望，也是他没能说服她的理论。

"不过在那种时候，我已经什么都无所谓了，所以留在研究院没有走。"

孟宁语听着"无所谓"三个字，彻底听出了邵新的绝望。

在外人眼中，邵新的优秀难以企及，无异于天之骄子，外界盛誉之下，只有她清楚他本人到底是什么样子。他的身体越来越不好，每年冬天整个人都病恹恹的，有时候连走路都艰难。哪怕是在那么让人揪心的日子里，邵新也从来没让人看出过他的颓丧，他的自我支撑源自内心，和外在无关，所以她一直以为，他根本不可能有任何和绝望相关的情绪。

他们之间，孟宁语一直才是那个被拯救、被保护的人，所以她习惯了邵新的无所不能，她好像都忘了，他也是人，也有崩溃的时候。

如今再提起来的时候，过往种种，不过三言两语。

邵新轻轻靠在方向盘上，侧过脸看着孟宁语说："我当年真的没法接受……我亲眼看着你被抬上救护车，医院里都是坏消息。不管我这辈子能有多少成就，最后却连你都救不了，太可笑了。至于其他的，我没有坚持的意义了，这世界到底会变成什么样不重要，我最后能做的事就是销毁荒谬的'引渡者'，我必须终止由它而生的野心。"

"邵新。"孟宁语不想让他再说了。

前路通畅，邵新再次带她前行。

风声呼啸，时有时无。

"对了。"他也没想继续，很快换了一个相对轻松一点的话题，"我之前都没怎么和你提过袁沁。"

孟宁语无奈，她对这点倒不奇怪："因为你脑子里根本不装这些事。"

"我印象里的袁沁和你很不一样，她一直很理智。以前我和她产生矛盾的时候，有一次为了停止项目，我把话说重了，后来想想她应该很伤心，所以很少见地开始闹情绪。她待在我的办公室不出去，问我为什么不能和她在一起，为什么不愿意和她一起改变这个世界。当时我觉得她在气头上，没有心情和她扯这些工作以外的事，所以我也把话说得很直白，那之后她就很少去找我了，一切公事公办，对我的决定看似都很支持。"

随着他的话，气氛终于没那么压抑了。

孟宁语渐渐感兴趣，因为邵新所谓的直白，实在令人好奇，虽然不合时宜，但她还是很想知道："你和她说什么了？"

邵新笑了，知道她一点没变。他很干脆地回答："我说我有宁语了，她每天胡闹，一天一个花样，足够我操心的，我实在没时间和她改变世界。"

这位一天一个花样的女主角被说得愣住了，慢吞吞地拖着长调"啊"了一声，然后愤愤接话："袁沁没气死？她成天拿鼻孔看人，被你这么一刺激，难怪要黑化了。"

最后发生爆炸那天，袁沁恐怕想不到邵新为了阻止自己，连研究院都能放弃，所以邵新确实也把她逼到了穷途末路。

"像我们这样的人，疯起来太危险。'引渡者'的诱惑太大了，与它相关的一切绝对不能保留，当年已经有产品通过测试，只有毁掉研究院，才能彻底清理和它相关的成果，否则哪怕未来没有袁沁，但只要这个计划留存下相关数据，永远会有新的执行者。"

当年的邵新压根没有心思去想研究院被毁会不会引人误会，会不会把事情都指向他自己，他只知道，必须亲手做一个了断。

科技发展促使人类不断窥探更高维度的生命形态，却还没有与之匹配的法律道德作为约束。时代的疯子总以哥白尼自比，认为真理该与现实相抗，但他们忘了真理的存在，在任何时代都不该颠覆人性。

没有人能决定生命的去向。

邵新比任何人都清楚，人活着的意义就是存在本身。相遇离别、牵挂怀念，哪怕是孟宁语流过的眼泪，他喜欢她做的那道菜，所有细微的过往都是生命中的光点，数不清的光点最后汇成了记忆长河，再演变成最最复杂的人类情感，最终成为文明的支柱。

救赎和改变永远是相对的。因为遇见孟宁语，邵新才能继续对生活投入热情。他总想着要让更多像她一样的人，不再经历她所熬过的苦难，但他的愿景催生出了可怕的野心家。所以孟宁语可以理解他当年的悲恸，当一个人心底的支撑突然倒塌，任何人都没有理智了。

邵新宁愿毁掉自己前半生的荣光，也要终止所有冒进的妄想。

他没说更多，但孟宁语听出了他当年心灰意冷之下的决定，在失去她之后，他早早有了同归于尽的念头，试图结束那场荒唐的噩梦。

她脑子都转不动了，稀里糊涂地难过，低头哽咽，说不出话。

“孟警官，我是认真回答你的问话呢，不能哭鼻子啊。”邵新松松她的肩膀，希望她不要为了过去的事再难过，又说，“事实证明我担心的事还是发生了，当年我们想得都太简单了，启新研究院在与不在，其实根本不重要。”

流毒未尽，野心就会成为潜藏的种子，它一旦生根发芽，无论三年前还是三年后，只为了等待破土而出的时机。

以往孟宁语自认虽然不聪明，但平庸有平庸的长处，只是今天，她头一回感觉自己确实像个傻子。冲突发生在她无法企及的领域，导致她一天之内所了解到的真相不断被推翻。

面对现实这四个字说来简单，实际上需要太多勇气了，还好，她在这一点上是个强者。

夜里的交通情况良好，他们很快从高架开下去，邵新带她来到了城东的副中心。

孟宁语对这里并不熟悉，但忽然想到市局在她昏迷的时候有了新址。她靠近车窗，抬眼找路牌，又往远处打量，遥遥看到如今的单位所在。

师兄说得没错，比起过去而言，新楼显然气派多了。城市副中心规划了八车道，路面宽阔，没有快成精的古木拦道。可惜无论新旧，野心和妄念始终存在，依旧蛰伏于人心深处。

孟宁语看了一会儿窗外，时间已经过了十二点，路上已经完全没有行人了。

她转身问邵新：“我们要去哪里？”

“家里暂时不能回去了，我必须送你去一个安全的地方。”

邵新每次消失必有去处，孟宁语以为他今天会带自己一起去，但听他这个意思显然不是，于是她有点着急：“都到这一步了，你没必要再躲，不管发生什么，我和你一起。”

“不行。”邵新摇头，他早知道孟宁语一旦得知袁沁的阴谋，肯定没那么容易老实听话，所以他又说，“你根本不知道她找你真正的目的。”

这下孟宁语感觉自己的脑袋实在可怜，熬过昏迷还不算，还要面对这么错综复杂的阴谋，她的脑容量实在不够用，干脆破罐破摔，额头抵在车窗上叹气，弱弱地请教他："袁沁还想干什么？"

邵新没有着急解释，他扫了一眼导航，很快把车开入了一个小区。

城东这边有很多搬过来的机关单位，因而附近大片的住宅区规划十分统一，外形也类似，看起来只是普通的单位宿舍。

趁着车速不快，他告诉她，"引渡者"背后需要庞大的资源支撑，已经耽误了三年，孟宁语一旦醒来，意味着促醒实验真正成功，袁沁背后的支持者等不下去了，她不得不忙于继续推进，所以才会在市里重新寻找实验目标。

"这么看，袁沁知道自己很可能还需要应对警方的调查，她不该把自己在市局的人暴露，那今天刘译动手把我劫走是为什么，一方面她希望我脱离警队滚远点，一方面又暗地里安排人劫持我，我能替她干什么啊。"孟宁语说着说着都想笑了，"她失心疯了？我醒都醒了，又不能做她的实验目标。"

"我今晚都白说了。"邵新无可奈何，扫她一眼，脸上的表情又和以前一样，好像怀疑她脖子上长出来的那个东西和别人的成分不同。他抽空伸手过来，弹了一下她的后脑勺，示意她好好想想自己的处境，"她和你聊完，被你拒绝，知道你肯定不听她的劝，所以保险起见，她急于把你扣在手里，如果你今天真被她的人带走，那之后不管她要做什么，我必须配合，而且……我想你那个师兄恐怕也和我一样了。"

孟宁语终于意识到自己很关键，如果她现在出事，直接影响到所有知情人。

她一个激灵又被吓得坐直了，顾不上仔细看车到底开到了什么地方，急匆匆地追问他："你知不知道袁沁把实验对象藏在什么地方？"

"她不会和任何人透露的。"

邵新把车停在一栋普通的住宅楼前，又往窗外看看，然后按了几下喇叭。很快，不远处的楼道里渐渐有灯亮起，跑出一个人。

孟宁语惊讶地认出那是申一航。

对方确认四下安全，又向着他们走过来。

邵新降下车窗，申一航皱眉看他，什么话都没说，又向车内打量孟宁语，看她似乎毫发无损，松了一口气。

"师兄。"孟宁语低声打招呼，自认完全跟不上事态发展了，原来邵新说的安全的地方，是打算送她来找申一航。

邵新坐着没有动，他转头和外边的人说："申队，我知道你一直不信我，没关系，现在宁语醒了，她是关键证人，只要你能保证她的安全，案子一定会真相大白。"

申一航表情凝重，当下走到孟宁语那一侧打开车门，催她下车。

孟宁语被邵新的话说得心急，她现在满脑子糨糊，压根不知道自己怎么就活成关键人物了，不过这并不耽误她反应快，她抓着邵新问："你要做什么？为什么不让我和你一起？"

"有些事因我而起，也应该由我结束。"邵新避开她的手，车内没有开灯，因而显得他整个人轮廓暗淡，只剩下一双眼里的神采，侧目之间，竟如同某种奇异的光。

孟宁语觉得自己看不懂他此刻的表情，她更加慌，不肯下车。"你说清楚，你要干什么？袁沁的计划很危险，你应该相信警察……"她说着说着脑容量告急，"你离开的时候都去哪里了？那个舱体是干什么的？是不是和它有关？"

"你不需要知道。"邵新摇头，声音放缓，一字一句，"如果有可能，我希望你永远不知道。"

申一航站在她身后，低头一看才发现孟宁语眼睛都急红了。他弯腰想拉她的胳膊，劝人先下车，但孟宁语不管不顾，突然扑过去抱住了邵新。申一航想说的话又都忍了回去，松开手，往旁边退了退。

这鬼天气也不让人好过，时有时无的阵风，刮得所有人心神不定。

车里的人一直沉默。

孟宁语自知被送到这里来之后，证明邵新已经做了决定，但她今天承受的刺激太多，再到此刻，她敏感地觉出邵新状态不对。

这一刻竟然不是梦。

凌晨时分的城市已经彻底睡去，现实中的沙海却绵延不绝，像一座永远也走不完的迷宫。邵新还在她身边，然而她总觉得彼此之间隔着什么……就像沙与沫，时间是残忍的浪，把他们推开揉碎，分明纠缠不舍，却又界限分明。

仿佛从她清醒的那一刻，已经开启了离别的倒计时。

人类的直觉很微妙，维系感情的那根神经看似脆弱，又远比想象中坚韧，但凡有一点不好的暗示，都会被潜意识不断放大。

孟宁语抱着邵新说："你还没告诉我，你到底怎么了？"

他这次没有躲闪，同样拥住她，似乎在笑，很快笑声隐隐地被她压在胸口。

她又去看他的耳后，但这夜太暗，她什么也确定不了，只能听见他说："我需要保证'引渡者'永远停留在理论层面，不能再让它扩大了。我会想办法永久删除它的核心代码，这件事只有我能做到。"

"我和你一起去。"

“不行，听话。”邵新松开手看看她，把她额头上蹭乱的头发理顺，声音低低压过来，像在哄她，“你接下来的目标就是保护好自己，听从领导安排。申队自然会去查清违法实验和失踪案，给那些病人家属一个交代。”

他们仍有各自的位置和责任，孟宁语找不到理由拒绝，愣在车里不知如何是好。

邵新说完很快先行下车，绕到副驾驶那一侧，又去见申一航。

他们两个人上一次这样面对面的时候，还是三年前。当时孟宁语坠楼重伤，邵新消失了一段时间，之后突然又出现在医院里，坚持把人接走。

他们显然都想到了当年的情况，因而表情都不太轻松。

申一航动动肩膀，再抬头的时候克制了一下情绪才说：“你确实救了她。”

邵新没有半点欣慰的神色，只盯着他问：“你还记得我在医院里和你说过的话吗？”

彼时他的出现千夫所指，心死如灰，只有一句，宁语就是他的命。

申一航微微皱眉，不回答，算是默认。

“我应该感谢你当时能够相信我，所以这一次，申队，我也信你。”邵新声音发沉，但表情带着释然的笑，他低声说，“无论如何，保护好她。”

申一航点头，没有心情开口。

邵新把孟宁语送下车，她站在路边一动不动，自然不甘心。她抬眼看向邵新即将离开的方向，夜深人静，道路两侧只有路灯驻守，而光之下的空间还是黑洞洞一片，不知道藏着什么古怪。

她心底涌起某种极其复杂的情绪，又不知道如何说出口，于是站在路边直勾勾地盯着邵新看，又出声喊他。

邵新降下车窗，好像也有话忘了说。

孟宁语飞快跑过去，她知道今夜终将过去，一切不断被推翻，他们还有很多待查的线索，所以她克制着不要在这种时候被情绪左右。她只是想和邵新说不要失联，不要再突然消失……她着急开口，却又被他按住手。

邵新隔着车门看向她，目光冷静，他说：“你拍到的数据原件还在，但现在不是交出去的时候，等到警方控制袁沁之后，你从哪里来，回到哪里去找。”他的手指轻轻点在她手心，让她谨慎，“那是你差点没命才换来的，现在事关你的个人安危，不要告诉任何人。”

孟宁语这才想起袁沁今天放过录音，三年前手机下落不明，确实被邵新拿走了。她甚至没顾上追问这一切是怎么回事，邵新模糊的暗示又让人心里更加不安。

他不给她时间消化，说走就走了。

孟宁语彻底筋疲力尽，风很快又把头发吹乱了。她揪着自己半长不短的刘海，重重地呼出一口气，然后蹲在路边。

四下连车声都没了，申一航过来踢踢她的鞋跟，孟宁语已经没有抬头的力气，口气却越说越愤怒：“是袁沁，她当年就骗了邵新，利用研究院里的成果，在幕后策划‘引渡者’，她已经藏了三年，有足够的医疗人脉，也有背景能掩盖自己的秘密计划，但我现在还不知道她具体做了什么。还有病人，没人知道她把病人藏到哪里去了……”她着急把一切理清楚，脑袋发晕，感觉再离谱的阴谋论都没他们眼下的案子精彩。

孟宁语说不动了，气若游丝地抬眼问申一航：“师兄，我是不是根本没醒啊？”

身后的人重重拍在她背上，孟宁语这下结结实实觉得疼了，“哎哟”一声明白了。

还不如不醒。

“我都知道了，邵新刚才已经把刘译袭击你的记录给我发过来了，他是不希望你再出事。”申一航自然明白对方的用意，眼下危机四伏，有人想要挟持孟宁语，连警队中的人也不是绝对安全，因而邵新只能把孟宁语交给唯一可信的人，“我不知道小刘也和袁沁那伙人有关，现在已经协调交管局去追查他开的那辆车了。”

孟宁语点头，随着失踪案重点摸查，袁沁已经被推到明面上了，但她表面上的住址和工作地点肯定很清白，一定还有其他隐蔽的实验室供她完成计划，只是苦于他们没有实际证据，还顶着她背后保护伞的压力，无法马上对她进行彻查。“我知道，刘哥既然暴露，就不会回队里了，顺着他往下查，没准能找到指向‘引渡者’的线索。”

那个经年隐藏的激进计划，曾经因为孟宁语而引发一连串变故，被迫搁置，但谁也没想到，也因为孟宁语重伤昏迷，她被迫接受促醒疗程成功复苏，无疑再度将研究院里旧日埋藏的鬼火点燃，隐藏的计划蠢蠢欲动，事态进展如同被按下了加速播放。几天间，剧情颠倒黑白，还牵扯到她身边所有人，连同事也转眼变成威胁。

申一航没回答，喊她说：“先上楼。”

他带她回到自己住的地方，这里是局里的福利房，附近几个小区的住户来源很简单，基本都是附近单位的员工，环境安全。

申一航随着市局搬迁才过来住，他此前刚刚才把这房子收拾好，一室一厅，虽然地方不大，但对他而言，足够睡觉就行了。

孟宁语被他塞了一个面包，跑去坐在沙发上啃。

她已经饿过劲了，吃了两口才感觉缓过神。这一天下来，紧绷的神经总算有喘息的工夫了，很快人也随之松弛下来。

她一向不见外，边吃边抬眼打量申一航的家。

师兄钢铁直男的本性不改，他家里根本没有多余的颜色，周遭四白落地，只放一张桌子吃饭，还有两把椅子，不多不少，简直就是基础装修的标准范本。如今孟宁语占用的小沙发也是普通的两人座，正对面的墙上很敷衍地挂了电视，但根本没人看，连电源线上的防护套都没拆开。

孟宁语蹭了嘴边面包屑，一边打量四周，一边还往嘴里塞，直到脸都鼓起来。

申一航让她歇一会儿，他自己去房间里收拾衣服。

平日家里就他一个人住，大老爷们儿在家都把东西乱扔，他进屋习惯性地脱了T恤，就剩身上的背心，走了两步才反应过来，现在孟宁语在外边，实在有点不方便，于是他又翻出一件干净的短袖衬衫，重新给自己套上才走出去。

沙发上的人眼睛正滴溜溜地瞪着他，然后夸张地卡着自己的脖子，不断比画求助。他突然想笑，当年的那个小丫头片子，压根没长大。

外边的风声还在，但过往的牵挂没能被风吹散，此刻拉拉扯扯，就和这姑娘的笑一样，藏在他心底，经年不改。申一航不是个细腻的人，但他见到孟宁语安然无恙，想到彼此还有机会再见，心里总觉得庆幸，温温热热，如释重负。

岁月迟迟，彼此已然走过太多不同的分岔路。那些年轻时偶然的交会时刻并不长久，让人想起来，好像只是秋日最后的悸动，然而孟宁语的笑始终令人怀念，无论何种境遇，她对生活的热忱分毫不减。如同他们大学时每个相见的午后，他感觉自己这一辈子的太阳都在那段日子晒完了，能把人心都烘热。

人世奔波，麻木疲累，守夜的人逆行逐恶，是因为还有执念，他想要守住心底那个人眼里最赤诚的光。

申一航站在客厅里满心慨叹，但沙发上的人可不管他在想什么。孟宁语此刻又傻兮兮地喊："师兄，给口水。"

他难得心软，心想孟宁语这德行和当年在树底下胡说八道的时候一模一样，连吃个面包都能吃断气。

"你慢点，至于吗。"申一航去厨房找来一瓶矿泉水，扔到她身上。

孟宁语低头咬着面包拧瓶盖，他又拽过纸巾盒给她，指指她嘴边。

她已经累到没骨头了，蜷在沙发上刚找到个踏实的姿势，现下两手还被吃喝占着，只好往前蹭蹭，分出两根手指想接纸巾。

对面的人动作比脑子还快。

申一航直接替她扯出纸，又弯腰按住她的肩膀，帮她擦脸上的面包屑。

客厅的面积不大，只有两道人影，没人开口说话的时候，又显得过分安静了，实在太容易心乱。

孟宁语不敢动了。

她见过申一航很多样子，曾经他是学校里仗义的学长，后来他是单位里严厉的领导。前后这些年，她和申一航分别再见，好像一直有种自然相处的默契，她从来没有像此刻这样近距离地面对他，因而发现如今的申一航被岁月打磨，不见少年快意，而多出的那部分，通通都是磨炼而出的沉稳。

从她醒来之后，她不断见到他对着自己迟疑，眼里总有不堪细想的悔意。

孟宁语还是头一次不知道怎么面对申一航，因为她清楚地看见他盯着自己，眼底的神色不同以往，于是她八百年没转动的那点心窍豁然而开，连带着生锈的廉耻心也破了土。平日里她一口一个“师兄”叫得亲切，有时候玩笑起来，两个人顺手拍拍打打，也没觉得别扭，非要在这一刻心思变了，什么都显得不自然。

她被他按在身前，手足无措。

孟宁语往旁边让一让，腾出手说：“我自己擦。”说完她抢纸，却没留心直接抓住了申一航的手。

对面的人愣了一下，很快动作也停了，目光里的深意已然不能点破。

孟宁语迅速收手，感觉自己活着就是为了添乱，只好挤出傻笑掩饰，然后低头默默擦嘴。

申一航脸上的表情没有太别扭，他握握她的手腕，起身说一句：“我今天不该让你去冒险。”他突然被副局支开，担心局势生变，这会儿才发现她出去跑了一天没少吹风，感觉自己的安排实在不够周全。

孟宁语听他一提，正好想换个话题打破尴尬，马上一脸正色，把自己接触病人家属的事前后都说了一遍。水果店的大婶明确提到对方会委派护士私下对接，这无疑是一个明确的调查方向，她说到这里心里着急：“袁沁通过社区医院的人寻找实验目标，但是我看到过以前的实验结果，即使构建意识世界的技术已经成功，但她下一步移植记忆的过程非常危险，一旦失败，病人就是脑死亡的下场，我们必须尽快解救失踪患者。”

申一航有过很多推测，此刻从孟宁语得知的消息里，他拼凑出整个“引渡者”真正的实验计划，这背后的利害关系显然超乎想象。

他神色凝重，靠在沙发旁边思考前因后果。

她只能看见申一航的侧脸，又觉得他好像还是平日里那个申队，她很怕话题停下，急着一口气把正事说完了，又刻意地咳两声。

申一航看她一眼，没有再靠近。他很快去打开角落的矮柜，开始找东西，口气一如既往："我今天收到你的消息，已经通知西岗派出所了，明天他们会配合问询，针对社区医院里在职的护士逐个排查。"

孟宁语提醒申一航说："'引渡者'过于机密，我觉得一般护士知情的可能性不大。我们要找的人既然能够对接病患家属，应该是社区医院里的领导。"

"所以我打算早上提前过去，先把护士长带走，突击之下没准能问出点东西，争取一切可能尽快找到病人的去向，这样也可以查到袁沁真正进行违法实验的地点。"

说话间，申一航已经找出电热水壶。他抽空回头，又看见沙发上的人不知道在慌什么，直接把面包全塞嘴里了。

他这才意识到，话题一落地，屋里还是只有他们两个人。

如同相识的契机，一切都是凑巧。

其实申一航刚才顺手的动作和感叹也都是凑巧，他知道孟宁语三年后一点没变，她的心性没变，执着喜欢的人也不会变，很多话不必再说。

人对于凑巧发生的一切，不指望能得到回应。何况这么多年过去，他在她身后几步之遥，一退再退，早就习惯了。

申一航极力想把这微妙的气氛打破，于是故意调侃她说："行，你没被人劫走，大晚上倒被面包噎死了，这下邵新的苦心全白费。"

孟宁语确实吃太快了，好不容易才能开口抱怨："我一天粒米未进啊，光喝咖啡了。"

"你家邵教授不管饭吗？"

"他？我管他还差不多。"孟宁语示意自己是真饿了，一边嚼一边顽强地喝水。

申一航想一想："也是，邵新那人一看就在象牙塔里待久了，我这几次见他……觉得他更怪了。"

孟宁语坐直了问他："哪里怪？"

申一航倒好水，又给电热水壶通上电，然后才半坐在沙发扶手上和她说："我以前对邵新的印象确实不怎么好，表面看着你们也不是一类人，他活得太体面了，没什么烟火气。普通人的生活不就是工作、恋爱、结婚过日子吗，但这些好像都和他没什么关系，你喜欢这种人太累了。"他摊开手，口气纯粹是闲聊，说完又试图给她形容邵新的变化，然而仔细琢磨之下，好像说什么都不太对路，只好勉强概括，“现在他神神秘秘的，别提对着他能不能过日子了，就光让人打眼一看……他都快没人气儿了。”

这话听着玄乎，又比面包噎人。孟宁语抓着空空的矿泉水瓶，喝水也顺不下去最后那两口，她不由自主开始想邵新。

申一航说他总在夜晚离开，而她醒来之后，又发现他在卧室里的东西，再加上他连日来种种违和的举止，隐藏在相处之中的细节让人越想越紧张。

她手里暗暗使劲，快把瓶子捏扁了，脑子里忽然跳出一句话。

邵新在送她来的路上曾经说过，他在三年前确实想过放弃人生，所以选择回到研究院，而后被迫执行自毁协议，院区爆炸导致大火，席卷了全部区域。

她想到这件事，仿佛自己也被扔进火里了，平白无故觉得喉咙里都发烫。她出声问申一航：“我记得你说过，当年院里出事之后，邵新有段时间不见了？”

“是，差不多有三个月吧。”申一航仔细回忆，“那场爆炸太突然了，虽然对外公布只有一个员工轻伤，但是容易造成舆论影响，后续调查也全都移交出去了，我无法跟进，所以我后来曾经想过各种办法去找邵新，可惜事态升级一直找不到人。我猜测他应该是躲起来避风头了，所以耗到案件被彻底叫停才露面，偷偷跑去医院接你。”当年启新研究院的事引起轩然大波，邵新立场敏感，现在想来，他选择暂避合乎情理，因而申一航很快说完，没觉得有什么奇怪的。

他回头去看孟宁语，发现她皱着眉头不说话了，手里执拗地在捏瓶子，塑料摩擦，声音刺耳。

“他和你说过这事？”申一航不知道孟宁语在想什么，让她别和空瓶较劲，“手那么凉，等水开了，喝点热的吧。”

话音刚落，电热水壶的提示音突兀地响起来。

这声音虽然不大，但实打实像把孟宁语吓到了。她的胡思乱想被打断，浑身一个激灵猛然松开手，空瓶子滚落在地。她好像才反应过来似的，又慌乱去捡，然后意识到自己想得太多了，干脆蹲在地上拍拍自己的脸。

申一航不明白她怎么了，给她倒好热水拿过去，示意她焐焐手。

孟宁语和申一航解释那场爆炸的起因，以及邵新今晚和她说清的前因后果。她接过水杯又坐回到沙发上，慢慢喝了两口，感觉自己一惊一乍的影子都归了位。

她又问他启新研究院在事故之后人员伤亡的情况。

那段时间那里一直都是闭院状态。

申一航以为她还在担心当年的住院患者，语气肯定地告诉她：“我虽然没能看到具体卷宗，但事后证实，除了你所查到的死亡病例之外，其余病人的确都被邵新紧急疏散出来了。”

“不。”孟宁语摇头，她觉得那水太烫，手指发颤，又说，“师兄，想办法帮我再查一查过去的记录，我想知道当年在研究院里具体的伤亡记录，最好能给我看一眼。”

身旁的人表情困惑，但看她非常坚持，还是答应下来说：“行，毕竟你是当年任务中的幸存者，今天又遇到危险。我又找郭局长直接进行过通话，郭局会继续请示上级领导，安排我之后调取当年的卷宗。”

申一航对此态度坚定，只要这次能抓到刘译，从他身上挖下去，证实公安系统内部人员有涉案嫌疑，那副局势必被查，一旦保护伞倒台，之后他们查案就不会有太多阻碍。

第十二章 · · ·

消音的雨夜

天已经快亮了。

一夜大风，应该是个无云的日子才对，但此刻晨光渺茫，窗帘之外露出一点点熹微天色，又像是泡过头的沉茶一样昏黄浓重，看上去并不是什么好天气。

事态看似逐渐明朗，自下而上，从袁沁到刘译，最终推到副局，虽然不论知情程度，但这伙人多少都是一条绳上的蚂蚱。“引渡者”浮出水面，由此在市局内部暴露出幕后的关系网，对方曾经掩盖启新研究院的旧案，如今躲在幕后支持袁沁继续执行违法实验。

申一航让孟宁语去卧室里睡一会儿，她确实也有点熬不住了，倒在床上躺了一会儿。

多喝热水虽然不能治百病，但倒把她的困劲给勾出来了，只是她心里事情太多，胸口一直像有石头压着，只能强迫自己闭眼快睡。

房子里渐渐安静下来，孟宁语也不知道自己算不算睡着。她的身体太累，意识又紧张，于是一直悬在半梦半醒之间，潜意识作祟，连做梦的老毛病都没完没了。

不过这一次她并不在家，邵新也不在，因此她不会受到《夜色奇境》的干扰，梦里的画面似乎清晰多了。她感觉自己又进入了启新研究院，当年目所能及的建筑分毫未变。她一边提醒自己不要怕，这是梦，一边又迷迷糊糊地往医疗院区跑。

她同样躲在了那间办公室，不同的是，这一次她听见的外界动静变得非常清晰。

邵新和袁沁突然回到办公室，很快发生争吵。记忆逐步浮现，研究院表面完全关闭，对方也没能预料到会有外人闯入，因而两个人说话的声音没刻意提防。

孟宁语其实听见过他们争吵的内容。

邵新让袁沁把临床上的实验数据全部交出来，同时警告她："你在顶楼封闭实验室里的实验完全是个人行为，没有经过院方开会核准，你必须中断所有研发。"

"不可能，001已经进入测试阶段了。"袁沁回答的声音非常果断，"你很清楚，时代在变，死守伦理只能阻碍科学进步。人造器官在临床上逐渐普及，未来人类早晚都会走向换体生存，这本来就是大势所趋，而且经过我的改进，已经证实促醒疗程下一步存在记忆移植的可行性，你之前的判断太保守了。"

她还说了很多，技术是因为需求存在才能不断发展的，它从来都不会为了道德和所谓的正义而止步。她所做的一切在当下不被认同，只是因为他们身处的时代依旧狭隘。

"警方立案是事实，任何科研需求都不能挑战人权，这一点不需要再讨论，而且即使在科研学界，你非法进行人体实验的行为也完全违背了《赫尔辛基宣言》[①]，必须承担后果。我可以直接提交住院区的数据，但我更希望你能想清楚，主动配合调查，这样起码可以算是自首。"

这话一说出来，袁沁的声音全然愤怒了。她指责邵新的义正词严，声调抬高："你一直希望我们能有超越时代的视野，所以我和你谈过，劝过你，也希望你能和我联手，是你不愿意，是你先放弃了我们本该完成的事业！"她大概没想到邵新会和警方达成一致来找自己，因而当下越说越激动，"你不敢做的项目我来完成！你根本不明白，我清楚后果，但这一切不是为我自己，这么多年了……我一心扑在研究院都是为了你，我几乎为你贡献了全部！"

邵新没有打断，让她一口气说完，然后才提醒道："我之所以今天还来见你，就是因为你对研究院有贡献，但是我必须重申，任何科研成果无论是否成功，都不能挑战道德底线。生命权就是人格权，也是人类的尊严和基本价值，没有人能擅自干预他人的生命权利，所以你想做的实验从任何角度来看，都必须取缔。"

---

① 全称《世界医学协会赫尔辛基宣言》，该宣言制定了涉及人体对象医学研究的道德原则，是一份包括以人作为受试对象的生物医学研究的伦理原则和限制条件，也是关于人体实验的国际文件。

他再度让她理智一点好好想想，幕后支持她计划的那些人究竟是为了什么，他们才是真正危险的野心家，始终在利用她的能力。

袁沁根本没心情和他纠缠法律道德的分歧，听上去她已经气到极点了，沉默了一会儿忽然声音放低，冷笑着又问："所以在你心里，我自始至终就只有对研究院的贡献？"

邵新打断她的话："我再说一遍，你现在立刻整理临床数据自首，中断所有未获批的研发工作，包括你的顶楼实验室，听清楚了吗？"

"'引渡者'一定会进行下去，它早晚都会成功，到时候你才能明白，我究竟为你牺牲了多少！"

后来的话题因为孟宁语的暴露而被迫中断。

一切如旧，孟宁语听到警报声，那间办公室不能再躲了，所以她抓着自己的手机，又开始疯狂地往顶楼跑。

她在梦中非常恐惧，生怕自己再一次陷入窗前坠楼的死循环，因而意识波动，挣扎感异常激烈。现实中人对求生的本能逼迫她迅速清醒过来，她又猛然睁开眼。

那种潮汐退去的感觉又回来了，房间没有变，她还在申一航家里，周遭清晰，世界真实。

孟宁语拼命调整呼吸，逐渐让自己冷静下来。这一次她脱离干扰，脑海中对于当年的记忆又清楚很多，这梦提醒她看到了自己的手机。

她不明白，如果当时手机里拍到的证据一直都在邵新手里，他为什么不肯把它提交给警方？而且事已至此，他似乎只想让她安心等，却不肯直接给她。

说到底，孟宁语的理解能力有限，她其实没明白邵新今夜离开前说的那句话是什么意思。

她揪着自己的头发开始数，最后实在忍不住，又抱住枕头，低声喊人："师兄？"

申一航就在客厅的沙发上凑合休息，刚安静没一会儿，听见她的声音又起来了。

他敲门之后推开半边，卧室里没有开灯，床上模模糊糊一个人影。他始终离她不远不近，此刻也只能卡在门边，没有走进去，隔着半间屋子的距离问她："睡不着？"

"不是，我最近的记忆越来越清楚了，但有件事想不通。"她想到自己手机里的内容事关人命，还是决定把这件事告诉申一航，"我相信邵新，我现在想起当年听到的内容了，可以确定他一直想要阻止袁沁的所作所为，而且他还留下了我手机拍到的那些数据原件。”她把自己十分不解的疑问提出来。

出乎意料，申一航在听到她说这件事之后，格外沉默。他靠在墙边过了很久才开口说：“如果证据被邵新保存下来了，那在这一点上，虽然我不能苟同，但我想……我能理解。”

孟宁语更困惑了：“为什么？这不等于让袁沁又多了三年时间吗？”

“他不是为了袁沁，是为了你。”申一航低低开口说，“你重伤昏迷，只有促醒疗程是唯一的希望了，而在当年，那个疗程的技术还没有完全成熟，他如果想要成功，同时还需要袁沁继续和他协同工作，他们本身过去就是同事，袁沁能有之后那么离谱的计划，肯定在促醒疗程上也有专业价值。”

如今孟宁语已然苏醒，证明三年坚持没白费，邵新终于把她从生死之间救回来了。

申一航点破对方的设计：“我之前也一直在想，如果邵新不是始作俑者，那按照袁沁的出发点，出事之后你只是个垂危病人，早该对你灭口了。现在想想很清楚，邵新有证据，他才能以此迫使袁沁配合自己，因为他要救你。”

孟宁语愣愣地抱着枕头，豁然想通之后，感觉那些煎熬不散的噩梦自有用处，能让她心里的棱角都软了。

“至于现在，其实邵新想得也很清楚，如果你真拿回证据，恐怕那伙人抓住机会就要下死手……我根本没时间翻案，你八成也早出事了，今天都来不了我这里。”

孟宁语本人和拍到的数据是旧案重查的关键，在警方没能抢先掐断内部的保护伞之前，邵新必须保护她。

申一航说到这里虽然十分客观，但实在觉得有点可笑：“真没想到，最后竟然是我和邵新打配合了。”

孟宁语很快反思，换个角度一一去想此前自己卡住的那些症结，原来眼见未必为真，邵新所做的一切似乎都有迹可循。

她又和申一航说起关于“引渡者”的线索，最初的印象是在她接受促醒疗程时的遭遇。她起初被困在住院区的环境里，后来袁沁故意闯入，给出提示，让她离开病房。这一切行为在脑部世界里只能通过诱导暗示完成，同时印证袁沁根本不是真心救她，对方曾经千方百计想造成她的促醒失败。

“等等，我在意识世界里的时候，其实已经发现‘引渡者’了。”孟宁语因此又想起自己忽略的一环。她发现“引渡者”的起因，是在促醒疗程中看到了一本科技杂志，所以她才会好奇，阴错阳差地在袁沁的误导下跑出病房。她找到办公室之后，除了忙于确认患者住院的数据之外，她还动过心思，搜索过关于“引渡者”的关键词，这行为的动机现在想起来，根本不是偶然。

她已知当时在电脑中的数据都是直接导入的，但此前忽略了一点，这其实已经证明邵新还留有当年住院区的数据。除此之外，“引渡者”过于机密，无论是谁，都不可能出于疏忽把那么机密的内容也混在促醒疗程之中。何况那些文件在她的意识世界里只有初级加密，密码提示过分简单，相当于直接摆在她病房的墙上了。*Sand and Foam*是邵新最爱的一本散文诗集，也是他给她的隐喻。

此时此刻，她终于明白了邵新的用意：“他非常了解我，知道我是个警察，我不后悔去查研究院，他也明白我有多想弄清真相，所以他想尽办法绕开了袁沁，一直都在给我提示，只有这样我才能坚持求生。”

他苦心如此，无非为了换她一条生路，也从来没放弃揭露隐藏的危机，他竭尽所能在支持她的选择。

“我还记得你在大学的时候总是提起邵新，那会儿我觉得你花痴，太幼稚了。你们两个人各方面都不合适，我以为那纯属你的单相思……就算你们后来在一起，也长久不了。”申一航低头有些感叹，最终目光落在地上，他看见自己和孟宁语之间的距离，自始至终，几步之遥。

他没什么心情继续开玩笑，又劝了一句：“不过现在证明，你的坚持没有错。”

“是啊。”她又开始蹂躏那个可怜的枕头，毕竟心理压力过大的时候，人总需要一个出口，“我什么本事都没有。有时候想想，活了这二十多年，老天爷总要和我作对。我想干点正经事吧，还差点把命搭进去，结果什么也没查清，这辈子真是一事无成，但就是因为他……因为邵新，我其实一直都特别自负地相信，他对我是真心。”

心中有爱，同等被爱，人活在世，最大的成就不过如此。

申一航沉默，似乎被这话触动了。

门边的光线变化，原本被申一航挡住的灯光突如其来，他又退了一步。

床上的人开始救场，生怕气氛尴尬：“没想到吧，连我都能矫情。”

“挺好的。”他的声音很克制，“我早看出来了，否则我当年不会在那个时候还让邵新把你接走。”

孟宁语没法再往下说了，她慢慢摇头。今时今日邵新再度离开，印证他已经做了能做的一切，却还不到时候，他无法简单地毁掉那个关于新世界的噩梦，一切仍有缘故。

她始终觉得，还有些事被现实的沙海掩盖，无论她如何涉足深挖，始终都没能看清，而且这些事直接关乎邵新本人。因为三年之后，他是他，也不再是他，这个世界不曾改变，只是他变了。

门口的人已经替她关上门，申一航的声音恢复冷静："不要再想了，你刚好没多久，赶紧睡一会儿吧。"

孟宁语只好抓着枕头再次躺下。

申一航回到客厅，在沙发上闭了一会儿眼，但也几乎没怎么睡着。

昨夜邵新在事发后并没有直接报警，而是私下通知申一航，无非是担心报警后再辗转调查，会牵扯到更多系统的内部人员，无法信任，所以他宁愿请申一航亲自安排介入。

没过多久，申一航的手机里有最新的消息传过来。刘译所开的那辆车已经被人找到了，它被弃置在距离别墅区一公里之外的桥洞下，对方失手之后迅速逃逸。申一航立刻又去申请周边分局配合，尽快查清他的去向，如果有人接应刘译，那么肯定就能追踪到袁沁在这条线上安插的嫌疑人。

最近毫无疑问都是连轴转的日子。

申一航看看时间，爬起来去厨房洗了把脸，清醒一下，除了找刘译，他今天还要赶去西岗四园跟进失踪案的调查。

申一航走的时候放轻脚步，听上去卧室里倒是没声音了，孟宁语那个倒霉蛋好像终于睡着了。他想这样也好，她昨天折腾太久，这么一躺下，蒙头能睡到天黑。

他留个字条放在桌上，让她不要外出，任何人来都不要开门，有事随时联系。

申一航低估了孟宁语的精神头，她闭眼睡过去纯粹是因为身体到了极限，但是只要让她缓过劲，意识很快就能活跃起来，所以她醒过来的时候刚过中午一点，比她自己想象中还要早。

她一时感觉眼皮发沉，没能立刻睁眼，因为没听见邵新每天对她说的那句话。人的习惯有时候很微妙，突如其来的清醒，让她感觉自己像是踩在云上，随着臆想飘忽。她莫名有点害怕，生怕自己一睁眼不是真实世界。

异常的睡眠会让正常人也不知今夕何夕，何况是她。

所幸感官并不能骗人，四下空气非常干燥，没有她自己家里那些恒温恒湿的良好设备，而且窗户好像开了一条缝隙，风吹不进来，楼下的动静却异常清晰。

孟宁语的念头转过来，整个人连带着意识也实实在在地落了地。

申一航家附近基本都没有外来户，能住进来的人即使不是同单位，家里也有祖辈是同事关系，因而没什么距离感，和别墅区那种界限分明的氛围完全不同。

楼下间或还有自行车铃的声音由远及近，邻里之间的生活琐碎，通通钻进了人的耳朵。

不知道谁家的叔叔正巧路过互相招呼，老人巨大的咳嗽声震耳欲聋，伴随着一阵喊：“嘿？你出去啊，这天又变了，还有雨呢。”

她爬起来走到窗边看，果然，庞大的雨积云完全挡住日光。楼宇错开的角度能看清远处的天，这风刮了一天一夜，没能拯救现代化城市的污染源，白日依旧天暗，晕成一片沉重的铅色，颇有种末日氛围。

孟宁语只站了一会儿，心里又沉重起来，找出和申一航联系的那个手机，问他最新的进展。

申一航很快给她打过来，直奔主题：“刘译上午的时候自己回局里了，主动投案。”

“他没想跑？”这消息看起来很好，但孟宁语被接二连三的打击历练出了聪明劲，这个节骨眼上，凡是出人意料的结果都让人生疑。

“他昨夜本来都弃车了，我怀疑他那会儿还以为自己是执行保密任务，想赶紧找人接应，但后来听见风声了，也可能是因为他失手，没能把你控制住，导致唆使他的人也没有再按原计划联系他。”申一航说得很快，他已经见过刘译，虽然对方承认自己涉嫌暴力劫持他人未遂，但别的什么都不肯说，而且一直在强调自己的行为动机很简单，只想阻止孟宁语因为个人恩怨而干扰警队办案，他需要提前控制她，而且他还对申一航对外泄露案情不满，这证明刘译肯定接收过上级全然不同的调度。

一明一暗。申一航从三年前态度分明，他总想找机会避开内鬼翻案，自然也会有人在暗处抓住他这一点，挑拨他自己队伍里的同事。

申一航观察发现，刘译可能刚弄明白自己是被内鬼利用了，而且整件事背后比他想象中严重得多。

他说：“刘译很清楚办案过程，知道自己跑不掉，但他到现在还不肯供出到底是谁让他私下行动的。”

“副局身上的问题很明显，只差坐实了。”孟宁语这点敏锐度还是有的，她又想到另外的突破口，于是马上追问，“西岗那边的社区医院里有情况吗？”

“我提前让人盯住了护士长，本来打算今天马上去找她，没想到我还在路上的时候就接到报案中心发过来的通报……她在家里自杀了，救护车到的时候人已经没了。”

孟宁语举着手机说不出话，她还坐在客厅的沙发上，侧过身就能看见窗外，此刻外边的天更暗了。

申一航简短地把情况和她说了，现场排除了他杀的可能，死因是中毒，死者服用了过量的危险药品。根据他们单位的内部记录，在发现病人失踪之后，护士长趁着各部门被查，人手不够的机会，违规领用过超量的管制药品，而且她家里人也说死者最近的心理压力非常大，前一段正是失踪案的调查初期，她不断接受警方问询，自责焦虑，处在情绪崩溃的边缘。

“我们搜查过她的个人物品，找到部分还没发出去的名片，和之前指向‘引渡者’的那张一样。同时还调查了其余护士，有四个人因为得知她的事后开始害怕，很快都承认了，目前基本确定护士长曾经滥用职权，错开同事换班时间，以各种理由安排她们配合自己，替‘引渡者’寻找合适的昏迷患者，这些人虽然不清楚内情，但都间接涉案。”

申一航说到这里停住，孟宁语也明白他的意思。

昨天她所经历的一切步步惊心，入夜风声鹤唳。袁沁起初没想把这件事扩大，因为她一向低看孟宁语，以为自己轻易能让孟宁语崩溃放弃查案，但她在咖啡厅怂恿她离开被拒，因而她两手准备，直接联系了自己的支持者继续行动。很快有人指示刘译，但没想到竟然劫持未遂，邵新突然出现，直接站到了袁沁的对立面，成了最大的搅局者，他把孟宁语带走了。

这一下局势突变。

幕后的人马上意识到事态危险，而申队此前又一直都在越级上报，他无疑也是块踢不动的铁板，一旦孟宁语不能成为牵制他和邵新的把柄，对方肯定要故技重施，开始掐断所有线索企图掩盖犯罪事实，导致刘译被迫成了弃子。

眼下孟宁语明白是明白了，但来不及为自己后怕，因为她听到护士长已经自杀的消息，着实难受。她知道刑侦队伍里办案的残酷性，什么事都有可能发生，所以没时间宣泄情绪，又和申一航说：“那现在很麻烦，社区医院里的这条线索断了，这样下去我们找不到失踪患者究竟被带到什么地方，也没有指向袁沁的证据，只凭咱们私下推测，针对‘引渡者’到现在都没有客观证据，袁沁肯定藏有秘密的实验室。”

再拖下去，对方就有时间转移了。

“但是刘译没跑，证明他的态度很动摇，这一点对我们有利。”申一航似乎飞快在下楼，他又告诉孟宁语，自己刚从西岗四园的现场出去，正在往回赶，准备之后再审刘译，“我尽量想办法攻破他的心理防线，一旦他知道护士长被逼到自杀的恶果，就可以想清楚自己和对方一样，都是被人当刀使了，只要他能指认，起码我们可以先中断袁沁在局里的保护伞，不管她想做什么都没那么容易了。”

孟宁语表示同意，这是目前唯一的办法了。

手机里传来申一航急促的喘气声。

她又有些自责，师兄在想尽办法调查，其余同事也都在一线拼命，如今所有错综复杂的案情完全是因为她当年的失败导致的，然而此刻她只能藏起来，什么都做不了，这种感觉实在煎熬。

孟宁语犹豫着想开口问自己可以做点什么，但没等她说话，申一航那边很快叮嘱道："你没有归队，现在也没有身份参与案子调查，所以别冲动。你就记住，你的首要任务是保护好自己。"

"我明白。"孟宁语勉强和他笑了笑，让他放心，"不用担心我。"

两人挂了电话，孟宁语又坐在沙发上盯着窗外开始琢磨。

她想到目前的僵局心里焦灼，她不但帮不了申一航，甚至也不知道邵新到底去了什么地方，他说只有他能删除"引渡者"的核心代码，这意图听起来明确，但显然没有那么简单。

孟宁语又开始坐立难安，闻天南曾经暗示过她，还有邵新这三年每次离家都会去见袁沁，不管之前邵新和那个女人是什么关系，他们又有什么彼此牵制的原因，但所有匪夷所思的事情背后，似乎只指向了一个结果，那就是只要自己醒了，邵新一定会离开。

这个认知才是最让她无法接受的现实。

她昨晚逼着自己关注案子，不敢细想邵新的异样，此刻就她一个人，心里莫名的预感压不住，就和外边阴沉的天色一样，沉甸甸地让人呼吸困难。她不知道还会发生什么，发现种种迹象都表明邵新一定做过重大决定，很可能他要铤而走险，所以才会提前把她送到安全的地方。

她拿出手机，邵新始终不接电话。她只能打给闻天南，但对方也一直没有应答。

孟宁语逼着自己等下去，总算消磨到下午五点，她趴在窗口向楼下看了看。

上班的日子，年轻人没那么快回家，所以居民区的院子里一直只有老年人在遛弯。看上去大家都是街里街坊，面前的窗口下对着三排楼围起来的小花园。几个腿脚利落的老太太也不怕天阴，正靠着健身器材说话。这环境让人充满了安全感，家长里短，和她脑子里的阴谋半点不沾边。

孟宁语就这样看了一会儿，楼下没有什么可疑的人，也压根不会有人知道她藏在这里，一切都很安全。

夏日天长，却抵不过浓云滚滚，不知道今夜会不会有雨。

孟宁语等不下去了，她不能贸然干扰办案，但她必须搞清楚邵新身上的谜团。

孟宁语直接打车去了南区市立医院，那是闻天南现在的工作地点。

她感觉自己不算平白无故乱跑，因为她知道刘译已经主动投案了，在这个节骨眼上，幕后行动的人自顾不暇，事态敏感反而安全，她只要不去给申一航添乱，那伙人再狗急跳墙，也不能贸然当街动手。因此她小心谨慎地用随机派单的软件叫车，一路上留心四周，果然没再被人跟踪。

南区市立医院是公共场合，虽然到了下班的时间，来往的人也不少。孟宁语混在人群里，彻底放心了。

闻天南没有门诊，孟宁语还是第一次来他的工作地点，不知道他在哪里，于是她开始发挥自己厚脸皮的特长，假装是闻教授的外地傻亲戚，开始找一层药房的人套近乎。她辗转打听了一圈血液科专家的办公楼层，问出大概，直接跑去等电梯，没想到她今天的运气出奇好，电梯门一开，她正好看见闻天南。

对方脱了白大褂，还是那件土黄的硬夹克，此刻胳膊下边夹着一个文件包，眼看收拾利落正打算下班回家，身后还跟着几个同事。

他一看见她，眼睛差点瞪出来。

孟宁语随机应变，满脸堆笑，开口就说："闻叔叔，我爸让我来找你，问问那个……哦，给老爷子找床位的事。"

闻天南脸色发青，估计骂人的话已经溜到嘴边了，但他很快顾虑周遭还有人，只好强忍着表情，不尴不尬地扭头和同事闲聊两句，最后打个招呼说要先走。

孟宁语随口无中生爹，还一点都不觉得羞耻，继续冲他嘿嘿傻笑说："亲爱的闻叔叔，我正愁不知道去哪里找你。"

"闭嘴吧，我可不敢当你叔。"闻天南一身鸡皮疙瘩，连烟都不想抽了。他探头往附近看了一圈，然后拽着孟宁语的胳膊，把她拉到没人的楼梯间，直到关上防火门才开口，"说，干吗来了，堵我？"

"我找你真有事，可你一直不接电话。"

闻天南夹着自己的包，站得离她两丈远，生怕和她沾上什么关系："我今天三个会啊，工作日，哪有空陪你聊天。"

"是是是，你工作忙，我不给你添乱。"孟宁语继续讨好地微笑，"你就告诉我，邵新在哪里？"

闻天南一脸烦躁，他想说话，动动嘴又卡壳了，好像在斟酌措辞。

两个人大眼瞪小眼地站着，闻叔叔想了半天，还是只盯着孟宁语看，好像明白这姑娘今天都追到医院来了，铁定没那么好糊弄，所以他没辙了，怎么说都躲不过去，骂骂咧咧地开口：“你可真行，属膏药的，我就说你那个师兄那么多案子要忙，根本盯不住你，邵新不听……”说着他又要拉她走。

“你别骗我了，他打算做的事肯定很危险。”孟宁语不干了，靠在墙上不肯走，“他出什么事了，现在案子已经查到关键了，我不能干坐着等。”

“所以让你和我走啊！”闻天南听到眉毛打结，简直快气死了，“活祖宗！你不是说不管什么话都该邵新自己和你说吗，我带你找他去还不行吗？”

孟宁语这才搞明白，邵新这几天一直留在闻天南的住处。她立刻腿脚利落，和他一起回家。

闻天南开车本身就快，前后没几个路口的距离，晚上六点钟的晚高峰也没能拦住他们。

两个人一路上楼，孟宁语的疑问藏不住，嘴里不消停：“老闻，你肯定也知道‘引渡者’。”

“这会儿不拿我当长辈了？”闻天南下了电梯就开始掏烟，也不意外，“知道，但别问我，我没参与，研究院都炸没了我才知道有那个项目，袁沁以前在院里滴水不漏……”他说到那个女人的时候口气忽然轻了，又卡了一半，似乎不想再提，“她也骗了我好几年。”

孟宁语看他一眼，老闻是个喜怒挂脸的人，但他提到袁沁的态度明显非常微妙。他说完还一直在叹气，让人感觉出他不同以往的情绪。

她再想到他也和对方多年同事，又一个人过到如今，不肯成家。

孟宁语跟着他往楼道里走，实在没忍住，表情震惊地说：“不会吧，你对袁沁……”她也不知道怎么说，喜欢？暗恋？求而不得？知难而退？她满脑子闪过一堆要命的形容词，最后被自己的脑补逗笑了，“袁沁那么傲的脾气也有人喜欢啊，老闻，你可真是宝藏大叔！”

闻天南在前边走着走着狠狠地“呸”了一声，楼道的感应灯都被震亮了：“别胡说八道！我过去是挺欣赏她的，但她眼里没我，就是普通同事关系。你有工夫在这儿编排我的八卦，还是担心担心你自己吧，袁沁的心眼可全用在邵新身上了。”

“那你知不知道她现在的实验室在什么地方？”

“没人知道，都过去三年了，直到西岗四园出事传开，我们才知道她还没死心。我在研究院解散之后和她也没来往。别提我了，就算是邵新，他每次也只是去她那套公寓。”闻天南说着一愣，感觉自己说顺嘴了，马上解释，“哦，他每隔几天要去找她更新什么程序，工作吧，具体的我不了解。”

孟宁语马上追问他在做什么程序，邵新怎么可能和她还有合作，而且究竟是什么工作需要他亲自去，但这些话闻天南压根没来得及回答，因为他打开家门之后就觉得不对，房子里空荡荡的，根本没有人。

四下依旧没有开灯，邵新一个人在家的时候其实很少需要照明，但他永远只是坐在窗边，而此刻那地方只有一把没人坐的椅子。

闻天南马上喊了一声，又把房间里都看了一遍，然后他也有点不安，转向同样愣在门口的孟宁语说："坏了，他去找袁沁了。"

她没心情开玩笑了，表情瞬间认真起来，眼神里都是疑问："老闻，把你知道的都告诉我。"

闻天南拿出一根烟点上，就站在客厅里用力抽，一边抽一边想，然后说："按我的理解，'引渡者'在没有移植人类记忆之前只能靠算法驱动，说白了它只是个高级点的仿生机器人，那是邵新过去的技术成果，被袁沁盗用了，但这不是她的专业，所以充其量她只能继续复用代码开发。邵新说他改了一个更新程序，袁沁一旦需要对新产品更新，他就有机会删除它的核心代码，那她再提取实验对象的记忆也没有意义了，整个计划就会终止，但是……"他又停了，那根烟怎么也抽不完。

"老闻！"

"我昨天听他提到的时候没细想，现在这么看，他把你托付给申一航，也不和我打招呼就走了，这个所谓的'更新程序'可能没那么简单，这不是我以为的控制删除那么简单，肯定也会影响到他自己。"

孟宁语听不懂了，一个程序怎么会影响到邵新的安危。

闻天南非常艰难地措辞，他想了半天脸色越来越不好，只急促地说了一句："这么说吧，他去找袁沁的结果……很可能又和三年前一样。"

这话她终于听懂了。

三年前，邵新心灰意冷，不惜同归于尽，阻止阴谋扩散。

有时候人的预感也不全是胡思乱想，孟宁语觉得堵在自己胸口的那些不安悉数被印证，她想问为什么，为什么她跨越生死好不容易清醒，邵新却不断想要告别。

但她问不出口，同样的直觉告诉她，答案会再次颠覆她的认知。

闻天南的烟终于抽完了，他把烟头扔掉，烦躁地踱步："邵新昨天说到这事的口气已经不对了，我应该好好问问。"

孟宁语突然出声："告诉我袁沁的地址。"对方刚才提到了邵新会去她的公寓，所以肯定知情。

闻天南马上劝阻："你别冲动，袁沁现在藏不住了，她什么都干得出来，你也很危险，不能去。"

"我自己也能找到。"孟宁语也不想为难他，"她家的住址不难查。"

闻天南看她转身就要走，赶紧堵住门，他情急之下只来得及骂她傻："你昏迷了三年，不知道这些年邵新经历了什么，他早就不是过去的他了。"

"又来了，老闻，你说的这些话到底什么目的，这重要吗？"孟宁语感觉他实在太可笑了，"都到这个地步了，我们都知道邵新在想什么，他始终自责当年没能毁掉'引渡者'，所以现在一个人去冒险，就因为他的科研初衷被人利用了，他必须守住底线，人命关天的案子，大是大非面前谁也没法顾虑个人感情，你不会还想拿什么他要和袁沁在一起的话来气我吧？"

闻天南看她咬着嘴唇，一字一句说得异常郑重，因而他没有犹豫，走过去直接推开了侧卧的房门，灯光刚好足够让人看清房间里的东西。

孟宁语再一次看到了那个用途不明的设备，舱体狭长古怪，有灰蓝色的机械人形标志。

它和邵新藏在自己卧室中的东西一模一样。

"你可真是个傻子，死犟，你好好想想，你还有大半辈子的路要走，你现在对邵新这么执着，是因为你之前的人生里只有他。"闻天南好像比她都紧张，他试图让自己放松一点，边说边摸出一根烟，却拿着打火机半天没点着，最后他不抽了，就咬着烟看她。

门边的人甚至没力气再往里走，孟宁语只是隔着客厅看那房间里的东西，整个人都在发抖。

"你说现在的事态不该再谈感情，行，我是个旁观者，我来说说实话。"闻天南总算站定了，他靠在客厅一侧的隔断上开口，"你三年前摔伤，按照现今的医疗水平，你长期重度昏迷，最终会失去维持的意义，但邵新非要勉强，只要你还有一口气，他就不肯放你走，所以他死撑了三年，让你接受促醒疗程，他这么孤注一掷是不是出于感情？现在你醒了，他要去解决当年研究院留下的隐患，你又不肯放他去，你怕他有危险，这是不是出于感情？还有那个申队，你敢说他对你没有感情？你不清不楚地坠楼，他顶着各方压力死活不肯放弃旧案……你们明明都在勉强，都是因为感情才能坚持，否则这三年的事早该有个结局了！"

生死命案、人体实验、违法激进的研发计划，如今说起来骇人听闻，但实际上这世界每分每秒都有善恶博弈，哪怕世间的一切无关感情，法律和道德的边界也依旧客观存在。真相永远都会浮出水面，只是结局或许会变得更加残酷而已。

孟宁语会成为一位坠楼而死的警察，三条人命会在当年成为野心的牺牲品，但是随着激进的计划推进，终有一天，阴谋还会暴露，唯一的区别就是……如果凡事完全忽略感情因素，那么揭露真相的代价会更加惨烈。

法理与情感从来不能完全剥离，因为人类生命延续的核心力量就是维系情感，捍卫人性底线本身，也意味着捍卫这种力量。

闻天南希望孟宁语能想清楚，她寻求真相本身，根本不可能像她以为的那样客观，她很可能会面对感情抉择。

孟宁语哑口无言，她站不住，就在门边蹲下身，抱住了自己的胳膊。

闻天南拉着她去找地方坐，干脆就把她按在邵新曾经久坐的那把椅子上。

孟宁语正好看到窗台上放的那本书，依旧还是《沙与沫》，书没有合上，正好露出了一段话：

> When you have solved all the mysteries of life you long for death.
>
> For it is but another mystery of life.
>
> 当你明白了一切生命的秘密，你就渴望死亡，
>
> 因为它不过是生命的另一个秘密。
>
> ——纪伯伦

邵新临走还看过它。

孟宁语把书合上，她知道自己必须面对现实，接受最残忍的可能性。

她又看向闻天南，低声问出口：“我昏迷的这三年，邵新的身体是不是不行了，他是不是为了救我，被迫靠那个仪器维持。”她已经谈不上什么逻辑了，也不敢想邵新会不会已经是强弩之末，因而抓着自己的肩膀，迟迟问不出口，“他怎么了……”

闻天南不接话，也不表态。他叹了口气，把她手里的《沙与沫》又放回到窗台上，然后问孟宁语要不要喝点水。

她没有哭，只是目光有些放空，很快站起来，摆手示意自己没事。

闻天南陪她站在窗边，嘴里的烟都快咬断了，声音有些模糊：“我问你，如果邵新一定会离开你，无法挽回，是客观事实，这就是你查清真相的代价，你能不能接受？还要不要去找他？”

孟宁语抬眼，她的目光透过身前的人看向窗外。

这又是一个陌生的窗口。

她近来辗转看过太多次落日，每一次都有不同的心境。她昏迷了太久，于是

时间过度补偿，非要把所有的波折都压缩在这段日子里，一股脑儿地塞给她。

人在极度紧张的时候本能地出神，思维发散。她想想自己活到现在，不知道命运是好是坏。她对父亲的印象很淡，后来母亲离世，只能被迫接受现实，再到送走大黑，其实她过往一直没有什么选择的余地，直到邵新出现。

从他开始，她人生的每一步好像才有了选择。她曾经选择和他走，长大之后选择爱上他，工作之后又选择去调查他的研究院，经年之后涉险遇袭，她依旧选择相信他。

此刻孟宁语面对闻天南的问题，知道自己心里早有答案。

她有一身撞破南墙也能往前爬的本事，不多不少，是她这辈子唯一的优点。

所以她笑了笑，扭头告诉闻天南："不管邵新变成什么样子，我都能接受。他曾经给我留了一条路，回家的路，也是我自己选的路，这条路我们要一起走完。"

闻天南捻着烟看她，看了很久，最后无话可说，他把袁沁的地址告诉了她。

很快再度入夜，狂风来势汹汹。这糟糕的天气又把夏日难得的高温逼退，天边无星无月，穹顶如墨，摇摇欲坠。

孟宁语出来的时候很匆忙，只穿着昨天的那件短袖T恤，此刻两条胳膊露在外边，冷得发麻。

袁沁近年住的地方是一处涉外公寓，地址也在城西。那地方和他们家的别墅区类似，属于早年的高端地产项目，两个地方离得不远，在导航地图上看起来，正好都以曾经的启新研究院为中心，一南一北，大概隔着不到十公里。

她打车再回到城西，正好撞上晚高峰，一路上走走停停，把她焦虑不安的情绪都耗光了，让她有足够的时间冷静。

这么一想，她和袁沁在堵别人家门的事上倒是扯平了。

眼看距离公寓所在还有两个红绿灯的距离，孟宁语提前下车了。

这里既然是袁沁可查的住址，那申一航此前为了盯住她，应该在小区里已经有过布控，她现在不能直接就闯去她家，所以又找到一家路边的便利店，在里边随便乱逛，然后联系申一航。

电话接通之后，孟宁语问他今天有没有袁沁的异常动向。

申一航说他一直在局里忙，没收到反馈，对方可能根本没有出门，说完他突然想起来，补了一句："哦还有，邵新给我发过一条消息，他说今天袁沁不会离家，也没前因后果，但我估计他的意思是，她不在实验室，警方如果查到线索可以行动。"

申一航还不知道孟宁语已经离家，因而以为她只是担心，没有细问。

他顺势和她说下午的审讯结果，刘译在得知护士长自杀的消息之后果然扛不住了，他已经撂话，指认是副局曾经私下交给他单独的任务。对方颠倒黑白，认为申一航对外勾结，同时孟宁语在复苏后对局里的工作安排存在报复心理，她持续干扰办案，行为危险，所以副局曾经要求刘译把孟宁语带去指定地点，如果她不配合，可以采取强制手段。

申一航那边在开车，说话急切："根据刘译拿到的地址，所谓的指定地点是西岗七区的一片废弃厂房，附近派出所说那里几十年前是化工厂，倒闭废弃了。它距离病人失踪的社区医院不到三公里，那里边很可能藏有袁沁的实验室……我们已经出发赶过去了。"

孟宁语总算听到一点好消息，邵新应该确实去见袁沁了，所以对方压根没时间离家，今晚也来不及在这么短的时间内把实验室转移，警方不出意外就能顺利找到失踪患者。

"还有，相关情况全部上报郭局和上级领导了，副局已经被控制，但不知道袁沁那边有没有其他人手，现在还不能动她，以免走漏风声让她销毁证据，一切都等我们先找到实验室。"

孟宁语扫了一眼四下，街角的便利店不起眼，这会儿只有她一个客人。收银的小哥哥还戴着耳机，趁生意冷清正在摸鱼打游戏，压根没人留心她。

她溜到里侧的货架之后，压低声音说："那当年被副局保密的卷宗应该也可以查了。"

申一航没有忘记她这个特殊的请求，但他来回奔波，今天几乎全城跑，此刻天黑还要带队赶去西岗七区，实在没顾上。"我已经让局里同事配合调取发给我了，等我一会儿把车停下，仔细看看。"

孟宁语不急这一时片刻，让他先好好开车忙案子，生怕他追问自己在干什么，于是不敢再多聊，很快挂断。

货架上方挂着防盗反光的镜子，她抬头看看自己，把脑门上可笑的刘海整理了一下，然后吸气平复心情。

风雨欲来，"引渡者"摇摇欲坠。

只要不影响案情进展，她现在可以去面对邵新身上的秘密了。

承东市刮了两天阵风，一场大雨压抑已久，突然落下来的时候谁也没有准备。

孟宁语在便利店打完电话，前后不过十分钟，等她再走出去的时候，雨点已经往脸上砸，她只好又折返买了一把暗色的伞，然后去往路口。

街上的行人也都开始避雨，五颜六色的伞混成一片。抬眼之间，闪电又撕开夜幕，人和车的影子分不开，通通成了没干透的油画。那些湿淋淋的轮廓变形，再被雨水冲毁，糅成一样的黑。

这天说变就变，一向恼人，大家全都顾不上抬头，正好方便隐蔽。

孟宁语按照闻天南给的地址，去往佳和公寓。

公寓门口有高大的铁艺大门，颇具格调，而且唯一的出入口安保严格，所有住户都要刷卡。孟宁语随口编出一个其他楼层的门牌号，一脸无辜，说自己是来给朋友过生日的。

保安大哥看她脸生，打量一圈，发现她完全是仓促出门的样子，所以死活不放行，非要让她打电话叫朋友下楼来接。

孟宁语躲在伞下唉声叹气，假装说去联系，然后退到了路边，再次给邵新打电话，但他还是不接。

她心一横，干脆就在步道上给他发消息，告诉他今天警方部署，已经去追查秘密实验室了，让他不要独自和袁沁发生冲突。

反正她人都已经找过来了，没什么避讳，铁了心一条接一条消息发过去，要求邵新马上和自己见面。

孟宁语并不知道，公寓楼上的人此时此刻确实没时间接电话。

最近几年，袁沁一直在这栋楼里居住。公寓本来是一梯两户，但她所在的十层完全被打通了，她直接占据了整整一层的空间。

公寓的西南面日光最少，那里的两个房间内部相连，完全变成了控制室。冷灰色的金属光泽再配上纯白色的墙壁，整个空间一尘不染，充斥着极其冷硬的气质。

这地方原本有一面墙都是窗，但此刻严密的遮光帘将外界全然隔离，让一夜突如其来的暴雨也无人察觉。

袁沁身穿白色的工作服，站在庞大的中控显示屏之前。她双手插兜，看似冷静，但因为过分压抑情绪，导致原本就刻薄的眉眼间近乎乖戾。

她不停看向屏幕上冗长的代码数据，难以置信地扑到另一侧的舱型设备前，迅速将更新程序重置。直到舱体提示已恢复原状态之后，她才小心地关闭所有连接线。

舱门很快开启，袁沁顾不上去看里边的人，匆忙又绕回到中控台。

屏幕上针对“引渡者001”的更新程序刚刚才加载到55%，她突然察觉不对，紧急使用管理权限中途叫停，此刻所有进程已自动恢复到上次更新之后，她的手按在金属台面上不断用力，后怕到了极点。

灰色的地板上人影晃动，很快有人走到她身边。

袁沁怒极开口："邵新！你想干什么？"

她身边的人穿着黑色衬衫，皮肤浅，衬得瞳孔有些过于浓重。他脸上的表情很平淡，直接半坐在台面边缘，回答她的问题："例行更新而已。"

"不可能，你今天突然过来找我，没这么单纯。"袁沁在屏幕上试图分析那些更新程序，但邵新这一次提交过来的数据包很大，冗余信息非常多，她无法立刻找出具体的问题，只是女人的直觉让她察觉出邵新今晚的配合太奇怪。

"你不用担心我做手脚，每一次更新都会先由我开始，你确定安全才会之后复用给002。"

"所以我问你究竟想干什么，正常更新的封装程序根本不需要这么复杂！"袁沁直接打断，很快她想到当年的事，直觉认为邵新一定篡改了什么，很快脸上的表情瞬间变了，转身盯着他说，"你把孟宁语带走，所以无所顾忌了，你打算重蹈覆辙，骗我复用更新给002，然后想要关闭它……为了这个，你连自己都不顾？"

"重蹈覆辙的不是我，是你。"邵新伸出手对着光，地上很快打出他手臂乃至手指的影子，他慢慢翻手去看，目光中没有欣赏，莫名多了几分不耐烦。

袁沁渐渐想通他的意图，整个人都有些激动起来。

她脸上的表情从愤怒到不甘，最终演变成了惊骇。她克制不住自己的情绪，走过去直接抓住他的手："你改变不了结果的，'引渡者'已经成功了！人类注定会以这样的方式生存下去。"

邵新一根一根松开指尖，直到袁沁的手颓然落下，这一切似乎才让他感到轻松。

他微笑着说："如果你认为这样的生命体有意义，那么它就应该有权利决定自己的生死。"

"不，你疯了，我应该监测你的情绪波动，你不能这么想……"袁沁后退又转回那个狭长的舱体旁边，试图想清楚到底是哪里出了问题，竟然让邵新在三年后还能产生同样可怕的念头。

邵新任由她去，听见自己的手机似乎一直在响，动静持续，也惹恼了袁沁。

她先他一步拿过邵新的手机，看见上边闪烁的名字就笑了。她举着屏幕给他看："你这么做孟宁语知道吗？"她对着此时此刻的邵新，竟然露出了一丝惊惧，言词无法维持在理智的框架内，"你不是一直愿意为她妥协吗，我都把她还给你了，你为什么还不愿意为她活下去！"

邵新摇头，总有人认为是他拯救了孟宁语的人生，他自己恰恰觉得这一切相反。

他开口说：“宁语从来不需要依靠任何人，那都是外人的偏见。不要随便定义一个人，真正的生命是很难被量化的。”他很清楚，哪怕岁月从头清算，十几岁的孟宁语无依无靠，也没有指望任何人拯救。他的出现只是某种机缘，人与人之间的选择和吸引都是相对的，“生命个体能够存在，是因为一切都有边界。宁语比我们更清楚这个世界的边界是什么，任何人都不能擅自左右他人的生命权利，她愿为此努力，所以我最后能为她做的，就是替她守好这个边界。”

“你明明可以和我一起跨过边界！第一批‘引渡者’才可以制定未来世界的新规则，所有禁锢现有文明发展的法律、制度、伦理，都会有新的定义！”袁沁说着说着开始笑，她想到邵新过往指责她不懂人性本源，她确实不懂，“明明是我救了你，所以你才能有这三年，同样都是爱，我也爱你，我为你什么都能做，你为什么不肯为我活下去？”

“你爱的不是我，你需要的是一个能够不问是非黑白，一心一意帮你颠覆世界的终身伴侣，你甚至也不需要爱，它对你而言，只是野心的借口。”邵新依旧定定看着她，丝毫不留情面，“你以为自己需要的人是我，后来发现自己错了，你的骄傲不允许自己失败，哪怕是感情错误也不行，所以你所谓的付出一切，只是为了让我继续满足你的个人设定。”

袁沁彻底愤怒，扔开他的手机。

邵新看出她已经完全失态，所以不再继续争论。

他把手机拿回来，很快那上边又接连发来几条消息。他看到消息之后脸色骤变，突然转向窗外。

控制室内做过特殊处理，沉重的窗帘挡住城市不眠的灯火。四下的隔音也过分良好，所以没有人留心这一夜的瓢泼大雨，而汹涌惊雷从未停止。

袁沁看出邵新紧张了，她也很清楚孟宁语不会放弃，那个蠢货照样会重蹈覆辙来找邵新，所以她继续冷笑，极端的情绪让她不断踱步，很快又退回到中控台，她想也不想地开始执行“引渡者002”的启动协议。

邵新立刻起身要向外走。

袁沁猛然冲过去拦在他面前：“好，就算我错了，但我不会继续你的更新，也不会让你有机会终止‘引渡者’。”

邵新的脸色非常凝重，因而声音低沉：“警察很快就会找到你的实验室，你还有最后的机会，现在停手还来得及。”

袁沁突然不再生气了，她面前的这个男人一旦认真起来格外吸引人。

从初见开始，他们的相遇总是在各类公开场合，但不论在多么人声鼎沸的地方，邵新永远是安静的。他的睿智和锋芒并不外显，却能让他整个人都不流于庸常，而他的病又让他总是透出某种精致的易碎感，隐藏在平日沉稳的表象之下。

此时此刻，她庆幸自己可以保留下他的全部特质。

袁沁微微仰脸，她一直在笑，又伸手触摸邵新的脸，低声说："来不及了，002已经启动了。"她的眼神近乎痴迷，又透着实打实的癫狂，忽而凑近他耳边，告诉他，"邵新，你只能按照我的意愿活下去。"

狂风之下，公寓门口的人根本不知道楼上发生了什么，孟宁语还是没找到机会混进去。

雨点砸在地上的动静越来越大，完全演变成暴雨。保安大哥也有点扛不住，迅速躲回了岗亭，但大门依旧紧锁。

孟宁语远离树木，把手机护在裤兜里，抬头向里侧的公寓楼上看。楼体极高，又是庄重的深棕色，此刻它伫立在狂风暴雨之中，玻璃之后透出的灯光微弱，全然不动声色。

社区外侧全是冗长的步道，并不靠大路，因而在这种糟糕的天气之下，除了孟宁语，再也没有其他行人了。

孟宁语开始琢磨自己应该怎么办，她四下张望，手里的伞快要被吹散架了，可惜这么糟糕的天气，没人出入，也没人能让她尾随混进去。

她正懊恼，忽然看见里边走出一个人。

四下太暗了，勾连记忆，人生中的至暗时刻早有演习。

孟宁语不敢动了，倏忽觉得此情此景，和自己在顶楼被逼到窗口那天完全重叠。她提醒自己警惕，拼命睁大双眼，透过滂沱大雨，她依旧可以确认，来的人就是邵新。

十几米之遥，出来的人甚至没有打伞。

他从沉寂的公寓大门里快步向外寻人，而且目标明确，只不过抬眼片刻，他已然锁定孟宁语的位置，像是原本出来就为了找她。

她对着邵新毫无原因地开始恐惧，即使电话是她自己打过去的，消息也是她发的，但此时此刻，那个走出来的男人周身浸在暴雨之中，又和她记忆中的凶手毫无二致。

她不断开始后退，踩到水坑，鞋也湿透了。

对方的表情极其冷静，穿着灰蓝色的长袖长裤，像某种定制的制服，雨水很快加重了那一层诡异的灰，衬得他的皮肤近乎冷白。很快他转身看向孟宁语，双眼毫无光彩，瞳孔像是墨点一样缀在脸上，更显得悲喜全无，活脱脱只是一个完全没有生气的人形。

这世界又开始颠倒错乱，现实一旦超过人类认知的维度，并不比记忆真实。

邵新说过，富贵不会凭空预判未知的风险，但人会记住自己的遭遇，从而激发出警惕的本能。此刻的孟宁语确实很警惕，她紧张到手指发抖，快要握不住伞。

狂风给噩梦再次加码，她意识到这个人不对，眼神不对，表情不对，整个人的状态也不对，但她可笑到只来得及把伞横在自己身前，大声喊他："邵新？"

对方还在向她走过来，一直没有停。

他没有回答，眸色森森迫人，但所有样貌乃至举手投足，分明就是邵新。

孟宁语彻底慌了，她踉跄着往后躲，冒出的话都没能经过大脑："停！别过来！"她观察这个人的所有细节，又看不出什么问题，"你是谁？你……你到底是什么东西？"

对面的人脚步也没有卡顿，凭空向前，把孟宁语逼到道路内侧的绿化带，甚至对着她莫名的呼喊也没有回应。

孟宁语骇然之下被迫转念，意识到这和出现在她记忆中的凶手一样，拥有邵新的一切，却根本不是他。她扔开手里的伞转身想跑，却先一步被对方抓住手腕。

雷声轰然而下，面前的一切在她眼中彻底崩坏。远处的车声和人影纷至沓来，又都被撕扯扭曲。他们此刻正在大门岗亭的监视盲区，孟宁语的呼喊声也全被雷雨掩盖。

她慌乱之下抬眼，余光中发现社区的大门之后好像又有人影晃动，但不过眨眼片刻，她已经没空分神了。哪怕冬日过尽，噩梦却始终如影随形，在人的脑海深处循环播放。

孟宁语的反抗并未奏效，身前的人抓住她的胳膊，力度极狠，让她感觉情况和当年一模一样，此刻的"邵新"拥有近乎非人的强制力。

孟宁语濒临崩溃，歇斯底里疯狂反抗，然而一抬眼，她正对着那张刻骨铭心的脸，又陡然一个激灵想要松手。暴雨冻人，她却像被烫到了一样，偏偏就在这片刻，面前那人的眼底深重，突然闪过灰蓝色的光，不过一瞬，几不可查，却让她清楚地看见了。

来者并不是一个"人"。

她开始手脚并用，断打反抗，对方直接拿出了匕首。

大雨掩盖一切，没人留心这世界的阴暗角落。

"邵新"依旧面无表情，但尖刃向前，直指孟宁语。它压制住了她的双手，迫使她脚下不稳，直接摔倒在草地之上。

泥泞不堪的地面潮湿发腥，暴雨和生机相抗，如同溃败的暗讽，躲在不为人知的雨夜里嘲笑她的愚蠢。孟宁语再也无力躲闪，眼看它一刀冲着自己捅过来，她几乎要疯了，尖厉地哭喊出声。

世界消音，求救已然来不及。

人类脆弱，瞬息风雨，瞬息爱恨，瞬息生死。目所能及的宇宙永远有残酷的底色，上百亿年的演化繁衍看似伟大，但对更高维度而言，也不过瞬息消亡。

每个人都只是一粒沙，但沙有沙的记忆，绵延汇聚，而时间的浪潮周而复始，又将沙海推翻重塑，所谓的现实只是时间的投影。

此时此刻，现实的沙丘岌岌可危。

孟宁语意识崩溃，她的实感不足以支撑理智，就在此刻，她的视野中竟然又出现了另一个邵新。

夜路见鬼恐怕都比这场面可信。

她清清楚楚看见邵新脸上的急切，他从瓢泼大雨之中飞奔而来，连耳边的声音也仿佛鬼打墙一样："宁语！回来！"

三年前、三年后，梦境、现实，无论何时，无论何地，真正的邵新一直都向她伸出手，一直都是拥抱的姿势。

他在喊她，他一直想救她。

此后发生的一切就像是无休无止的长镜头，雨水冲刷，画面模糊。

孟宁语有些睁不开眼，周遭的动静似乎都被放缓了。她眼看身前的那把刀停在半空之中，邵新拦住那个莫名和他有着一样体貌的"人"，导致对方袭击的动作被打断，凶器直接被扔到一旁。

邵新推开它，大雨并未让他躬身，他却为孟宁语冲到泥地里，很快俯身把她抱住，甚至还在这种时候低声说了一句："闭上眼，别看了。"

这声音才是真的邵新，每个字都有一种熟悉的力度，洞穿她此刻全部脆弱。一个怀抱的距离，他生生把这仓皇脱节的现实拉了回来。

邵新背后的那个"人"还没有离开，依旧面无表情，方才失手也不懊恼。它的面部肌群似乎协调性有限，因而只像一个毫无情绪波动的机器。

它在邵新低头分神的时候停在原地，几乎没有任何犹豫就放弃了那把匕首，随后它竟然拿出了一把枪。

孟宁语已经没有时间细想这到底是怎么回事，她在邵新怀里，刚好对着凶徒的方向，眼看对方竟然手持枪械，没有放弃继续伤人的意图，而且枪口直指他们的方向。

她拼命想要提醒邵新，但这事态实在超出预想，极度紧张之下，她竟然发不出声音，以至于强逼自己低喊，喉咙灼热，像是要涌出血。

孟宁语想让邵新躲开，但他不肯松手，明知身后的威胁，还是牢牢地挡在了她身前。他把她的头按在自己肩上，让她无法开口，手臂又强行扣住她的后颈，让她什么都不要再看。

枪响的时候，孟宁语在他怀里感觉到了冲击。那一刻无异于撕心裂肺，但绝望的情绪屏蔽掉感官，一切都变成噩梦的布景。

刺眼的闪电同样毫无人性，凭空而下。开枪的动静过于突兀，终于惊醒了沉默的街道。远处有路人反应过来，迟缓地发出尖叫。

这场暴雨终于逼出了孟宁语的眼泪。

· · · 第十三章

引渡者001

那场雨是什么时候停的，孟宁语已经不知道了。

她的意识出于自保，在极端情绪之下让她成了旁观者，因而她看见的画面一度极其混乱。雨夜冲突，这场爆发在街边的持枪袭击终于惊动了行人和保安，已经有人报警，而隐藏在佳和公寓之中的布控迅速出动。

前后不过几分钟，邵新本人没有暴露在外人面前，他反应很迅速，直接带孟宁语离开了事发地。

她的意识渐渐清楚起来，知道自己坐在邵新的车上，依旧是副驾驶位，安全带并不逼仄，而周身全是雨水带来的潮湿气味，让人头脑发晕。

邵新始终没和孟宁语说话，她也不敢放任自己面对现实，因而就坐在车里恍神，潜意识替她选择回溯那些最关键的记忆片段。

三年前，她看见过推自己坠楼的凶手，那个“人”和今天一样，拥有和邵新一模一样的体貌。

三年前，她看见过“引渡者”的研发数据，曾有一个被标记为“引渡者001”的产品进行到测试阶段。

三年后，她看见的邵新旧病痊愈，但整个人的态度微妙疏离，周身违和。

再到如今，她知道邵新亲自执行过研究院的自毁协议，导致整个院区几乎全部损毁，而他当天肯定身处事故中心。

这些特点的记忆点在过去并不相关，在此刻却被一场雨激活，悉数衔接。

孟宁语又开始发抖，分不清是因为今夜的雨太冷，还是她的情绪作祟，她只能逼着自己转头去看身边的人。

开车的人无疑是邵新，但他们刚刚经历过致命威胁，歹徒持枪攻击，丧心病狂，他们根本无法躲开，邵新已经被枪击中，但他竟然没有失去行动力，甚至还能把她救走带上车，再到此刻……他甚至没有任何受伤的异样。

这一切太不真实了，孟宁语不得不再次怀疑自己没有醒。

车窗之外的暴雨只有短暂停止，很快随着她的目光，玻璃上又刮出一阵细密的雨点。前方的雨刷器还在摆动，街灯光亮微弱，间或闪烁着晃进车内。

邵新穿着黑色的衬衫长裤，袖口和领口平整地系好，而他此刻微微蹙眉，只关注路况，把车开得飞快，直接开向一条出城的路。

这实在过分离谱了。

孟宁语深深吸了一口气，伸手去碰邵新的后背，渐渐感到有些浓稠的液体，此刻已不再温热。

她不出声，把车内的照明打开，低头看见那确实是血，并不多，仿佛只是有限的点缀，而且流出来之后只能洇开一小片。

邵新黑色的衬衫之上确实也有伤口，左肩之下焦灼洞开，但伤口边缘也非常突兀，全然违背了人体生理构造。

她问不出口了，光线不足以带来暖意，让她连牙齿都在战栗，眼泪是唯一的出口。

邵新没有逃避她的触碰，他也没必要再掩藏不合常理的伤口了。

他感觉到她在抚摸自己耳后的皮肤，可人还僵在座椅上发抖，所以他把暖风打开，然而她的眼泪还在流，所以他伸手过去想替她擦擦脸，只说了一句："没事了。"

孟宁语手指黏腻，本能地往后躲。

邵新看看她，又盯着前路，过了一会儿才说："你别慌，我也没事。"

他拿纸又让她擦手："这不是真的血。"他想想用词，简单形容，"只是一点装饰，为了更加真实。"

孟宁语匆忙擦掉那些诡异的液体，兜里的手机掉出来，屏幕刚好亮起，有人发来消息，振动的频率总算让人找回一点实感。

她捡起手机看，眼前模模糊糊都是泪，勉强看出发件人是申一航。

对方已经看过启新研究院最早的事故记录了，那些卷宗曾被数次篡改调整，所幸今天系统内部的保护伞陆续暴露，副局已经完全被控制，因此申一航想尽办法找人恢复了原始版本，最后还查到了医疗救援队伍留下的记录。

他找到了一份医院里的抢救结果，当年的事态平息之后，它被人搁置存档了事，幸而没有被完全删除。

它揭露出一个可怕的事实。

申一航只把重点概括出来："记录显示救援队其实在现场找到了两名伤者。其中一人是女性，事发时紧急逃离，送医检查后仅为轻微磕碰外伤。而另一名男性伤者此前未公布。他是在爆炸中心楼宇被发现的，周身大面积烧伤，重度昏迷，送医时情况危急。"他仔细看过存档前后的时间，信息十分凌乱，"有三个月的时间没有后续救治的记录，但在三个月后，突然针对这个男性伤者加了一条临床抢救无效的记录，明显是后补上的。当年爆炸的事故现场情况危急，救援队把人送医的时候根本没来得及核实身份，所以在这份记录里没有提及伤者的名字。"

申一航发的所有内容都是文字版，他也无法亲自和孟宁语解释了。

他还看到救援现场仅存的一张照片，因而很快又说："你不用再看了，我能确定，当时送医的那两名伤者，就是袁沁和邵新。"

孟宁语已经感觉不到震惊，她只是单纯在流眼泪，所以她唯一能做的就是盯着屏幕出神。

一条一条颠覆认知的消息不断弹出来，她挣扎着想回复，但频繁输错，半天只来得及发出几个字："我知道了。"

真相竟然如此荒诞。

那一年春日将至未至，长冬拖延不肯离去。孟宁语以为自己只是突袭调查研究院，却不知道从那一刻开始，她撞破了他们所有人的穷途末路。

两天，三个人。一个险些坠楼而死，一个企图同归于尽，另一个被迫狼狈逃生。

更为离谱的是，三年之后，他们竟然还都"活着"。

孟宁语没力气再躲了，她捧着手机，坐在邵新身边安安静静地掉眼泪。

车内部的光源很快自动熄灭，而后手机屏幕的亮光就格外明显，上边的字句也很清楚。

邵新扫了两眼，已经全部看到，脸上的表情还算平和，只是开口说："不管出什么事，我每次都想保证你的安全，但我忘了，你永远不会躲起来，你一定会来。"

过去是，今夜也是。

孟宁语哭不动了，她满脸都是泪，眼眶反而渐渐发干。

她应该承受不住，但偏偏又在这一刻清醒万分，所以她说：“我明白了，袁沁最早完成的那个‘引渡者001’就是你，你的外形、你的身体、你的脸，一切都是你，她的仿生人第一个产品完全按照你来研发。”她恍然后知后觉，竟然想笑，想笑那个女人，也笑自己匮乏的理解力，“所以她总在说，她都是为了你。”

不论袁沁关于新世界的构想有多么癫狂，但最初的时候，她一心想从拯救邵新开始，她希望她所追随的这个人，能够成为未来的第一位“引渡者”。

邵新没有否认，他点头说：“那时我们谁都不知道她有这么疯狂的计划，同事对她都有基础信任。她为了从生物外观上完善仿生人体，不断从老闻那里骗取我的医疗资料，包括血型、基因数据……老闻也是后来才知道，非常内疚，他不知道‘引渡者’的计划，但间接被袁沁利用了。”

孟宁语一边听他说，一边又强迫自己抬眼去看邵新身后的伤口。

此刻光线极暗，因而那伤口表面一层的“装饰血液”干涸之后，内里暴露出了终极秘密，隐隐有灰蓝色的光透出，金属骨骼无所遁形。

她依旧恐惧，但她知道自己必须理解，所以慢慢伸手碰了碰邵新的手臂，又顺势向后，这姿势着实别扭，她逼着自己去感受他的身体。现代科技卓越，打造出的仿生人体分明是温热的，和她自己毫无二致，但只要邵新一动不动的时候，又完美到毫无生气。

邵新没有回避，眼底的微光同样闪过，很快直接连接车辆，然后他松开了手，车已经进入自动驾驶模式，而中控显示屏上的目的地，远在市区之外。

孟宁语不断靠近他，直到探手轻轻拥住他，她终于不再哭了。

邵新长长地出了一口气，如释重负。

她的手指又去碰他耳后，摸索那块皮肤，曾经暧昧的咬痕悉数平复。

孟宁语证实了自己的猜测：“我不是完全没有预感的，我怀疑过……袁沁很成功，但就算她再周全，也不知道属于我们的秘密。”

那个女人过于自负了，她无时无刻不想告诉孟宁语，她和邵新才是同类，而天才之间的爱恨也要旷世绝伦，不该流于平庸世俗。袁沁无所不用其极，想证明只有她才能陪在邵新身边，也只有她才能从根本上拯救他脆弱的身体，为此袁沁自我感动，甚至愿意背负骂名行恶，她对邵新的执念扭曲变态，成为内心膨胀的唯一出口，愈加不择手段。

但她从来没有真正了解过邵新。

他有梦想，也有生活，他享受荣光，也热爱平凡。他从不妄自菲薄，也不狂妄自大。感情和过往才是人类延续生命的核心支柱，他也只是个平凡的人，因而失去孟宁语会让他彻底崩溃。以至于当年邵新在认清袁沁的意图之后不为所动，他依旧拒绝了她所谓的牺牲和大局，也不贪图永生的诱惑。

他甚至没有犹豫，不惜以自身生死作为赌注，试图掐断罪恶的种子。

而这一切全部发生在三年前，在孟宁语无知无觉之时。某种意义上而言，袁沁在当年是那场噩梦的赢家，因为她虽然狼狈逃生，却改变了邵新的未来，她达到了她丑恶的目的。

这场暴雨揭穿了过往。

孟宁语找回面对现实的勇气，她冷静下来想清前因后果。

原来那些无法解释的记忆，是因为“引渡者001”就是一个拥有邵新外形的仿生AI。她当时闯入启新研究院，隐藏暴露，触发警报，而后仓皇跑到顶楼，袁沁担心秘密实验室暴露，人为干预监控系统停电。在那之后，袁沁冒险启动了藏在顶楼的测试产品“引渡者001”，而当时的001只是一个没有人类记忆的仿生机器人，为她执行一级保密协议，从而导致孟宁语最后看到“邵新”突然出现，针对闯入者灭口。

孟宁语在一无所知的情况下，已然成为所有事件之中最大的变数。没人能预判她的闯入，也没人知道她在慌不择路之下会跑到顶楼。当时一切并不是袁沁的计划，但阴错阳差，“引渡者001”的首次行动，成为孟宁语最恐惧的记忆。

她从此始终记得邵新是凶手，为日后埋下苦果。

“我猜袁沁逃出去之后一意孤行，因为她没想到你不惜引爆研究院……你快死了，她只能把你弄走提前实行计划，肯定是在你弥留之际进行了记忆移植，而且她成功了。”孟宁语坐在邵新身边，声音很轻，说到最后字字艰难。

所以事故之后的邵新不知所终，三个月后才出现，而三个月后有人完成一切才匆忙善后，给他已经无用的人类身体在医院里补录了一个抢救无效的结果掩人耳目。从此邵新用“引渡者001”的仿生人体存活下来，多出了三年时间。

袁沁最得意的杰作就是他，这种成就感让她更加肆无忌惮。

“是，刚才你看到的那个东西……是她这几年偷偷复用代码又研发出来的新产品，就叫它002吧。”邵新不再隐瞒，他说完笑了笑，又给孟宁语解释，研究院毁了，只有核心数据得已保存，所以袁沁后续能进行的秘密研发条件也有限，“她只有我一个成功的案例，直接复用是捷径，但这一次的失踪案跟进很快，她还没能来得及提取患者的记忆，导致002现在充其量只能算是高级一点的仿生AI，它还是依靠算法驱动，没有和人类意识融合，也意味着它没有自我目标。”

能否萌生自我目标，是AI是否拥有自我意识的判断标准之一。002依旧局限于机器人的范畴内，它在没有完成袁沁的指令之前，不可能停止攻击，所以邵新也不会徒劳和它纠缠，那纯粹是浪费时间，它一定会开枪。

邵新说到这里，看出孟宁语还在担心，很快又说："警方肯定已经赶过去了，袁沁既然留有管制枪械，恐怕还和境外走私有关。你师兄忙了这么久，她背后的人也保不住了，她做过的事一定会被调查到底。"

话正说着，申一航的电话已经追过来。他收到佳和公寓出事的消息，市区街道上发生枪击案，现场已经被围。一切发生得太突然，申一航此刻还在西岗七区，所以他只来得及追问孟宁语在什么地方，是否和她相关。

孟宁语看了一眼邵新，她今天的遭遇无法形容，因而不敢接申一航的电话。

邵新没犹豫，替她拿过去，按下免提。

申一航的声音非常焦急，不停在喊："你在哪儿？袁沁名下的公寓出事，你是不是跑过去了？"

"申队，是我。"邵新的语气无奈又笃定，"宁语确实跑出来了，但她没事。"

电话那边的人瞬间安静，完全想不到是邵新突然出声。

申一航很难消化刚才那些存档暴露出的秘密，他想不通自己为什么会和一个过往证实抢救无效的人通话，这情况也太诡异了，于是好几分钟过去，申一航只来得及骂一句，又试图捡回理智说："你，你怎么回事？你真是邵新？你还活着？"

邵新低笑，一点不意外："你可以这么理解，袁沁当年就像现在拐走昏迷病人一样，把我从医院里带走了，所以我没有死。"

申一航声音疑惑，不太相信，但他这会儿还有更重要的事要说："我收到的消息说现场有人持枪，现在特警过去了。"

邵新把自己知道的有利信息都提供给申一航："袁沁身边有一个已经启动的仿生机器人，很危险，但它还是初级阶段，只要警方能够进入她家，找到她的控制台，专业人士可以先远程关闭它的动力源，我后续可以删除'引渡者'的核心代码。"他推断袁沁既然没有对那个仿生人体进行记忆移植，那么此前失踪的患者应该还活着，只是暂时被困在她的实验室里了，"你尽快找到地点，就能把人救出来。袁沁这边闹大了，自顾不暇，她现在没有时间转移。"

说着邵新又看了看身边的孟宁语，希望申一航不要着急："宁语现在和我在一起，你不用担心她的安全问题。"

申一航气得喊不动了，想都没想就接话："和你在一起才危险！"说完他很快反应过来，马上提醒他，"邵新，我不管医院那个记录是怎么回事，只要你还活着，只要你曾经参与过违法实验，一样都是嫌疑人。”

“申队，我知道你一直没放弃对我的怀疑，但我从未授意，也从未组织参与过任何违法实验，包括‘引渡者’计划相关的研发，而且相关证据没有被销毁，但我必须确定袁沁被抓后才能提交。”邵新知道他针对自己，把话说得很清楚，希望他放心，“我本人不能公开露面，你今天帮宁语追查的这份存档也不要外泄，不能让任何人知道我还活着，否则‘引渡者’计划永远不会被掐断。我知道你很难理解，但不会太久了，也请你放心，事情肯定会有一个解释，和你的原则绝不相悖。”

“你应该现在就把当年的证据交给警方。”申一航迅速接话。

“我说过，这几年袁沁曾经……控制过我一段时间。”邵新顿了顿，“我不可能把这么重要的数据放在自己手里。申队，你可以不信我，但你应该相信宁语，这份证据现在只有她本人可以获取，所以袁沁一直都在找她。”

难怪，孟宁语突然想起前天在咖啡厅的时候，袁沁临走的时候故意提醒她。那时袁沁还没必要贸然动杀机，她一心想要简单处理，所以希望能让孟宁语生疑，按照袁沁对孟宁语的理解，一个傻子最容易动摇了，袁沁有时间等她慢慢怀疑邵新，再顺着她将证据骗到手。

现在想想，那竟然只是前天发生的事。几十个小时过去，事态飞速升级，警方的行动力迅速，现在已经完全介入，甚至找到了西岗七区，这一切比袁沁预想之中快太多了，已经不再是她能控制的局面了。

孟宁语看向邵新，没有细想，马上出声说：“你带我去，我把它拿回来。”

邵新摇头让她别急，而申一航几乎也同时说了一句：“不，邵新说得对，袁沁没有落网之前你很危险，她持有走私枪械，你们现在先保证自身安全，我会随时关注特警队那边的消息。”

“但她现在就算还能跑，也不会再管什么以前的证据了。”孟宁语认为今夜之后情况全然不同，袁沁的所作所为悉数暴露，无论如何她都会被抓。

“不。”申一航再度开口说，“如果邵新刚才的判断是对的，那么这一次没有闹出人命。袁沁的实验室虽然没有获批，属于擅自开展临床实验，但没有造成严重后果，只是这些违规的问题，很可能最后只能按照非法行医、医疗事故罪来论处，就算加上绑架罪……那和三年前的案子性质完全不同，所以过往证据对她仍然很关键。”

目前还没有专门针对非法人体实验立法，所以相关案件只能在对受害人造成一定伤害后，再依据侵犯生命安全健康的程度追究刑事责任。此时此刻，袁沁恐怕更急于毁掉过往证据，如果她找不到，很可能干脆鱼死网破，跟踪袭击唯一可能拿到的人，最差的结果也要让孟宁语永远闭嘴。

车里的人默然，孟宁语持续受到惊吓，这会儿脑子才通窍，002刚才不惜动枪，肯定是因为袁沁真想灭口了。

孟宁语很快强迫自己稳住心神不要急，曾经还有三个病人枉死，这件事必须查清。

申一航没时间再多说，因为很快他那边搜查的人似乎已经有所发现，正在大声喊他过去。

暴雨临近末尾，苟延残喘，淅淅沥沥在车窗上打出一片昏惑的夜。

"我们先离开市区，去袁沁找不到的地方。"

他们出城的前路毫无车辆，人造的城市之中微光弥留，再残忍的冲突之后也有片刻安宁，仿佛天地能随心而定，似乎像是虚拟的布景。

邵新看看窗外，留心路况，同时又伸手拍着孟宁语的肩膀，一下又一下，力度轻柔，示意她不要太激动。

她已经不再流泪，一直沉默地看他。

邵新感受到她的目光，忽然开口问："你怕吗？"

"怕什么？"她没听懂，下一刻又明白过来，握住他的手摇头，"是你我就不怕。"

邵新目光柔和，但表情有些讽刺的意味。

真相可怕，但走到这一步，他必须把实情告诉孟宁语了，所以他开口说："三年前，我发现自己没有死，被她……"他很难表达，想了很久才放弃理论形容，"被她弄成这样之后，我一直想突破程序限制，自主停机，但那时我还不能脱离袁沁的监控，而且仿生脑完全模拟了人脑复杂的神经元构成，导致求生欲依旧是'引渡者'的本能，轻易无法突破。最关键的是，我发现你没有死。既然袁沁都可以直接篡改促醒疗程完成后两步的计划了，那证明疗程本身完全可以实现对昏迷病人的'促醒'。我必须先救你，所以我要求她配合我，她当然不同意，但证据还没有被彻底销毁，而且她知道，只要能救你，我最起码会按照她的意愿继续保持这个状态……姑且就算是生存下去吧。"

孟宁语的哽咽克制不住，她听着他的话，已然哭不动了，但胸口之下心酸难耐，悲恸起伏翻涌。

邵新抬了抬手，架在车门边上，姿态其实没什么变化。他背后那个可笑的伤口起初造成了一定程度的痛感，但他早已自行关闭，眼下更懒得管了。他脸上呈现出的表情平静，可惜为人的记忆和意识还在驾驭这副身体，因而那表情又多了几分释然。

他一边想一边还在慢慢安慰她："我知道和袁沁合作非常危险，所以那其实只是个暂时权衡的办法，没时间考虑那么多，不知道会有三年这么久。意识世界的构建因人而异，简单说，你也可以理解为，你的脑部发育各方面……确实只能算中等水平。"他说着说着摸摸孟宁语的脑袋，这会儿还有心思逗她，"如果把人脑笼统地概括为高级生命体的储存系统，那么脑部条件相对优越的人，对于外界信息的接收和存储就会相对有序，但你不同，你的潜意识特别复杂，所以在疗程之中会出现很多干扰，增加了构建意识世界的难度。"

孟宁语虽然资质"中等"，但完全听出他这话的意思了。

她咬牙笑不出来，勉强回他："懂了，你们这些天才的脑袋摔坏了也好治，像我这种笨蛋，生活里屁大点事都往自己脑袋里塞，导致意识乱七八糟，扯断了就很难续上。"

"没说你笨。"邵新很快笑出声，但态度端正，一如既往表示自己没有偏见，"你要是能笨一点，我也不用坚持到现在了。"

这话又把孟宁语说哑巴了。

她想起自己刚醒过来的事，一边吸气一边抬头说："我那会儿什么都不知道，竟然还和你开玩笑，让你多穿点，千万别倒下。"她说着说着捂住嘴，又不肯停，"你当时还安慰我，你说这三年……你过得比我好多了。"

她简直无法想象邵新那一刻的心情，因为实际上他过得一点都不好，忍受着非人的日子。

然而此刻的邵新已经在这样类似的长夜里徘徊太久了，久到很多事他都不想调取记忆。他完全不提自己三年所受过的折磨，也不说曾被袁沁胁迫活下来的痛苦。事实上，他必须隐藏自我，脱离人群，日日夜夜和袁沁周旋，哪怕等到孟宁语苏醒了，他也不能马上离开，又竭尽所能维持陪伴，希望她能尽快康复适应。

邵新知道她说的是什么意思，他曾经试图逼自己对她放手，因为孟宁语不是他，她还有人类遗忘的天赋。

他说："我一直希望你能转醒，但袁沁干扰你的疗程，提醒了我一件事，你是警察，只要你还记得当年的案子，随时都有危险，所以那段时间我为了让你平安康复，和她达成协议，提出了一个折中的办法。"

孟宁语知道他指的是什么，邵新起初确实试图干扰她的记忆，也希望她可以忘记过去，这样不但能保证她的自身安全，也能让她彻底摆脱那段痛苦的经历，但她拒绝了。

邵新说："我记得清清楚楚，你告诉我，你想做警察，做一个守护者，让这世界好一点，哪怕一点点就够了。你说那就是你的人生，如果没了那些过往，你也不再是你。”

她说得对，真正的生命从不因遭遇困境而摧折。

邵新在那一刻想通了自己为什么无法割舍这段感情。

他们彼此互为支撑，孟宁语是一朵开在邵新心底的向日葵，她逐光而生，那种动人的生命力始终在感染着他，哪怕这世界有很多混乱失序的阴暗面，但孟宁语的存在，始终提醒着邵新，生命是有温度的。

她让这座城市有意义，让琐碎的生活有意义，让人觉得连漫长的冬日都变得可爱起来。

从此他不再替她选择前路。

邵新一时想得有些感慨，而身边的孟宁语脑子里的症结全通了。

她很快又问他：“你总是半夜消失去找袁沁，也是因为和她有协议？”

邵新发现她其实很敏锐，于是耐心解释：“两个原因，一方面让袁沁认为我的行为可控，她不会对你马上动手。另一方面是因为客观局限，虽然这个身体日常可以靠休眠舱维持，但每周需要固定去找她进行更新。类似于人的新陈代谢，硅基身体也有一些程序上的需求，清除冗余，维持迭代。”

他还很正经地又举例子：“再加上我偶然吃进去一些东西，这个身体没有消化系统，就要集中被清理。”

孟宁语没忍住，很艰难地笑了。

说到这里，邵新想起自己那位倒霉的挚友，只好替他解释：“还有，老闻和你说的那些话是好意。他觉得自己当年无意中帮了袁沁，所以内疚，他很担心我，也担心你，一直想让你提前有心理准备，因为我可能会因为袁沁的控制……被迫离开你。”

难怪，闻天南如果知情，这些无法解释的隐情根本说不出口，而且按他那个脾气，也只能草率地让孟宁语知难而退。

此刻距离当时没过多久，事态却已经翻天覆地。

孟宁语的情绪大起大落，但话都说开了，反而让人心里坦荡荡的。她早忘了自己当时为之较劲的心思了，觉得那些谎言不算打击，所以她没好气地开口说：“我知道，我才不信那些鬼话。”

她揉揉眼睛，低头叹气。

“我说过，你醒了，我的世界才有意义。”邵新松开手，示意她不要再哭，让她坐好，他只希望她能明白，“宁语，我说的欢迎来到‘新世界’，不是‘引渡者’，不是未来，就是现在。”

未来不只存在于漫无边际的想象之中，未来还是无数个此刻，无论多么渺小的砂砾，堆砌千年，也能成海。

从孟宁语睁开眼睛的那一刻，新的世界就已经到来了。

他们出城的时候已经是凌晨，路途开阔，夜却亘古绵长。

邵新在高速路上恢复主动驾驶，和孟宁语离开市区，去往她曾经埋葬大黑的那片湖。

快到地方的时候，孟宁语才发现沿途已经多了路牌。她几乎都忘了，这里本来有个好听的名字，叫玉带湖，只不过早年根本没人看顾。

此刻已近后半夜，通向湖边的行车道只有一条。最外层建了大门，但没有关，孟宁语又探头出去打量，玉带湖现如今已经被围成湿地公园了，但实际上并没有专职的人员运营。她十分好奇这里会有什么变化，然而更深露重，什么也看不清。

她记得那片湖水整体夹杂在巨大的草地之中，只是一片平静开阔的水面，瞧不出方圆，但东北方向有个山坡，如果有人爬上去从高处看，玉带湖的整体走势蜿蜒，因此得名。

邵新把车一路开到湖边，孟宁语没问他为什么会来这里，下车的时候也欣然接受，全然像是某种相处的默契。

袁沁永远不可能找到这里，这是只属于他们两个人的回忆。

狂风暴雨终于谢幕，但夜依旧沉重。

孟宁语深深吸了一口气，郊外空气新鲜，山林草木之间有一股原始的清凛味道，还夹着凉意，让人浑身一震。

今夜湖边的照明设施完全没有开，因而水面幽邃，照出同样死寂的夜。没有风的时候看过去，它像是一方浓墨满溢的砚。

她一步一步向前走，脚下的草地经年式微，如今看起来只有紧挨着湖边的范围了。外侧的树林倒是一扩再扩，长势蛮横。这么想来，平日里来围湖散步的游人并不多，压根没踩出新的路。尤其到了现在这个钟点，四下依旧还是荒郊野外，除去他们，半个人影都没有。

邵新下车之后才意识到四周太暗了，提醒孟宁语慢点走，小心脚下。

孟宁语想去找埋过大黑的那棵树，所以拉着他向前，没看见地上有石块，迈出两步就差点崴脚，多亏邵新扶住她的腰，才把人稳住。

她凶巴巴地开始报复那几块石头，一脚全给踢飞了，这下湖面终于有动静了，水纹悠悠扩散，瞬间分开天地。

云重星藏，四下确实太暗，湖水泛不出光。

孟宁语抬头，正对上邵新的眼睛，茫茫四野忽而远了，只剩他的目光毫不迟疑，焦点明确，完全没有被黑暗影响。

她反应过来，此刻只有自己看不见。她有点好奇，竟然抬手去捂他的眼睛，嘴里感叹："好神奇啊。"

难以置信，从她手下的皮肤触感，再到邵新做出的反应，一切都过分真实，只是他眼底有些流光，导致那双眼睛在暗处终于露出精密的晶体气质，因而过分清楚了……除此之外，她甚至根本看不出什么异样。

邵新扭头避开，抓着她的手冲她笑，他非常刻意地压低声音，阴沉沉地问她："你真不怕？"

曾经十几岁的孟宁语在他的车上瑟瑟发抖，生怕撞见变态科学家打算盗取人体器官。眼下这几天的波折出人意料，但已经二十多岁的孟宁语无疑更出人意料。

"因为我知道，你现在不需要盗取美少女的器官了。"她说完自己先笑了。

邵新跟着"美少女"一起笑，凉夜并不动人，他却久违地觉得十分放松。

那位自封的美少女看上去根本不知道她要怕什么，她只是仔仔细细从头到脚打量他，似乎挺感兴趣，然后继续说："这个身体有什么技能吗？"

邵新被问住了，佩服她乐观的天性，然后他抬头往远处示意她说："我能把你扔过去沉湖，这个算吗？"

孟宁语不为所动，越说越来劲了。

她笑嘻嘻地又问："那你能放电吗，能点火吗，手指'啪'地一下那种……电影里不都这样吗。"

邵新果断地让她闭嘴，"啪"地拍了一下她的头，让她清醒一点，然后他无奈地说："你别乱走，我把车头掉过来。"

他向后启动车辆控制，直接让它向前掉头。反正四下安静无人，车子很快打开了远光灯，足以替孟宁语照亮。

这下美少女更没顾忌了。

她一边走一边看，很快找到湖边那排与众不同的树，大黑当年就被她埋在领头的树下。她压根都不知道那些树是什么品种，当年光顾着一边哭一边跑了，单纯发现它很好看。

她这会儿才想起问邵新。

他拍拍树干说："白千层。"

这树的外观特殊，树皮层叠柔软，会随着季节剥落，一层又一层。

此时节气好，眼看它们快要开花了，顶上冒出成片絮状的白花，像是木棉的样子，随风能吹出一地雪。然而这树也十分易燃，野外不能成林，导致这么多年过去，湖边还是只有十几棵，驻守在林地的最外侧。

车灯虽然亮，但树下依旧昏暗，草地蓬勃杂乱。孟宁语不嫌黑，她蹲下身象征性地给大黑撒撒土，懊恼自己不知道今天会来看它，不然该给它带点好吃的，好歹也算祭拜。

邵新抬脚踢踢附近的杂草，很快扫了一圈地面，有林木遮挡，这地方在雨后也不太湿，他径自坐在了树下。

孟宁语想起过去，颇有些感慨，但好在并不伤感。

她和大黑啰唆完了，摸索着靠在邵新身边，两个人盯着湖面看，不需要再多说什么了。

承东市这一晚空前危险，图穷匕见，没人知道袁沁还会做出什么，而直到现在，申一航也没有发来最终的消息，无法证实袁沁被捕。

十年前后，不长不短。他们险些经历生死，竟然又回到了这段相遇的起点，这片湖就像是人间最后的庇护所，在动荡未知的长夜之中沉默相守。

邵新盯着远处的天边，忽然问："你没看过日出吧？"

"没，起床上班都能要我的命了。"孟宁语摇头，"我又不像你，那么爱熬夜。"

她身边的人好像很放松，随口说了一句："那正好，今天应该能见到了。"

邵新渐渐看出遥远天色变化，随着时间流逝，昼夜必将轮替，而在光的作用下，再极端的黑也能分出深浅。

这城市的夏天短暂，连日积攒的风雨在爆发之后必将迎来晴日，用不了太久，很快就是黎明时分。

孟宁语拍拍手上的土，感觉邵新虽然变了，可他的行为依旧难以预料。他们今天扔下身后所有乱局，突然逃离闹市，不管不顾来到郊外熬夜，月亮星星一样没欣赏到，能看日出大概是最后的安慰了。此刻幕天席地，连露营也算不上，她又有点想笑他，果然，轮到让邵新照顾人实在是件难事。

她不想吐槽他的突发奇想，好不容易才能找回踏实的感觉，又觉得只要邵新还能留在她身边，其实什么都没变，因而她的心情总算好了一点。

孟宁语回身摸索，抓下几片树皮在手里玩，闻一闻和他说："这味道挺像丝柏的。"

她举着手递到他面前。

邵新看一眼没说话，过了一会儿他脸上的表情复杂，好像很艰难才能说出口：“我现在没有嗅觉。”

孟宁语手指用力，直到把树皮揉成一团，又狠狠攥在手心里。

“我不知道向日葵有香味。”他不看她，似乎在看不远处的湖面，又或者是更远的地方，声音很轻，“所以也影响到了味觉。”

孟宁语突然反应过来，自己当时在意识世界中的感官就不完整，其余的感知反馈可能随着促醒疗程的进展而改进，逐步也在“引渡者”的身体上得以修复，但嗅觉和味觉始终成为最大的漏洞。她顺势想到了很多过往，夜风太凉，让她情不自禁打了个寒战。

邵新又说：“你醒过来想出门走走，我记得那天也有雨，我当时很想劝你，买不到灰豆腐就算了。”他收回目光看着她，“我再也吃不到了。”

就连这么一件日常的小事，也早都写成了预兆。

孟宁语松开手里的树皮，扑过去抱紧他。

邵新把这些话坦白之后，表情恢复平和，似乎觉得舒服多了。他伸手压在她的胳膊上轻拍，示意自己没事，又感觉出她很冷，把她抱过来护在自己怀里。

下雨降温，孟宁语还穿了短袖，她感受到这个怀抱恒定的体温，这才觉出自己确实被冻着了。

她压根没心情张牙舞爪了，只好可怜巴巴地缩在邵新怀里，低声说：“你以后再也不会生病了，也不怕冷，不会走不动路……这样也好，我应该高兴的，但我做不到。”

“因为这根本不是我们想要的。”邵新说得很快。

人心所向不同，哪怕是无病无痛、起死回生，但对不想要的人而言，也根本不是奇迹。

无论尖端科技会把人类变成什么样子，起码就现今而言，这是袁沁擅自干预他人生命权利的恶果，也是如今“引渡者”的症结。

邵新很快察觉到夜里的气温还是跌破了十摄氏度，于是他揉揉她的脸说：“车上有外套。”说着他打算起身去拿，但怀里的人好像在这一刻才后知后觉开始害怕，拉着他不松手。

孟宁语不想让他离开自己的视线，因为不知道还会发生什么变故。她死活嘴硬，非说自己不冷，树下太黑，让他别走。

“紧张什么。”邵新笑话她，“你都跟着我跑到荒郊野岭来了，现在没人比我可怕。”

她听出他自嘲的无奈，无话可接，盯着他去车上拿东西。

片刻而已，孟宁语孤零零坐在树下。天迟迟没亮，四下都是雨后的潮气，这气氛又让她想得远了。上一次她跑到湖边是为了送走大黑，此前她最后的“亲人”，而眼下邵新突然和她故地重游，终归不是什么好兆头。

邵新没耽误太久，车上扔着一件他自己的西装外套，还有他的围巾，顺手都一起给她拿过来了。

孟宁语把衣服披上，还没开口，邵新直接把围巾绕在她脖子上，三下五除二，动作利落，却弄出了一个不太讲究的结，正好卡在她脸下，让她没法低头。

孟宁语心里的念头被打断，只想翻白眼。她一边扯围巾，一边低声辩解说：“没那么冷，这都是冬天用的。”说完她发现，他拿来的还是自己送他的那条灰色围巾。

这座城市仍有八个月都在刮风，寒潮依旧可能随时降临，只是如今的邵新不会再冷了，但他的记忆还在，他始终记得孟宁语的关心。

她吸了口气，侧过脸蹭在围巾上，渐渐感受到某种微弱的暖意。

一个人、一道菜、一条围巾、一段记忆，足够支撑起太多摇摇欲坠的冬日。

孟宁语突然被点通伤感穴道，开口说：“你不需要它了。”

邵新看看她，伸手把她被风吹乱的头发理顺，塞进围巾里，然后他才放心，接话说：“但我习惯了。”想想又补了一句，“只是借你用用。”

“这么小气啊。”她听到这话挣扎抬头，又想起什么，靠在他身侧，告诉他自己找过闻天南，“你今天去见袁沁，想通过更新程序删除002的核心代码，这个过程……是不是对你自己也有影响？”

不安的气氛刚刚缓和下来，邵新环住她的手却收回去了，他没有回答。

这事果然没有听上去那么简单。

孟宁语的声音异常笃定：“我能听懂闻天南的意思。”

对方说，如果邵新成功，又是三年前的结果。

邵新看她执着，自知说什么都逃不过她的问题，于是承认：“按照这些年的惯例，所有更新都会先由001先开始，也就是我，这样袁沁不会有疑心，等她复用给新产品之后，我可以连接并控制002，触发自毁停机，这样就能把我们这两个怪物的核心代码全都删掉，永绝后患。”他今晚抱着玉石俱焚的打算，然而此刻说起来的口气云淡风轻，远不如夜风迫人。

孟宁语本来还不明白，听了这话感觉更冷了。原来这本该是告别的夜，因而她急了，死死抓住他。

邵新很轻地笑了一下，试图安慰孟宁语：“但袁沁也不傻，不管我今晚想做什么，她都没让我如愿。”

她最完美的杰作就是如今的邵新，绝不允许他自我销毁。

当永生成真，死亡会变成最难求的解脱。一旦人的记忆无法消减，那意味着噩梦也会永恒。

他说：“我们都知道人有阴暗面，可惜没人知道永恒也有阴暗面。”

这世界每分每秒善恶并行，时间是更高维度的限制，让人类社会延续至今。只要长夜有尽头，天永远都会亮，然而人类盲目追求永恒，作恶又总比行善容易，一旦出现摆脱时间约束的生命体，后果无法想象。

孟宁语知道邵新的坚持，他一直想要彻底清理“引渡者”。

情急之下，她有太多想说的话，却通通找不到一个合理的反驳论点，因而她只能摇头，又让他看向自己，告诉他说：“不行！你的记忆、情感、意识都还在，你还是你，你还活着，你和002不一样！”

邵新明白她的意思，但他同样明白自身的存在非常可怕。虽非他本意，但现实竟然先验证了袁沁的疯狂构想，导致他现在变成了悖论本身。

孟宁语终于弄清楚自己害怕的真正原因了。

她确实不怕冷，也不怕黑，更不怕现在的邵新，她只怕他像三年前一样心死如灰，坚持自我放弃，因而她非常急切地还在说：“你听着，不管那个002多像人，它都不是人，哪怕那鬼东西的仿生程度很高，可它还是没有思想，也没有自我意识。无论大家用什么标准判断它，它都只是个机器！一台机器可以被关闭清理，但是一个人不行，所以你……邵新，你不行！”

邵新看她又红了眼睛，让她别哭。

他发现孟宁语搅局的本事可真是日新月异，因而开口说：“别激动，托你的福，不管我有什么打算，都被你掐断了。”他说完就打算换话题，想到警方迟迟没有回复，估计这一夜的抓捕并不顺利。

孟宁语的话接二连三冒出来，她还在劝他：“现在和三年前不一样了，只要袁沁落网，她相关的计划都会被依法取缔，根本不需要你再拿自己冒险。”

“好，我知道。”他马上又拉着她往停车的方向走，“天亮之前湖边最冷，咱们先回车里等消息。”

孟宁语跌跌撞撞跟着他，开始不讲理。她不想接受任何可能和分别相关的暗示，于是一边一走一边揪起脖子上的围巾，没头没脑地和他说：“你答应我……我送你的东西永远都是你的，只能借我用用。”

他有点想笑，眼看孟宁语还能闹脾气，他也不担心了，所以顺着她的话问：“你不是嫌我小气吗？”

“反正你别想躲开我！”她抓着他的袖口用力，咬牙切齿，在这黑漆漆的夜里好像有了什么了不得的把柄，仿佛连一条围巾都能吊命。

邵新无端端就觉得她可爱，明明是个野猴子一样的傻姑娘，但总能把深奥的大道理说得简单清楚。

这世界巨大，她以渺小来爱它，它永远不会太糟。

邵新突然什么都不愿再想了。

前路艰辛，他的向日葵却永远热烈。哪怕在没有光的日子里，她也能做自己的太阳，那种盛放的光和热，让他一次又一次地对人间燃起希望。

孟宁语看见他开始笑，那双眼睛里的光逐渐变得真实而温和，于是她心里所有不安动荡的念头都远了。

这一刻太静，远处那片照不出月影的湖面被风吹皱，忽而显得格外温柔。

邵新脚步不停，打开车门之后想一想，似乎很为难地答应她：“好。小气就小气吧，谁让你离不开我。”

孟宁语瞬间把刚才的悲愤全忘了。

她惊呆了，很快脸也红了，小心翼翼地问：“你是给自己更新了恋爱脑吗？”

邵新笑得更大声了。

后来的后来，天终于亮了。

黎明破晓，暖色光线从山坡之后泛出来，渐渐把周边景物都照出了原本的样貌。湖面澄澈，很快折射出微光，让天地的界限再度被刷新，就连树梢上也响起了久违的蝉鸣。

这一年的夏日，终究不是错觉。人间万象，风雨退尽。

孟宁语依然不争气，她还是没看成日出。

昨夜两个人上车之后，她抓着邵新的胳膊不放，生怕她一松手，人就跑了。她心里忐忑不安，但身体在着凉之后又极端疲惫。邵新把她的座椅放倒，她闭嘴刚安静了一会儿，很快就在他身边踏踏实实地睡着了。

直到此刻，天已经大亮，孟宁语还是被自己的手机吵醒的。她一直陷在深度睡眠里，以至于差点蹦起来，险些撞到车顶。

邵新哭笑不得，他眼疾手快一把护住她的头顶，才没让孟警官把自己磕晕。

孟宁语眯着眼睛看时间，都快八点了，她急匆匆拿出手机就喊：“师兄？”

邵新同样转过身，她很快按下免提。

申一航那边说了两个消息，喜忧参半，事情果然没有那么顺利。

市区的佳和公寓出事之后，警方到达现场的速度已经足够及时，但袁沁还是第一时间跑了，连带着她那个机器人也一起消失。公寓附近的路段包括一切可能的场所都被全面布控，而后警方进入了她家里，将整整一层的空间全部封锁调查。袁沁临走的时候关闭了所有控制台，但目前技侦已经联合相关行业的专家，正在想办法通过技术手段恢复数据。

至于西岗七区那边，倒是让申一航扑了个正着。他连夜搜查所有废弃厂房，找到了袁沁隐藏的实验室。那地方平日废弃，只有附近街道曾经找过一个保安队负责看门。经年之后，连看门的人都快跑没了，只剩下两户还在里边私搭乱建卖废品。袁沁挑中了那个地方，一早买通他们，占用最深处厂房的地下空间，全部清理重新装修，然后变成了重启“引渡者”计划的实验室。

“患者呢，人找到了吗？”

“这就是好消息了。”申一航实打实通宵没睡，此刻声音发哑，他跑去灌了口水，然后才接话说，“受害人已经解救出来了，病人没有遭受虐待，只接受过一些术前的例行检查。”

按他说的情况来看，袁沁的秘密实验室雇用了几个护士，人也都被警方带回去了。

那几个人来源简单，非常年轻，都是不同护校毕业的实习生。事发之后，她们吓坏了，全都忙着喊冤，并不知道自己参与了非法实验。她们被袁沁招去工作，只是为了混实习经历，而且日常工作只有一个，就是维持病人的生命体征。

袁沁隐忍三年，好不容易绑走一个实验目标，十分谨慎。

孟宁语一颗心都快跳出了嗓子眼，好不容易才能出声：“万幸，她没来得及动手。”

“袁沁本人去向不明，警方正在全力部署搜捕。”申一航又告诉他们，“到现在为止，所有离开市区西部的通路都在监控之中，她应该没有走远。”

然而在市区的规划上，城西区的面积也很大，里边涉及无数街道。如果袁沁销声匿迹不肯露面，在没有具体线索的情况下，很难立即排查。

邵新忽然出声说：“你们先请专家尝试重启控制台，想办法找到‘引渡者002’相关的定位信息。现在袁沁出逃，不要直接关闭它了，一旦它的定位可以恢复，就能顺着它找到袁沁的位置，她不会离它太远。”他说着又拿出手机，“申队，我会把尝试恢复的方法发给你，节省时间。”

申一航正想问他这事，开口就说：“你肯定比其他人了解袁沁的控制室，直接来现场不是更快？”

“你很清楚，我是一个在存档记录中已经抢救无效的人。”邵新避开了“死亡”这个词，只是提醒他，“我公开露面会惹出更多麻烦，不能再让这个案子变得更复杂了。”他说着换了一个姿势，把座椅调直，直接靠在方向盘上。

孟宁语抬眼就看见他背后那个诡异的伤口，很快替他补了一句：“师兄……他不能去，等你们找到袁沁，看到那个002就明白了。”

申一航欲言又止，没往下说。他对邵新身上隐藏的问题依旧不解，但答案其实近在咫尺。他在执行公务，没有心思分神深想，而孟宁语人还在邵新身边，所以他也不再强求了，口气缓和下来又说：“那请你保证孟宁语的安全，在我们找到袁沁之前，绝对不要进入城西区。”

邵新当然比他还清楚这一点的重要性，此刻只有孟宁语坐不住。

她还要追问申一航接下来有什么具体行动，但邵新不给她机会惹事，直接挂断通话。

狂风骤雨之后，天终于如愿放晴。

顶上浮云寥寥，此刻周遭只有草木湖泊，郊外的清晨太过于宁静，连气温都逐渐回暖了。

久违的蓝天过分空旷，孟宁语有点出神，盯着天看久了，又觉得那蓝色的底子也发灰，近似错觉。

她不敢乱想，回头去看邵新，她担心天亮了这里也会有外人来，于是把身上的西装外套脱下来递给他说：“你的伤口不能被人看见。”

邵新把衣服披在肩头，孟宁语伸手帮他。此刻那些所谓的“血液”已经彻底干涸，因而白日里看上去，伤口里都是各类错综复杂的仿生组织，由不知名的材料构成，金属色泽更加明显。

她又轻轻伸手碰。

他以为她想问自己有没有感觉，很快就说：“我把受伤部位的神经反馈都关了。”

孟宁语点点头，又问他：“就算你没感觉，也不能一直这样。”她胆子大了，还想探索一下“受伤部位”能关联多大的面积，故意捏他另一侧的肩膀。

邵新无法招架她总是突如其来的好奇心，开始躲她的手，又低声说了一句：“你手劲比子弹都大。”

“邵教授，注意严谨，别胡扯。”孟宁语很快消停了，但对于伤口仍然十分担心，又问他，“这样应该怎么修复？”

邵新正好要启动车子，他一边观察周围一边倒车，又和她说：“休眠舱，可以修复‘引渡者’身上的各种日常损耗。”

他腾出手比画了一下，就是那个他锁在卧室里的舱体设备。

“哦。”孟宁语表示理解，“我以为那个东西就是用来睡觉的。”

“差不多吧，‘引渡者’的身体需要定时回到休眠舱，否则最多一两天就会影响日常动力，一旦能源支撑不够的话，会连基础行动力也受影响。”

孟宁语点头，又问他：“那我们现在回家？”说完她开始犯愁，他们家也在城西区，申一航刚刚提醒过暂时不要去。

“不，去闻天南那里。”

· · · 第十四章

最后的英雄主义

好端端的一个工作日，闻天南心里却惴惴不安。他趁着中午饭的时间跑回家，发现屋里还是没人，心急如焚，十分暴躁。他一个人正闷头着急的时候，邵新又带着孟宁语突然回来了。

老闻提心吊胆，一肚子话都不知道该从哪件事开始问。

邵新回来之后倒是态度淡定，直接脱了外套。

闻天南直接看见邵新背后暴露出一个突兀的伤口。他对他的情况了解，而且他毕竟是个医生，什么病人都见过，却生平头一遭见到这种古怪的场面。

他半天回不过神，不知道该怎么形容。

光天化日，这不是什么怪力乱神的场面，然而现实过分吊诡，实打实在挑战人的想象力。

邵新让他别紧张，还似笑非笑地开口说："这伤你可治不了。"很快他又解释，这副仿生身体将近四十个小时没有返回休眠舱了，再加上子弹让内部结构和神经系统受损，他确实需要尽快修复，因而他让闻天南照看一下孟宁语，很快就径自往侧卧走。

尖端科技异常瘆人，闻天南咽咽口水，点头答应，又扭头看孟宁语。

野猴子十分坚强，那表情好像已经完全接受了现实，而且她对着邵新身上的秘密没露出半点恐慌。

闻天南一向不太在意人情世故，偏偏此刻对着这两个人有点唏嘘。他想不通这世道到底怎么回事，为什么好好的日子会被颠覆，而且一步一步走到如今这个地步……他只能抓过烟叹气。

“老闻你可真另类。”孟宁语竟然还有心情说别人怪，她好像冻着了，抽着鼻子打喷嚏，和他说，“你是我见过最爱抽烟的大夫了。”

闻天南难得顾虑她，又把烟放下了。

他虽然不像其他医生一样注重自己的身体，但该有的职业病也没少，开口就念叨她：“昨天降温，你穿太少了，感冒前兆。”

孟宁语吸吸鼻涕表示自己还好，不严重，然后她又追着邵新往侧卧跑，似乎想跟着进去看看，结果邵新不让。

这俩人面对现实一个比一个想得开。他还让她先歇会儿，开口逗她：“这和人睡觉一样，我会彻底休眠，没什么好看的，别进来了。”

她没强求，毕竟她搞不懂，于是也只是好奇，探头探脑往里瞟了两眼退出来。

邵新很快把门从里边锁上了。

客厅里只剩下孟宁语和闻天南。她安静不了两分钟，转了一圈又打喷嚏，让老闻离远点别传染他。

闻天南没什么心情和她废话，去厨房里拿出感冒药。

孟宁语很会照顾她自己，根本不等他多说，跟着他进厨房，找到水就把药吃了。

他家的厨房根本没人开火，地方也很小，最多也就够两个人站开，连燃气灶都不装，扔着一个电磁炉，台面干干净净。

此刻已经过了中午饭点，孟宁语顺势问闻天南吃没吃过饭，得知对方在单位食堂吃完了，她就眼巴巴地看着他说：“可是我饿了。”

老闻一头问号，气不打一处来。他搞不明白自己好好一个大夫，治病救人职业光荣，怎么还动不动要当保姆？他骂骂咧咧地从冰箱里翻出一袋桃酥点心，还有一盒牛奶，那本来是他自己的早点，然后不情不愿扔给孟宁语，又说：“一会儿给你订个外卖，先凑合吃点。”

野猴子成功获取投喂，欢天喜地对他表达虚伪的感激。

孟宁语啃着点心回到客厅，坐在餐桌旁。

她想起自己刚才忘了问关键的事，因而把嘴里的东西咽下去，回身和闻天南说："邵新这样……就是这种休眠状态，一般有多久？"

闻天南正在看表，琢磨自己下午还回不回医院，随口回答她："他前几天一到夜里就会进去，正好白天出来，看着和人一样。最短怎么也得有四五个小时吧，而且中途好像不能被随便打断。"说完他觉得这么说不太好，又懊恼地解释，"我学医这么多年，我都不知道'引渡者'还算不算人。"

"我明白，你没恶意。"孟宁语点点头，也不抠字眼。她身上装着两个手机，这会儿没事，一边吃东西填饱肚子，一边又靠着桌子挨个掏出来看。

闻天南发现她过分坦然，事到如今还知道饿。这女孩的承受力着实令人钦佩，因而他实在没这么好的心态了，没绷住又问她说："你一点都不害怕吗？"

孟宁语环顾四周："有什么可怕的？我昨天来过啊。"她一听就想笑，说实在的，她这几天下来，只有此刻最放松，因为无论是邵新还是闻天南，都让她心里踏实。她一时都没反应过来，还冲他挤眉弄眼，"你这里一屋子烟味，鬼都呛走了。"

闻天南服气了，指指侧卧，又说："我是说邵新这个生存状态完全违背了现有医学常识，他突然变成这样，你不怕？"

"是，他是变了，这个'变化'让我根本想不到。"孟宁语低头咬了一口桃酥，恶狠狠地用力嚼，然后才回答他，"我不懂人类的定义到底是什么，但他还有记忆，所以他宁愿自毁，也想要终止'引渡者'，哪怕那会影响他自己……他有自我目标，所以他就是邵新。"

闻天南这才听出来，邵新昨天想做的事恐怕没能完成，袁沁那个女人非常危险，城府极深。

孟宁语很快又说："邵新变成这样不可怕，强迫他变成这样的人才可怕。"

闻天南说不出话了，眼睛一转，忽然露出赞赏的神色。

这三年不仅仅是孟宁语的噩梦，它殃及了很多人。闻天南在得知邵新"死而复生"的经过之后，有一度颠覆认知，无论从专业上还是从情感伦理上，他都无法说服自己，但事实已经是最坏的结果了。他曾被袁沁利用，因而只能接受现实，尽一切可能协助现在的邵新弥补过往，但他本人始终无法摆脱心底的矛盾感。

然而此刻，他发现自己想得太多了，又对孟宁语刮目相看。

他眼前的小丫头片子明明连案子都查不好，实打实是个半吊子的小警察，然而她在重伤复苏之后，没有消沉逃避，还三言两语就把他想不通的死结全说开了。

人在必须面对现实的时候，就不用徒劳追悔过往了。

因为那不是他们的错。

闻天南心里痛快多了，他拿着烟走开，终究还是把窗户打开才点烟，尽量让烟雾散出去，不要熏着屋里的人。

孟宁语受宠若惊，毕竟闻天南是个硬脾气，谁也哄不好。

她想起以前的事，她记得老闻一天到晚愁得要死，每次出现都是暴跳如雷的状态，因为他总是找不到邵新，又要约他做检查。更要命的是，邵新在工作的时候总是忘记吃药。为了解决这个问题，孟宁语和他一起商量过，两人联手逼迫邵新在研究院里设置了专属的送药机器人，它会按时按点对接医生和用药患者，具体到邵新身上就更加无微不至了。它会把水倒好，核对需要的药物，最终全部放到他手里，如果邵新不取走，它还会示警提醒。即便一切都做到了这个地步，邵教授忙起来还能时不时给大家搞出意外。他偶尔赶上和同事开会的时候要吃药，于是拿完药继续说话，转头的工夫又扔桌上了……为此老闻时时刻刻都处在想辞职的边缘。

她想到这里开始笑，赶紧找话继续哄他说："换个角度想，邵新这样省心了，你不用再天天担心他的病。"

"我有时候都觉得这不是真的……我每天睡醒一睁眼，老感觉什么都没发生，大家还是以前的样子。我经常起床上班的时候还糊涂着，总往研究院的方向开……我宁可天天围着邵新转，哪怕最后不能治好他，我都认了。"

岁月像一只默然隐藏的手，总在人出神恍惚之间，让一切物换星移。

这世界变得太快，医学发展也很快，很多以往解决不了的难题正逐步得以改善，这种急速的变化正是他们坚持追求真理的希望，然而天秤的两端都有砝码，并不全是善意的加持，有时候这种变化也令人心寒。

闻天南就是刀子嘴豆腐心，他平日从来不外泄情绪，背地却是最想不开的那一个。

孟宁语很清楚这一点，也知道他一直非常难过。

她一边吃抢来的桃酥，一边和他说话："老闻，你不用内疚。邵新明白，不是你的错。"当时谁也不知道袁沁在院里暗中策划了那么可怕的阴谋，就算闻天南没有配合她提交邵新的生理数据，对方也是个生物学专家，完全能通过其他医疗手段获取。

窗边的人听着她的话，始终在静静抽烟。

楼下不远处就是街道，城市伫立，车水马龙，随便看一看，轰轰烈烈的暴雨之后，依然还有无数条人间路要走。

闻天南再一次理解了邵新，对方不惜一切代价，只求孟宁语可以活下去，是因为这个世界真正需要的是她这样的人。

他们都需要平凡的奇迹。

其余的话已经不需要多说了，两个人很快都安静下来。

孟宁语吃饱了，趴在桌子上。

闻天南把窗台边上收拾了一下，把烟灰清理干净。他不知道这两人之后打算怎么办，不过问了也白问。他想了想又去卧室里翻箱倒柜，最后在衣柜的抽屉里找到一件前几年的礼物，是他家里唯一的女款衣服。

“这是送给我侄女的，她比你小，刚上大学。我本来打算过年串亲戚的时候给她，买完扔家里忘了，正好，你拿去换。”

孟宁语一看，那是件长袖T恤，但上边黑绿相间，实打实不像什么女孩会喜欢的东西，老闻的老土审美着实堪忧，得亏他没送出去。

她这才想起自己昨天淋了雨，眼下脏兮兮的十分狼狈，实在没什么可矫情的，所以她一连叠声道谢，很快接过去。

她又看看时间，都快下午两点了，这个钟点无论如何医院里都该上班了，于是她让老闻先回去忙工作：“我在家里守着邵新，还要等警队的消息。”

老闻有点犹豫：“我还是陪你待会儿吧，等邵新出来再说。”他实打实麻木了，反正不管邵教授变成什么鬼样子，那人的脾气都一点没变，依旧我行我素。今天二话不说自己进去休眠了，直接把孟宁语指派给他，好像他现在是唯一能信任的人。

“不用。”孟宁语确实有点要感冒了，鼻子开始堵，她摆手让老闻先走，不想自己不舒服还拖累别人，“我不傻，饿了渴了我会翻冰箱，也不敢再给邵新捣乱，你放心。”

闻天南想了想，确实还有好几个小时要等，那会儿他怎么也下班回来了。最关键的是，大家心里都不太平，他总得给孟宁语留点空间，让她自己休息一下，他一个大老爷们儿在家里杵着也不方便。

“行吧，你把衣服换上，你这岁数当我大侄女也不亏。”闻天南不是个纠结的人，他起身往外走，回头又指指卧室，说她要是感冒重了，可以去床上躺会儿，不用和长辈客气。

孟宁语才不会客气，十分乖巧：“好的，闻叔叔。”

闻天南一走，这不大不小的房子里彻底没有任何动静了。

孟宁语虽然不觉得冷，但她还是换上了那件长袖的衣服，在桌上又趴了一会儿。她身上不难受，只是鼻子持续不通气，让她感觉憋闷，只想换换心情，又走去窗边。

今天承东市的天气格外好，如果没有那些可怕的案子，这日子实在应该好好出去晒晒太阳。

可惜人心安静，潜意识更容易暴露。

孟宁语不由自主开始想接下来怎么办，没等到她想明白自己还能做点什么，申一航很快又联系她。

他那边的最新情况也很棘手，袁沁狡兔三窟，她那栋佳和公寓是日常主要的控制室，也是她精心挑选过的住宅区。在雨夜发生枪案之后，她发现有人报警，立刻指使002执行撤离，显然提前考虑过紧急时刻的脱身计划。

根据事后调查来看，公寓门口外的冲突吸引了公寓里的警力注意，让袁沁有机可乘。她干扰了货运电梯的监控系统，大概率是利用它离开了现场，而且那个公寓区的后街非常狭窄，单向车道，只在拐角有一个角度有限的摄像头，几乎没拍到任何有用的画面，连她离开的方向都无迹可查。

“我们按照邵新协助的方式，已经用最快速度找到了002。”申一航说完这句话一直在组织语言，几次开口，都没说下去，“我都吓了一跳。”

孟宁语知道他看到那个仿生人体了，它完全是按照邵新打造的，外人确实很难理解它背后的隐情。

她直接问他：“袁沁呢？”

“到现在也没发现袁沁的踪迹。”申一航把前后的关联说清，袁沁肯定猜出警方可能进行的追踪手段了，所以直接让002下线。因此他们只能追查到它最后出现的定位，找到城西区的另一处出租房。房东常年在国外，袁沁私下对接直租，没有走任何明面上的合同和中介机构，并且按照邻居所说的情况，那房子在出租后一直空置，应该此前从未有人住过，很难被人发现。

孟宁语感觉这事不对，按照目前的形势来看，它是“引渡者”的最新产品，袁沁花三年费尽心机才把它搞出来，无论如何，她不该把它扔下。

显然邵新之前的看法也认同这一点，毕竟他和袁沁已经对立，所以她手里最后的指望就是那个002了。

申一航同样清楚，所以他才紧急又打这个电话来找孟宁语，他说：“我认为她有不得不离开的理由。她知道自己短时间内无法离开城西区，形势严峻，她在这种情况下还想要去的地方一定很关键，我怀疑……”他停下仔细思索，然后才说，“她应该猜到当年旧案的证据藏在什么地方了，所以她必须去找。只要那些数据被清理干净，哪怕你活着，只凭你一个昏迷患者的口供，当年的案子肯定还是证据不足。”

孟宁语听懂了，形势严峻，一再出现新的变故。

申一航此刻需要邵新把证据所在的详细位置告诉警方，这样他们才能提前搜查控制，但她也明白邵新一直不肯提前泄露的原因。“袁沁有很强的反侦察意识，她如果发现那个地方被警方布控，肯定不会随意露面，很可能打草惊蛇，就会把她逼到……想尽一切办法对我下手了。”

“我理解邵新的顾虑，但案情紧迫，你最好和邵新谈谈。”申一航的口气有些犹豫，然而依旧理智，“现在非常关键，如果袁沁连那个机器人都扔下了，她自己一个人能躲藏的地方太多，我们没有时间权衡个人安危，必须抢在她之前尽量保护证据安全。”

孟宁语看向侧卧的门，那里无声无息，半点动静都没有。事发突然，邵新因为枪伤被迫进行休眠，何况就算她问，邵新也不会同意这个很可能再度威胁到她安全的危险方案，现在她根本没有机会说服他。

她没办法简单把这些秘密和申一航在电话中说清，因而只能告诉他：“邵新曾经提醒过我找回证据的方法，等我想想办法，一有消息马上联系你。”

申一航没有再催：“目前可以确定袁沁肯定是被我们困在城西区了，她暂时没有途径逃逸出城，走不远。”

他很快挂断通话。

现在发生的一切，让孟宁语知道自己不能盲目浪费时间了。

邵新和申一航针对那个女人的行为动机做过判断，随着调查不断深入，西岗七区的实验室被搜查，相关人员全部被捕，而重启“引渡者”计划的实验对象也已经被解救。三年之后死水生波，袁沁背后的保护伞悉数倒台，她被迫出逃，整件事性质恶劣，日后恐怕还会牵连到更高层级的领导，所谓的“引渡者”计划无疑已经走向末路。但现在的关键在于无法关联旧案，哪怕查到这一步，袁沁目前的实验还没有惹出人命官司，这在未来会直接影响量刑结果。

孟宁语思来想去，按照邵新的意思，他和袁沁周旋三年，保留下当年的数据原件，这个“原件”肯定不只是孟宁语手机里拍到的图片，他之所以这么谨慎，肯定还有其他内容，可以证明袁沁私下设计并执行整个“引渡者”的关键信息。

但研究院毁了，他们家里也不是什么机密场合，邵新还能把证据存在什么地方？

孟宁语想不通，只知道自己必须尽快帮警方找到线索，而邵新一直没有出来，这一次的休眠时间因为枪伤，肯定会比平日还要长。

她满心疑虑，无人可问，也不知道自己还需要等多久，但无论多久，如今的邵新绝对不能再出现在公众面前了。在她成功复苏之后，邵新开始做最坏的打算，他知道自己要去终止“引渡者”计划，因此到了最后，他需要确保只有孟宁语本人，甚至在她独自的情况下，也能拿回警方想要的证据。

孟宁语越想越觉得茫然，先不管邵新做过什么特殊设置能把证据和她绑定，总之她昏迷了三年，对这些年周遭发生的变化一无所知。按照邵新昨夜的原计划，万一他真的一去不复返，那她再也找不到他，岂不是什么都查不清了？

那意味着没有客观证据再能揭露袁沁旧日的恶行了。

午后的日光让这城市无所遁形，只有孟宁语还困在原地，发现邵新好像高看她的智商了。

他的能力超越常人，因而行事时常不顾虑外人的理解能力，他连对手都是袁沁，那女人诡计多端，所以他只记得与之博弈，完全不管孟宁语有没有解密能力。

她失落感十足，发现自己的脑子根本没追上他的构想，导致思路拥堵，就和她的鼻子一样不通气。

她越急越希望自己冷静，开始靠在窗口发愁，扭头看见邵新的那本诗集还放在窗边。闻天南显然不爱收拾东西，她叹了口气，又把它拿起来翻，没看出什么新的灵感。

远处的另一部手机又响了，提示音陌生，因为它来自邵新给她日常用的那部新手机。

孟宁语有点奇怪，抱着书跑去桌旁看消息，发现那是个非常陌生的号码，但也不是垃圾广告。

对方使用彩信直接发来了一张图片，没有任何留言和文字。

她下拉加载图片，意外发现那张图片是街景照片。打眼一看十分眼熟，画面完全是户外，没有可以辨认的人，只是充斥着绿树和不知名的植被。

孟宁语盯着画面心里一动，赶紧把书扔在桌子上，又把图片点开放大。她仔细观察背景，发现照片的极远处有一片朦胧的灰色轮廓，毫无疑问，那是启新研究院的楼体残骸。

这张照片拍的是研究院所在的那片街景。

她彻底惊讶，意识却先于理智替她想到了一句话，邵新曾经叮嘱过她：“等到袁沁被捕之后，你从哪里来，回到哪里去找。”

这话模棱两可，当天的孟宁语完全没听进去，不知道他在感叹什么。如今再想，那一夜邵新已经下定决心终结袁沁的计划，所以他才会在临别的时候给她留下寻找证据的索引。

毫无疑问，此时此刻。她手机里突然收到的照片也是一个关键所在，所有事关启新研究院旧案的证据，很可能还在她昔日的去路之上。

孟宁语想通了这一点，立时坐不住了，连带着自己那不争气的鼻子都瞬间通气，她虽然跟不上邵新的思维，但显然袁沁比她聪明多了。

她拼命开始回忆过往，她曾经和邵新去过研究院的残骸旧址。那里的院区主体虽然已经被废弃隔离，但她当时在外围，习惯性地观察过四周。根据现场东南方向的树林生长走势来看，那地方不像被爆炸波及过，而且为了达到疏散病人的目的，她过往找到的安全通道入口应该还在。

如果顺着这个思路想下去……孟宁语心里陡然萌生出一个念头。

这无疑是真正的最后一局了。

袁沁在暗，她不可能不留后路，哪怕她滞留在城西区，想要窝藏的方式也很多，这样拖延下去，警方不可能长时间封锁大面积路段，因而除了暗中大范围排查之外没有什么更好的办法了。万一让袁沁找到可乘之机，日后关于“引渡者”的一切注定复燃，还会有下一个三年的死循环。

现在所有人都很清楚了，袁沁手里掌握的不是一个普通的激进科研计划，它是实现人类永生的捷径。只要袁沁死死抓着这一点煽动人心，生老病死的困境照旧能让权势折腰，不管到了什么境地，她依然可能找到支持者。

孟宁语又看向那张图片，她渐渐想通对方的意图了。

她必须迅速破局，因而迅速考虑自己此刻的念头是否可行，目光恰好落在桌旁。

诗集已经被她随手翻开到某一页，此刻看过去，那一页上的字字句句经典透彻，随着人心解读，它俨然又成了某种指引。

> One may not reach the dawn save by the path of the night.
>
> 人们不能到达黎明，除非通过黑夜的道路。
>
> ——纪伯伦

孟宁语豁然开朗，寻找真相不可能毫无代价，她不需要再犹豫。

三年前，因为她的仓皇失误，导致本该提前被揭露的阴谋被迫掩藏，三名死者无法瞑目。三年后，她必须竭尽所能，继续完成自己肩负的任务。

哪怕她这辈子注定没出息，但起码无愧于心。

孟宁语看了一眼侧卧紧闭的那扇门。

邵新不能出面，她也不能把一切再压在他肩上。他已经无数次把她从崩溃边缘救回来了，但这条回家的路，她不能让他独守。孟宁语知道，她的世界无论新旧，无论还有没有未来，她的人生路上永远都有他的位置。

因而她什么都没说，低头把手机拿过来，直接给那个发照片的人回复：“从哪里来，回到哪里去找。”

她相信对方明白自己是什么意思，所以发完就打算出门了。

她走到门口，看见昨夜邵新“借”给自己的那条围巾，今天外边气温回暖，这季节并不是三年前的冬天，不需要御寒，然而孟宁语还是没忍住，伸手把它拿走了。

孟宁语的决定太仓促，因而走得着急。她完全忘了闻天南刚才顺嘴说过，要给她订饭。

老闻虽然脾气暴，但职业让他事无巨细都要操心。他没有马上回到医院，因为下午没有重要的会议，时间还算充裕，他走出家门总觉得不太放心，因此没拐出附近的路口，就想抽烟了。

他的烟盒空了，又半路停车，去找路边的小卖部买烟。

孟宁语匆匆出门的时候，他正靠着车边散烟，一根烟的工夫还没过，他接到外卖送餐员的电话，说他在门外，敲了半天都没人开，只能把东西放门口了。

闻天南有点奇怪，那野猴子明明在家，难道睡着了？估计那丫头片子病了不舒服。

他难得认真当一回保姆，反正此刻压根没走远，于是他也不打电话了，自己掉头又回家。

他万万没想到，就这么一会儿工夫，孟宁语竟然没在家等邵新出来，她自己不见了。

老闻心里那点不好的预感全然爆发，他紧张地去找钥匙，从外边打开侧卧的门。

白日天光没能闯入“引渡者”的世界，四下只有休眠舱周遭闪过灰蓝色的光线，一阵又一阵，而里边的人丝毫不知外边发生了什么。

他冲过去喊他，但邵新在舱体之中显然没有恢复意识。

闻天南开始打孟宁语的手机，一连打了好几个，那死丫头不肯接。

老闻急了，扑到休眠舱内侧摸索，随着他的触摸，舱体上的金属面板感应滑开，露出了一排按钮。他没时间研究那都是什么高级操作，不过凡事必须考虑非常情况，因而他仔细寻找，最后才在舱体末端的面板上找到一个红色内嵌按键。

一排英文小字表示它的作用代表“紧急唤醒”，那无疑就是他此刻需要的功能，可是它的位置隐蔽，为了防止外界误操作，需要准备额外的尖锐物品特意触发，显然不是随便能让人乱动的设置。

分秒之间，闻天南有些迟疑，他以往从不敢替邵新做决策，可是邵新说过的话也让人记忆犹新。

对方说过，过往那十年，一直都是孟宁语救了他。

闻天南低声咒骂，很快想办法按下了“紧急唤醒”按钮。可惜这神秘的舱体对于程序的保护措施非常琐碎，在按钮下移之后，又露出一个密码屏，需要再输入中止口令确认。

老闻气得跳起来，当场就想踹它一脚，又开始骂邵新，把东西设计这么复杂，真到紧急时刻，简直能把人急死。

他骂了两句没什么用，因为邵新在里边躺得好好的，根本听不见。

他口干舌燥，马上跑出去翻找邵新的东西。备用舱十分重要，外界唯一中止它的限制密码，肯定会和邵新本人相关。然而如今的邵新完全不需要像人类一样考虑生活中的种种麻烦事了，所以他来的时候随身几乎什么都没带。

闻天南站在客厅挠头，忽然看见那本书。邵新当晚只带它来了，而此刻那本纪伯伦的诗集又被孟宁语看过，正摆在餐桌上。

他知道邵新一直喜欢那本书，过往没事的时候也曾经反反复复地看。

闻天南抱着死马当活马医的心态，又回到侧卧，在舱体外侧输入密码：Sand and Foam。

整个舱体的蓝灰色光线立刻停止，密码通过验证，紧急唤醒程序开始运行，十秒之后整个房间很快被红色的警报充斥。

那个密码屏上无端出现了一排另外的数字，四个小时的时间飞快消减，像是一个莫名的倒计时。

前后不到半个小时的时间差之内，孟宁语已经溜出家门，打车去往城西区的路上。

车没开出多远，她已经发现闻天南又给自己打电话，她确实不敢接，生怕他担心自己而多问。

孟宁语心里乱糟糟的，就和窗外的日光一样，但开车的司机师傅很健谈，他听到交通实时信息，发现很多主干道都被临时管制了。

司机随口和孟宁语抱怨，又看她的定位所在地，总算松了一口气说：“还好，你去的这地方应该没事，都是一片荒地了，不会堵车的。”

孟宁语脑子里还在想事，没空抬头接他的话。她拿过和申一航沟通的手机，一直都在发消息："师兄，我知道袁沁去哪里了。"

她心跳如擂鼓，分秒就过得极快，于是从南城到城西区好像也没开太长时间。

司机很熟练地绕行避开了大路，虽然进城西方向的车道没有被管控，但出路严格被查，还是影响到周边路口，导致主干道异常拥堵，他们只能沿着小路去往高新区最不发达的地段。

直到她看见启新研究院那片街区的时候，才发现自己因为焦虑完全没换过姿势，直挺挺地坐了一路，眼下动动胳膊都发麻。

司机师傅往前看，确认定位，一脸纳闷地问："姑娘，这地方之前发生过事故，特大火灾，好像还爆炸了，你看……附近什么都没有了，你确定停这里？"

这实在不怪师傅多嘴，因为承东市的高新区早已发展壮大，只有启新研究院曾经的旧址用地完全没有改建过，因而前后两公里的区域之内，看上去全是草木树林，路边连个楼房都没有，就更别提什么基础设施了。

这地方除了路还是路，来往也只有路过的车，压根不会有人在这前不着村后不着店的鬼地方下车。

"没错，您停路边吧。"孟宁语努力让自己放松一点，尽量看上去一切如常，然后她也不和司机解释，没头没脑地笑笑说，"我就是为了回到这里。"

那场事故根本没查清。

车很快开走了，谁也不会对一个陌生人的离奇念头感兴趣。

庞大的研究院残骸像是一座隐秘的记忆迷宫。这里昔日辉煌，人来人往，几乎成了尖端科研的神坛，但它又被风暴席卷，再被岁月侵蚀，而后悉数照单全收。它没能通往未来，所以只好用一种极端衰败的态度对抗现实，此刻正静静地隐藏在荒林之后。

今时今日没有雪，也不是凛冽寒冬，但人类的记忆顽固，强迫一个人去面对她最害怕的过往，从来都不是一件容易的事。何况启新研究院变成这个样子，对过往熟悉它的人而言，实在难以接受。

孟宁语沿着街边的人行道向前走，没有心急乱闯，先观察周遭的环境。

曾经各个出入口的大门早都毁尽了，为了安全，距离很远的地方就围了铁丝网，而且每隔几百米还有危险示警的标志，再好奇的路人也不会没事来这里探险。

她转了一圈，花了一点时间，最后又回到东南方向，开始顺着野蛮生长的草地往里走。她想得没错，东南方向被波及的痕迹很少。

她脚下的泥土都没有干透，鞋上已经全脏了。

林木的走向毫无规律，也不是人为种植，所以漫天席地歪歪扭扭，高矮交错，各类植物全都纠缠在一起。它们凭借旺盛的生命力，在这座冬日冗长的城市里独自成王。

孟宁语把围巾随便挂在脖子上，放眼远望，分辨出昔日院中的轮廓。它的东南角有一排巨大的仓库围墙，墙体和仓库一早使用了防火材料，标准严格，因而成功地阻隔住了当日的大火。在它外侧六百米的位置就是隐蔽的安全通道出入口，只有这条通路在公开的图纸中保密。邵新曾经对其内外建设花费巨资，因此安全性可靠。这条通道使用了当年尖端的军工科技材料，全部按照最高级别的防护需求而打造，就连结构上也完全可以做到普通的防火防震，甚至于可以抵抗轻度的核污染，让它最终在事故中幸免。

她谨慎地又往附近看，外侧行车道上的声音已经渐行渐远，高大的杉木错落，间或还有拧成矮墙的灌木。孟宁语这会儿才理解，邵新为什么不想让她轻易回来冒险。毕竟这片旧址已经完全荒芜，俨然成了一片无人区，更不可能再有什么摄像头作为安全保障了，就连此刻的树影都格外遮挡视线。

多亏还是白天，而且一切都很安静。

她一路走来，只能听见来自自然界的正常反馈，那点声响还不足以动摇人心。

孟宁语很快摸索找到安全通道的入口，开始担心自己有可能进不去，却发现银色的金属防护门没有完全关闭。当年医疗院区里都是昏迷病人，没有自主行为能力，他们应该都是被放在维持供氧的安全舱里运送出来的，由机器人引导，统一安置在林外，最终等待警方解救，所以这门从那天之后，没有机会再完全锁死。

孟宁语想通前后，顺着门边的缝隙走进去。

大门附近快被植物占据了，上下都是青绿色的藤蔓植物，又脏又乱，十分麻烦。多亏她脖子上挂了一条围巾，她用它护住自己外露的皮肤，一边往里挤，一边还要小心保护自己不被割伤，然后发现这场面简直和科幻电影没什么区别了，古怪的废弃科研院，藏着不为人知的秘密。

她还在分神想，灵感果然来源于生活。

从孟宁语下车到现在，前后折腾了快一个小时，她终于进入了安全通道。

四下其实是一个巨大的管道形建筑，这里使用的材料完全屏蔽掉了外界侵扰，就连那些植被也没能蔓延生长，因而对比之下，内部环境显得十分干净。

她把围巾掸平，重新挂在脖子上，然后慢慢向前走。

四下很暗，所有系统已经长时间下线了，没有特殊的照明，所以越走越黑。所幸孟宁语的暗视力还算不错，她的眼睛逐渐适应了黑暗，而通道之中除了上下规律的运输装置之外，没有其他特殊的东西，比起林地来说好走多了。

她渐渐看见前段的通路延伸开去，纵横于研究院地底空间，整体走向非常复杂，随着空间铺设，前方的暗影如同一张不动声色的巨口。

孟宁语停下喘口气，心里并不怕，因为她曾经偷偷看过邵新的保密图纸，所以知道去向。她当年在接到任务之后，曾经逼迫自己搞清楚安全通道内部的关键位置，并且背下来了。按照她的记忆，向西北方向连续五个分岔路之后，就是可以通往研究院区内的出口，那是一个隐藏在专家会议楼之下的位置，在一片园林景观内部。

孟宁语继续往前走，脚下的地面也做过特殊处理，因而连脚步声也没有。

她在极端安静之中保持镇定，沿途一边走一边还在四处寻找，但走了很远，没有特殊发现。

这地方和三年前相比，没有额外的装置，也没有能保存证据的东西。

她越走越发现自己没有头绪，而且她隐隐担心的事情也没有发生，直到她顺利绕过所有关键的分岔路之后，根本没有遇到任何人。

最终通往院区出口的门近在咫尺，门边有一道矮矮的影子。

她警惕起来，不敢乱动，最后发现那玩意儿不是人，好像只是一个损坏了的“垃圾桶”。

过往启新研究院里到处都是这种机器人。

孟宁语长出了一口气，凑过去看见它早早失去了所有动力源，浑身脏兮兮的，此刻真成了一个垃圾桶，正一动不动地卡在墙边。

想来它应该是最后一刻的英雄了，由它看管这个安全通道，很可能也是它最终协助疏散了所有病人。

想到这里，孟宁语虽然觉得这场面有点悲惨，可她还是对它充满感激，低声说了一句：“辛苦你了，英雄。”

英雄完全没有反应，而且晚景凄凉，不知道它是被烧过或是在哪儿摸爬滚打过，总之它通体灰黑，惨不忍睹。

她想帮它体面地找个好姿势站着，想了想又觉得没必要。它坚守在这里只是为了完成自己接收到的使命，因为它自始至终只属于启新研究院，哪怕事到如今，它也未曾离开过，这就是它被研发出来的初衷，不必盲目把人类的那些多余情绪强加在它身上。她心里莫名有些感动，但也只是礼节性地摸了摸它的金属脑袋，以表敬意，然后不幸蹭了一手乱七八糟的灰。

她没地方清理，叹了口气，对着一个完全损毁的机器人也不用徒劳感伤，于是她没再看它，低头就走了。

三年之后，孟宁语跨越生死，最终又回到了启新研究院。

外界灌入的空气不冷不热，今天确实应该是个好日子。

孟宁语稳定心神，把自己的两部手机都放在口袋里护好。

她虽然不聪明，可涉及要案，她再傻也不可能随便乱跑。她今天贸然离开闻天南家，是因为她想出了一个办法。

她请求和申一航配合，再次回到噩梦的起点，执行一个新任务。突然收到了一条暗示性的彩信，她明白自己不能再拖延下去了。这种时候，还有人死都想拉着她一起下地狱，那只可能是真正的始作俑者。

只有袁沁才可能用尽一切办法怂恿孟宁语，她的目的就是让孟宁语愚蠢地跑回来，替她寻找当年的证据所在，所以这是诱捕计划中最关键的一环。

孟宁语莽撞出现，袁沁才可能露面。

她们双方都在冒险，但任何对弈想要破局都需要有人铤而走险，越怕输的人，才越会输。

孟宁语始终没忘，哪怕她自己已经不在公安系统的编制内，但她依旧记得当年闯进研究院的初衷，她还是个警察，而所有作恶的凶徒都是疯子，如果必须有人要冒险面对疯子，那个人不应该是邵新，而她也不该再连累无辜的闻天南，继续躲在他家保命。

申一航也是警察，他甚至比她更清楚他们必须担负的使命。他看到孟宁语在路上发来的消息，法律维护正义，坚守人性的底线，但人性永远都有温度，这两者无法分割。

她还说："我也是为了自己，为了邵新，为了师兄你，哪怕是为了老闻……为了所有希望我好好活下去的人，也为了不再有更多无辜的受害者，我必须冒险，这才是人性。"

所以申一航没有理由阻止，哪怕他知道这一切可能又会导致孟宁语重涉险境，但他不光是她的师兄，还是她的领导。

如同三年前一样，他还是同意了。

研究院的院区就更凄凉了，里边各类建筑和设施均被焚毁，所以出口之外的世界就不那么友好了。

四下都是焦黑的痕迹残留，破败的墙体让人不辨方位，而时间太长，所有倒塌的结构也根本看不出有没有被清理过。因为曾经有危险物品存放区，导致这里在大火后也可能还存在泄露污染源，所以连角落里都没看到绿色植被。

虽然没有特殊的警示，后续影响应该不大，但毕竟这里是爆炸现场残骸所在，孟宁语不敢使劲呼吸这里的空气，尽量用围巾护住口鼻，开始四下寻找。

她用了很长时间判断大概位置，找了半天，终于找到当年自己坠楼的医疗院区。它曾经被颜色明显的警戒线围起来，后来经年日久，大风大雨之后，连警戒线也都被吹断了，飘落在四周的砖块上，以至于连昔日的调查痕迹也完全看不出来了。

那座曾经非常恐怖的焚烧炉被拆了，四周又被陆续加固封锁。

在她的印象中，医疗院区这里的建筑风格实在不讨喜，往昔全部都是惨淡的白色调，事实证明，它确实不吉利，而此刻完全损毁的楼体之上，已经半点白都没了。

一路行来，孟宁语的视线里充斥着浓重的暗色调，压抑又难熬，就和她脑子里那些未知的线团一样混乱。她想不通，邵新到底会把证据保存在哪里？如果它还在启新研究院，此刻她已经走过所有的来时路，而且回到自己当年追查的医疗院区，还是一无所获。

看上去这地方已经没有任何完好的设施，根本没有设备可以承担如此重任。

时间一点一滴流逝，周遭安静的氛围并不能让人放松。因为孟宁语很清楚，不是只有她在寻找证据。

她低头又拿出手机，发现院区之中的信号非常微弱，这一带因为事故，导致基建设施年久失修，恐怕再想联系外界并不容易。孟宁语完全没考虑到这一点，心里有些慌了。

她查找申一航的消息，举着手机转了半天，但信号专门和人作对，时有时无，她没能收到更具体的内容。

相比之下，邵新拿来的手机就显得更为高级了，在此刻还有一格信号，勉强支撑。

孟宁语站在一地断壁残垣之中，呼吸之间，风里还能吹出刺鼻的气味。她心一横，豁出去了，又给刚才发彩信的那个陌生号码发了一条消息问：“你在哪儿？”

文字信息最容易发送，只不过此刻它也卡顿了，半天才发出。

孟宁语又等了一会儿，顺着医疗院区四下转一圈，直到收到一条回复。

这次对方发来的只有三个字，却仿佛带着发件人鄙夷的口气，对方重复三个字："来时路。"

孟宁语想来想去，感觉这起码能确定一件事，袁沁恐怕就在附近，而且以那个女人的自负，她自认是最了解邵新的人，很可能她已经猜出邵新的用意了，因而比她先找到位置，却不能立刻提取数据。

孟宁语迅速留心四周，没看到人影，但她又四下转了转，突然反应过来一件事。

过往研究院里有很多服务型机器人，大多数都是"垃圾桶"那种相似型号，然而在事故之后，主体院区的范围里却一个"垃圾桶"都没有了。

邵新曾经回来过，而他只留下了唯一一个机器人，就守在安全通道的尽头，这不可能是偶然。

孟宁语开始重新分析那条来时路。

从她离开安全通道那一刻开始，才是真正踏入噩梦的开端。所以有没有可能，她刚才遇到那个"垃圾桶"就是一切的关键。

想通这一点，孟宁语马上开始往回跑。她同时用两部手机试图联系申一航，但是都不顺利。她必须尝试给他提示，因此她把信息处理成最简单的四个字："安全通道"，寄希望于能有一刻发送成功。

孟宁语没多久就又绕回了专家会议楼，通道口外侧是石料装饰，内里都是金属防护门。

她推开门进入，顺着光线摸索，找到不远处卡在角落里的那个机器人。很快通道门随之回弹，即将自动关闭，这意味着她会陷入一片黑暗之中。

孟宁语没有东西能抵住门，情急之下反应却快了，她马上想到黑暗还不是最可怕的，随时给自己留条退路才更为关键，于是她顺手把自己脖子上的围巾摘下来，趁着门还没完全关上的时候，把它的边角塞到门边。

周遭逐渐暗下来，这一下那个"垃圾桶"分外明显，因为它头上居然亮起了一圈蓝色的光，分明已经启动。

孟宁语一怔，转而想到自己摸过它的头顶。原来这东西一直还有内部电力，需要外界有人唤醒才会随之上线，而她刚才碰完它一点都没留心，转身就跑了，实打实以为它就是个废弃的机器人。

英雄到了什么时候都是英雄。

她十分激动，看出对方已经被激活，走过去蹲下身仔细打量，借着它头顶的蓝光，她突然发现这个"垃圾桶"十分眼熟。虽然看上去所有量产的机器人都差不多，但眼前这家伙完完全全和她在意识世界中见过的"蓝精灵"一样，就连它突然冒出来的萌萌眼都透着傻气，简直毫无分别。

孟宁语不知道自己该做点什么，手足无措地询问英雄的意见：“你能听见吗？”

它头上那双萌萌眼一眨一眨的，童音欢快，笑嘻嘻地回答她：“可以呀。”

孟宁语恨不得扑过去抱住它，赶紧追问：“邵新让你留在这里的？”

她忘了英雄有口头禅，那句熟悉的话又来了：“恭喜发财！”

孟宁语又气又想笑，一口气差点没上来。她半天才转过脑子，这确实和“蓝精灵”一样，连这句糊弄人的话都没变。这一切没这么简单，如果这里只留下了一个机器人，那么很可能邵新用它保留下了重要数据，而且它需要确认唤醒人的身份，否则事情也不会演变成如今的局面。

四下很黑，门边那一点点微弱的缝隙几乎看不见了，而“垃圾桶”脑袋上的亮光也随着它的情绪表达，变得非常不规律。

孟宁语眼前几乎一片黑，只能摸索着想要抓住它，又说：“快，把你保存的数据给我。”

“我叫什么名字？”

“别废话，撒娇没用！”孟宁语没空管它叫什么，她开始组织语言，尝试让它听懂，“邵新一定让你保存了很关键的数据，你告诉我，怎么提取？”

“我叫什么名字？”机器人非常执着。

“你……”孟宁语又问了好几句，发现它永远重复问话，她终于反应过来，这问题可能很关键。

她看着它傻乎乎的萌萌眼，还有那一圈蓝色的光，想都没想随口叫了一句：“蓝精灵？”

“口令验证通过。”机器人脑部蓝色光圈激烈闪烁，很快它又欢快地说，“请进行生物验证。”

说着它让孟宁语把双手放在它头顶扫描，然后依次进行了声音识别、面部验证，以及生物视网膜扫描。孟宁语终于发现，邵新完全按照她在意识世界中的陪伴者设置了这个机器人，并且对它在现实中进行了最高级别的生物加密。因此除非她本人前来，没有任何人能擅自拿走它保存的证据。

她清楚地意识到这一点之后，立时有些后悔。她刚才找到这个“蓝精灵”太心急了，此刻才发现自己不该这么快解密。

因为袁沁就在等她解开这个机器人。

“蓝精灵”已经完成了所有验证，声音无比雀跃地说：“欢迎来到新世界！”

孟宁语来不及阻止它，只见面前的机器人突然向后移动，随后它胸前的面板移开了。随着时间和污损，金属摩擦发出一阵轻微的响声。

伴随异样的动静，孟宁语猛然觉出身后有人。

“你果然很蠢。”对方的声音就和这地方一样，空而冷，她实打实在为眼前看到的一切而感到欣喜，又和孟宁语说，“多谢。”

来者在嘲笑人类的局限性，人总是这么幼稚，不管到了什么时代，还有人抱着最后的英雄主义，只身犯险。

第十五章 · · ·

生命的边界

安全通道之中完全听不到脚步声，因而对方几乎走到了孟宁语身后，她才恍然察觉。她知道来人是谁，所以不回头，伸手把“蓝精灵”体内保存的东西抓到手。

孟宁语没有时间查看，迅速向后抵靠在墙壁上，面向来者说：“我知道，只要我来了，你一定会出现。”她一边说一边在手里感觉，她拿到的是一块储存卡，而且是旧型号手机才可以使用的，八成就是从当年那个手机里取出来的。

“蓝精灵”很快完成使命，头顶蓝色的光线渐渐熄灭。

对面的人走到另一侧的墙边。

孟宁语看不清她在干什么，起身向外挪动，但很快她听见四下传来久违的电子提示音：“权限通过，执行封闭出入口指令，已开启外部屏蔽。”

随之整个安全通道内部突然恢复了电力供应，而且东南来路的方向迅速传来了关门的动静。

袁沁不知道用了什么手段，竟然成功重启安全通道的应急电力。很快顶上的照明设施依次启动，冷光灯让周遭一切无所遁形。

孟宁语震惊之下环顾四周，这里没有受到爆炸波及，永远都是一片纯白，管道运输线路夹杂其中，干净冷僻。但此时此刻，它的恢复也意味着孟宁语又被推回到了噩梦的起点。

那个冬日永不消散，依托她的记忆存活，又被现实验证。

这条通道如同一个应激源，迅速把孟宁语的记忆点燃，所有被人的潜意识封存的恐怖画面起死回生，勾连撕扯，像要把她整个人都吞没。

她说不出话了，因为她当年就是从这个通道里跑出去，一路撞破所有阴谋。

从此她、邵新、袁沁，始终都没能从这里逃出去。

袁沁就显得轻松多了。

她一身白衣，单手插在外衣兜里，人站在墙壁之前，几乎快要隐没。今天她似乎没来得及好好装扮，脸上只涂着暗红唇彩，然而她此刻神采得意，整个人都和狼狈的孟宁语形成鲜明对比。

“邵新说得没错，这里确实是来时路。启新研究院是我们所有人梦开始的地方，不但是你的，也是我的。”她欣赏孟宁语的恐惧，继续说，“我猜你再蠢，也知道联系警察，所以你来这里是个诱饵。外边的人等着你通风报信，只要我一出现，你就会让申队带人来抓我。”

孟宁语能想到的事，袁沁也能提防。现在这条通道完全封闭，和外界全然隔离。一时片刻，孟宁语已经被困在其中，谁也不能闯进来。

墙边的人确实想不到会出现这种情况，只能暗中伸手摸索自己的手机。

袁沁对她了若指掌，又扬起下巴替她考虑：“哦，忘了说，这里的内部材料为了防止程序干扰，还会彻底屏蔽掉手机信号，再让我想想，你还有什么救兵……”

“这条安全通道除了邵新没人可以控制。”

袁沁拿出一张卡片冲她晃晃：“这一点也要托你的福，连我都不知道的地方，邵新竟然告诉你了。”袁沁在当年的事故之后，拿到了邵新的最高权限卡，她还很遗憾地算算时间，又说，“邵新被002击中，这个时间他必须回到休眠舱了，所以你才能跑出来帮我不是吗？他没法来救你的。”

孟宁语狠狠地掐了一下自己的手腕，逼迫自己冷静。她三番五次都斗不过这个袁沁，但所幸傻人有傻福，警惕之心不全是毫无用处，起码她知道，此刻西北方向通往院区的那扇门不会封闭，刚才她用围巾的边角卡住它，虽然缝隙不明显，但这意味着门不可能完全锁死，她还有机会冲出去。

袁沁扫了一眼那个脏兮兮的机器人，此刻英雄已经功成身退，蓝光熄灭，主程序下线，它正在继续积灰。袁沁也没心情多聊，直接和孟宁语说：“来吧，把你拿到的东西给我。”

孟宁语不说话，暗中观察距离。

其实她离门口不过十几米，冲过去还有机会，而袁沁想立即制服她也不容易。因此孟宁语马上找了一个话题，岔开对方的注意力，顺口开始胡编：“我可以随时唤醒‘蓝精灵’拦住你。”

袁沁一怔，下意识又扭头去看它。

孟宁语想都不想拔腿就往门口跑，然而余光之中，她对面的女人很快就反应过来了。

袁沁插兜的手抬起来，片刻之间，孟宁语根本无法再迈步，因为袁沁手里拿着枪，直指向她。

“我本来还没必要为你再背上一条人命。”对方的声音十分冷淡，脸上没有愤怒，只剩下厌恶，她看着孟宁语继续说，“但是如果你不配合，我也没有办法。”

孟宁语感觉自己后背都湿透了，这地方曾经是最后的安全通道，设计者完全出于好意，却一而再再而三地被疯子利用，让它在三年之后变成巨大的牢笼，将人困入将死之地。

这世间的真假、善恶、黑白、生死，永远刻在人心两面，覆手之间。一旦人心烂透了，世界也会随之腐朽。

孟宁语喉咙发紧，一步都不敢乱动：“只要开枪，你也跑不了，警察就算进不来也一直都在监控周边。你持有管制枪械，还涉嫌谋杀，哪怕没有三年前的案子，铁定也会被重判。”

“孟警官这是打算吓唬我？”她示意她别废话了，赶紧把储存卡给自己。

两人对峙，孟宁语依旧不肯就范。

她盯着袁沁的表情观察，发现自己刚才那番话虽然只是权宜，但袁沁这种女人会把理智看得比命都重要，因此她不得不考虑现实情况。

对方的目光里果然有了一些焦躁。

孟宁语马上掐准她的痛点，继续说：“还有你的计划，实话告诉你，现在你的最新产品已经被警方找到了。‘引渡者’失去了002，如果你现在打死我，我可以保证，无论于公于私，邵新都不可能再配合你的计划了！”

这话一出来，对面的人浑身一震。

袁沁心里那道疤被揭开，渐渐情绪激动。她突然出声让孟宁语闭嘴，然后想到了什么，表情异常悲愤：“是，邵新不会为我活下去……他自始至终只想着你，从来不肯考虑我的处境，他想尽一切办法摆脱我的控制，还把证据藏起来了，做了这么复杂的生物验证，就是为了让它能保证你活下来，他甚至无数次用自毁来威胁我，逼迫我救你！他做这一切都是为了你！”

袁沁说完又开始笑，然而笑声极其痛苦，她甚至不知道他们之中，到底是谁先疯了。

孟宁语眼看她濒临崩溃，试图找机会向门口的方向挪动。

袁沁突然又冷下脸，情绪的转圜只在眨眼之间。她马上开口说：“所以你更该去死。”说着她抬手指向她，仿佛下定了决心，“孟宁语，都是因为你，三年前你就该死！”

枪响的时候，孟宁语几乎快把牙都咬碎了。她猛然向一侧扑过去躲避，死死闭上了眼睛。

她确实还没有适应这个新世界，这一生跌跌撞撞，好像总来不及为邵新做些什么。

可惜到最后，她连这条围巾也没来得及还给他。

说起求生欲，野猴子似乎最有优势，起码孟宁语无数次劫后余生的经验不是白来的。

她那一扑还真的躲过了子弹。

身后的墙体传来闷响，但子弹没能击穿它的防护，很快砸落在地，声响清脆。

袁沁这一枪并没有击中她，因为远处的大门突然传来动静，而随之通道内部响起提示音：“最高权限人接管安全通道控制权，东南大门已开启。”这突如其来的变故让袁沁本能地想要回头看。

她毕竟不是什么杀人惯犯，拿枪的手在那一刻根本没能握稳。

很快远处有人跑过来，还不止一个。

孟宁语呼吸急促，无论有多少心理准备，人在枪声面前都会紧张，自我保护让神经麻痹，因而她反应不过来，完全被乱七八糟的动静震蒙了，甚至不知道自己是生是死。

片刻之间，孟宁语倒在地上只想爬起来，却近乎脱力。

还有那声提示，最高权限人？

袁沁反应极快，她迅速想到这意味着有人直接从外部越过了那张权限卡的控制，人为接管了安全通道的所有操控。

没有别人能做到，那只可能是邵新。

三年之后，孟宁语的运气不错。她那条指出方位的关键信息虽然延迟，但最终还是发送出去了。

申一航立刻明白，她发现袁沁应该就在所谓的“安全通道”里，于是他迅速查找方位，带人找到东南方向的林地，但很快他们就遇到了问题。

东南方位的入口完全锁死了，现场一线人员对于这种高新机构的设施完全没概念，紧急随队抽调来的专家马上开始想办法，但想直接破解程序也需要时间。

毫无疑问，孟宁语不会自己把生路锁死，关闭通道的人一定是袁沁。

申一航真急了，他用尽一切办法想要联系里边的人，但通道之内好像一点信号都没有。

就在警方一筹莫展的时候，他突然见到了邵新。

对方开车疾驰而来，但研究院街区已经全部被申一航带队严密布控，随着孟宁语的配合，警方悄无声息地安排了一场诱捕计划。

邵新很清楚孟宁语想做什么，袁沁在逃，不能再拖，而孟宁语心急之下必然想要出头。这世界被悉数颠覆也没什么大不了，人心不变，孟宁语也一点都没变，依旧还是三年前的她。

邵新一秒都没有耽误，他甚至顾不上闯到警方面前可能暴露的风险，他在被拦下的时候，直接要求见申一航。

所幸控制道路的几个小警察只是交管局的人，配合办案，不清楚案情机密，更不认识他，没看出什么蹊跷之处。他们反应倒是迅速，很快就把队长找来了。

申一航匆匆又从野地里跑出去，见到邵新那一刻，他控制不住开始打量他周身。

警方已经将002运走研究，他猜到今时今日的邵新能从那场爆炸事故中活下来，恐怕不只是被“救活”那么简单，再关联起这些年私底下大家对邵新的盯梢，对方那些古怪的避世行为也似乎都有了一个可怕的解释。

但如今孟宁语只身涉险，谁也没有时间谈过去。

邵新让申一航进车，很快升起车窗，两个人避开外界关注，他问申一航：“宁语在里边？”

“对，她最后发来的消息是说袁沁在安全通道，那个通道你应该很清楚，完全没有通信信号！”申一航满脸是汗，说得也很急，他知道无论如何时间不等人，一旦孟宁语失联，情况非常危险。

邵新坐在驾驶位上目光极深，还穿着一件黑色衬衫。这白日的光仿佛半点都没能感染到他，似乎他今天周身的皮肤比起平时更浅，连嘴唇都苍白没了血色，周身在暗处看起来好像缺少某些细节渲染。申一航打量他，那种违和的感觉更重了，眼看他毫无生气，却又在呼吸说话，不露端倪。

很快邵新又问：“你们有没有在002周边发现枪支？”

申一航的声音异常沉重：“没有，枪不在那个机器人身上。”

所以袁沁露面，很可能还手持枪械。申一航一直要求孟宁语只要发现可疑目标，马上隐蔽自己，不要和对方发生正面冲突，直接联系警方突袭包抄。

但所有的对抗都存在变数，一线办案永远没有周全的现场。

“我为什么不肯松口，因为只要袁沁在逃，一旦暴露保存证据的地方，就是今天这个下场！”邵新从头到脚都看不出异样，只有脸色愈加不好，暴露出所有人性的弱点，他终究没能忍住，扯住申一航质问他，“你知道袁沁干过什么！她一直想解决所有和当年相关的人证物证，你还敢同意宁语的想法？”

三年前如是，启新研究院涉案需要秘密调查，可市局有鬼，导致所谓的跟进怎么都找不到突破口，而申一航竟然就把那么危险的任务交给了毫无经验的孟宁语。

申一航完全明白邵新此刻的愤怒，但他们两个人在这里打架根本解决不了问题。他立刻甩开邵新的手，问他：“现在通道锁死，我们从外部没法打开，你必须把自己知道的全部告诉我！”

邵新迅速反应过来，一片荒地，警方无论怎么严密监控，在这种没有摄像头、难辨方位的地方，想藏一个人都不难。何况袁沁熟悉地形，她想跑容易，不会随便暴露，这只能意味着孟宁语替她解开了“蓝精灵”。

“袁沁扣下了我的权限卡，现在通道封闭，宁语肯定已经替她拿到证据了。”

“所以必须马上突袭安全通道。”

邵新点头同意：“走，下车。”

“嫌疑人持枪，非常危险。”申一航将他按住，急急开口，“你立刻把开启那条通道的方法告诉我，你不是警察，现场由我们去解决。”

邵新听见他的话，不动声色地笑了。

眼前就是昔日的启新研究院，它的残骸客观见证了人类极端冒进的野心，因而蛰伏扭曲。这是一场由他亲手构建，又由他亲手毁掉的梦。邵新紧紧抿着唇角，他想起孟宁语不肯放弃这份职业，哪怕她差点就死在途中，醒了之后依旧执着。

从走进市局那天起，人人都把一腔热血洒尽了，直面生死也从未后悔。这世界哪怕永夜无光，但在不为人知的角落，一直都有守夜人。

“邵新！”申一航让他不要再犹豫了，“你保留证据，证明你反对‘引渡者’，你希望揭露袁沁的罪行。我知道你一直都想终结那个计划，不管你遭遇过什么都可以之后协商，当务之急是抓到她，解救孟宁语！”

邵新比任何人都清楚这一点，他回身看着申一航说：“安全通道是我亲自设计的，现在只有最高权限人可以人为接管，这是最快的办法了。”

时间不等人，申一航同意带他进入林地。

他们尽可能避开外界关注，由邵新出面重置通道内部的安全设定，最终两个人从东南入口成功进入安全通道。

根据保存证据的位置，申一航又将原本聚集在东南入口的警力分散，分队立即赶往主体院区，抓紧时间去往专家楼之下机动待命。

门开的声音、枪声、提示音，所有的动静几乎同时响起，刹那之间爆发。

他们都来不及说话，猛然冲进去。

邵新带着申一航跑到西北方向，找到他安置机器人的位置，冲口而出就喊了一句：“宁语！”紧接着他已经看清那一枪没有击中目标，总算还来得及。

地上的人微微摇头，暗中示意他自己没事。

邵新轻轻叹了口气，很快收声。

袁沁同样做足准备，虽然事发突然，但她第一时间想清来的人是邵新，所以她迅速就给自己找好了人质。此刻她持枪指着地上的孟宁语，抬眼看向他们。

四个人悉数卡在通道尽头，四周是一片圆形的空间，直径不过百米，却已经足够容纳这出持续数年的阴谋大戏。

众生百相，云谲波诡。

他们各有各的执着，谁也没想到，彼此有朝一日会以这种方式见面，而启新研究院的安全通道竟然成了他们四个人的终局。

原来想要彻底终结一场噩梦，必须回到造梦之初的地方。如同生命，生与死不是直线进程，它一直都是个往复的圆。

申一航终究是这场梦里最清醒的人，他同样已经拔枪瞄准袁沁，警告她不要乱来，警方已经掌握了她违法犯罪的相关事实。

“放下枪！”

袁沁好像完全没有听见，脸上面无表情，而眼里只有邵新。她伸出去的那只手微微颤抖，但极力克制，她看着邵新说：“你应该在休眠，但你来了，还是为了她？”

孟宁语已经逐渐恢复理智，她瘫倒在地，正被枪口逼着，不能乱动。她看到邵新出现，同样惊讶，因为这显然代表闻天南采取了非常手段，把那个休眠舱的修复程序中断了。她原本还不清楚这会有什么影响，此刻听到袁沁的话，只觉得心都往下坠，马上追问：“中断休眠会有什么后果？”

袁沁立刻用枪逼她，让她闭嘴：“你什么都不懂，永远都是他的累赘！”

申一航高度警惕，对她的任何举动都非常敏感，再次出声警告。

邵新不动声色，他终于从孟宁语身上收回目光，抬眼看袁沁。

一身白衣的女人很明显维持不住表情了，但她还在硬撑。

邵新开口说：“你知道研究院对宁语意味着什么吗？她当年在院里差点摔死，而且今天明知道你害过她，她还愿意回到这里面对凶手。宁语不是累赘，她比我们都勇敢。”他一边说，一边向前走了一步，“你一直觉得她蠢，她太平凡了，平凡到可笑是吗？那我告诉你，她确实和你不一样，但就是这个傻姑娘没忘记自己还是警察，所以她敢拿命来和你赌，仅仅是因为她想保护我，保护所有不相关的人，哪怕是你绑走的那个病人，她甚至都不认识对方，但她依然想救。”

袁沁挤出了一抹极其难看的笑，死死瞪着他，无法克制地流出眼泪。

邵新再次向前走，他走得很慢，但没有停，他说：“你呢？你和她相比，你太优秀了，一个天才生物学家，你的能力足以改变这个世界的未来了，但你又做了什么？”

袁沁的眼泪掉下来，她连哭都显得很压抑，似乎这种软弱的情绪让她感到难以置信，因而她出声喊他：“停！你敢走过来我就打死她！”

对面的人停住了，没有冒进。

申一航很快也在邵新身后低声提醒：“她情绪激动，小心。”

邵新微微点头，很快又看向袁沁说：“‘引渡者’不可能再继续了，你挣扎下去没有任何意义……把枪给我。”

“事到如今，你还企图说服我。”袁沁没有松手，她边笑边流泪，唇上暗雅的颜色在此刻显得格外突兀，“邵新，我做过什么都不后悔。只有一件事，我后悔加入你的研究院了。如果人生重来一遍，我一定要做那个先开口拒绝你的人。”

她曾经把他逼到绝路，又亲手塑造了他现在的一切。那个曾经邀请她实现梦想的男人年少有为，意气风发，仿佛生来就该被人仰视。

曾经数不清的日夜，袁沁彻夜不眠，藏身于实验室之中，反反复复地尝试。她一一精准复制了他的眉眼、他的身体、他的每一寸。她不能接受邵新病重无法逆转的现实，也无法面对他那样的人轻易沉沦于生活，她认为自己爱上的人应该停留在岁月之中，永远都是最完美的状态。

世事公平，再闪耀的钻石本质也只是一颗极度纯净的碳结晶体，而所谓的天才也都有不为人知的缺陷。袁沁的才智超常，但她在情感上的缺陷微妙地被自负隐藏起来，没有人能理解，她在心里完全把邵新符号化了。

袁沁早就疯了，从听到邵新说他有宁语之后，她就崩溃了。因为那句话击穿了她的自尊，让她忽然意识到邵新和自己渐行渐远，于是她不惜毁掉所有的过往，颠覆这个时代，但同时她的内心源动力其实也很可笑。哪怕邵新对袁沁的执念有一点回应，她或许都不会走到今天。他始终不肯妥协，她也只能逼他了，让他完全成为自己的所有物。

最可笑的是，袁沁认为他不该被现实打败，现实却打败了他们所有人。

邵新听见她的话，片刻之后再开口，竟然说了一句她意想不到的回答："但我并不后悔当年邀请你的决定，我曾经视你为最重要的工作伙伴。"他说着又向她伸出手，"所以你我之间的矛盾一直是研究院内部的冲突，不要再伤害其他人了，把枪给我。"

袁沁剧烈颤抖，尖锐地哭出了声。

邵新看出她情绪失控，他无声无息又向前走了一步，几乎就站在她和孟宁语身前几步之外的地方。

孟宁语同样非常紧张，枪口之下，她拼命抬头想要提醒邵新危险，但他的手下压，示意她千万不要乱动。她屏住呼吸，不知道他要做什么。

袁沁知道邵新还是想救孟宁语，她抓紧了手里的枪，数次哽咽，声嘶力竭，但她突然低头看向地上的人说："你刚才问中止休眠舱会有什么后果，他不会说实话的，还是只有我能告诉你。"

一旦由外界紧急中止休眠舱，程序会判断为"引渡者"遭遇突发危险情况，因而为了保证科研机密不外泄，它会在四个小时后自主切断身体所有动力供应，并清除保存的脑部记忆，完全自毁。那四个小时是留给"引渡者"自身转移，寻找中控台负责人进行恢复的时间，也是最后的机会。

现在中控室已经被警方控制，袁沁又是唯一能救他的人，而邵新还站在这里，意味着他此刻的生存时间在持续进行倒计时。

孟宁语无法接受这个结果，启新研究院再度成为人间绝境，她也近乎崩溃了："邵新……你走，你马上回去想办法！"

"你根本不知道自己在干什么，我和你说过，只要你查下去，就是把邵新往死路上逼。"袁沁对于她的痛苦总是很满意，渐渐不再流泪了，声音讥讽，"你猜他还有多少时间？他为了你在这里和我周旋，很快就会来不及了。"

不远处的申一航听出袁沁又开始动摇人心，他出声试图打乱对方的思绪，要求袁沁不要再废话，马上放下武器。

"申队，我都忘了，你也在。"袁沁冷眼瞥他，又威胁道，"事情都到了这一步，我反正无所谓了，所以我建议你先把枪口从我身上移开，否则只要我动动手指就能先打死孟宁语，你恐怕也不想看到这个结果吧？"

申一航看看地上的人，自始至终，他没想到那个树下的小姑娘会跟着自己一路走到今日这种境况下……然而他看清了孟宁语摇头的动作，她拼命让自己不要照做，他更知道此刻不该被嫌疑人胁迫，否则局势会全部落入到袁沁的掌控之中，因而他握枪的手反复用力，直到指节泛青，硬是咬牙没松开。

袁沁确实也没想那么快就开枪。

她笑了一下说："不愧是申队。"说完她又向孟宁语微微低头，替她想出一个解决方法，"不如这样，你和我走，让你师兄放我们离开，或许我还有时间救邵新。"她边说边弯下腰，不断加重语气，让孟宁语想清楚。

她这一动只不过分秒，而她面前的人已经抓住机会。

邵新几乎想都没想就快步冲过来，一把按住了袁沁的胳膊，将她拉起来。他当下像是一个拥抱的姿势，可意图很简单，他直接挡住了孟宁语，迫使袁沁在这个姿势之下枪口只能抵在他身前。

袁沁万分错愕，眼角闪烁，但半天抖着嘴角，只能被他扣在怀里，一滴泪也流不动了。

这么多年，她第一次离他这么近，却还是因为他要救孟宁语。

孟宁语情急之下慌了，大喊出声，但她手里还握着旧案证据，因而她片刻之后爬起来，不能浪费邵新换来的生路，马上向申一航跑过去。

远处的人一把推开孟宁语，让她后退去安全的地方，随后又让邵新避开，他这个举动完全不顾个人安危。邵新拦住袁沁，但无疑也挡住了申一航的枪口，迅速又变成三人对峙。

谁也没开枪，申一航没有射击角度，而袁沁的枪就抵在邵新身上，她浑身抖到近乎站不住。

她彻底疯狂，想挣扎腾出手臂挪开枪口，但邵新完全把她扣在自己胸前，然后他的声音很清楚，他说："'引渡者'必须终结，你别忘了，我也是其中之一。"

说着邵新竟然顺着她的手指，持续用力，想要当场强迫她按下扳机。他的身体不会像人类那样马上赴死，但也足够让他无法逆转消亡了。

"不！我不会让你死！"袁沁的声音凄厉，尖锐地嘶喊，"你现在是紧急状态，再被击中就会被判断为遭遇外部袭击，程序会立刻执行自毁，连四个小时都没有了！邵新！你放手！"

随着她这句话，孟宁语终于听出邵新想要干什么了。

他今天来，没想过再回去。

事情演变到这一步，"引渡者"必须清理，002被控制，而孟宁语已经拿回证据成功脱身，那么只剩下他和袁沁了。此刻对方没有人质，全然行至末路，很快就会被警方围捕，所以这最后一局应该彻底了结。

所有人已经安全了，邵新自己却没有结局。

三年前的噩梦即将结束，他再也没法醒来了，因为他自己就是最后的“引渡者”，应该被永远留在梦里。

袁沁用尽全身力气反抗，让身前的人没能立刻开枪，但她睁不开眼，她甚至都没想到邵新的怀抱这么可怕，这么冷……她完全崩溃地哭喊：“你这样会死的，002被发现了，已经没有其他的仿生人可用，只有你了！”

“我知道，所以我才要清理最后的‘引渡者’。”邵新的声音非常清晰，每个字都毫不犹豫，“任何存在都应该有边界，否则一定会打破秩序，你的行为已经打破了人类的边界。”

现如今的社会形态远远不足以承受逾越边界的后果，超越时代的激进科研只会把人类率先推向无序的争斗和毁灭。

邵新那几句话虽然很轻，但孟宁语同样听见了。她感觉自己的头越来越疼，一旦人的情绪超过心理承受极限，神经已然近乎麻木，偏偏她以为自己绝望了，却又在这一刻，忽然理解了袁沁的心情。

那女人是个激进的疯子，她不尊重人命，也不在意这世界到底会变成什么样，但她也有过初衷。从头至尾，袁沁的初衷只有一个，她希望邵新活下去。

情急之下，孟宁语不知道自己还能做什么阻止邵新自毁，她的大脑却先替她找到了关键。她瞥了一眼西北方向，那里就是通往专家会议楼的出口。

孟宁语突然开口大喊：“你身后的门没锁！”

这话让申一航愣住了，他正急于想办法让邵新冷静一点，因而他不知道孟宁语这话是在说给谁听。

邵新也没反应过来。

一切就是这么荒谬，现场唯一听懂的人竟然是刚才还想要她命的袁沁。

很快，他们眼看着袁沁开始后退，邵新为了压住她手里的枪口，被迫让她拉到西北方向的门边。

袁沁看着他，她不再哭，也不再歇斯底里。她整个人用了极大的力气向身后那扇门撞过去，与此同时，她开口和他说：“你赢了，邵新。”

那扇门确实没能完全锁住，一条围巾卡在缝隙里，让人一撞就开了。

事发突然，邵新完全没想到，所以在袁沁突然仰头向后摔出去的时候，他残留的人类本能替他的身体做出了决断，让他直接松开手。

他站住没动，只有袁沁狠狠从门里摔出去，连带着她手里那把枪也被甩飞。

天光豁然洞开，竟比通道内部的照明还要灼人。

这世界乱而有序，人间的善恶终将需要人间审判。

很快早已部署在专家楼下的警力瞬间拥了过来，完全包围了地上的女人。

邵新一步一步后退，退回到安全通道之内，他最终也没能迫使袁沁开出那一枪。他身上还穿着那件黑色的衬衫，因而周身的轮廓又和管道的暗影重叠。

孟宁语感觉自己的心都不跳了，只记得跑过去一把抱住他，一个字都说不出来，眼泪汹涌。

现在她该怎么办？一旦四个小时过去，邵新无法恢复，他也终将走向死亡。

她痛恨自己的无助，毕竟她在重伤之后还有救赎，但当他们联手把这世界推回正轨之后，平凡的人类却无法拯救“引渡者”的毁灭了。

邵新同样抱住她，他能够缓慢地感觉出机体在紧急状态下逐渐受限，所以他没有过度表达，只是笑了笑和她说：“你那条围巾还真是送对了。”

生死之间，一步而已。一条围巾真能把他积愤之下的冲动拦住，让他此刻还能再多看她一眼。

其实邵新舍不得。从孟宁语睁开眼睛那天开始，他无数次不舍，因为人性保有对情感的留恋，所以从古至今，花开月满还不够，总要求人团圆，但那似乎一直都是种奢望，能做到的人通通成了传奇。

“你不能放弃。”孟宁语的脸色比他好不了多久，在他怀里仰头说，“我说过的，你不是机器，是活生生的一条命，我知道你觉得自己不该存在了，可这过程不是你选的，现在作恶的人已经被抓，事实就是你还活着！你很清楚，活着本身没有错！”她说完过于激动，没想到自己还能一口气说出这么多大道理。

邵新点头，然而留给他的时间不会太长了。真正的现实是他强行中断了和休眠舱的链接，从那一刻开始，结局已经注定。

幸好，他怀里的人此刻平安，三年之前的噩梦没有重演，这比什么都值得，所以邵新很释然，也并不觉得遗憾，他没有再犹豫，捧着她的脸低头吻过去。

生命的温度隔着泪水，依旧烫人。

孟宁语的呼吸起伏，就像长冬过尽，那突然萌生出的一片花海，轻轻摇曳，永不低头。

“宁语，我知道你一定能做到，再坚强一点，好好活下去。”邵新松开她，目光微动，盛着一整片久违的星河，他轻轻开口和她说，“你答应我，就像送走大黑的时候……哭一场，然后爬起来。”

孟宁语拼命摇头，死死抱住他不放手。那模样又像没长大一样，只会死拽着他的衣服，玩命痛哭。

邵新轻抚她的后背安慰，抬眼看向通道中的申一航。

方才申一航飞快做出反应，已经要去和自己人会合，但他走到门口的位置突然又停下了。他把西北方向那扇门关了半边，挡住外边人群的视线，又回身看向通道内的两个人。

随着时间不断倒数，申一航已经发现邵新周身的异样了。他那副奇怪的身体开始露出惨淡衰败的违和感，而且越来越严重，但此刻人好像还是能动的，还在和孟宁语说话。

申一航看见了一切，他的目光又转向孟宁语。

他记忆中的秋日永存，午后燥热，女孩的笑就像阳光一样满载热望，而后他用了这么多年，才清醒地看穿她的热望。

这世界永远有人辉煌灿烂，有人死水求生，每一种人生都无可替代。孟宁语不会忘记旧日的阴霾，也不会在黎明之后止步。她的话没错，生命的存在本身就是终极意义了，他们永远值得尊重。

申一航看着相拥的两个人，眼角发热。邵新的存在既然是事实，同样值得尊重，所以他说："证据我已经拿到了，我会负责余下的调查侦破。"他也很难出口，因为不知道还有什么办法能帮邵新，只能说，"不管还剩多少时间……孟宁语需要你。"

邵新抬眼看他，什么都没说，动动嘴角说了一句："多谢。"

他确实感激申一航，感激对方当年同意他接走孟宁语，也感激如今愿意接受他的存在。总之他知道，这世界仍有人和自己一样，愿意维护那片花海。

哪怕有人试图砍掉所有的鲜花，也不能阻止春天到来。

孟宁语不肯走。

她铁了心不服输，哪怕事到如今，她也不信来自命运的诡辩，于是她抬头擦干净脸上的眼泪，想到袁沁刚才的话："还有时间，没到四个小时，一定还有办法。"

她话音刚落，西北通道的门外有人过来找申一航，扬声喊着："申队！嫌疑人有话要和你说。"

孟宁语猛然醒悟过来，她犹豫了一下，瞬间又按住邵新："在这里等我。"说完她转身和申一航出去了。

袁沁本来已经被戴上铐子准备带走，看起来人已经近乎绝望，但又像抽风一样，反反复复提出一个请求，她必须要见申队。

申一航对她非常戒备，嫌疑人属于高智商人群，潜伏多年，刚刚才落网，没人知道她还有什么花招，但孟宁语近乎恳求，希望他能去听听她的话。

申一航看着她几乎哭肿了的眼睛，知道自己在她面前只能向后退，一步又一步。如今孟宁语终于完成了当年的任务，豁出一切协助队里诱捕袁沁，以至于她即将失去她最重要的人。

他很清楚自己还是要退，所以他单独去和袁沁谈话，其余人员在外围控制局面。

袁沁的话很简断，也很明确，她只有一个要求，在带她回去接受审讯之前，请申一航带她回到佳和公寓。

她可以认罪，供认三年前后事关违法实验的所有细节，以及全部曾经暗中支持她的保护伞名单，而她唯一的要求是希望申一航暗中安排，避开外人，她要再回一次控制室，她要救邵新。

申一航没有和她表明任何态度，听完之后很快喊人把她先押上车。

他拉着孟宁语又回到了安全通道之内。

邵新靠在里侧的管道上，低头不知道在想什么。他听见申一航回来，几乎想都没想就开口说："申队，你不用为难，也不需要违反原则。"

申一航此刻的立场无疑艰难，因而他一直没开口。此时内外都没有其他人了，他看着邵新说："我虽然不理解你这种情况怎么定义，不过我明白一件事，你还活着。任何人在这种时候见死不救，那都和凶手无异了。"他表示自己可以安排，他们本来也需要带袁沁回到佳和公寓指认现场，那里就是她的中控室，邵新可以赶过去完成修复更新。

"那份医疗记录只有我看过，而且002大家都见到了，就算不是你，它也会是某个人，既然都是仿生人了，那它肯定会模仿人类外形。何况袁沁对你这么执着，个人情感导致的，这一点说得过去。"

"但我不需要袁沁再救我了。"邵新似乎不意外，他比任何人都清楚这件事没有意义，"她一直认为自己在救我，却不知道我真正想要什么。她毁掉了一切，让我多活三年，只剩一个目的，我只希望宁语能查清旧案，好好活下去。"他的意思很明显，现在这个目的达到，他别无所求。

孟宁语不肯放弃，她太了解邵新为什么会有这种想法了，因为他们都有使命感。邵新的前半生几乎只有科研，他为之奉献，肝脑涂地，可这使命最终毁了他的人生。人在经历过真正的绝境之后太容易心死，他数次企图自毁。

他被迫变成了一个怪物，已经没有存在的意义，所谓的余生只是时间长短，而邵新从不需要这样苟活。

她希望能和他说清楚："你别忘了，促醒疗程的初衷没有错，只是被人恶意利用了。你想过吗……科研是积极的，错的只是违法的过程，只要你活下去，未来可以救更多的人。"她说着说着有些激动，示意他看看周遭，"这就是你创建启新研究院的目的啊！"

邵新的目光忽然有了波澜，他好像没想到孟宁语会在悲愤之下突然说出这些。

申一航重重叹气，留给他们一点时间，他独自去了门边。

孟宁语都想不到自己能给邵新开课，她眼眶持续发热，嘴里的话却不停："还有我，我为什么希望查清真相，因为三条人命被害。无论是那些昏迷病人还是你，你们都有活下去的权利，生命的形态不重要，它们都该是平等的！"孟宁语很急，急到说完都顾不上喘气，她抽噎着又拉住他的手，"你还记不记得当年你第一次到我家，我说我妈的病情突然恶化，她不想拖累我，所以干脆扔下我走了……但你当时安慰我说，只要有一线希望，她永远都不会扔下我，那只是因为实在没有办法能救她了。"

邵新叹了口气，终究动容。

孟宁语又哭了，声音微弱，希望他能听懂："我现在只有你一个家人了，我相信你也不舍得扔下我，何况我们明明还有办法救你！"

这最后的话说完，邵新终究坐不住了。他不断擦她的眼泪，又把她抱住："不哭了。"

"我不怕，你变成什么样子我都不怕。"

"我知道。"邵新当然清楚，他所爱的女孩一往无前，哪怕他从此只能藏于黑夜，哪怕向日葵失去日光，她也会变成他的月亮，依然照亮他的余生。

他最终开口说："我们去佳和公寓。"

人类始终有情感牵绊，即便世界终将走到尽头，但在毁灭之前，依然会有相爱的人许下誓言，因为他们内心的边界就是彼此。

生命真正的意义不在于长短，而在于活着的每一分钟，人与人之间都会相互照亮。

· · · 第十六章

欢迎来到新世界

后来的承东市又迎来了几场雪，春日遥远，人间依旧火热。

年末的时候，一个平日里从未被大众关注的词成了热搜：非法人体实验。由于人们在认识和改造世界过程中可能具有各种主观上的非理性，导致某些人体实验最终游离出其所应当遵循的伦理原则，成为危害，甚至严重危害人类生命伦理以及社会秩序的违法犯罪行为。

由于承东市被揭露出的非法人体实验的案件复杂，且涉及部分保密科研内容，并未公开审理，但随着媒体捕风捉影，城西区那座废弃的研究院依然被人扒了出来。

从它发生安全事故之后，再到重新立案审理完毕，已经过去了五年时间。

大众能看到的是宣判结果。经调查核实，医疗院区的负责人曾违反研究院工作守则，对患者开展非法实验，因此造成三人死亡。而后该案件被相关部门内部的保护伞故意包庇隐瞒，此后嫌疑人在三年时间内再度违法开设实验室，继续非法人体实验，且拒捕在逃，同时非法携带管制枪支危害公共治安。由于案件性质恶劣，因此主犯袁沁数罪并罚，最终被判处死缓，而其余从犯共三十一人，分别因渎职罪、受贿罪等多项罪名，根据情节轻重分别获刑。

一场大案告终，“引渡者”计划也悄无声息地宣告破灭。在人们所看不到的领域，相关学界对于激进且违反人权的研究项目同样做出最终审判，各学界均不承认“引渡者”项目所获得的记忆移植的科研成果。

这恐怕才是对袁沁最大的惩罚。

人类群体复杂，文明发展的轨迹也需要明确边界。无论是对自身基因改造、换体生存，或是强人工智能的开发而言，现如今的世界还没有准备好相应的法规与道德约束，即便日后伦理冲突有可能找到新的路径解决，那也必须建立在保证生命平等的原则之上。

未来并不远，但时代前行所被迫面临的牺牲，绝不等同于谋杀。

如今距离孟宁语最后一次离开启新研究院，已经是第二个冬天了。

这座城市的四季并不分明，风霜雨雪如期而至，不会因为任何个体的生死而动摇。所幸人心是热的，哪怕真相如同不可抵抗的寒潮，这世界也依旧有人守着善恶之别。

人间的守夜人，看起来生而无畏，却往往不是天才，而是一个又一个平凡的普通人。

元旦刚过，星期日的时候，大雪终于停了。

不但平凡而且过分普通的孟宁语又起晚了，最近她要参加局里复职的考核了，所以十分积极地锻炼身体，而且还有了夜跑的习惯。人一旦消耗多，吃得也多。

她睁眼的时候，床边刚好有人走过来。

邵新拉拉她睡乱的衣服领子，确认看了一眼，然后非常没有情趣地说：“考核没有体重标准吗？你穿L号都紧了。”

孟宁语急忙证明自己只是睡肿了，她把睡衣整理好，觍着脸反驳：“L号怎么了，我L号也在标准之内！”

“起来吧，L号。”邵新笑了，他刚看过时间，感觉孟宁语再不醒就可以直接吃午饭了，所以他进来叫她。眼看床上的人又要开始耍赖，他也不费劲了，拎起富贵给她看，他总算把它那只坏掉的耳朵修好了。

富贵“汪汪”挣扎，也没看出高兴还是不高兴，反正那个圆滚滚的金属肚皮也十分膨胀。

孟宁语撸了两下机械狗，又把它放在床边，然后继续眯着眼，一脸虚弱的表情说：“起不来，没听到欢迎语。”

邵新成心装听不懂，盲目尝试：“我饿了？”

“你饿个屁！吃电池去吧。”她开始磨牙，发现这两年下来，邵新心宽的毛病也随她了，他毫不在意自己的状态了，她气他，“我饿了还差不多。”

他抬脚踹踹她的腿，催她说："那你赶紧起来。"

"验证失败。"孟宁语脑子一转，没安好心，又说，"要不用老办法吧，吻醒睡美人。"

邵新打量一下床上的人，孟宁语的头发刚剪过，一直都保持着短发，但她的睡相非常离谱，导致头顶一片全是爹毛，身上的被子已经歪七扭八，腮还压在枕头上，此刻红印子很明显。

就这么一只牙都没刷的野猴子，竟然还有脸想当睡美人。

他一边说一边笑："欢迎来到新世界。"

孟宁语马上就从床上蹿起来了，她伸手抱住他的脖子，坏笑着又在他颈边蹭："验证通过。"

邵新把人从床上抱起来，姿势却不太美好。他直接掐着孟宁语的腰，把人提到门口才放下，然后富贵异常机灵，三步两步，一如既往，又叼着她的拖鞋跟过去了。

孟宁语发现生活有时候也像某种既定程序，有自然回归的属性，只要他们还在，一切都能覆盖重写，显然她的邵教授还是连"公主抱"都不懂。

她把鞋穿上，抬头戳戳他的脸，非常使劲，凶巴巴地瞪着他，仔仔细细地看。

邵新扭头避开，对付她经验老到，因而还是那句揶揄："看什么，好看吗？"

孟宁语长长地叹了口气，成心逗他："还好，男主角还在。"她没敢说，她每次睡得太迷糊，晕头转向醒过来的那一刻，总是心里后怕。

只有邵新一如既往说了那句话，她才敢睁开眼睛，否则她总怕这两年相处的一切，又是一场梦。

真正让人一夜成长的不是死里逃生，而是失而复得。

真正让人永远天真的不是海誓山盟，而是平淡相守。

万幸她这辈子，所得皆所愿。

邵新摸摸她完全留长了的刘海，一脸可惜的样子，分明认为还是他自己剪的好。

孟宁语没空乱感慨，她护着自己的头发死活不让碰："你休想！我这是花了三百八十八块让理发师精修设计过的，女主角专属发型。"

她说完肚子已经开始叫了。

邵新又开始笑，很快就下楼了："女主角马上就饿死了，活不到第二集。"

孟宁语磨磨蹭蹭收拾自己洗漱，去餐桌旁边才发现，邵新竟然给她做了早餐。

她瞪大眼睛，夹着一个荷包蛋，上下左右看了半天，然后小心翼翼地用牙咬了一个边，问他："没毒吧？"

邵新不说话，穿着一身浅蓝色的家居服，正坐在对面看他的电脑屏幕。

她心里打鼓，又尝了一口那碗十分像皮蛋瘦肉粥的东西，倒真没什么滋味，也不知道少放了什么，反正这肯定不如料理机的水平，好像还真是他做的。

邵新目不转睛，也不理她，半天之后才说："你凑合吃，我不知道是什么味道，反正你明天要去参加体能测试，吃点清淡的正好。"

"你要干什么？"孟宁语又开始探索旁边的培根三明治，总感觉事出反常必有妖，"邵新，你程序错乱了？"

他总算是把目光挪回来了，非常无奈地配合她："我想出去翻天覆地，毁灭人类，恭喜你是第一个被我毒死的，这剧情行吗？"

孟宁语一边吃一边笑，这下她看出他在故意拿话堵自己的嘴了。她像发现了新大陆，直勾勾地看他，看出邵新难得有点不自在。他这人的缺陷就是没有日常生活能力，别说做饭了，哪怕他身藏改写人类未来的秘密，也依旧连冷热水都分不清。

今天邵新突如其来给她弄了一顿简单的早餐，而且还不知道是什么味道，这事多少让人不好意思。

"我的天啊，邵教授害羞了。"孟宁语差点呛住，捶桌狂笑，"还行，能吃，女主角肯定能撑过第一集。"

邵新稳稳地扶住那张倒霉的餐桌，又看向孟宁语，发现活下来终究值得庆幸。人这一生的理想太多了，但他的成就，就是遇见她。

向日葵是太阳花，哪怕天寒地冻，伤痕累累，但只要人间还有一线天光，它就能等到春天。

邵新欣慰地弹了一下孟宁语的脑门，又看着她说："预祝孟警官明天考核顺利，成功归队。"

历史进程总有不为人知的角落，有人的地方就有秘密，在不能解密的时代，他们只能隐姓埋名。

曾经启新研究院的创始人导致了一场安全事故，但当年的存档已经被恶意篡改，仅有的医疗记录显示邵新本人曾抢救无效，而后下落不明，最终他活下来的结果已经是客观事实。整件事知情人极少，最终由少数高层领导内部决议，考虑到邵新所采取的行为都是为了终止违法项目，没有伤及无辜，而其所掌握的技术对于科技和医疗融合有正面意义，所以将他本人的存在列为一个机密。

从此邵新不能引发关注，也不能再参与任何公开的科研工作了，但促醒疗程的成功，对于临床昏迷患者的救治是一项重大突破。因此经过安排，他近年生活低调，但陆续完善了此前的技术，将其在严格监管下适用于医院，并逐步开发医疗型AI，辅助医疗，推进神经科学发展。

相比之下，生活反而变得简单多了。

今天是休息日，孟宁语临时起意要出门，拉着邵新陪她去西岗四园的水果店。

他们开车出去的时候，雪已经停了。整座城市白茫茫一片，楼宇林立，人海汹涌，道路上都是轮胎印，但天并不昏暗。

真正的大风雪似乎能和光并生，让人的视野之中遥遥一片灰，但天的底子通透，像一块巨大的凝脂玉。

孟宁语的心情很好，所以一路上叽叽喳喳。等到了地方下车，她才发现自己什么也没带。上门看望老人总不好空手，但她就算想买点水果送人，对方还是开水果店的。

这也不能怪她，说到底，孟宁语和那位开店的大婶，虽然因案件相识，但其实只有一面之缘。

这地方没人关心邵新是谁，所以他也陪她一起进店。

孟宁语是个自来熟，而大婶在事后得知她配合过解救自己老伴的行动，因而对她印象深刻，拉着她千恩万谢。店里也没有其他人来往，显然生意还是有限，于是孟宁语干脆决定就在大婶的店里多买些东西，扭头挑了不少水果。

她又看着老人激动的双眼，示意对方一切都会好起来。

“他现在还没醒，不过我总觉得快了。”大婶声音木讷，但人的心情一好，显得脸上也有了神采。她又给孟宁语看她在市区新选的店址，一处小街道的路口，地方依旧很拥挤，但位置还算不错。很快她拿出手机，请教孟宁语APP上配送的一些操作，无端端地就把这小姑娘当成自己最信任的人了。

孟宁语很耐心，趴在柜台上一点一点教她，最后老人家死活不要她的水果钱，两个人又推让半天，孟宁语趁她没注意，二话不说扫码估摸了个价钱，直接把钱付了。

“我知道，你心善，肯定是个好姑娘。”大婶眼睛发红，“上次你来的时候，我都不知道你是做什么的，随便聊聊，可我就觉得你说得对。”

那会儿孟宁语匆匆打探消息，只言片语，劝大婶不要消沉，千万坚持下去。

“你说叔叔一定会平安回来，我信了。可我一个老婆子，什么忙也帮不了，就只能替他守好店。”大婶一直在等，那天之后她也不知道从哪儿来了力气，托人四处打听市里的各处商铺，想尽办法要按老伴说的，往前奔一奔。

人嘛，不管过着什么样的生活，只要还肯向前走，总有柳暗花明的时候。

孟宁语发现她选的那个位置挺好的，告诉她："那边离南区市立医院挺近，方便您之后自己去照顾叔叔了。"

大婶说："是啊，我以前自己都没这个心气，后来想一想，连一个非亲非故的小姑娘都想方设法在帮我，警察又把人救回来了，我有什么可灰心的。"

生活就是这么简单，只要人们还能面对现实，噩梦终有头。

人人都如此。

邵新一直没打扰她们说话，他进来之后就四处看了看，很快盯着墙角边上的小冰柜，那上边贴着店主老两口之前拍过的照片。今天天冷，他倒是按照人们的避寒习惯穿着长款的羊绒大衣，那条灰色的围巾也还在。他在这店里一站，又成了最得体的风景。

临走的时候，邵新帮孟宁语把手里的水果都接过去，转身看看大婶说："这几年医院里有一个新的促醒疗程，临床上的安全性已经有保证了，市立医院内部正在研讨，不出意外，您爱人很快就会成为第一批接受治疗的患者。"

"谢谢。"大婶不认识他，也不知道怎么称呼，但听出他的意思了，因而又十分感动，"我们家条件不好，政府特批让他加入了医疗援助项目，减免了很多费用……我真的感谢你们。"她颤巍巍地冲他伸手，想也不想地拉住邵新，只为感谢。

邵新笑了，很快他抬眼又看向孟宁语，轻声说了一句："这才是对她最好的宽慰。"

人类从不放弃求生之路。

他们离开的时候，马路对面有人骑着摩托路过，刚好停下。

孟宁语马上按下车窗冲他喊："师兄！"

申一航扭头注意到是邵新的车，走过来打个招呼，开口和孟宁语说："正好，我回去顺路买点苹果，关照一下大婶家的生意。"他说完打量她，"你明天的考核准备好了？"

车里的人开始傻笑，回身翻自己刚买来的那几袋水果，示意他："我能先贿赂一下领导吗？"

申一航没忍住瞪她一眼，又问："你可想好了，还干这一行？"

孟宁语仰脸向他郑重地点点头，眼睛里透出了一片天。她好像永远都能藏着笑，又像雪里猫冬的那些花，蕴藏生机，初心无悔。

风还没停，车外的人拉拉皮衣领子，又扫一眼她旁边的人。

申一航的角度只能看见邵新半边握着方向盘的手，看起来对方最近过得也不错，起码在风波平定之后，他终于能把真正的促醒疗程推入正轨了。

当年多亏邵新将医疗院区的实验数据都保存下来了，因此在袁沁被捕后案件查办顺利，只是关于他的存在，事态一度非常敏感。

申一航出面帮忙协调，证明邵新始终在协助警方，提供打击内部保护伞的线索。关键在于，邵新所掌握的技术只要不被滥用，显然对于医疗革新仍有重大意义。

人们对于未知本能抵触，但他只是先于这个时代的存在，而在文明发展的过程中，每个关键节点也许都有这样的存在。

邵新察觉到申一航在打量自己，侧身冲他笑笑。

申一航放心了，又打趣着问孟宁语第三个问题："高危行业，你刚爬起来没两年，家属能放心？"

邵新看起来颇有心理准备："我已经不指望她能学聪明了。"很快他表示自己没意见，又开口和他说，"但我相信申队。"

余下似乎还有很多话，但三个人谁也没点破，毕竟来日方长。

承东市的冬季依旧无休无止，很快又临近二月，又快到过年的时候了。随着午后的日光愈演愈烈，雪晴云淡，人世间还有千百万条通路。

有伤的人太多，但伤过的人才知道怎样面对风暴。

这世界或许更好，或许更遭，但未来总会到来。

申一航摆摆手，很快又退开一步，让开了他们的车。邵新和孟宁语开往他们回家的方向，他心底释然，很快也转身去往自己的前路。

人生有太多相逢之日，哪怕终将去向不同的远方，但彼时分秒变成记忆，再被时间贮藏，酿成最美的际遇。

那些秋日曾经走过，不必回头。

申一航不再觉得自己一退再退了，因为他停在这里，已然足够。

雪后的夜晚有星河，明暗之间，就连孤星也有了伴。

孟宁语跑步回来，洗过澡，趴在沙发上看邵新喜欢的那本诗集，一页又一页。

她找来一支笔，慢慢在上边勾出了一句：

I would not be the least among men with dreams and the desire to fulfill them, rather than the greatest with no dreams and no desires.

我宁可做人类中有梦想、完成梦想、拥有愿望的那个最渺小的人，

而不愿做一个没有梦想的、没有愿望的最伟大的人。

——纪伯伦

冬日不宜万物生长，窗外又有了风声。邵新走过来没有打断她，隔着窗户去看院子里的花。

孟宁语喊他说：“没事，开春就活过来了。”

邵新回身笑：“就和你一样。”

她合上书跑过去抱住他，一脸傲娇地说：“我没法炒葵花籽啊。”

他把人抱起来坐在窗边，低头吻她，很不科学地说：“你比葵花籽好吃。”

孟宁语身后的玻璃冰冷，群星耀目，她看见面前的人一如既往，眼睛里有微光闪烁，又和她的轮廓嵌在一处。

邵新已经想开了，爱是人世间的牵绊，还能让他守在他的女孩身边，这比什么都重要。茫茫宇宙星河注定恒久浪漫，而人类的前途命运好像在这一刻也没那么重要了。

她也不知道他在想什么，只觉得自己的脸都红了，浑身发热，而房子里太静，只有富贵还在门边捣乱。

孟宁语抱着他说：“下个周末，我准备好东西，咱们去玉带湖来一次真正的露营，一起看日出吧。”

她这辈子看过太多夕阳，但总记得和邵新在湖边那一夜的遗憾。这次她发誓要攒足精神，万万不能再错过。

邵新对此非常没把握，他想想她现在过分踏实的睡眠状况，出声问她：“如果我还是叫不醒你怎么办？”

“别担心，你有欢迎语。”孟宁语对那句话的效果十分笃定，“只要你一说，我肯定原地复活。”

他也坐在窗边，认真答应她：“好。”

孟宁语想到诗集上的话，自己恐怕只能做那个最渺小的人了。此刻她只记得趴在他肩膀数星星，一颗心感到前所未有的平静。哪怕余生依旧是未知的谜，但未来的麻烦就交给未来去解决吧。

生命最动人之处在于，哪怕一生中只有几秒彼此照亮的微光，也足够抹去人们数年挣扎过的黑暗了。

余生还有数不尽的长冬，而邵新在的每一刻，都是她的新世界。

【全文终】

图书在版编目（CIP）数据

欢迎来到新世界 / 玄默著. — 武汉 : 长江出版社,
2022.4
ISBN 978-7-5492-8241-8
Ⅰ. ①欢… Ⅱ. ①玄… Ⅲ. ①长篇小说－中国－当代
Ⅳ. ①I247.5
中国版本图书馆CIP数据核字(2022)第043327号

欢迎来到新世界 / 玄默 著

出　　版　长江出版社
　　　　　（武汉市解放大道1863号）
选题策划　莫桃桃
市场发行　长江出版社发行部
网　　址　http://www.cjpress.com.cn
责任编辑　李　恒
特约编辑　莫桃桃
封面设计　46设计
版式设计　天　缈
封面绘图　HENG-YUE
印　　刷　环球东方(北京)印务有限公司
版　　次　2022年4月第1版
印　　次　2022年4月第1次印刷
开　　本　670mm × 970mm　1/16
印　　张　18
字　　数　343千字
书　　号　ISBN 978-7-5492-8241-8
定　　价　45.00元

MEMORY
HOUSE